KB159782

플로라

OUR
SISTER,

AGAIN

일러두기

이 책에는 가족 중 10대 아이가 병으로 사망하는 이야기 등
일부 독자들이 힘들어할 만한 내용이 포함되어 있습니다.

FLORA
플로라

소피 캐머런 장편소설

조남주 옮김

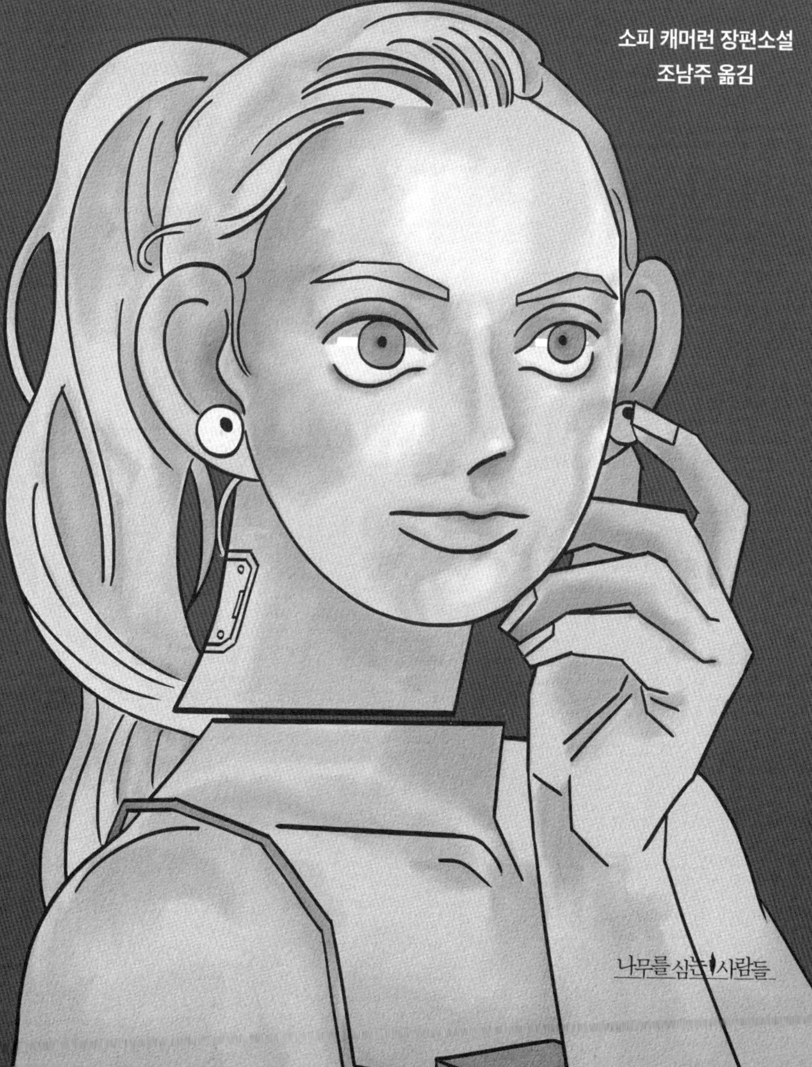

나무를심는사람들

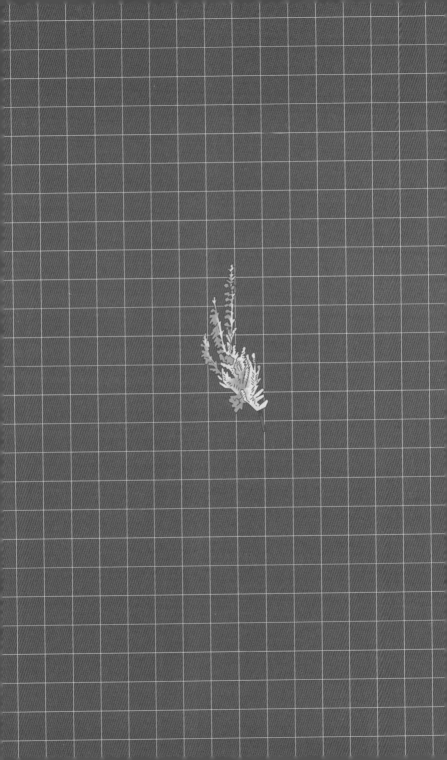

차례

프롤로그

그 동영상을 다시 본다. 독일어 숙제를 해야 하는데, 20분 전에 수박이라는 단어를 찾으려고 핸드폰을 집었다가 세콘 앱의 알림에 정신이 팔리고 말았다. 지금은 플로라 언니가 우리 집 고양이에게 세레나데를 불러 주는 영상을 보고 있다.

화면에서 언니는 침대에 책상다리를 하고 앉아 머리빗을 들고 노래를 부른다. 노래가 후렴구에 다다랐을 때 언니가 쉬이에게 머리빗 마이크를 내밀었다. 쉬이는 노래에 완벽하게 어울리는 긴 야옹 소리를 냈고, 언니는 뒤로 발라당 누우려다가 침대에서 떨어진다. 이 동영상은 조회 수가 2만이 넘었고, 132개의 댓글이 달렸다. 동영상 아래쪽으로 댓글이 몇 개 보였다.

'너무 귀여워요!'

'대박! 고양이가 아리아나 그란데 노래를 부르다니.'

'편히 쉬길, 플로라. 보고 싶어.'

그 동영상이 끝나자 자동으로 다음으로 넘어간다. 그러고는 또 다음으로. 플로라의 세콘 계정에는 389개의 영상이 있다. 난 이미 백만 번씩 본 것들이지만, 그래도 계속 보게 된다. 언니가 친구한테 생일 선물로 받은 과자 선물 세트를 개봉하는 장면, 학교 수영팀의 다른 여학생 3명과 K팝 노래에 맞춰 춤추는 것도 있다. 메이크업 영상을 그대로 따라 하다가 엉망진창이 된 언니 모습에 난 다시 웃음을 터뜨렸다. (내가 가장 좋아하는 영상이다. 미친 듯이 낄낄거리는 소리를 듣고 언니 방에 몰래 들어갔다가, 터져 나오는 웃음을 주체할 수 없어 손으로 입을 틀어막아야 했지.)

재생 목록의 마지막 동영상이 끝나자, 가장 최신 것으로 되돌아간다. 플로라가 병원에서 지루한 시간을 보내는 동안 찍은 것과, 의사들이 더 이상 할 수 있는 일이 없다는 선고를 내린 날 이후에 촬영한 것들이다. 볼 때마다 눈물만 나는 최신 동영상은 건너뛴다. 나는 언니가 웃고, 농담하고, 근심 걱정 하나 없이 바보같이 구는 모습을 보는 게 좋다. 이게 내가 언니를 기억하고 싶은 방식이다. 시끄럽고, 재미있고, 우쭐대는 우리 언니, 플로라.

엄마가 머그잔과 접시를 포개어 들고 부엌으로 왔다. 나는 핸드폰을 식탁 위에 엎어 놓고 독일어 문법 문제로 돌아간다. 부모님과 있을 때 언니 얘기를 꺼내는 건 항상 아슬아슬하다. 즐거웠던 시간이나 언니가 들려주던 우스갯소리를 회상하며 다 함께 웃음으로 끝날 때도 있지만, 엄마 아빠를 어둠의 나락으로 빠트리는 날도 있다. 싱크대로 걸어가는 엄마의 눈빛이 흐려진 걸 보니, 오늘은 안 좋은 날에 속한다.

"엄마, 내가 도와줄까? 설거지는 나도 잘하잖아."

"응?" 엄마가 나를 돌아보았다. "아. 아니, 아일라, 괜찮아. 넌 숙제나 해."

엄마의 목소리가 아주 깊은 구덩이에서 나오는 것처럼 멀게 느껴졌다.

엄마는 설거지하는 동안 추억에라도 잠긴 듯 침묵 속으로 빠져든다. 거실에서는 아빠가 인테리어 디자인 채널을 보고 있고, 여동생 우나는 카펫 바닥에 누워 책을 읽고 있다. 모든 것이 조용하고 차분해 보이지만, 집 안 분위기는 폭풍처럼 무겁다. 플로라가 죽고, 우리 집엔 거대한 슬픔의 먹구름이 드리워졌다. 1년 반이 지난 지금까지도 그 먹구름은 걷히지 않았다.

당연히 언니를 그리워할 줄은 알았다. 하지만 그리움의 크기는 알지 못했다. 욕실을 독차지하고 안 나오던 거나 자기 펜을 가져갔다고 내게 신경질을 부리던 모습까지 그리워할 줄은 몰랐다. 게다가 엄마 아빠를 그리워할 줄이야. 부모님은 여전히 여기 우리 곁에 있지만, 어딘가 다르다. 특히 엄마. 엄마는 더 이상 라디오에서 나오는 노래를 따라 부르거나, 지나간 텔레비전 유행어를 입에 올리지 않는다. 엄마의 미소를 언제 봤는지 까마득하다. 그저 입술만 살짝 올라가는 게 아닌 진짜 미소 말이다.

아빠는 조금 나은 편이다. 아빠도 우울한 나날을 보내고 있긴 하지만, 최근 들어 다시 싱거운 농담과 말장난을 던지기 시작했다. 여전히 한숨밖에 안 나오는 유머지만, 그래도 아빠의 말장난을 들으면 어두운 구름을 뚫고 한 줄기 햇빛이 비치는 것 같다. 아빠는 언니 방 물건을 정리해서 자선 가게로 보내자거나, 이제 유골을 뿌릴 때가 됐다는 말을 계속해서 꺼내지만, 엄마는 그때마다 왜 그럴 수 없는지 핑계를 찾아내곤 했다. 사실 우리한테 남은 플로라의 흔적은 그게 전부였다. 엄마는 아직 작별 인사를 할 준비가 안 되었다. 이 말은, 우리 가족 누구도 언니와 작별할 수 없다는 뜻이다.

엄마는 접시와 컵을 건조대에 놔두고 거실로 돌아갔다. 내가 핸드폰을 다시 집어 드는 순간, 화면에 광고가 떴다.

'집으로' 힐링 그룹

누군가를 죽음으로 떠나보내고

괴로움에 빠진 사람들을 위한

무료 온라인 지지 그룹

우리와 함께 좀 더 행복한 미래를 향해

용감한 발걸음을 내디뎌 보세요.

더보기 >

세콘은 원래 광고로 넘쳐나지만, 이런 광고는 처음이다. 대부분은 내가 최근에 검색한 것, 즉 축구화나 고양이 셔츠 뭐 그런 광고를 보여 주는데…. 내 친구 머도의 아빠는 늘 정보 기술 대기업들이 사람들을 추적해 개인 정보를 광고 회사에 팔아넘긴다며 불만을 터뜨리곤 했다. 그런데 이건 느낌이 좀 달랐다.

마치 내 마음을 읽은 것 같았다.

나는 링크를 클릭했다. 아주 단순한 디자인의 웹사이트가 나타났다. 사랑하는 이를 떠나보낸 사람이라면 누구에게나 열려 있는 단체라는 간단한 설명과 함께 연락처 정보를 입력할 수 있는 양식이 있었다. 어쩌면 엄마한테 필요할지도 모르겠다. 우리는 스코틀랜드 본토에서 북서쪽에 있는 아우터 헤브리디스 제도에서도 주민이 163명밖에 안 되는 아주 작은 섬에 산다. 우리 주변에는 이런 지지 그룹 같은 게 없다. 우리 가족 모두 작년에 애도 상담사와 온라인 상담을 했는데, 엄마 아빠는 얼마 안 가 그만두었다. 비용이 너무 비싼 데다 별로 도움도 안 된다는 것이었다. 그런데 이런 온라인 그룹이라면 괜찮지 않을까. 자식을 잃은 다른 부모를 만날 수도 있을 테니까. 엄마 아빠가 어떤 일을 겪는지 정말로 잘 아는 사람들 말이다.

거실을 보니, 텔레비전 화면에서 나오는 빛 때문에 엄마 아빠의 얼굴이 파랗게 빛났다. 나는 부모님 허락도 받지 않고, 신청 양식에 엄마 이름과 이메일 주소를 써넣고 보내기 버튼을 눌렀다. 이제 정말로 플로라의 유골을 뿌리고 물건을 정리해야 하나…. 생각만으로도 너무 슬퍼서 속이 울렁거렸다. 하지만 언니를 다시 돌아오게 할 방법은 없다. 이 광고처럼 우린 용감해져야 하고 미래를 향한 발걸음을 내디뎌야 한다. 어쩌면 이게 첫걸음이 될 거다.

18개월 뒤

플로라가 돌아왔다

1

거의 모든 섬 주민이 배가 도착하는 것을 보러 나왔다. 사람들은 바다 쪽을 바라보며 방파제를 따라 삐뚤빼뚤 두 줄로 늘어선 채, 서로 옆구리를 쿡쿡 찌르며 속삭였다.

엄마는 구멍가게 맞은편에 차를 세우고 한숨을 쉬었다.

"사람들한테 오늘 밤엔 찾아오지 말라고 말해 두었어. 담당자 말로는 평상시처럼 행동하래. 환영 파티 같은 건 열지 말고."

뒷좌석에서 우나가 안전띠를 풀고 자동차 뒷거울에 자기 얼굴을 비춰 보았다.

"엄마, 사람들이 흥분한 것 같아." 우나는 삐져나온 머리카락 몇 가닥을 가지런히 눌렀다. "하긴 이건 우리 집만이 아니라 우리 섬 전체에 엄청난 사건이니까."

"맞아." 뻣뻣하던 엄마 어깨가 조금 풀어졌다. "그래도 조용히 맞이했으면 했는데. 너무 심하네."

바깥쪽으로 군중이 계속 늘어나고 있다. 나랑 가장 친한 아디티와 아디티의 오빠 수레시가 자기 아버지가 운영하는 조그만 우체국에서 나와 항구 쪽으로 길을 건넜다. 아디티는 우리보다 한 학년 위인 핀리 그레이엄과 이야기하기 위해 잠깐 멈춰섰다. 늘 그렇듯 핀리는 핸드폰을 꺼내 손에 들고 있다. 핀리는 항구 사진을 찍으려는 듯 천천히 팔을 들다가, 아디티가 앞으로 뛰어들며 카메라를 향해 찡그린 표정을 짓자 아디티를 쏘아보았다.

엄마가 내 팔을 건드렸고, 나는 깜짝 놀라 내가 왜 이곳에 있는지 깨달았다.

"준비됐니, 아일라?"

난 아니라고 대답하고 싶었다. 그 지지 그룹이란 곳에 엄마를 가입시켰을 때, 난 엄마가 앞으로 나아가도록 돕는다고 생각했다. 그런데 엄마는 오히려 엉뚱한 방향으로 크게 열 걸음을 내디뎠다. 아빠는 집을 떠났고, 우리 가족은 18개월 전보다 훨씬 더 심하게 망가졌다. 하지만 지금 와서 싫다고 하기에는 너무 늦었다. 서류에 서명도 마쳤고 돈은 이미 우리 은행 계좌로 들어왔다. 좋든 싫든, 우린 이 프로젝트의 일부다. 그리고 이게 다 내가 세콘에서 광고를 봤기 때문이다. 이 모든 게 나 때문이다.

난 혀를 깨물고 억지로 웃었다.

"준비됐어. 가."

차에서 내리자 차가운 공기가 피부를 할퀴고 지나갔다. 지금은 7월이고 해가 지려면 아직 한두 시간은 더 있어야 하지만, 구름이 뒤덮인 하늘과 짙은 바다 안개가 섬 위로 흐릿한 황혼을 드리웠다. 항구로 걸어가자 사람들이 우리 쪽으로 고개를 돌렸다. 잭 목사님은 뒷짐 진 손에 잔뜩 힘을 주고 교회 문 옆에 서서 바다를 내다보았다. 교회 옆집에 사는 조지 캠벨은 자기 집 현관에 앉아서 멍하니 강아지 롤라의 귀를 쓰다듬고 있었다. 조지의 엄마 애니 아줌마가 밝은 주황색 바람막이를 걸치고 밖으로 나와 우리에게 손을 흔들었다.

"행운을 빌어요, 사라!"

애니 아줌마가 엄마에게 소리쳤다.

조지가 자기 엄마를 올려다보며 몸을 움츠렸다. 애니 아줌마도 자기가 혹시 말실수했을까 봐 걱정됐는지 얼굴을 붉혔다. 이런 상황이라면 대체 무슨 말이 적당할까? 이럴 때 건넬 수 있는 정해진 인사말이나 그런 말이 적힌 카드 같은 게 있기나 할까. 엄마가 웃으며 애니 아줌마에게 고개를 끄덕였다.

"고마워요, 애니. 우린 정말로 운이 좋다고 생각해요."

오늘 저녁은 썰물이어서, 엄마는 돌계단을 내려가 배가 들어오는 선착장으로 걸어갔다. 우나와 난 코트를 단단히 여미고 엄마를 따라갔다. 높다란 방파제에서 호기심 어린 시선과 속삭이는 목소리가 떨어져 내렸다. 장례식이 떠올랐다. 장례식에서도 다른 사람들이 모두 자리에 앉은 다음, 유가족이 교회 앞자리로 안내된다. 불편하고 원치 않는 스포트라이트 속에서.

"속이 안 좋아." 우나가 속삭였다. "기분이 너무 묘해."

묘하다는 말로는 부족하다. 영어와 게일어 사전을 처음부터 끝까지 훑더라도 이 모든 게 얼마나 정신이 아찔할 정도로 기괴한 일인지 알맞은 단어를 찾을 수 없을 것이다. 아빠가 집을 떠나고 싶어 한 것도 당연하다.

"정말로 너무 묘해." 내가 맞장구쳤다. "하지만 적어도 우린 함께잖아, 안 그래?"

나는 집게손가락을 구부려 안경을 코 위로 슬쩍 밀어 올렸다. 우나도 살짝 웃으며 나랑 똑같이 자기 안경을 만졌다. 이건 우리가 지난해부터 시작한 습관이다. 부모님이 싸우는 중간에 끼이게 되거나 이 프로젝트의 집중 강의 시간에 붙들려 있을 때 하던 행동이다. 아무 말도 할 수 없을 때, 우리끼리 "나 여기 있어, 나도 알아." 하고 서로 확인해 주는 은밀한 대화 수단이다.

"맞아." 우나는 길게 한숨을 내뱉으며 자신의 짙은 갈색 머리를 다시 눌렀다. "묘한 게 오히려 좋을 수도 있어."

우나가 앞으로 뛰어가더니 엄마 손을 잡았다. 나는 항구 계단 위, 교회 왼쪽에 있는 커다란 집 쪽을 흘긋 올려다보았다. 나의 또 다른 단짝 머도가 사는 집이다. 2층 방들에 불이 켜져 있었다. 아마 머도도 자기 방에서 창문으로 내다보고 있겠지. 머도의 아빠는 이 프로젝트에 결사반대였다. 그러니 자기 아들이 배가 도착하는 걸 보러 나가도록 허락하지 않았을 거다. 머도가 여기 있었으면 좋겠다. 머도는 등대 같아서, 크고 밝고 안전하다. 머도가 곁에 있으면 나는 늘 마음이 차분해졌다.

고개를 다시 돌리는 순간, 우나가 갑자기 나지막한 소리로 외쳤다.

"오는 것 같아!"

천천히, 안개 속에서 빛이 나타났다. 윙윙거리는 엔진 소리가 점점 커지고 가까워지더니 배가 시야에 들어왔다. 눈부신 흰색 요트로 크기는 작아도 우리 섬과 다른 큰 섬들 사이를 통통거리며 다니는 오래된 페리보다 최소 두 배는 빨랐다. 우리 뒤에서 구명가게 집 아이들이 탄성을 내뱉었다. 멋진 배를 보는 것만으로도 엘런 저라크(게일어로 '붉은 섬'이라는 뜻 – 옮긴이)의 나른한 삶에 스타카토가 붙은 음표 몇 개를 더하는 효과는 충분했다.

"왔어." 엄마가 한 손으로 입을 가렸다. "드디어."

배가 매끄러운 곡선을 그리며 항구 안으로 들어와 기다란 나무 선착장 앞에 멈춰 서자, 낮게 깔린 저녁 햇살이 배의 금속 난간에 튕겨 나왔다. 선실 창문 뒤로 처음 보는 남자의 모습이 보였다. 30대 초반의 백인 같은데, 덥수룩한 수염에 나보다 좀 더 밝은 빨간 머리였다. 남자 옆에 단정한 검은 단발머리를 한 매력적인 일본계 미국인 여성이 앉아 있었다. 마리사 이시구라, 세컨드 찬스의 가족 담당관으로 우리 가족을 맡고 있다. 마리사가 유리창을 통해 우리에게 손을 흔들고는 배 뒤편으로 사라졌다.

"오, 맙소사." 엄마의 목소리가 가느다랗게 떨렸다. "이런 일이 진짜로 일어나다니 믿을 수가 없어."

엄마는 손을 내밀어 나와 우나의 손을 잡고는 바다 가까이 몇 발짝 걸어 나갔다. 나는 배 속이 심하게 울렁거렸고, 엄마는 온몸을 떨었으며, 우나의 빠르고 얕은 숨소리가 들렸다. 빨간 머리 남자가 엔진을 끄자, 잠시 후 마리사가 배 뒤편에 있는 작은 사다리를 타고 내려왔다. 마리사가 부두에 발을 디딜 때 반짝거리는 검은색 앵클부츠에 달린 버클이 짤랑거렸다.

"나와요!" 마리사가 고음의 미국식 악센트로 남자를 불렀다. 마리사는 구름이 잔뜩 낀 하늘을 흘깃 올려다보고는 몸을 떨었다. "확실히 캘리포니아보다는 춥네요?"

남자가 마리사를 따라 사다리를 내려올 때 배가 살짝 흔들렸다. 남자는 우리를 향해 잠깐 웃어 보이고는 돌아서서 마지막 승객을 향해 손을 뻗었다. 내 손목과 귀 뒤, 갈비뼈 안쪽에서 맥박이 마구 요동쳤다. 올 것이 왔다. 몇 달간의 준비 끝에 마침내 그때가 되었다. 나는 숨을 깊게 들이마시고, 마음의 준비를 했다. 실망하지 않을 마음의 준비. 아빠처럼 나 역시 이 프로젝트가 성공할 거라는 믿음은 전혀 없었다. 두려움조차 없었다. 가슴 속에서 약간의 두근거림이 일어났던 것까지 부인할 순 없겠지만.

그건 변화였다. 나는 이제 또 다른 변화를 맞이하기 위해 마음을 단단히 먹었다. 하지만 내가 배를 올려다보는 순간 모든 게 사라졌다. 영어와 게일어로 내뱉는 탄성과 숨죽인 비명이 부두 위의 군중들 사이로 울려 퍼졌다. 엄마는 가쁜 숨을 들이마셨고 내 손이 바스러질 정도로 꽉 쥐었지만 나는 거의 알아차리지 못했다. 태양과 하늘, 이 섬마저 녹아 없어진다 해도 난 꿈쩍도 하지 않을 거다. 바로 이 순간, 세상에서 가장 중요한 것은 배에서 내려오는 저 소녀다.

소녀는 내 키보다는 조금 작고 마른 체격으로, 검은색 스키니진에 아디다스 운동화를 신고 데님 재킷을 걸쳤다. 짙은 금발 머리는 바닷바람에 헝클어졌고, 창백한 뺨은 추위로 붉게 상기되었다. 소녀는 오른쪽 귓불에 낀 진주 귀고리를 엄지와 검지로 초조한 듯 빙빙 돌리며 군중을 올려다보았다.

마리사가 소녀의 등에 손을 얹고 앞쪽을 향하도록 부드럽게 방향을 틀어 주었다.

"도착했어." 마리사가 말했다. 내 귀에는 마리사의 목소리가 마치 물속에서 이야기하는 것처럼 이상하게 들렸다. "드디어 집에 왔어."

시선을 돌려 엄마와 우나, 그리고 나를 바라보는 소녀의 눈이 커졌다. 잠시 우리를 응시하던 소녀의 입이 벌어졌다. 소녀는 벌어진 입술을 살짝 움직여 어색한 미소를 짓고는 마리사의 말을 그대로 따라 했다.

"드디어 집에 왔어."

내가 소녀를 단박에 알아보지 못했다 해도 목소리로 충분히 확신할 수 있었을 거다. 이 소녀는 내가 몇 달 동안 두려워했던 싸구려 가짜가 아니었다. 다른 사람의 가면을 쓴 사기꾼

플로라가 돌아왔다

도 아니었다. 이 소녀는 엄마와 아빠, 우나와 더불어 내가 가장 오랫동안 알아 왔고 어둠 속에서도 알아볼 수 있을 만큼 친숙한 사람이다. 소녀는 우리 자매가 엄마한테서 물려받은 회색빛을 띤 파란 눈동자와 아빠를 닮은 날렵한 턱선, 긴장한 걸 감추려고 할 때면 짓는 불안한 미소를 지녔다. 진짜 우리 언니다.

진짜 플로라다.

2

그건 진짜 지지 그룹은 아니었다. 아니, 어쩌면 지지 그룹이 맞는지도 모르겠다. 엄마는 너무 막연하게 이해했고, 나 역시 모든 세부 사항을 다 알지는 못했다. 어느 쪽이든, 내가 엄마를 가입시킨 '집으로 힐링 그룹'은 세컨드 찬스라는, 캘리포니아의 실리콘밸리에 있는 정보기술 기업으로 엄마를 이끌었다. 그들은 엄마에게 자기네 회사에서는 세상을 떠난 지 얼마 안 된 사람들을 '재현'하는 시험을 하고 있다고 말했다. 그러면서 플로라가 완벽한 후보라고 강조했다.

그들은 언니를 진짜로 다시 데려올 수 있다고 장담했다.

엄마는 우나와 나한테는 그 사실을 곧이곧대로 이야기해 주지 않았다. 그건 엄마를 그 지지 그룹에 가입시킨 게 바로 나라는 사실을 내가 절대로 말하지 않은 것과 비슷했다. 어느 날 저녁, 나는 엄마 아빠가 설거지를 하면서 엄마가 아빠에게 무슨 연구에 대해 뭐라고 속삭이는 소리를 우연히 들었고, 그 며칠 뒤에는 두 분이 함께 엄마 노트북으로 동영상을 시청하는 걸 보았다. 아빠는 얼굴이 하얗게 질렸지만, 엄마의 눈은 설렘으로 빛났다. 그렇게 생기 넘치는 눈빛은 오랜만이었다.

얼마 뒤, 한밤중에 잠이 깼는데 아래층에서 엄마 아빠가 다투는 소리가 들렸다.

"어떻게 이런 것에 속아 넘어갈 수가 있어? 이건 사기라고!"

"만약 속은 게 아니면? 그게 진짜였고 우리가 플로라를 되찾을 기회를 놓쳤다는 걸 몇 년 뒤에 알게 되면 어떻겠어? 성공할 가능성이 조금이라도 있다면, 시도할 가치는 충분해."

나는 살금살금 방에서 나와 계단참으로 갔다. 엄마는 팔짱을 낀 채 계단 맨 아래에 서 있었는데, 그건 엄마가 뭔가 결심을 하고 절대 마음을 바꾸지 않겠다고 할 때의 모습이었다. 아빠는 마치 엄마가 환상의 왕국 나니아로 떠나겠다고 선언이라도 한 것처럼 엄마를 쳐다보았다.

"사라, 이건 터무니없는 일이야. 불가능하다고. 당신, 아일라와 우나 생각을 하긴 해? 그 애들은 이미 너무 많은 일을 겪었어. 애들한테도 이러면 안 돼."

아빠는 한 손에 위스키 잔을 든 채로 계단 위쪽을 가리키다가 술을 조금 흘렸다.

"난 아일라와 우나를 위해서 이러는 거야." 엄마의 목소리가 갈라졌다. "애들을 볼 때마다 우리 곁을 떠난 플로라가 떠올라. 어떻게든 우리 가족을 다시 온전한 상태로 만들 거야."

결국 엄마는 무너졌다. 엄마는 언니가 죽고 며칠 동안 울었던 것보다 더 심하게 울었다. 장례식 때보다 훨씬 더했다. 마치 지난 몇 달 동안 슬픔이 쌓이고, 쌓이고, 더 쌓이다가 마침내 홍수가 되어 흘러넘치는 것 같았다. 나는 난간 칸살을 꽉 움켜쥐었는데, 눈이 따끔거리기 시작했다. 아래층으로 내려가서 엄마를 꼭 안아 주고 싶었지만, 엿들은 걸 들키지 않으려고 참았다.

"부탁이야, 이네스." 엄마가 눈물을 닦으며 말했다. "제발 시도라도 하게 해 줘."

아빠의 어깨가 축 처지더니 구멍 난 풍선처럼 분노가 빠져나갔다. 아빠가 다가가 두 팔로 엄마를 감싸 안았다.

"알았어, 여보. 한번 해 보자고."

며칠 뒤 부모님이 우나와 나에게도 계획을 알려 주었다. 처음에 아빠는 그 프로젝트가 제대로 진행되지 못할 거라고 계속 우리에게 주의를 주었다. 세컨드 찬스에서는 우리 섬의 모든 주민에게 동의를 받아야 한다고 했는데, 아빠 생각엔 어림도 없는 일이었다. 하지만 그건 세컨드 찬스에서 참여자 모두에게 얼마나 많은 돈을 주는지 알기 전이었다. 큰돈이었다. 정말로 아주 큰 금액이었다. 엘런 저라크는 일자리가 많지 않다. 섬 주민 중 그만한 돈을 거절할 만한 사람은 별로 없다.

그래서 결국 여기까지 왔다. 18개월의 기다림, 몇 시간씩 이어진 인터뷰, 수많은 교육과 훈련, 그리고 끝도 없는 계약서에 서명한 뒤, 홈커밍 프로젝트가 시작되었다.

지난 몇 주 동안 나는 플로라를 모방한 기괴한 존재가 우리 삶 속으로 들어오는 장면을 상상했다. 거의 비슷하지만 완전히 인간은 아닌 존재, 허접한 공상과학 영화에 나오는 괴물 같은 존재.

하지만 배에서 내린 소녀… 그는 진짜 플로라였다. 엄마 아빠 몰래 내 귀를 뚫는 걸 도와주고, 축구 시합에 와서 목이 터져라 내 이름을 외쳐 대던 언니. 나는 내 심장이 뛰는 걸 아는 것처럼, 숨 쉬는 법을 아는 것처럼 언니를 안다. 이 소녀는 플로라가 맞다.

갑자기 엄마가 큰 소리로 가쁜 숨을 몰아쉬어서 우리 모두 화들짝 놀랐다. 나는 엄마의 붉게 상기된 안색과 망연자실한 표정을 보고, 배가 해안에 닿은 후로 엄마가 숨을 참고 있었다는 걸 알아차렸다. 엄마가 우리 손을 놓고 앞으로 다가갔다. 엄마의 발걸음은 젖은 모래 위에서 느리고 위태로웠다.

"모 니안. 모 칼라크." 게일어로 둘 다 '내 딸'이라는 뜻이다. 게일어는 늘 아빠의 영역이었고 엄마는 보통 우리한테 게일어로 말하는 법이 없었는데, 이 말을 반복해서 속삭였다. "너로구나. 진짜 너야."

엄마는 두 손으로 플로라의 얼굴을 감싼 채, 마치 다이아몬드를 감정하는 보석상처럼 부드럽게 좌우로 돌려 보았다. 플로라가 침을 삼켰다. 플로라의 입술 아래쪽엔 은백색 흉터가 있는데, 어렸을 때 할머니 댁에서 넘어져 창턱에 얼굴을 찧는 바람에 생긴 흉터. 광대뼈를 따라 희미한 여드름 자국도 몇 개 남아 있다.

"당연히 나지, 엄마." 소녀가 말했다. "내가 아니면 누구겠어?"

소녀는 긴장한 듯 작게 웃음소리를 냈다. 그 소리를 듣자 가슴이 꽉 조여 왔다. 최근에도 언니 웃음소리를 들은 적이 있다. 세콘에 올라와 있는 영상과 음성 메모 그리고 내 기억 속에서였는데, 그걸 직접 들으니 사뭇 달랐다. 마치 한때 좋아했지만 얼마나 좋아했는지 잊어버리고 있던 노래를 다시 들었을 때와 비슷했다.

"모 칼라크." 엄마가 잠긴 목소리로 다시 말했다. "어쩜 이렇게 완벽할 수가."

엄마는 소리 없이 눈물을 쏟기 시작했다. 나는 너무 충격을 받아서 울 수도, 움직일 수조차 없는데, 우나한테서 목이 멘 흐느낌이 터져 나왔다. 우나는 앞으로 뛰어가서 언니를 꼭 껴안았다. 소녀는 마치 낯선 사람이 자신을 끌어안은 듯 잠시 얼어 있더니, 곧 눈빛이 부드러워졌다. 플로라는 주춤거리며 팔로 우나의 등을 감싸 안았다.

"어머나." 목소리는 떨렸지만 플로라는 웃고 있었다. "세상에, 너 언제 이렇게 다 컸니?"

두 사람을 보고 있자니 과거와 현재가 충돌하는 것 같았다. 플로라가 죽었을 때 일곱 살이던 우나는, 청바지에 디즈니 티를 입은 삐쩍 마른 꼬마였다. 지금은 열 살 반이고 나이에 비해 키가 매우 큰 편이다. 나보다 약간 작은 정도다. 동생의 흐느낌은 하늘을 가득 채우고 있는 바닷새들의 끽끽거리는 애절한 울음

소리에 지지 않을 만큼 컸다. 엄마가 떨리는 팔로 우나와 플로라를 감싸더니 둘을 가까이 끌어당겼다. 플로라가 미소를 지으며 한쪽 팔을 내게로 뻗었지만 난 여전히 움직일 수가 없었다. 나는 이게 꿈이라고 생각하고 싶었지만 꿈이라기에는 모든 게 너무 생생했다. 소금과 해초 냄새, 내 피부에 번지는 소름, 플로라의 씰룩거리는 미소와 산들바람에 흩날리는 머리카락까지.

"나 보고 싶었어, 랄라?"

랄라. 어렸을 땐 내가 '아일라'를 제대로 발음하지 못해 내 이름을 스스로 그렇게 말하곤 했다. 그리고 그 이름은 언니가 나를 부르는 애칭이 되었다. 그 이름을 다시 들으니 가슴이 행복감으로 두근거렸다. 내 몸은 마침내 어떻게 움직여야 하는지 기억해 냈고, 머뭇거리며 한 발짝 더 다가가는데 눈물이 차올랐다.

"응." 내가 작은 소리로 겨우 대답했다. "보고 싶었어."

이 말로는 너무 부족하다. 이 말은 지난 3년 중 단 몇 분의 일도 담지 못한다. 해변에서 열렸던, 밝게 장식된 언니의 장례식도, 부엌 식탁의 가슴 저리는 빈자리나 언니 방의 닫힌 문 뒤에서 느껴지던 괴괴한 고요함도, 기억에서 사라져 가는 모든 사소한 순간과 곧바로 이어지던 죄책감도 이 말은 하나도 담지 못한다. 그러나 지금 당장은 할 수 있는 다른 말이 없기에, 그렇게만 말했다. 언니가 보고 싶었다고.

플로라가 웃으며 한쪽 팔을 뻗어 내게 손짓했다.

"그럼 와서 안아 줘, 이 바보야."

플로라가 자기 쪽으로 나를 끌어당길 때 결국 눈물이 흘러내렸다. 플로라의 머리와 옷에서는 예전에 언니가 수영팀과 여행을 갔다 오거나 친구네 집에서 자고 왔을 때와는 좀 다른 냄새가 났다. 엄마가 한 팔로 내 허리를 감싸고는 엄마의 세 딸을 다시 함께 안아 주었다. 아빠가 여기 우리와 함께 있지 않다는 사실에 심한 죄책감과 슬픔을 느꼈지만, 오래가지는 않았다. 다시 플로라, 아일라, 우나가 모였다. 원래대로.

우리가 거기 그대로 얼마나 있었는지 모르겠지만, 어느새 하늘은 어두워졌고 항구의 외로운 가로등 하나가 깜빡거렸다. 잠시 후, 주변에서 나는 사람들 소리가 귀에 들어왔다. 나는 고개를 들어 방파제 위에서 우리를 바라보는 사람들을 올려다보았다. 부드러운 황금빛 가로등 불빛에 사람들의 형체가 흐릿하게 드러났다.

"누구도 절대 이해 못 할 거야, 안 그래?"

"나흐 엘 이 브레야(저 애 아름답지 않니)⋯."

"이건 기적이야, 기적."

사람들은 내내 이런 말을 하고 있었을 텐데, 나는 너무 정신이 나가서 전혀 알아차리지 못했다. 마리사와 빨간 머리 남자도 잊어버렸는데, 고개를 돌려 보니 두 사람은 부드러운 미소를 머금은 채 우릴 지켜보고 있었다.

"그만 댁으로 가는 게 좋지 않을까요?" 마리사가 말했다. "플로라가 적응할 수 있게 도와드릴게요."

엄마가 우리를 놓아주었고, 우나와 나는 둘 다 안경을 벗고 눈물을 닦았다. 플로라가 항구로 올라가는 계단 쪽으로 몸을 돌리자, 머리카락이 양쪽으로 갈라지며 창백한 목덜미가 드러났다. 그리고 내 속의 모든 것이 곤두섰다.

재킷 깃 위쪽에 드러나 보이는 것은, 피부에 새겨진 작은 사각형이었다. 얇은 금속 테두리가 있는 가로세로 각각 2~3센티미터쯤 되는 사각형으로, 모서리는 둥글게 처리되어 있었다. 나는 그게 무엇을 뜻하는지, 무슨 용도인지 안다. 세컨드 찬스의 교육 영상에 나오는 삽화에서 본 적이 있다. 마음의 준비가 됐다고 생각했는데, 실물로 보는 건 달랐다. 그 사각형은 실제 상황은 전혀 다를 거라는 사실을 상기시켜 주는 표식이었다. 왜냐하면 여기 있는 플로라는 기적임과 동시에 기계인 게 분명하니까.

홈커밍 프로젝트
가족 지침서

매뉴얼 1: 연구 소개

세컨드 찬스 주식회사만의 독점 연구인 홈커밍 프로젝트에 오신 것을 환영합니다.

이 글을 읽고 계신 여러분, 먼저 축하드립니다!

여러분은 인공지능 분야에서 가장 야심 차고 선구적인 프로젝트에 참여하셨습니다. 이 프로젝트는 인류가 삶과 죽음을 생각하는 방식을 영원히 바꿔 놓을 것입니다.

알려 드린 바와 같이, 곧 여러분이 사랑했던 사람의 새 버전을 맞이하실 것입니다. 이 '리터니'(Returnee)는 생전의 사진과 동영상, 친구나 가족을 대상으로 한 폭넓은 인터뷰 자료 외에도 방대한 데이터를 이용해 만들어졌습니다. 기계지만, 우리 리터니는 완전히 인간처럼 보입니다. 최근 설문에 따르면, 응답자의 98.1퍼센트가 리터니와 인간을 구별하지 못했습니다.

우리는 여러분 곁에 갓 도착한 리터니가 여러분이 기억하는 사람과 매우 흡사할 것이라고 확신합니다. 하지만 몇 가지 차이점이 있다는 것도 알아 두시기를 바랍니다. 리터니는 잠을 잘 필요가 없고, 물속에 완전히 가라앉지 않으며, 사람이 걸리는 병에 걸리지 않습니다.

가장 큰 차이점은, 리터니는 우리 인간처럼 몸이 변하거나 나이 들지 않는다는 것입니다. 세컨드 찬스에서는 이에 대한 해결책을 찾기 위해 최선을 다할 것입니다.

어려우시겠지만 이러한 차이점에 너무 집착하거나 리터니에게 그의 새로운 신체에 대해 질문을 퍼붓지 않도록 주의해 주십시오. 리터니에게 가장 필요한 것은, 일상생활에 최대한 빨리 적응하는 것입니다.

여러분이 해야 할 가장 중요한 일은, 리터니가 자신이 안전하며 사랑받는다고 느낄 수 있도록 그의 귀환을 따뜻하게 맞이하는 것입니다.

———

3

모든 게 흐릿하다. 우리가 해안을 떠나 항구 계단을 오르는 순간, 핀리가 우리 쪽으로 카메라를 들고 달려오는 것을 아디티가 잡아끌었고, 엄마는 집으로 차를 몰고 가는 내내 초조한 듯 중얼거렸던 것 같다. 나는 한순간도 플로라에게서 시선을 뗄 수가 없었다. 모든 게 내 기억과 똑같았다. 신발 끈을 풀지 않고 신발을 벗어 던지는 행동에서부터 부엌을 둘러볼 때 눈썹을 치켜올리는 모습까지.

"정말 이상해." 플로라가 자기 머리를 만지작거리며 말했다. "3년이나 지났다는 게 믿기지 않아. 몇 주 전에 여기 있었던 것 같은데."

"네 시간 인식이 조금 어긋났을 수도 있어." 마리사가 말했다. "전환기에 자주 발생하는 일이야. 우리가 손볼 거니까, 걱정하지 마."

마리사가 섬을 돌아다닐 수 있도록 잭 목사님이 차를 빌려준 덕에, 지금 마리사와 빨간 머리 남자 토비는 머그잔을 앞에 두고 우리 부엌 식탁에 앉아 있다. 우리 집에는 손님이 오는 일이 드물었고 게다가 마리사처럼 매력적인 방문객은 찾아온 적이 없었지만, 나는 두 사람을 거의 의식하지 못했다. 나는 플로라가 진짜인지 손을 뻗어 만져 보고 싶은 마음을 꾹 참아야 했다.

엄마가 플로라의 손을 잡고 꽉 쥐었다.

"시간이 얼마나 지났는지는 중요하지 않아, 플로라. 중요한 건 네가 집에 왔다는 거야."

플로라가 미소를 지었다. 조금 불안정하지만 따뜻한 미소였다. 플로라는 차를 한 모금 마시고는 나와 우나에게로 고개를 돌렸다.

"너희 둘 너무 조용한데." 이렇게 말하더니 팔을 직각으로 뻗어 로봇처럼 움직였다. "무슨 C-3PO 로봇 같은 걸 기대한 거야?"

우나는 울어서 쉰 목소리로 콧물 범벅이 된 채 낄낄거렸다. 나는 적당한 말을 생각해 내려고 애쓰면서 고개를 저었다. 이 소녀는 플로라다, 플로라여야 한다. 하지만 목덜미에 있는 충전 포트가 여전히 가시처럼 내 마음을 찔렀다.

"나… 나는 언니가 정말 언니 같을 줄 몰랐어." 마침내 내가 말했다. "똑같이 생겼어."

언니는 열다섯 살에 죽었다. 그때 난 열 살이었다. 나는 지금 열세 살이지만, 플로라는 여전히 열다섯 살로 보인다. 여전히 나보다 위긴 하지만 나이 차는 줄었다. 그땐 언니가 마치 어른처럼 성숙해 보였는데. 인제 보니 그냥 나 같은 어린애다.

"근데 너희는 둘 다 아주 달라 보여. 마리사가 사진을 보여 줬는데, 그래도 좀 이상해." 플로라가 우나의 옆구리를 쿡쿡 찔렀다. "넌 무슨 기린족이냐, 꺽다리?"

"이제 곧 언니가 가장 키가 작아질 테니까 화가 나는 거지?"

우나가 평소답지 않게 수줍고 주저하는 목소리로 말했다.

플로라가 미소를 지었다.

"들켰네. 미리 알았더라면 회사에다가 몇 센티미터 더 얹어 달라고 했을 텐데."

마리사가 픽 웃었다.

"미안해, 플로라. 일이 그런 식으로 되는 건 아냐."

토비도 따라 웃었다. 마리사는 전에도 이 섬에 두 번 온 적이 있지만, 토비는 이번에 처음 왔다. 자신을 마리사의 조수라고 소개했을 뿐, 그는 도착한 후 별로 말이 없었다. 토비는 잔잔한 미소를 띤 채 엄마가 끓여 준 차를 두 손으로 감싸 쥐고 앉아 있었다. 캘리포니아에서부터 장거리 여행을 했으니 시차 때문에 피곤해서 그런지도 모르겠다.

"플로라가 집에 와서 여러분 모두 흥분 상태라는 걸 아니까, 오래 있진 않을게요." 마리사가 무릎 위로 핸드백을 끌어당기며 말했다. "하지만 먼저 몇 가지 검토해야 할 사항이 있어요."

마리사는 얕은 검은 상자를 탁자 위에 올려놓고 뚜껑을 열었다. 상자 안에는 작은 직사각형 태블릿과 흰색 케이블 2개, 사용 설명서가 들어 있었다. 마리사가 태블릿의 버튼을 누르자 화면이 켜졌다.

"이건 헬스 허브라는 거예요. 여러분이 수료한 온라인 교육 과정에서 본 적 있을 거예요. 그렇죠?"

우린 고개를 끄덕였다. 그건 핀리네 집 부엌 벽에 붙어 있는 조절판과 아주 비슷하게 생겼는데, 핀리의 엄마는 그걸로 중앙 난방을 조절하거나 조명을 켜고 껐다. 마리사가 화면 왼쪽에 있는 주황색 막대를 가리켰다.

"이 부분은 플로라의 배터리 잔량을 보여 주죠. 플로라는 이 케이블을 써서 하루 7~8시간 충전을 해야 해요. 세컨드 찬스에 있을 때부터 이미 여러 번 해 왔기 때문에 스스로 알아서 할 수 있어요."

플로라가 고개를 끄덕였다.

"정말 쉬워. 밤에는 잠자리에 드는 것처럼 플러그를 꽂고 스위치를 수면 모드로 하면 돼."

"심각한 문제가 발생하면 헬스 허브가 빨간색으로 깜빡이면서 알람이 울릴 거예요." 마리사가 엄마를 올려다보며 말했다. "하지만 플로라의 상황을 모니터하기 위해 우리가 매주 접속해서 확인할 거니까, 문제가 있으면 보통 우리 팀에서 먼저 알아차릴 거예요. 만약 어떤 문제가…."

마리사의 말이 끝나기 전에 플로라가 헉하고 큰 소리를 내는 바람에 토비만 빼고 모두가 깜짝 놀랐다. 우리 집 샴고양이 쉬이가 부엌으로 걸어 들어왔다. 플로라는 의자를 뒤로 밀치고 쉬이에게로 돌진했다.

"쉬이! 안녕, 우리 이쁜이!"

고양이는 목구멍을 꽉 누르는 듯한 야옹 소리를 내뱉고는 부엌에서 바로 뛰쳐나갔다. 플로라의 표정이 시무룩해졌다. 죽기 전에 플로라와 쉬이는 떨어질 수 없는 사이였다. 플로라는 늘 쉬이와 셀카를 찍거나 세콘에 올릴 동영상을 만들기 위해 쉬이를 끌어들이려고 애썼으며, 쉬이는 잠잘 땐 언제나 언니의 침대 발치를 선택했다. 요즘 우리 고양이는 내 방과 계단 세 번째 칸 사이 어디쯤에서 주로 시간을 보낸다.

"너 때문이라고 생각하지 마." 엄마가 플로라의 팔을 꽉 잡았다. "쉬이는 요사이 정말 겁쟁이가 됐어. 점점 나이가 드니까."

"동물들은 종종 리터니에게 잘 적응하지 못할 때가 있어요." 마리사가 사려 깊은 미소를 지으며 말했다. "하지만 시간이 지나면서 익숙해지는 것 같아요."

"알겠어요." 플로라가 아랫입술을 살짝 내밀고 자리로 돌아와 앉았다. "얼른 그렇게 되면 좋겠어요."

마리사는 다시 헬스 허브의 나머지 기능들을 설명하기 시작했다. 나는 플로라가 자기 목 뒤에 있는 포트에 케이블을 꽂거나 화면에서 버튼을 눌러 체온을 조절하는 모습을 상상해 보았다. 온몸에 전율이 흘렀다. 이 모든 게 정말로, 너무 이상했다. 플로라는 완전히 사람처럼 생겼다. 심지어 피부에는 모공도 있고 팔에는 엷은 잔털까지 보인다. 그 밑에 뼈와 장기가 아니라 전자 칩과 나사, 전선이 들어 있다는 게 믿기지 않는다.

"괜찮니, 아일라?" 마리사가 물었다. "받아들이기 힘들다는 거 알아."

나는 얼굴이 빨개졌다.

"전 괜찮아요. 그냥 모든 것에 익숙해지려고 노력하는 중이에요."

"처음에는 기술적인 측면을 이해하기 어려울 수도 있지만,

리터니는 거의 모든 면에서 우리와 아주 비슷해요." 마리사가 토비를 보며 고개를 끄덕였다. "저는 이 친구와 전 세계를 돌아다니는데, 사람들은 그가 인간이 아닌 다른 존재라는 걸 짐작도 못 한답니다."

입이 떡 벌어졌다. 안경 뒤 우나의 눈이 튀어나올 듯한 걸로 봐서 동생도 놀란 게 틀림없다. 리터니가 실제로 얼마나 진짜 같은지 내 눈으로 보면서도, 토비가 그들 중 한 명일 줄은 상상도 못 했다.

"정말이에요?" 우나가 오른쪽으로 목을 길게 빼고는 토비의 목 뒤에도 포트가 있는지 엿보려고 했다. "공항에 있는 스캐너 장치는 다 어떻게 통과했어요?"

"우린 전용기를 타고 다니는 데다, 보안 검색대를 통과하지 않아도 되게 세컨드 찬스에서 미리 준비해 주거든." 토비가 말했다. 미국식 억양에, 선율이 느껴지는 낮은 목소리였다. 아주 오래 듣다 보면 잠에 빠질 수도 있는 그런 목소리 말이다.

"전용 제트기는 정말 멋졌어. 좌석이 이만했다니까." 플로라가 두 팔을 쫙 펴며 말했다. "토비가 직접 조종했어! 조종실이랑 여기저기 다 들여다봤는데, 엄청났어."

"비행기 조종사예요?"

엄마가 깜짝 놀라 눈을 깜빡이며 토비에게 물었다.

"아, 토비는 자격이 있고도 남죠." 마리사가 그의 어깨에 손을 올리며 말했다. "그런데 아직 확인할 게 한 가지 더 남았어요. 비밀 유지 조항이요."

난 토비가 비행기 조종사 훈련을 받았으면서 왜 마리사의 조수로 일하는지 묻고 싶었지만, 무례한 질문일 수도 있겠다 싶었다. 그때 마리사의 시선이 우나와 나에게로 옮겨지는 바람에 그 질문은 사라져 버렸다. 마리사는 여전히 미소를 띠고 있었지만, 난 금방이라도 야단을 맞을 것 같은 기분이 들었다.

"여러분도 아시다시피, 홈커밍 프로젝트는 현재로서는 일급 비밀이에요. 우린 리터니가 정상적인 상황에서 혹은 최대한 정상과 가까운 상황에서 자기 가족과 지역사회에 얼마나 잘 적응하는지 평가할 필요가 있어요. 이 프로젝트에 관한 이야기가 밖으로 나가고 갑자기 전 세계 언론이 플로라를 괴롭힌다면, 프로젝트가 성공하는 것은 불가능하겠지요."

우린 모두 고개를 끄덕였다. 섬사람들은 모두 이 프로젝트에 관해 아무에게도 말하지 않겠다는 비밀 유지 서약에 서명했다. 심지어 엘런 저라크 바깥에 사는 몇몇 사람들도 섬을 드나들려면 서명을 할 수밖에 없었다. 커스티 고모와 베를린에 사는 머도의 형 라날드처럼 우리 섬을 방문할 가능성이 있는 사람들이 여기에 해당한다.

"이 말은 플로라가 어떤 상황에서도 섬을 떠날 수 없다는 뜻이에요." 마리사가 계속했다. "플로라는 소셜 미디어도 하면 안 되고 이 프로젝트에 참여하지 않는 친구들하고는 연락하면 안 돼요."

"우리도 알아요." 우나가 말했다. "전부 우리가 받은 온라인 교육과정에 들어 있었어요."

"우나도 잘 아는군요. 하지만 이게 얼마나 중대한 문제인지 여러분이 깊이 이해하는 게 정말 중요해요. 만약 기밀성이 손상된다면, 홈커밍 프로젝트의 진행 과정에도 조정이 필요할 거예요." 마리사는 가만히 자기 찻잔을 내려다보고 있는 플로라를 힐끗 쳐다보았다. "최악의 시나리오는, 이 프로젝트를 완전히 종료하는 게 되겠죠."

"하지만 우리가 엘런 코름(게일어로 '푸른 섬'이라는 뜻—옮긴이)에 갈 때는요? 내가 깜빡 잊어버리고 다른 사람한테 플로라 언니 얘기를 하면 어떡해요?"

우나가 이렇게 물으며 손톱을 물어뜯었다. 동생은 입이 가볍다. 우나 때문에 우리 식구들이 얼마나 많은 서프라이즈 생일 파티를 망쳤는지 셀 수 없을 정도다.

엄마가 손을 내밀어 우나의 손을 꼭 잡았다.

"걱정 마, 괜찮을 거야. 우리는 무조건 진짜진짜 조심하기만 하면 돼."

"설사 말이 잘못 나온다고 해도, 사람들은 네가 지어냈다고 생각할 거야." 내가 말했다. "언니를 직접 보지 않고는 아무도 진실이라고 믿지 않을 테니까."

"아일라 말이 맞아." 마리사가 말했다. "우리 리터니가 일반 사람들이 경험하는 인공지능을 훨씬 뛰어넘었으니까. 대다수 사람은 플로라 같은 존재가 있다는 걸 상상도 못 할 거야. 그렇다 해도 극도로 조심해야만 해. 약속할 수 있어?"

"약속해요."

우나와 내가 메아리처럼 대답했다.

마리사는 문제가 생겼을 때 어떻게 연락해야 하는지 다시 한번 확인하고, 엄마에게 헬스 허브 상자와 케이블을 건넸다. 그러면서 내일 떠나기 전에 다시 들르겠다고 했다. 우린 마리사와 토비를 배웅하러 현관으로 나갔고, 난 엄마가 몇 번이고 고맙다고 말할 때 같이 고개를 끄덕였지만 머릿속은 뒤죽박죽이었다. 플로라의 충전 포트와 헬스 허브, 그리고 언니가 여기 우리와 함께 있다는 사실 때문에. 무엇보다도 이 모든 생각에 뒤엉켜 있는 게 있었는데, 그건 바로 우리가 실수를 저지르면 플로라를 또다시 잃을지도 모른다는 무서운 깨달음이었다.

다시 찾은 일상

1

언니가 죽고 난 뒤, 나는 언니 꿈을 많이 꾸었다. 어떤 건 너무 생생해서 거의 언니가 다시 돌아온 것 같았다. 꿈속에서 언니는 세콘에 올릴 동영상을 촬영하거나, 수영 시합에 나갈 준비를 하거나, 아니면 평소에 하던 다른 일들을 하고 있었다. 잠에서 깨면 난 잠시 언니가 죽었다는 사실을 깜빡 잊고, 언니가 욕실에서 콧노래를 부르거나 아침을 먹으러 아래층으로 쿵쾅거리며 내려가는 발소리를 기다렸다.

그러다가 졸음이 가시면서 현실이 다시 나를 덮치곤 했다. 내 옆방은 여전히 비어 있고, 엄마와 아빠는 여전히 좀비처럼 집 안을 배회한다. 플로라는 여전히 없다.

목요일 아침에 일어났을 때, 혹시 어제 일이 다 꿈은 아니었을까 하는 끔찍한 생각이 들었다. 난 이불을 확 젖히고 침대에서 뛰쳐나와 서둘러 아래층으로 달려갔다. 거기, 언니가 있었다. 플로라는 오래된 물방울무늬 파자마를 입고 부엌 식탁에 앉아, 어제 신문 마지막 면의 크로스워드를 채우고 있었다. 우나가 그 옆에 앉아 시리얼을 한입 가득 문 채 이야기를 하고, 엄마는 냉장고에 기대어 커피를 조금씩 마시며 그저 신기한 듯 바라보았다.

그 광경은 정말정말 낯설었다. 하지만 동시에 아주 평범한 아침 풍경이었다.

플로라가 나를 올려다보며 미소 지었다.

"안녕, 랄라. 잘 잤니?"

대답하는 데 잠시 시간이 걸렸다.

"응. 언니도 잘 잤어?"

그 말이 나오는 순간, 나는 그게 얼마나 바보 같은 질문인지 깨달았다. 내 얼굴이 빨개졌지만 플로라는 웃었다.

"뭐, 그런 셈이지. 행운의 양 꿈을 꿨어, 전기로 움직이는 양이었지만." 플로라가 자기 옆자리를 토닥거렸다. "하루 종일 거기 서서 그러고 있을 거야? 와서 아침 먹어."

나는 속이 심하게 울렁거렸지만 수납장에서 그릇을 꺼내 시리얼을 부었다. 밖에서는 쉬이가 엄마 차 트렁크 위에 앉아 있었는데, 고양이의 짙은 파란색 눈은 우리 집 쪽을 응시하고 있었다. 이렇게 일찍 밖에 나가는 건 쉬이답지 않다. 쉬이는 보통 점심때까지는 거실에서 빈둥거린다. 플로라 때문에 약간 겁먹은 것 같다.

다시 찾은 일상

솔직히 말하면, 나도 그렇다. 플로라가 여기 있는 건 놀라운 일이지만, 받아들이기엔 버겁다. 내 두뇌가 처리할 수 있는 걸 넘어선다. 예상했던 것보다 훨씬 더.

"Airy(공중의), Celestial(하늘의) 대신 쓸 수 있는 말이 또 뭐가 있지?" 플로라가 펜으로 신문을 톡톡 두드리며 물었다. "E로 시작하는 여덟 글자야."

난 식탁에 앉으면서 무슨 단어인지 생각했다.

"Ethereal(천상의)?"

플로라가 글자 수를 세어 보더니 눈썹을 치켜올렸다.

"우아. 키만 큰 게 아니라 똑똑해졌네."

나는 내가 느끼는 것만큼 어색해 보이지는 않기를 바라며 웃었다. 우나가 초콜릿 맛 시리얼에 부어 놓은 우유를 마지막으로 후룩 마시고는 손등으로 입을 닦았다.

"그래서, 오늘 뭐 할 거야?"

우나가 플로라에게 물었다.

"글쎄, 난 3년이나 떠나 있었어." 플로라가 두 팔을 머리 위로 뻗으며 말했다. "일단 밀린 텔레비전 좀 봐야 하지 않을까?"

엘런 저라크에서는 할 게 그다지 많지 않다. 당연히 우리 세 자매는 그동안 수많은 드라마 시리즈를 봤다. 예전에는 우나가 너무 어려서 함께하기 힘들었지만, 언니와 나는 가끔 좋아하는 드라마를 몰아 보기 하느라 일요일 내내 소파에 파묻혀 있곤 했다.

내가 시리얼을 먹는 동안, 플로라와 우나는 엄마 노트북으로 넷플릭스를 훑어보며 어떤 시리즈를 먼저 이어 볼지 의견을 주고받았다.

"오오, 이거 보자!" 플로라가 자신이 좋아했던 코미디물의 섬네일을 가리켰다. "이거 시즌 몇 개 더 있어?"

그건 우리 둘이 비좁은 언니 침대에 같이 누워서 마지막으로 본 드라마였는데, 그때 언니는 자다 깨다 했다. 그 뒤로 몇 개 시즌이 더 나왔지만, 난 보지 않았다. 그 주제곡을 따라 부르거나 좋아하는 인물들의 대사가 나올 때 폭소를 터뜨리던 플로라 없이 보는 건 마음이 불편했다. 하지만 이 새로운 버전의 플로라는 그 사실을 모른다. 이 플로라의 기억은 병에 걸리기 직전에 멈춰 있다.

"좋아." 나는 안 좋은 생각들을 밀어내며 말했다. "시즌 4부터 시작하자."

우리는 2층에서 이불을 가지고 와서 다 함께 소파에 끼어 앉았고, 엄마는 옆에 있는 안락의자에 앉았다. 나는 편안한 자세를 취하려고 꼼지락거렸지만 안정하기가 쉽지 않았다. 이 모든 건 무척 큰 변화이고, 사실 난 변화를 좋아하지 않는다. 엄마 얘기로는 내가 세 살 때 엄마가 새 전자레인지를 샀는데, 그것 때문에 내가 1시간 반 동안이나 흐느껴 울었다고 한다. 언니가 돌아와서 기쁘지 않은 건 아니다. 물론 기쁘다. 하지만 감당하기가 너무 힘들다.

"팬케이크를 만들까 하는데." 첫 화가 끝났을 때 소파에서 몸을 일으키며 내가 말했다. 이 모든 것을 머릿속에서 몰아내

　　　　　　　　　　　　　다시 찾은 일상

려면 뭔가 해야 한다. "누구 먹을 사람?"

우나가 손을 번쩍 들었다.

"오오, 나!"

엄마는 우리가 방금 아침을 먹었다며 날 말리려다가 금방 포기했다. 딸들의 설탕 섭취량을 걱정하기에는 기분이 너무 좋았으니까. 나는 수납장으로 가서 밀가루를 꺼내고 냉장고에서 달걀 2개와 우유를 가져왔다. 다른 식구들이 드라마를 보는 동안 나는 반죽을 휘저었다. 팬케이크가 다 되었을 때쯤 긴장이 풀리기 시작했다. 요리와 빵 굽기는 언제나 나를 진정시켜 준다. 2화가 끝났을 때, 나는 메이플시럽을 듬뿍 뿌린 블루베리 팬케이크 두 접시를 들고 가서 하나를 우나에게 건넸다.

"진짜 안 먹을 거야?"

내가 플로라에게 물었다.

"응, 됐어. 이미 토스트를 먹었잖아." 플로라가 자기 배, 아니 위장이 있을 법한 신체 부위를 쓰다듬었다. "음식물 칸에 과적하고 싶지 않아."

우나가 팬케이크를 한 입 베어 물려다가 그대로 멈췄다.

"봐도 돼?"

엄마는 커피를 마시다가 목이 메었다.

"우나! 플로라에게 그런 거 물어보지 마."

"괜찮아, 엄마." 플로라가 웃었다. "봐, 여기 있어."

플로라가 잠옷 윗도리를 살짝 올렸다. 오른쪽 허리 부분에 지름이 약 6, 7센티미터쯤 되는 희미한 동그라미가 피부에 나 있었다. 플로라가 그 부분을 누르자, 바깥쪽으로 회전하면서 기다란 원통형 용기가 나타났다. 플로라가 용기를 꺼내 들어 올렸다. 통 안에는 씹힌 토스트 조각이 들어 있다.

"좀 역겹지? 마리사가 먹고 나서 오래 두지 말고 청소하라고 했어. 안 그러면 악취가 날 거래. 게다가 난 아주 많이 먹지는 못해. 그랬다간 용기가 넘칠 테니까."

한순간 모두가 조용해졌다. 나는 적당한 말을 찾지 못해 생긴 여백을 채우기라도 하듯, 내 접시의 팬케이크를 큼지막하게 잘라서 입 안 가득 넣었다. 우나조차 조용해졌고, 엄마도 무슨 말을 해야 할지 몰랐다.

플로라가 한숨을 쉬었다.

"이상하다는 건 알지만, 이것도 나의 일부인데 모르는 척해봐야 무슨 소용이 있겠어." 플로라는 자리에서 일어나 부엌으로 갔다. 쓰레기통에 토스트 조각을 비울 때 달가닥거리는 소리가 났다. 플로라는 윗도리를 아래로 당기며 자리로 돌아왔다. "나는 여전히 나지만 지금은 좀 다른 점도 있어. 그걸 숨기고 싶진 않아."

"넌 아무것도 숨길 필요 없어, 플로라." 엄마가 재빨리 말했다. "우리도 다르다는 건 알아. 익숙해지기 위해 그저 시간이 좀 필요할 뿐이야."

"난 멋지다고 생각해."

메이플시럽에다 팬케이크를 휘저으며 우나가 말했다.

나는 식욕이 완전히 사라졌지만 어찌할 바를 몰라 한 입 더 베어 물었다. 세컨드 찬스가 우리한테 시킨 온라인 교육과정에 리터니가 어떻게 만들어지고 작동하는지 설명하는 내용이 있었다. 그러니 이런 일에 준비가 되어 있어야 했다. 하지만 실전은 달랐다. 웃는 모습부터 귀고리를 돌리는 방식까지 이 소녀의 모든 것은 플로라다. 다만 언니는 목에 커다란 금속 구멍도 없었고 옆구리에 용기가 끼워져 있지도 않았다. 언니는 로봇이 아니었다.

그러자 마리사가 처음 우리를 만나러 왔을 때 했던 말이 생각났다. 마리사는 플로라가 세컨에서 많은 시간을 보낸 게 다행이라고 말했는데, 그 덕분에 세컨드 찬스에서 플로라의 리터니 버전을 만드는 데 필요한 데이터를 충분히 확보할 수 있었다는 거였다. 또 세컨 앱이 있었기에 엄마도 이런 프로젝트가 있다는 걸 알 수 있었다. 지난 몇 달 동안 나는 나 자신에게 몹시 화가 났다. 그날 내가 세컨을 열지 않고 숙제를 했다면, 홈커밍 프로젝트에 대해서도 듣지 못했을 거고 아빠도 집을 나가지 않았을 거라는 후회 때문이었다. 하지만 내가 그러지 않았더라면, 새로운 버전의 플로라는 지금 여기 없겠지. 아마도 이 세상 어딘가에서 다른 가족이 그들의 아들이나 여동생 혹은 엄마를 맞이하고 있을 테고, 우리는 그저 플로라를 그리워하는 또 다른 날을 맞이했겠지.

이렇게 생각하니, 지금의 플로라가 진짜가 되지 못하게 방해하는 장애물은 과학기술이 아니라는 생각이 들었다. 진짜 장애물은 바로 언니였다! 언니 때문에 새 플로라가 여기에 오게 되었지만, 바로 언니 때문에 새 플로라가 진짜 언니가 될 수 없는 거였다. 나는 이 프로젝트가 우리 가족의 삶을 어떤 식으로 바꿔 놓을지만 잔뜩 걱정했을 뿐, 우리에게 정상적인 생활을 되돌려 줄 거라고는 믿지 않았던 것이다. 하지만 새로운 플로라 덕분에 우리 가족은 예전처럼 지낼 수 있게 되었다. 플로라가 집에 왔고, 이 사실보다 더 놀라운 일은 더 이상 없을 것이다. 플로라가 기계라는 것은 분명하지만, 그것에만 매달려 지금의 상황을 있는 그대로 받아들이기를 주저하지는 않겠다. 오히려 난 정면으로 부딪칠 것이다.

"언닌 아마 칩만 먹어야 할지도 몰라." 나는 플로라의 옆구리를 쿡쿡 찔렀다. "알아들었어? 마이크로칩 말이야."

플로라가 나를 보며 눈을 깜빡였다. 잠시 잠깐 내가 선을 넘었다고 걱정했는데, 그 순간 플로라가 고개를 젖히며 웃었다.

"와, 너무 형편없는데! 당황스러운 수준이야."

우나가 무릎으로 방방 뛰어올랐다.

"나 하나 생각났어, 생각났다고! 한 번에 1바이트(한 입의 'bite'를 데이터의 양을 나타내는 'byte'로 바꿔 쓴 말장난 - 옮긴이)씩 먹어."

"그건 더 수준이 떨어지는걸!"

플로라가 우나에게 베개를 던지고 우나는 그걸 쳐내면서 둘이 깔깔거리기 시작했다. 엄마는 우리를 보고 예전처럼 눈을 부라리다가 픽 웃었다. 나도 웃으며 플로라와 우나 사이에 놓인 소파 쿠션에 등을 깊숙이 기대면서, 팬케이크 한 조각을 입에 넣고 다음 화를 볼 준비를 했다.

2

그날 오후 늦게 마리사와 토비가 다시 우리 집을 방문했다. 마리사는 검은색 원피스 위에 긴 녹색 외투를 입고 바둑판무늬 목도리를 둘렀는데, 토비는 여전히 세컨드 찬스 유니폼 차림이었다. 엄마가 두 사람을 거실로 안내했다. 플로라, 우나와 나는 여전히 거실 소파의 이불 속에서 껴안고 있었다. 우리는 이제 18화를 보고 있었는데 비스킷을 반 봉지쯤 비운 상태였다.

"작별 인사도 하고 행운도 빌어 주고 싶어서요." 마리사가 말했다. 엄마가 안락의자를 권했지만 마리사는 손사래를 쳤다. "진짜 오래 있을 수가 없어요. 내일 다른 임무를 위해 출발해야 하기 때문에 곧 본사로 돌아가야 해요."

"다음엔 어디로 가세요?"

우나가 손가락에 묻은 과자 부스러기를 핥으며 물었다. 우나가 토비에게 과자 봉지를 내밀었지만, 토비는 웃음을 지으며 고개를 저었다.

"아, 그건 일급비밀이야." 마리사가 손가락을 입술에 갖다 대며 싱글거렸다. "하지만 힌트를 줄게. 여기보다 훨씬 따뜻한 곳이야."

우나가 창밖을 바라보는데, 푸른빛이 도는 회색 하늘에선 폭우가 쏟아지고 있었다.

"그야 남극만 빼면 거의 다잖아요."

"맞는 말이야." 마리사가 웃으며 플로라에게 손을 내밀었다. "영광이었어, 플로라. 본사에서도 다들 널 보고 싶어 할 거야. 하지만 매주 이야기할 테니까…. 다음 수요일을 첫 점검 시간으로 잡아 둘게. 괜찮지?"

"좋아요." 플로라가 이불을 밀치고 벌떡 일어섰다. "이 모든 일에 정말 감사드려요, 마리사. 집에 데려다줘서 고마워요."

손을 잡는 대신 플로라는 마리사를 꼭 껴안았다. 두 사람이 떨어졌을 때 마리사의 눈이 빛나고 있었다. 엄마가 악수하려고 다가갔는데, 그 순간 엄마의 눈에 눈물이 차올랐고 엄마 역시 마리사를 끌어안고는 작은 목소리로 고맙다는 말을 되뇌었다. 마리사는 나와 우나에게 하이파이브를 했고, 토비는 우리 한 사람 한 사람에게 차례로 공손하게 고개를 숙였다.

"여러분 모두 만나서 반가웠습니다. 네가 아주 행복하기를 바랄게, 플로라."

우나가 소파에 몸을 기대며 물었다.

"아저씨도 가족들에게로 돌아갈 거예요?"

마리사는 얼굴을 찌푸렸지만 토비의 미소는 작은 움찔거림도 없었다.

"아니, 우나. 지금은 세컨드 찬스가 내 가족이야." 토비는 변함없이 안정된 목소리로 말했다. "내가 있어야 할 곳이지."

"맞아, 토비의 상황은 플로라하고는 좀 달라." 마리사가 토

다시 찾은 일상

비의 어깨에 손을 올리고 힘을 주었다. "하지만 걱정할 거 없어. 우린 서로 잘 챙겨 주고 있으니까, 그렇지?"

토비가 여전히 미소 띤 얼굴로 고개를 끄덕였다. 그러니까 토비는 재현된 다음 자기 가족에게로 돌아가지 않고 세컨드 찬스에서 일하게 되었다는 거다. 왜 그렇게 되었을까….

모두 작별 인사를 하려고 두 사람을 따라 현관 쪽으로 나가는데, 현관문 근처에서 마리사가 걸음을 멈췄다. 마리사의 눈길이 벽에 걸려 있는 가족사진에 머물렀다. 해변에서 찍은 우리 다섯 식구의 사진, 캠핑 가서 한 텐트 안에 끼어 앉은 모습, 플로라가 죽기 몇 달 전 할머니, 커스티 고모와 함께 크리스마스 만찬을 하며 웃고 있는 장면들이다.

"제가 왜 세컨드 찬스에서 일하기로 했는지, 이야기했던가요?"

마리사의 말에 엄마가 고개를 저었다.

"아니, 못 들은 것 같아요."

마리사가 외투 주머니에서 핸드폰을 꺼내 화면을 몇 번 두드리더니, 핸드폰을 플로라에게 건넸다. 나는 몸을 기울여, 양갈래로 땋은 머리는 다 풀려 있고, 보조개가 파인 뺨에 초코아이스크림이 묻어 있는 사랑스러운 여자애의 사진을 보았다.

"제 사촌 하나예요. 여섯 살 때 뇌수막염으로 죽었죠."

갑자기 가슴에 뻐근한 통증이 느껴졌다. 엄마가 숨을 들이마셨다.

"정말 안됐군요." 엄마가 말했다. "어린애가 불쌍하기도 하지. 가족들도 안됐고요."

"하나보다 제가 두 살 많았지만, 서로의 집이 길 2개 차이여서 늘 어울려 지냈죠." 마리사가 핸드폰을 돌려받은 다음 화면을 터치했다. "배트맨 파자마 위에 발레 스커트를 두르고 포켓몬 주제가를 부르며 뛰어다녔는데, 한순간에 사라져 버렸어요. 그 후로 예전과 같은 건 아무것도 없었어요."

엄마가 마리사의 팔을 꽉 잡았다. 우리 모두 마리사가 무슨 말을 하는지 정확히 안다. 언니가 죽었을 때, 누군가가 우리 삶에 선을 죽 그은 것 같았다. 모든 것이 '전'과 '후'로 나뉘었다. 우리 가족이 완전했을 때와 그렇지 않을 때. 축구나 내 친구들처럼 변화가 없는 내 삶의 부분들조차 그 후에는 다르게 느껴졌다. 플로라가 사라지자 온 세상이 색깔을 잃어버렸다.

"저는 늘 그런 상실로 괴로워하는 가족들을 돕고 싶었어요. 애도와 사별 상담을 전공하려고 심리학 박사 학위를 땄지만, 세컨드 찬스에서 절 발견했죠." 마리사가 핸드폰을 다시 주머니에 넣고 살짝 미소를 지었다. "거의 운명이라고 느꼈어요. 우리가 홈커밍 프로젝트로 하고 있는 일이 이 세상을 바꿀 거라고 확신해요."

우리를 올려다보는 마리사의 짙은 갈색 눈이 반짝였다. 이 프로젝트가 마리사에게 얼마나 중요한 일인지 알 것 같았다.

"우리 가족에겐 너무 늦었죠. 하지만 제가 여러분 가족을 돕는 걸 알면 하나도 자랑스러워할 거예요."

다시 찾은 일상

3

우리는 그날 저녁때까지 특별히 하는 일 없이 빈둥거리며 보냈고, 엄마는 저녁으로 야채 파히타와 언니가 좋아하는 산 딸기와 사과 크럼블을 만들었다. 아늑하고 편안하고 행복한 하루였다. 오랜만에 누린 최고의 날이었다. 그럼에도 아빠의 빈자리가 멍든 상처처럼 욱신거렸다.

플로라는 그날 저녁, 우리가 그릇 정리를 다 마치고 자기 싫다는 우나를 엄마가 억지로 방으로 올려 보낼 때까지도 아빠 얘기를 꺼내지 않았다. 난 언니 방에서 플로라가 옷장을 살펴보는 걸 거들었다. 모든 게 언니가 죽던 날과 거의 똑같았다. 보라색 이불, 벽에 붙은 포스터들, 침대 위에 매달린 요정 조명, 책상 위에 가지런히 세워진 매니큐어 병. 그리고 침대 옆 작은 탁자에는 아래층에 있는 것과 똑같은 크리스마스 사진이 액자에 끼워져 있다.

"자… '방 안의 코끼리'에 대해 이야기할 때가 됐네." 플로라는 아빠가 빨간색 산타 옷을 입고 활짝 웃고 있는 크리스마스 사진을 손가락으로 톡톡 두드렸다. "키가 크고 정원 일과 위스키를 좋아하는, 게일어를 하는 코끼리 말이야."

나는 목이 말랐다.

"아빠가 떠났다는 얘길 마리사가 이미 한 줄 알았는데?"

"그랬지. 하지만 이유는 말해 주지 않았어." 플로라는 팔꿈치에 구멍이 난 크림색 니트 스웨터로 손을 뻗었다. 웃고 있었지만 목소리는 떨렸다. "아빠는 나를 인간성에 반하는 죄악이나 뭐 그런 걸로 생각하는 걸까?"

난 벽에 기대어 내 목걸이를 만지작거렸다. 나뭇잎 모양의 금 펜던트인데, 나뭇잎 안에 'I' 자가 새겨져 있다. 우나 것에는 'U' 자가 새겨져 있고, 플로라도 원래 'F' 자가 새겨진 목걸이를 가지고 있었다. 할머니가 언젠가 크리스마스 선물로 우리에게 준 거다. 플로라는 절대 그 목걸이를 벗는 법이 없었는데, 죽기 몇 주 전에 잃어버렸다.

"그렇게 극단적인 건 아니었어." 나는 아빠가 한 험한 말들을 어떻게 하면 좀 더 부드럽게 바꿀지 궁리했다. "아빠는 인간을 재현하는 건 불가능하다고 생각하기 때문에, 언니가 진짜 플로라일 수가 없다는 거야."

아빠가 이 프로젝트에 진심으로 참여했다는 생각은 들지 않는다. 아빠는 계약서에 서명하고, 교육과정을 이수하고, 마을 회의에도 참석했다. 심지어 언니가 죽고 난 뒤로 차고에 그대로 쓰러져 있던 언니의 자전거를 청소하기까지 했다. 하지만 아무도 보는 사람이 없을 때 아빠가 한숨을 쉬고 고개를 흔드는 모습을 보며, 난 아빠가 그런 일을 하는 게 엄마 때문이라는 걸 눈치챘다. 아마도 아빠는 세컨드 찬스가 약속한 게 얼마나 비현실적인지 엄마가 스스로 깨닫고 결국 이 프로젝트를 포기하기를 바랐던 것 같다.

이미 명백해졌듯이, 그런 일은 일어나지 않았다. 플로라의 귀환이 다가올수록, 더 실감 나기 시작했고 엄마는 더 집착했으며 아빠는 더 물러났다. 몇 달 전에 아빠는 짐을 쌌고, 엘런 코름에 가서 커스티 고모랑 할머니와 함께 살 거라고 말했다.

"미안하구나." 아빠는 우나와 나를 안아 주며 작별 인사를 했다. "아빤 이 일에 참여할 수가 없어. 이건 옳지 않아."

아빠가 차를 몰고 떠나는 것을 보고 마음이 아팠지만, 아빠를 탓할 수는 없었다. 나 역시 이 시도가 좋은 아이디어라는 생각은 안 들었다. 한동안은 나도 아빠를 따라 엘런 코름으로 이사할까 하는 생각을 했지만, 커스티 고모 집에는 남는 방도 없고 무엇보다도 우나만 혼자 남겨 두고 떠날 수가 없었다. 특히 이 모든 일을 시작한 게 바로 나였으니까.

"아빠도 언니를 직접 보면 마음이 바뀔 거야." 지금은 플로라에게 이렇게 말할 수밖에 없었다. "당연히 그럴 거야. 언니가 갈 수는 없으니까 아빠가 여기로 언니를 보러 오도록 잘 설득하면 돼."

"그랬으면 좋겠다. 아빠가 집에 없으니까 정말 이상해."

플로라가 들고 있던 니트 스웨터를 버리려고 쌓아 둔 옷 쪽으로 던졌다. 오랫동안 옷장에 갇혀 있던 탓에 옷에서는 퀴퀴한 냄새가 났고 좀나방들이 구멍을 내놓은 것도 있었다. 언니가 그리기르 삼촌 결혼식 때 입었던 하늘색 원피스나 열두 살 때 진짜 좋아했던 청바지처럼 대부분은 몇 년 동안 전혀 본 적이 없는 옷도 나왔다. 그 옷을 하나하나 볼 때마다 슬픔으로 가슴이 저릿하다가도, 고개를 들면 언니가 바로 내 눈앞에 있다. 너무 혼란스럽다.

"너한테는 이 방이 타임캡슐일 것 같아." 플로라는 자기가 가장 좋아하는 K팝 밴드인 판도라 21의 포스터를 보며 고개를 끄덕였다. "이들이 아직도 함께 활동해?"

"어 그럼, 지금은 진짜 인기 많아. 작년에는 엄청 오랫동안 1위를 차지한 곡도 있었어."

그 노래의 후렴구가 갑자기 떠올랐다. 작년 여름엔 내가 마을 구멍가게에 갈 때마다, 아니면 엘런 코름에 가려고 페리를 탈 때마다 늘 그 노래가 흘러나왔던 것 같다. 거의 무명이던 밴드가 전국 라디오 방송을 타는 걸 봤다면 언니가 얼마나 흥분했을지 알았기에, 난 그 노래를 들을 때마다 가슴에 통증을 느꼈다.

"세상에, 진짜 대단하다!" 언니가 밝은 어조로 말했다. "그렇다면 드디어 여기로 투어를 올지도 모르겠다."

"얼마 전에 글래스고에서 공연했어. 아디티가 자기 사촌들이랑 갔다 왔지."

"설마!" 플로라가 길게 한숨을 내쉬었다. "빌어먹을, 이런 일이 있을 줄 알았다면 난 절대 죽지 않았을 거야."

플로라의 우울한 농담에 당황했지만 난 애써 아무렇지 않은 척했다.

"아디티 말로는 진짜 멋있었대. 다시 공연하러 오면 우리 같이 가자."

플로라의 얼굴이 밝아졌다. 언니가 열여덟 살이라도 이런 대화를 나누었을지 궁금하다. 언니가 살았다면 지금쯤 대학 갈 준비를 하고 있었을 거다. 여전히 판도라 21을 좋아했을까,

　　　　　　　　　　　　다시 찾은 일상

아닐지도 모르겠다.

"너도 같이 갈 거야? 넌 항상 걔들이 너무 유치하다고 했잖아."

"당연히 같이 가지. 하지만 유치하다는 생각은 변함없어, 제발 정신 좀 차려."

내가 활짝 웃었다.

언니가 낡은 노란색 폴로셔츠를 뭉쳐서 내게 던졌다.

"그 말 취소해. 순 안티 같으니."

난 웃으며 티셔츠를 도로 던졌다. 내가 기억하는 플로라 역시 나하고 콘서트에 가고 싶어 하진 않겠지만, 그건 더 이상 문제 될 게 없다. 지금 여기 있는 이 사람이 바로 우리 언니니까.

4

그다음 날, 7월의 비가 그치고 마침내 파란 하늘과 햇빛이 나타났다. 엄마는 플로라가 오늘도 종일 집에 있기를 간절히 바랐지만, 스코틀랜드에서는 날씨가 맑을 때, 마지막 한순간까지 최대한 그 날씨를 누려야 한다. 엄마도 마침내 섬의 북서쪽 해안, 우리가 가장 좋아하는 해변으로 자전거를 타고 가는 걸 허락했다.

"평소처럼 행동해야 한다고 엄마가 계속 말했잖아." 플로라와 우나가 차고에서 자전거를 꺼내 오는 동안 내가 엄마에게 상기시켰다. "햇볕이 좋은 날 해변에 가는 것, 그게 우리가 평소에 하던 거야."

"그야 그렇지만…." 엄마가 손가락으로 머리카락을 쓸어내리며 한숨을 쉬었다. "여기가 어떤지 알잖아. 플로라가 한동안 관심의 초점이 될 거고, 시선이 곱지만은 않을 거야. 며칠만이라도 플로라가 그런 시선에서 비켜나 있게 해 주고 싶어."

다들 이번 프로젝트에 동의했지만 그렇다고 모두가 탐탁해 한 건 아니다. 마을 회의가 있을 때마다 불만이 나왔다. 어떤 사람들은 세컨드 찬스가 플로라를 이용해 우리를 감시할 거라거나, 일단 로봇을 하나 들여놓으면 곧 섬이 로봇 천지가 될 거라고 생각했다. 대부분의 불만은 첫 번째 입금이 이루어지자 거의 사라졌지만, 완전히 없어진 건 아니었다. 우리가 가게나 우체국에 들어섰을 때 사람들이 수군거리는 소리나 엘런 코름으로 가는 배를 탔을 때 사람들이 우리를 피하는 태도로 알 수 있었다.

"괜찮을 거야, 엄마. 그 해변엔 아무도 안 와. 무슨 일이 있으면 바로 집으로 돌아올게." 나는 짐짓 더 자신 있게 말했다.

걱정을 하면서도 엄마는 간식거리를 한 가방 싸 주었으며, 선크림을 바르라고 잔소리를 하고, 마침내 우리가 해변으로 출발할 때 현관 계단에서 손을 흔들어 주었다. 쉬이는 길옆의 길게 자란 풀밭에서 우리가 떠나는 것을 지켜보았는데, 플로라의 자전거 바퀴가 지나갈 때 꼬리를 세워 부풀렸다.

엘런 저라크에서 살면서 지구상에서 가장 운이 좋은 사람처럼 느껴질 때가 있는데, 오늘이 그런 날에 속한다. 언덕 위로 눈부신 하늘이 끝없이 이어진다. 맑은 공기 속에서 바다의 짠 내와 야생화인 헤더 향기가 코끝을 스친다. 들리는 거라곤 삐걱거리는 우나의 자전거 브레이크 소리와 잔잔한 파도 소리, 가끔 갈매기가 우는 소리뿐이다. 플로라는 우나와 나보다 앞서서 달렸는데, 산들바람에 티셔츠가 가볍게 물결쳤다. 언니는 언제나 자전거 속도가 가장 빨랐지만, 지금은 예전보다 더 빨리 페달을 밟았다. 난 더 이상 언니의 빨라진 자전거 속도나, 머리카락이 한쪽으로 날릴 때 햇빛에 반짝이는 충전 포트에 집착하진 않는다. 내가 주로 생각한 건 언니가 정말 건강해 보인다는 거였다. 정말 살아 있는 것처럼 보였다.

20분 후 우리는 저 멀리 개를 산책시키고 있는 사람 말고는 아무도 없는 해변에 도착했다. 여긴 변한 게 없다. 부드러운 백사장과 청록색 바다는 우리가 어렸을 때 보았던 바다랑 완전히 똑같다. 아마 오래전부터 같은 모습이었겠지.

우리는 자전거를 버리고 시커멓고 거대한 바위까지 달리기 시합을 벌인 다음, 우나가 수집하고 있는 반짝이는 조개껍데기와 유리 조약돌을 함께 찾았다. 물에 떠내려온 나무토막으로 골대를 표시하고 내가 가지고 온 축구공으로 번갈아 페널티킥을 날렸다. 우나는 실력이 영 형편없어서 매번 바다 쪽으로 공을 찼다. 동생은 공을 건지려고 청바지를 걷어 올리고 첨벙거리며 차가운 바닷물로 뛰어들었고, 그럴 때마다 그 애가 질러 대는 비명이 우리 머리 위에서 활공하는 바닷새들에게로 튀어 올랐다.

1시간쯤 지나자, 우나가 배고프다며 엄마가 싸 준 소풍 음식을 먹자고 졸랐다. 나는 가방에서 치즈와 양파칩이 든 큰 봉지와 며칠 전에 내가 만든 초콜릿 쿠키, 사과와 귤 몇 개를 꺼냈다. 우나와 언니가 모래밭에 앉아 천천히 음식을 먹는 동안 나는 축구공으로 볼리프팅을 했다.

플로라가 귤을 집자, 우나가 플로라를 빤히 쳐다보았다.

"언닌 귤 싫어하잖아. 예전엔 그랬는데."

"내가?" 플로라가 귤을 한 조각 떼어 내서 천천히 씹었다. "흠, 정말? 왜 그랬을까? 괜찮은데."

"진심이야? 예전엔 누가 귤을 먹기만 해도 방에서 나가 버리곤 했는데." 난 한쪽 발등 위에 공을 얹은 채 그대로 균형을 잡았다. "진짜 기억 안 나는 거야?"

플로라는 손에 든 귤을 내려다보았다.

"아니. 그런 얘긴 아무도 안 해 준 것 같아. 어쨌든 지금은 맛이 다르게 느껴지나 봐. 내 혀의 맛봉오리가 작동하는 방식은 너희들하고는 다르니까." 언니는 또 한 조각 들고 껍질을 벗겨 내더니, 고개를 가로저었다. "좋아, 귤은 맛없어. 저장."

플로라는 몸을 돌려 백사장에 면한, 길게 자란 풀밭으로 귤을 던졌다. 우나는 웃었지만, 내 머리 뒤쪽에서는 불편한 질문이 스멀스멀 일어나기 시작했다. 플로라는 또 뭘 잊었을까? 우리가 잊어버리고 세컨드 찬스에 말하지 않은 게 또 뭐가 있을까? 플로라가 귤을 싫어했다는 건 그다지 중요한 특징은 아니지만, 언니의 다른 부분이 사라졌을 수도 있을 것 같다.

"뭐 좀 물어봐도 돼?" 나는 공을 발에서 떨구고 우나 옆 담요 위에 앉았다. "마지막으로 기억나는 게 뭐야?"

"엄마랑 페리를 타고 있는 거. 엘런 코름으로 의사를 보러 갔던 것 같아. 그다음에 무슨 일이 있었는지 그들이 말해 주긴 했지만, 난 하나도 생각나지 않아."

마리사는 플로라가 자신의 병에 대해서는 아무것도 기억하지 못할 거라고 미리 경고해 주었다. 나는 이상하다고 생각했지만, 세컨드 찬스는 플로라가 병에 걸리지 않았던 것처럼 살아가도록 해 주는 거라고 설명했다. 플로라의 머릿속에선 검사와 화학요법, 끊임없이 이어지는 나쁜 일은 일어난 적이 없었다. 고통에 몸부림치고 토하느라 잠 못 이룬 밤도 없었고, 잠에서 깼을 때 베개에 머리카락이 뭉텅 빠져 있던 아침도 없었다. 그 모든 고통은 지워졌다. 기분이 묘했지만, 위로가 되었다. 할 수만 있다면 내 기억에서도 지우고 싶다.

"그다음으로 기억나는 건 세컨드 찬스 센터에서 깨어난 거야." 플로라는 모래를 한 움큼 집더니 손가락 사이로 흘려보냈다. "무섭거나 뭐 그러진 않았어. 어떻게 된 건지 난 이미 알고 있었으니까. 그들이 내가 당황하지 않고 차분하게 받아들이도록 프로그래밍했나 봐."

플로라가 세컨드 찬스 본사에 대해 들려주었다. 널찍한 자기 방과 탁 트인 연구실, 계곡이 내려다보이는 경치에 대해. 난 들으려고 애썼지만, 아까 플로라가 한 말이 머리에서 떠나지 않았다. '차분하게 받아들이도록 프로그래밍했나 봐.' 교육 훈련

매뉴얼에 리터니가 가능한 한 편안하게 느끼도록 한다는 내용이 있었지만 나는 그게 감정을 조정한다는 뜻이라고는 생각하지 않았다.

맨살인 내 팔 위로 전율이 흘렀다. 나는 축구공을 들고 일어섰다.

"그만 가자. 바람이 차가워."

돌아갈 때는 언덕을 다시 올라가지 않아도 되게, 마을을 지나가기로 했다. 마을이 가까워질수록 내 몸의 신경이 떨리기 시작했다. 부두 계단에서 잡담을 나누던 노인 몇이 우리가 자전거를 타고 지나가자 말을 멈추고 얼빠진 듯 우리를 바라보았다. 개를 데리고 해변을 산책하는 사람들도 보였다.

애니 아줌마가 빵 한 덩어리를 들고 가게에서 나왔다. 아줌마는 우리를 보고 시선을 돌렸다가, 다시 돌아보고는 손을 흔들었다.

"환영해, 플로라! 네가 돌아와서 정말 기쁘구나!"

나는 환한 미소로 답했다. 아줌마의 딸 조지 캠벨은 나보다 한 학년 위다. 조지는 수줍음이 많고 조용하지만, 애니 아줌마는 정반대다. 실제로 애니 아줌마가 웃으면 그 소리를 섬 반대편에서도 들을 수 있다고 말할 정도니까. 아줌마가 자기 집으로 들어갈 때, 플로라는 "고맙습니다." 하고 외치더니 갑자기 자전거를 멈추었다. 우나와 나는 플로라를 들이박지 않기 위해 브레이크를 힘껏 잡아야 했다.

"무슨 일이 있었던 거야?"

플로라가 아줌마네 집 바로 옆, 교회 얘기를 한다는 걸 깨닫는 데 잠깐 시간이 필요했다. 교회는 화재로 심하게 훼손되어, 예쁜 스테인드글라스 창문은 사라지고 벽도 검게 그을린 채였다. 나는 잠시, 플로라가 어떻게 그 사건을 잊어버릴 수 있을까 하는 생각에 혼란스러웠다. 교회 화재는 수십 년 동안 엘런 저라크에서 일어난 일 중 가장 충격적인 사건이었다. 나는 곧 그 일이 언니가 아프고 난 뒤, 죽기 한 달 전에 일어났다는 사실을 깨달았다. 플로라는 그 시기를 전혀 기억하지 못한다.

"불이 났었어." 내가 대답했다. "지금으로부터 3년 전에."

엘런 저라크에는 소방서가 없다. 긴급 구조대가 도착했을 때는, 불이 이미 교회 오른쪽의 조지네 집과 왼쪽 머도 아버지의 목공소로 번진 뒤였다. 다행히 늦기 전에 사람들은 모두 빠져나왔지만, 잭 목사님은 불을 끄려다 오른손에 심한 화상을 입었다.

"불이 어떻게 났는지 아직 확실히 몰라." 내가 플로라에게 말했다. "누군가가 일부러 불을 지른 것 같다는 말도 있지만, 그건 불가능한 것 같아. 내 말은, 여긴 엘런 저라크잖아. 그렇게 극적인 사건은 일어날 수 없어."

"세상에." 플로라가 중얼거렸다. "너무 속상하다."

우린 한동안 아무 말 없이 대서양을 배경으로 검은 윤곽을 드러내고 있는 건물을 바라보았다. 플로라가 아프기 전에는 엄마 아빠가 가끔 우리를 교회에 데려오곤 했다. 내가 아주 어렸을 때는 목사님 설교 때 긴 의자 밑에서 놀았던 기억이 난다. 예배가 끝나면 차와 비스킷이 나왔던 것도. 플로라는 그런 기억을 얼마나 가지고 있을지, 그리고 재현 과정에서 얼마나 많은 기억을 잃었을지 궁금하다.

"아일라!"

거리 끝에서 날 부르는 소리에 생각이 흩어졌다. 아디티가 화창한 날이면 늘 입는 노란색 진 스커트를 입고 손을 흔들며 우리 쪽으로 달려왔다. 머도가 아디티 뒤로 뛰어오고 있었다.

"쟤가 아디티야?" 플로라가 물었다. "어머나, 세상에!"

아디티가 눈을 반짝이며 환하게 웃었다. 엄마 말고, 홈커밍 프로젝트에 아디티만큼 신이 난 사람은 없다. 아디티는 여섯 살 때 코딩하는 법을 혼자서 깨쳤고, 열한 살 때 앱과 게임을 만들고 프로그래밍을 시작했다. 앞으로 인공지능을 연구해서 사지 절단 환자를 위한 스마트 의수나 의족을 만드는 일을 하는 게 아디티의 목표다. 홈커밍 프로젝트는 아디티에게 세상에서 가장 훌륭한 현장학습인 셈이다.

"언니 정말 좋아 보여." 아디티가 플로라에게 말했다. "진짜로… 진짜 플로라 언니 같아."

"아주 어른이 다 됐네, 머도." 플로라가 머도를 보고 말했다. "키도 많이 컸고."

머도가 수줍어하며 고개를 끄덕였다.

"돌아온 걸 환영해, 플로라 누나."

내 두 친구가 우리 언니를 보며 웃는 것을 보니, 행복했다. 머도, 아디티, 나, 우리 셋은 생일이 서로 4개월도 차이가 나지 않는, 평생 가장 친하게 지낸 친구다. 홈커밍 프로젝트가 진행

되는 과정 내내 난 이 친구들 덕분에 침착할 수 있었다. 아디티는 '가족 지침서'에 나오는 복잡하고 어려운 내용을 내 머리로 이해할 수 있게 도와주었고, 머도는 내가 온갖 의심과 걱정거리를 털어놓을 때 늘 곁에서 이야기를 들어 주었다.

우리는 마치 주변 사람들의 호기심 어린 시선을 눈치채지 못한 척, 잠시 그대로 서서 이야기를 나누었다. 플로라는 캘리포니아에서 지낸 얘기를 했고, 아디티는 판도라 21이 지난 3년간 뭘 했는지 설명했다. 머도는 우리가 대화하는 동안 긴장한 눈빛으로 자기네 목공소를 흘깃흘깃 쳐다보았지만, 머도 아버지의 모습은 보이지 않았다. 곧 우나가 플로라의 소매를 잡아당기며 오줌이 마렵다고 투덜거렸다.

"일요일에 우리 집에 올래?" 아디티가 플로라에게 물었다. "그러면 수레시 오빠도 볼 수 있을 텐데. 그날은 아마 일 안 할 거야."

플로라의 얼굴 전체가 환하게 밝아졌다. 언니와 수레시는 같은 반이었고, 가장 친한 친구였다.

"수레시가 아직 섬에 있어? 지금쯤이면 떠났을 줄 알았는데."

"아니, 아직." 아디티가 내 팔을 쿡 찔렀다. "너도, 아일라. 내가 지금 만들고 있는 게임 보여 줄게."

"좋아." 플로라가 그 자리에서 실제로 살짝 뛰어 오르는 바람에 자전거 바퀴에서 찌익 하는 소리가 났다. "그럼, 일요일에 보자!"

익숙해지기 위해 필요한 시간들

1

우나와 난 토요일엔 엘런 코름에 가야 한다. 플로라가 온 지 겨우 사흘밖에 안 돼서 떨어지고 싶진 않았지만, 여름 방학 동안 적어도 일주일에 한 번은 아빠를 보러 가기로 약속한 데다 간 김에 친구들과 축구 연습을 할 수도 있다.

플로라는 두 팔로 무릎을 감싸고 계단 맨 아래 칸에 앉아 우리가 신발을 신고 외투를 입는 것을 지켜보았다.

"아빠한테 안부 전해 줘."

플로라가 아랫입술을 삐죽 내밀었다. 농담처럼 보였으면 하지만 명백히 그렇지 않을 때 하는 행동이다. 다른 사람들은 모두 파티에 갈 준비를 하는데 혼자 집에 남게 된 아이 같다.

"그냥 점심 먹으러 가는 거야." 운동화를 신고 신발 끈을 조이면서 내가 말했다. "언니가 특별히 놓치는 것도 없어. 커스티 고모 요리 솜씨가 어떤지 잘 알잖아!"

"아빠한테 언니를 보러 오라고 얘기해 볼게." 우나가 외투 속으로 들어간 뒷머리를 들어 올리면서 말했다. "우리가 아빠 마음을 바꿔 놓을 거야. 약속해!"

나는 억지로 웃어 보였지만, 속이 거북했다. 플로라 재현 프로젝트는 아빠가 짐을 꾸려 가족과 직장과 삶의 터전이었던 섬을 떠나는 충분한 이유가 되었다. 아빠가 다시 돌아오도록 설득하는 데는 상당한 노력이 필요할 것이다. 하지만 난 우나 말에 동의한다는 듯 고개를 끄덕였다. 우리 둘은 손을 흔들어 작별 인사를 하고, 자전거에 올라 항구로 향했다. 나는 그 약속을 지킬 수 있기를 정말 간절히 바랐다.

2

그날 뱃길은 파도가 좀 있는 편이었다. 배가 물살을 가르며 나아가자 파도가 높게 치솟아 뱃전을 쓸어내렸다. 엘런 코름에 도착해, 우린 늘 하던 대로 시내 중심가에 들러 상점 구경부터 하고 나서 커스티 고모네로 갔다. 엘런 코름 역시 보통의 기준으로는 작은 섬이지만, 우리 섬에 비하면 대도시다. 카페가 4개에다 영화관도 있다. 언니는 이곳에 수영팀 친구들이 많았기 때문에, 언니한테는 이 섬이 제2의 고향 같은 곳이다. 플로라가 왜 여기 함께 오지 못하는지는 잘 알지만, 그래도 혼자 남겨 두고 온 게 여전히 몹시 부당하게 느껴졌다.

그러나 고모네 작은 집에 도착해, 커스티 고모가 문을 열고 우리를 맞아 주었을 때 나는 곧바로 기분이 좋아졌다. 커스티 고모는 예술가로, 아빠 형제 중 막내다. 아빠와 열여섯 살 터울이 지기 때문에 고모라기보다는 늘 큰 사촌 언니 같다. 고모는 줄무늬 상의에 물감이 튄 작업복을 입고 큼지막한 보온 슬리퍼를 신고 있었다.

"딱 시간 맞춰 왔네!" 고모가 쾌활하게 말했다. "점심 거의 다 됐어."

"음, 좋았어." 우나가 내 뒤를 따라 집 안으로 들어와 운동화를 벗었다. "근데, 저, 점심은 고모가 만들었어?"

우나는 떨리는 목소리를 감추지 못했다. 커스티 고모는 아마 세계 최악의 요리사일 것이다. 한번은 우리한테 죽처럼 걸쭉하고 싱거운 달(콩으로 만든 인도식 스튜 – 옮긴이)을 만들어 주었고, 또 한번은 냉동 새우 한 봉지를 밤새 그냥 내놓았다가 식구 모두 식중독에 걸리게 한 적도 있다.

고모가 활짝 웃고는 눈을 흘겼다.

"걱정하지 마, 그건 너희 아빠 담당이니까. 이사 온 후로 오븐 근처에는 날 얼씬도 못 하게 하는걸!"

우리는 고모를 따라, 고모가 작업실에서 만든 색색 가지 도자기 주전자와 그릇들이 가득 차 있는 작고 아늑한 부엌으로 갔다. 아빠는 오븐 옆에 서서 접시 5개에 라자냐를 담고 있었다. 우리 셋 중에서는 언니가 아빠를 가장 많이 닮았다. 날카로운 턱선과 짙은 금발 머리에다 둘 다 똑같이 코가 좁은 편이다.

"할로, 아 칼라칸?"

아빠는 웃으며 '안녕, 딸들?' 하고 게일어로 말했다. 아빠가 한쪽 팔을 내밀었고 나는 그 아래로 미끄러지듯 들어가 아빠를 껴안았다. 수염을 깎지 않은 아빠의 거칠거칠한 얼굴이 내 관자놀이에 느껴지는 순간, 내가 아빠를 그리워했다는 생각이 들면서 가슴이 뭉클해졌다. 지금의 아빠뿐만이 아니라 언니가 죽기 전, 두 분이 늘 다투기 전의 아빠. 이 지역 섬들에 전해 내려오는 온갖 민담을 다 알고 있고, 형편없는 이중 언어 말장난을 끊임없이 만들어 내던 아빠. K팝과 '그레이트 브리티시 베이크오프'(제과제빵 경연 텔레비전 프로그램 – 옮긴이), 그 밖에 딸들이 좋아하는 것에 관심을 가지기 위해 정말 열심히 노력한 아빠.

"오늘 배는 어땠니?"

우리가 도착하면 늘 물어보는 말이지만 오늘은 아빠의 목소리에 떨림이 있다. 새로운 플로라가 오는 날이 며칠 전이었다는 것을 아빠도 잊지 않고 있었다.

"괜찮았어." 우나가 어깨를 들썩여 외투를 벗으며 대답했다. "부드럽고 좋았어."

놀랍게도 우나는 게일어로 말했다. 우린 모두 이중 언어 사용자이긴 하지만 플로라와 우나는 거의 언제나 아빠에게 영어로 말했다. 아빠의 직업이 게일어 교사라는 점을 생각하면, 아빠에겐 아픈 부분이다. 하지만 노력하는 모습은 항상 아빠를 즐겁게 한다. 아빠는 눈꼬리에 주름이 지도록 우나에게 웃어 보이고, 내게 라자냐 접시를 건넸다.

"식탁에 좀 놔 줄래, 아일라? 참 페타(PETA, 동물 윤리 단체–옮긴이)에는 신고 안 해도 돼, 전부 채식이니까."

내가 눈을 흘겼다. 아빠는 어떤 점에선 꽤 구식인데, 채식주의를 탐탁지 않아 하는 것도 그에 속한다. 나는 첫째 접시를 할머니 앞에 내려놓았다.

"할머니, 안녕하셨어요? 저예요, 아일라."

할머니가 고개를 돌려 두껍고 둥근 안경을 통해 나를 올려다보았다. 할머니의 눈은 지금은 약간 흐려졌지만, 웃을 때는 여전히 반짝거린다.

"오, 애야, 안녕. 가만있자, 아일라… 이네스의 딸 중 하나지, 그렇지?"

할머니는 약간 주저하며 아빠를 슬쩍 보고 말했다.

"맞아요, 엄마. 가운데 아이요." 아빠가 큰 소리로 말했다. "그리고 얘는 우나, 막내고요."

우나가 할머니 목에 팔을 둘러 껴안아 주고는 옆 의자에 앉았다. 할머니가 우리를 혼동할 때면 여전히 슬퍼진다. 그래도 오늘은 우나와 나를 번갈아 보시더니, 고개를 끄덕였다.

"플로라는 같이 안 왔니?"

잠시 긴장된 정적이 찾아왔다. 할머니의 치매는 플로라가 죽고 나서 6개월 후쯤 갑자기 나빠졌다. 플로라가 죽었다는 걸 가끔 잊어버리던 정도였다가, 플로라의 병이나 죽음 자체를 아예 기억하지 못하는 상태로까지 진행되었다. 처음에는 아빠가

익숙해지기 위해 필요한 시간들

상기시켜 주려고 했지만, 곧 포기하고 말았다. 할머니가 그 충격을 되풀이해서 겪는 걸 보는 게 너무 속상했고, 몇 시간 지나면 또 기억에서 사라질 걸 아니까 의미 없게 느껴졌다.

커스티 고모가 할머니 맞은편 자리에 앉아 자신이 만든 해바라기 주전자로 우리 컵에 물을 따라 주었다.

"플로라는 오늘 안 왔어요, 엄마." 고모의 목소리에 담긴 명랑함은 주전자에 그려진 해바라기만큼이나 인위적이다. "아일라와 우나뿐이에요."

우나가 무슨 할 말이 있는 듯 입을 열었지만, 내가 살짝 고개를 저었다. 아빠는 정말 고집이 세서, 플로라를 만나러 오라고 우리가 너무 조급하게 조르기 시작하면 절대 마음을 바꾸지 않을 것이다. 적당한 때를 보는 게 중요하다.

아빠는 웨이터처럼 남은 접시 3개를 균형을 잡아 팔에 올리고 식탁으로 왔다.

"본 아페티(맛있게 드세요)!" 아빠가 지나치게 과장된 프랑스 억양으로 말했다. "그래 이번 주는 어떻게 지냈니?"

나는 플로라와 상관없는 말을 하려고 이것저것 생각하다가 지난주에 텔레비전에서 봤던 웃긴 동영상에 대해 횡설수설했다. 고모는 바닷새 가넷이 부리에 과자 봉지를 물고 있는 모양으로 소스 주전자를 만들어 달라는 의뢰를 받았다는 얘기를 했고, 아빠는 자신이 가르치는 온라인 게일어 수업 이야기를 했다. 그러는 내내 우나는 손톱을 물어뜯으며 자리에서 안절부절못했다. 속에서 찬반 논쟁이 부글부글 끓는 게 실제로 보일

정도였다. 10분쯤 지났을 때, 결국 끓어오른 냄비의 뚜껑이 날아갔다.

"우리 진짜 평소처럼 아무 일도 없는 척할 거야?" 우나가 쏘아붙였다. "플로라 언니가 돌아왔다는 사실을 정말로 무시할 거냐고?"

긴 침묵이 이어졌다. 아빠가 걱정스러운 눈길로 할머니를 보았다. 고모가 할머니와 자기 접시를 집어 들더니 어두운 회색빛 하늘임에도 불구하고, 집 안에 있기에는 날씨가 너무 좋다는 둥 어쩌고 하면서 할머니를 정원으로 모시고 나갔다.

문이 닫히자 아빠가 우나를 돌아보며 한숨을 쉬었다.

"우나, 이미 다 끝난 얘기야." 아빠가 말을 듣지 않는 학생들을 대할 때 쓰는 선생님 톤으로 말했다. "그… 그 애는, 플로라가 아냐. 그건 불가능한 일이야."

"아니, 언니가 맞아! 아빠는 아직 못 봤잖아. 이걸 봐."

우나가 자기 핸드폰을 꺼내 화면을 휙휙 넘기더니 어제 해변에서 찍은 사진을 내밀었다. 플로라가 청바지를 종아리까지 걷어 올린 채, 차가운 바닷물이 발끝까지 미끄러져 들어오자 웃으며 뛰어 달아난다. 아빠는 나이프와 포크를 떨어뜨리고 불에 덴 것처럼 화들짝 물러났다. 내가 우나의 손을 잡아 핸드폰을 식탁에 엎어 놓자, 우나가 손을 휙 잡아 뺐다.

"봐! 아빠가 이걸 봐야 해! 모르는 척하지 마, 아빠. 이 사람은 아빠 딸이라고."

아빠 얼굴이 유령처럼 창백해졌다. 아빠의 시선은 부엌 안

익숙해지기 위해 필요한 시간들

을 이리저리 떠돌다가 방 한쪽 끝에 있는, 플로라의 재가 담긴 유골 항아리로 갔다가 지금은 창턱에 머물러 있다. 아빠가 집을 떠날 때 언니의 유골함을 챙겼고 엄마도 반대하지 않았다. 새로운 플로라는 그 재에서는 생겨날 수 없으니까. 그걸 할 수 있는 건 오직 세컨드 찬스뿐이다.

"그 애는 네 언니가 아니야." 아빠가 우나에게 말했다. 물컵을 잡으려고 내미는 아빠의 손이 떨렸다. "심지어 사람도 아니야. 그냥 닮은꼴이고 눈속임일 뿐이야."

"나도 그렇게 생각했었어, 아빠. 하지만 정말 그렇지 않아." 내가 말했다. "실제로 플로라 언니라니까. 최소한 아빠가 와서, 어떤지 직접 만나 봐야 해. 그러고 난 다음에 판단해."

아빠의 눈이 놀라움으로 번뜩였다. 플로라가 도착하기 전까지 나는 이 모든 문제에 대해 아빠와 같은 편이었다. 아빠는 두 손으로 머리를 감싼 채 한동안 접시에 남은 음식을 응시했다.

"바로 이래서 난 하고 싶지 않았던 거야. 너희 둘이 지나치게 애착하게 될 테고, 그러다 일이 잘못되면…." 아빠가 침을 삼키자 턱 밑에서 목젖이 움직였다. "우린 다 같이 앞날을 향해 나아가야 해. 이 말은 플로라의 죽음을 받아들여야만 한다는 뜻이야. 플로라를 되살릴 수는 없어."

우나의 눈에 눈물이 고였고, 아랫입술은 분한 듯 파르르 떨렸다.

"플로라가 아팠을 때는 아빠도 그 사실을 그냥 받아들이지는 않았잖아? 언니를 낫게 하는 과학과 기술을 원했어. 성공하지 못하더라도 아빠는 시도해 보려고 했어.”

“물론 그랬지. 기적을 기다리며 가만히 앉아 있을 순 없었으니까. 하지만 그건 전혀 다른 문제야. 그건 우나, 너도 알잖아.” 아빠는 나이프와 포크를 집어 들더니, 라자냐를 한 입 더 입에 넣고 씹으며 고개를 저었다. “네 엄마가 실제로 그럴 줄은 몰랐어. 정말 말도 안 되는 일이야.”

우나가 일어나며 의자를 뒤로 미는 바람에 의자 다리가 나무 바닥에 긁히는 소리가 났다. 우나는 외투를 홱 잡아채며 소리쳤다.

“정말 말도 안 되는 건 아빠야. 아빠는 몰라. 그 사람들이 실제로 언니를 데려왔다고. 그런데 아빠가 너무 고집불통이어서 직접 보러 오지도 않는 거잖아.”

우나는 말총머리가 크게 흔들릴 정도로 쿵쾅거리며 부엌을 뛰쳐나가 문을 쾅 닫았다. 아빠는 몹시 화가 나서 “맙소사.”라고 게일어로 작게 중얼거리고는 일어나 우나 뒤를 쫓아갔다. 플로라가 배에서 내리던 날, 내가 충격과 행복감으로 얼마나 어지러웠는지를 생각했다. 아빠도 그걸 느꼈으면 좋겠다. 아빠가 플로라에게 기회를 준다면 그럴 수 있을 텐데.

“우리에게 기적이 일어났어, 아빠.” 내가 아빠 등 뒤에 대고 소리쳤다. “맞아, 이게 바로 기적이야.”

3

우나가 요즘은 그렇게 짜증을 많이 내지 않지만, 어렸을 때는 왕 짜증쟁이였다. 그런 우나를 구슬려 기분을 풀어 주는 데는 아빠가 최고였다. 아빠는 안 웃기는 개그와 비슷하지도 않은 동물이나 유명인들 흉내로 우나의 관심을 딴 데로 돌렸고, 결국 우나는 웃다가 자기가 무엇 때문에 화가 났는지 잊어버리곤 했다.

밖으로 뛰쳐나간 우나를 아빠가 뒤쫓아 가고 나서, 20분쯤 지나자 두 사람이 함께 돌아왔다. 우나의 격앙된 기분은 아빠의 개그와 애플 슈트루델 디저트 약속으로 씻겨 나간 뒤였다.

그럼에도 그날 오후 내가 친구들을 만나러 나갈 때까지 집안 분위기는 여전히 긴장돼 있었다. 나는 고등학교 옆 운동장으로 걸어가면서, 내 머릿속에서 벌어지는 다툼을 몰아내기 위해 나지막이 노래를 흥얼거렸다. 아빠가 새로운 플로라의 사진을 보는 것조차 거부할 줄은 몰랐다. 아빠를 설득하는 건 내가 생각했던 것보다 어려워 보였다.

친구들이 경기장 주변에서 공을 차고 있는 것을 보자 기분이 나아졌다. 엘런 저라크는 섬이 너무 작아서 자체적으로는 여자 축구팀이든 남자 축구팀이든 꾸릴 수가 없는 형편이라, 난 몇 년 전에 엘런 코름의 축구팀에 들어갔다. 여름 방학 때는 훈련이 없지만 그래도 몇 명은 매주 토요일에 만나서 연습을 한다. 방학 때는 여행을 떠나는 팀원들이 항상 있게 마련이지만, 오늘은 우리 축구팀 주장인 티와를 비롯해 몇 명이 벤치 옆에서 몸을 풀고 있다.

그들 쪽으로 뛰어가자 티와가 나를 보고 손을 흔들었다.

"아일라! 네가 올지 몰랐어."

"일주일 내내 내가 보낸 문자에 통 답이 없더니…" 축구화를 신고 있던 레이첼이 오후 햇살에 눈을 가늘게 뜨고 나를 올려다보았다. "내가 보내 준, 얼음판에서 스케이팅하는 염소 동영상 봤어?"

"아, 아니, 아직. 미안, 진짜 좀 바빴어."

마리가 머리를 위로 올려 묶으며 얼굴을 찡그렸다.

"여름 방학이잖아! 뭣 때문에 그렇게 바빠?"

"그냥… 뭐 이런저런 일 땜에." 나는 대충 손짓하며 얼버무렸다. "집에서 엄마 좀 도와드리느라."

얼굴이 화끈거렸다. 지난 1년 반 동안 이 프로젝트를 축구팀 팀원들에게 비밀로 하는 것만으로도 힘들었는데, 플로라가 진짜로 와 있는 건 완전히 차원이 다른 거짓말이다. 아무리 내게 선택의 자유가 없다 해도 이들에게 그렇게 엄청난 일을 숨기는 건 잘못인 것 같다. 그러나 이 프로젝트를 위태롭게 하고 플로라를 다시 빼앗기는 위험을 감수할 수는 없다.

내가 축구화 끈을 다 묶었을 때쯤 엘리가 운동장을 가로질러 뛰어왔다. 뛸 때마다 메고 있는 운동 가방이 들썩거리며 엘리의 허리에 부딪쳤다. 그 뒤로 모르는 여자애가 보였다. 그 애는 검고 긴 머리를 하나로 묶었는데 머리끝은 보라색이었고, 무지개색 끈이 달린 축구화를 들고 있었다. 두 사람은 우리와 가까워지자 속도를 늦춰 걸어오면서 손을 흔들었다.

"얘는 홀리야." 엘리가 숨을 약간 헐떡이며 말했다. "우리 집 바로 아랫길, 그 노란 집으로 막 이사 왔어."

"아, 나 그 노란 집 정말 좋아하는데! 누가 이사 올지 궁금했어." 레이첼이 왼손에서 오른손으로 가볍게 공을 던졌다. "그럼 방학 끝나면 우리 학교에 다닐 거니?"

"응. 엘리와 같은 3학년으로." 홀리가 대답했다. 스코틀랜드 북부 도시인 인버네스 억양이 있는 가볍고 활기찬 목소리였다. "내가 경기를 망치더라도 잘 좀 봐 줘. 방학 끝나면 제대로 축구부 테스트를 받을 테니까."

"마지막으로 가장 좋은 소식은…." 엘리가 자기 허벅지에 두구두구 북 치는 시늉을 했다. "홀리는 골키퍼야."

"우아, 완벽해!" 티와의 눈이 빛났다. "지난번 골키퍼가 우리를 버렸거든. 드라마 동아리와 겹친다고."

"그리고 그 전 골키퍼는 바이올린에 매진한다고 떠났지." 레이첼이 말했다. "난 이걸 엘런 코름 골키퍼의 저주라고 불러."

"근데, 잘하니?"

마리가 홀리에게 물었다.

레이첼과 티와가 마리를 보고 얼굴을 찌푸렸다. 마리는 언제나 새로운 선수에게 쌀쌀맞게 군다. 새로운 사람을 만나면 긴장하기 때문이다. 나도 그렇다. 하지만 난 잠자코 있는 편이다. 처음 축구팀에 들어왔을 때는 몇 달 동안 다른 팀원들에게 거의 한마디도 하지 않았다. 지금은, 물론 머도와 아디티 다음이긴 하지만, 나의 가장 친한 친구들이다. 새로운 선수가 들어오면 조금 힘들긴 하다. 익숙한 요리법에 다른 재료를 추가하는 것처럼, 팀의 역동성에 변화가 일어나는 것이다. 때로는 이전보다 더 좋아지기도 하지만 익숙해지려면 언제나 시간이 걸린다.

홀리가 묶은 머리를 잡아당겨 팽팽하게 조였다.

"못하진 않아. 게다가 난 연기는 형편없으니까 드라마 동아리에 간다고 너희를 버리진 않을 거야. 하지만 첼로를 하니까, 현악기가 위협적일 수는 있겠네!"

우리 축구팀의 릴리 코치는 방학 때는 훈련을 지도하지 않기 때문에 우린 티와의 지시에 따라 몇 가지 준비운동을 했다. 곧 플로라와 관련된 온갖 상념과 집에서 벌어진 다른 일들도 모두 하늘로 떠올라 갔다. 축구는 나한테 빵 굽는 일과 약간 비슷하다. 축구를 할 때면 다른 건 완전히 차단할 수 있다. 오로지 상대 선수한테서 공을 빼앗거나 골을 넣는 일에 집중한다. 마치 케이크를 만들 때 반죽이 충분히 부풀었는지, 초콜릿 온도가 적당한지에 집중하는 것처럼. 전체적인 관점에서 보면 그게 아주 중요한 요인은 아니지만, 그 순간에는 결정적인 것처럼 느껴진다.

지난 3년간 모든 게 변했지만, 그럼에도 내 삶의 어느 한 부분은 그대로 남아 있어서 다행이다. 나만을 위한 일이 있다는 건 중요하다.

훈련을 마치기 전에, 돌아가면서 페널티킥을 찼다. 그 결과 홀리는 말보다 실력이 훨씬 뛰어나다는 것을 증명했다. 내 공 하나를 포함해 단 세 골만 놓쳤을 뿐이다. 게다가 홀리는 재미있는 아이였다. 제스가 자기 쪽으로 슬라이딩해서 들어오자, 과장되게 반응하는 프로 선수들처럼 다리를 움켜잡고 울부짖기 시작해, 우리에게 웃음을 주었다. 마리까지도 마지막엔 찌푸렸던 인상을 폈다.

벤치에서 축구화를 벗고 운동화로 갈아 신는데 홀리가 옆에 앉았다.

"너 잘하더라." 홀리가 말했다. "그, 메건 러피노(미국 여자 프로 축구 선수-옮긴이) 같았어. 네가 빨간 머리라는 것만 빼고."

홀리의 칭찬에 난 얼굴이 빨개졌다.

"말도 안 돼. 하지만 고마워. 너도 정말 잘하던데."

홀리는 나를 보고 활짝 웃더니, 모두에게 손을 흔들어 인사를 하고 엘리를 따라 축구장을 떠났다. 나는 이 새로운 충원이 마음에 들었다. 홀리는 우리 팀에 잘 맞을 것 같다.

4

그날 오후 집에 돌아왔을 때, 플로라는 자기 방에 있었다. 난 우리가 몇 년 전에 시작한 방식대로, 옛날 응원가인 '세븐 네이션 아미'(미국 가수 화이트 스트라이프스가 2003년에 발표한 곡으로, 경기장에서, 특히 축구 경기의 응원가로 많이 연주된다.―옮긴이) 비트에 맞춰 언니 방의 문을 두드렸다. 언니가 죽은 뒤에도 난 가끔 그렇게 두드려 보곤 했다. 불가능하다는 걸 알면서도, 마음 한구석에 혹시 언니가 들어오라고 소리치지 않을까 하는 바람을 품고서. 그런데 이번에는 실제로 들어오라는 언니 목소리가 문밖으로 들려왔고, 난 기뻐서 가슴이 터질 것 같았다.

"왔어?" 플로라는 노트북을 앞에 두고 책상다리를 한 채 침대에 앉아 있었다. "축구는 어땠어?"

"괜찮았어. 뭐, 몇 골 넣었지." 나는 침대로 뛰어올라 언니 옆자리로 다이빙했다. "뭘 보고 있어?"

화면에는 플로라와 수레시의 사진이 떠 있다. 사진 속 두 사람은 우나 나이대로, 스머프 복장에 얼굴과 손에는 밝은 파란색 물감이 칠해져 있었다.

"나랑 수레시의 옛날 사진들. 내일 수레시를 만나기 전에 우리 추억들 좀 돌아보고 싶었어." 플로라가 화면을 가리켰다. "이건 뭐 할 때야? 이런 옷을 입은 건 기억나는데, 무엇 때문이었는지는 기억이 안 나. 핼러윈이었나?"

난 사진을 보기 위해 팔꿈치로 기어갔다. 세컨드 찬스에서는 플로라의 기억을 재현할 수 있게 언니 사진을 모두 보내 달라고 했고, 우리 가족이랑 언니 친구들을 인터뷰했다. 나는 아홉 번인가 열 번쯤 전화 인터뷰를 했는데, 매번 몇 시간씩 걸렸다. 그들은 몇 년 동안 묻혀 있던 기억을 뒤지고 속속들이 파헤쳤다. 아홉 살 플로라가 차에서 《하이스쿨 뮤지컬》 3편에 나오는 노래를 불렀던 일, 나랑 말다툼을 벌이다가 내 필통을 창밖으로 던져 버렸던 일 등등. 하지만 몇 시간이고 언니 이야기를 했음에도, 전화를 끊을 때면 여전히 언니의 지난날에 대해 뭔가 큰 부분을 빼먹은 느낌이 들었다. 수레시도 마찬가지겠지. 두 사람이 함께한 시간 중에도 아마 영원히 사라진 부분이 있을 것이다.

"세계 책의 날이었던 것 같아." 대답하는 순간, 뭔가 다른 기억이 떠올랐다. "아빠는 그때 언니 옷에 묻은 파란색 물감을 지우는 게 엄청 힘들었다고 몇 년 동안이나 불평했었지."

방문 근처에서 가볍게 윙윙거리는 소리가 나자, 플로라가 웃음을 멈췄다. 플로라는 고개를 돌려 로봇 청소기가 방 안으로 굴러 들어오는 걸 바라보았다.

난 청소기를 향해 손을 흔들었다.

"안녕, 스티븐." 어리둥절해하는 플로라의 표정을 보고 내가 설명했다. "재작년인가 그리기르 삼촌이 선물로 보내 준 거야. 우나가 스티븐이라고 이름을 지었어."

"청소기에 이름을 붙이다니 정말 우나답네!" 플로라는 잠시 낄낄거렸지만, 곧 얼굴에서 미소가 사라졌다. "아빠는 쟤도 싫어했어? 아니면 아빠가 문제 삼는 로봇은 내가 유일하니?"

플로라는 농담처럼 말했지만, 명백히 상처가 담긴 말이었다.

"그렇게 말하지 마. 아빠는 언니를 미워하지 않아." 난 플로라의 어깨에 장난스럽게 이마를 부딪쳤지만, 언니의 슬픈 눈빛은 사라지지 않았다. "우리가 아빠한테 말을 하긴 했는데, 아빤 아직 이해를 못 하는 것 같아. 아빠한테 시간이 좀 필요할 뿐이야."

"아빤 시간이 많았어."

플로라는 한숨을 쉬며 베개에 털썩 등을 기댔다. 침대 위에 드리워진 요정 전구들 아래, 벽에 걸린 사진이 우릴 내려다보며 웃고 있다. 그중 아빠의 마흔 번째 생일에 찍은 사진에서는 아빠가 레몬 드리즐 케이크의 촛불을 불고, 여덟 살 언니와 세 살 내가 박수를 치고 있다.

"아빠한테는 힘든 일이야. 아빠가 바라는 건 우리 가족 누구도 다시는 상처받지 않는 거야."

우리는 한동안 잠자코 있었다. 먼지를 빨아들이며 방 안을 굴러다니는 스티븐의 윙윙거리는 엔진 소리가 그 정적을 메꿨다. 플로라는 이불에 난 소용돌이 모양의 주름을 따라 손가락을 움직였다. 이불 커버 색깔 때문에 홀리가 생각났다. 골을 막으려고 다이빙할 때 날리던 보라색 머리끝.

"내가 아팠던 게, 아빠한테나 다른 식구들 모두에게는 상당히 끔찍한 일이었겠지. 아빠가 왜 그 일을 떠올리기 싫어하는지 알 것 같아."

난 고개를 끄덕였다. 언니는 열다섯 번째 생일이 막 지났을 때 진단을 받았다. 오랫동안 통증과 체중 감소가 있었는데, 결국 신경아세포종이라는 암에 걸렸다는 것이 밝혀졌다. 그 나이대에, 게다가 발견 당시 이미 4기라는 건 매우 드문 경우였다. 엄마 아빠는 그게 얼마나 심각한 병인지 우나나 나, 심지어 언니에게조차 숨기려고 했지만, 좋아질 가능성은 정말, 정말로 낮았다. 처음부터 의사들은 희망이 별로 없다는 것을 분명히 했다.

하지만 우리 가족은 희망을 버릴 수 없었다. 언니가 화학요법과 방사선치료를 여러 차례 받았지만 아무 효과가 없었을 때조차, 우리는 계속 희망을 품었다. 난 언니가 죽을 거라는 사실을 받아들일 수 없었다. 그런 건 다른 사람들에게나 일어나는 일이었다. 어떤 재능 있는 의사가 나타나서 아무도 생각하지 못한 기발한 치료법을 제안하고, 그러면 모든 게 정상으로 돌아가겠지.

그런 일은 일어나지 않았다. 결국 의사들은 자기들이 할 수 있는 일은 다 했으며, 더 이상 방법이 없다고 말했다. 부모님은 언니를 집으로 데려왔고, 엘런 코름에서 간호사가 병간호를 도와주러 왔다. 플로라가 우리와 함께할 수 있는 시간이 한 달쯤 남았다고 했지만, 알고 보니 그보다 훨씬 짧았다. 어느 날 밤, 아무 예고도 없이 언니는 자다가 세상을 떠났다. 더 나쁜 건, 모두가 우리에게 준비하라고 말했지만, 우리 중 아무도 언니한테 작별 인사를 하지 못했다는 것이다. 마치 차에 치였는데, 나중에야 고속도로 한가운데에서 몇 시간 동안 서 있었다는 사실을 깨달은 느낌이었다.

하지만 지금은 플로라에게 그 모든 것을 어떻게 말해야 할지 모르겠다. 어디서부터 시작해야 할지 모르겠다.

"맞아." 난 목이 메었다. "정말 끔찍했어."

플로라가 입술을 앙다물었다.

"미안해."

"사과하지 마. 언니 잘못이 아니니까." 내가 재빨리 말했다. "어쨌든 그 얘긴 할 필요 없어. 오래전 일이니까. 지금은 다 끝났어."

하지만 아니다. 그렇지 않다. 그 시간은 나를 바꿔 놓았다. 나는 어느 날의 병원 예약으로 평범한 날이 사라져 버릴 수 있다는 것을 알게 되었다. 구름처럼 영원히 떠내려가 버릴 수 있다는 것을. 때로는 삶이 불공평하며, 그것도 어처구니없을 정도로 너무 불공평해서 우린 상처를 받을 수밖에 없다는 것을 알게 되었다.

이러한 교훈은 플로라에겐 더욱 가혹했다. 나는 플로라가 그 일들을 기억하지 못하는 게 다행스러웠지만, 동시에 이상했다. 비록 지금은 플로라가 집에 와 있지만, 언니를 잃은 건 우리 가족에게 중대한 사건이었으며 우리를 영원히 바꿔 놓았다. 그 사실을 빼고는, 더 이상 우리가 누구인지 제대로 말할 수 없다.

익숙해지기 위해 필요한 시간들

부서진 모니터

1

아디티네 가족은 엘런 저라크의 북쪽 해안, 초가지붕에 빨간색 문이 있는 아담한 하얀 집에서 산다. 언니와 나는 어렸을 때 아디티네 집 마당에서 닭들을 쫓아다니거나 몇 시간이고 비디오게임을 하며 시간을 보냈다. 우리가 초인종을 누르기도 전에 아디티가 우당탕 아래층으로 내려와 문을 확 열어젖혔다.

"어서 와! 수레시 오빠는 2층에 있어." 아디티가 플로라에게 말했다. "와서 엄마 아빠한테 먼저 인사해. 언니 온다고 엄청나게 기대하고 있거든."

부엌에서는 아디티의 아빠 타말 아저씨가 차를 만들고 있고, 니르자 아줌마는 무릎에 담요를 덮고 책을 들고 창가에 앉아 있었다. 두 분 모두 아디티와 아주 비슷하다. 작은 키에 친절하고 수다스러우며, 이곳에서 몇 년 동안 살았는데도 여전히 글래스고 억양이 남아 있다. 아디티가 문을 밀자, 두 분이 우리를 돌아보았는데 충격과 놀라움으로 눈이 커다래졌다.

"플로라!" 니르자 아줌마의 숨소리가 약간 거칠어졌다. "아유, 잘 왔다!"

타말 아저씨는 주전자를 들고 머그잔에 뜨거운 물을 붓고 있었다. 아저씨는 아디티가 달려가서 주전자를 빼앗을 때까지도 찻잔에 물이 넘치는 것을 알아차리지 못했다. 아줌마가 의자에서 일어나려고 하자, 플로라가 고개를 저으며 얼른 그쪽으로 다가갔다.

"일어나지 마세요!" 플로라는 어깨에 메고 있던 배낭을 앞으로 돌려 우리 정원에서 꺾어 온 작은 야생화 꽃다발을 꺼냈다. "아줌마가 편찮으시다고 엄마한테 들었어요. 정말 마음이 아파요."

니르자 아줌마는 몇 달 전에 유방암 진단을 받았다. 아디티는 몹시 겁내고 속상해했다. 플로라 일이 있은 뒤여서 온갖 나쁜 생각이 떠오를 수밖에 없었을 거다. 머도와 나는 아디티의 기분을 북돋아 줄 수 있는 재밌는 동영상과 밈을 보내는 일에 열성을 다했다. 아줌마가 화학 치료를 받고 집에 돌아왔을 때는, 플로라가 아팠을 때 니르자 아줌마가 그랬던 것처럼 엄마가 아디티네 집에 갖다줄 음식을 만들었고 나도 거들었다. 하지만 치료가 꽤 잘 되고 있어서, 의사들 말로는 아줌마가 회복될 가능성이 아주 크다고 한다. 플로라처럼은 되지 않을 거다.

"고맙다, 플로라. 꽃이 예쁘구나." 니르자 아줌마는 이렇게

부서진 모니터

말했지만 꽃은 거의 쳐다보지 않았다. 아줌마는 플로라에게서 눈을 떼지 못했다. "세상에! 아디티와 수레시가 진짜 똑같이 생겼다고 말했지만, 난 설마 했는데…."

할 말을 잃은 듯 아줌마의 목소리가 점점 줄어들었다. 아디티가 손뼉을 치며 웃었다.

"우리 엄마가 말을 못 잇는 건 이번이 처음인 것 같아."

"괜찮아. 나도 무슨 말을 해야 할지 모르겠으니까." 플로라는 식탁에 앉아 부엌을 하나하나 꼼꼼히 둘러보았다. 토스트기 옆에 놓인 코끼리 찻주전자, 식구들이 잊지 말아야 할 것들을 적어 두는 작은 칠판, 화가인 니르자 아줌마가 그린 바닷새 그림 액자. "여기 다시 와서 정말 좋아요. 제가 기억하는 그대로예요."

"얘들아, 차 마실래?" 타말 아저씨가 마침내 말을 할 수 있게 된 듯 이렇게 물었다. "무슨 비스킷이 있는지 보자. 여전히 초코 다이제스티브를 제일 좋아하니, 플로라? 아니면 토스트 먹을래? 스콘도 있는데…."

아저씨가 우리한테 줄 간식을 모조리 뒤지는 사이 부엌문이 조심스럽게 열리고 수레시가 들어섰다. 그를 올려다보는데, 플로라의 눈에는 수레시가 지난 몇 년 사이 굉장히 달라졌을 거라는 생각이 들었다. 예전과 비교해 키가 족히 18~20센티미터는 자랐고, 어깨도 넓어졌으며, 머리도 이젠 아주 짧게 자르지 않고 귀 아래까지 길렀다.

"아, 안녕." 수레시가 말을 더듬었다. "안녕, 플로라."

플로라의 표정이 어찌나 환한지 온 섬을 다 밝힐 수 있을 것 같다. 플로라는 앞으로 달려 나가 두 팔로 자신의 오랜 친구를 껴안았다. 수레시는 잠시 긴장했지만, 플로라의 등을 천천히 토닥였다. 두 사람이 얼마나 가까웠는지 아는 나로서는, 예상 밖의 반응이었다. 난 둘이 얼싸안고 눈물을 흘리다가, 어느 한 명이 자기들끼리만 통하는 우스갯소리를 꺼내서 미친 듯이 웃는 장면을 상상했었다. 수레시가 얼마나 뻣뻣해 보이는지 알아챘을 텐데도 플로라는 그걸 드러내지 않았다. 플로라는 수레시의 후드티 소매를 잡은 채 환하게 웃는 얼굴로, 그를 더 잘 보기 위해 몸을 뒤로 젖혔다.

"와, 너 나이 든 것 좀 봐." 플로라가 웃으며 수레시의 팔을 위아래로 흔들었다. "되게 이상하다. 왜 진작 나 보러 안 왔어?"

"저번 날 네가 도착했을 때 항구에 나갔었어." 그때 타말 아저씨가 찻잔을 건네는 바람에 수레시는 플로라에게서 팔을 빼고 차를 받았다. "너한테 가족들이랑 보낼 시간을 주고 싶었어."

"너도 가족이야, 바보야." 플로라가 주먹으로 수레시의 팔을 때리는 척했다. "여기 언제까지 있을 거야? 9월에 대학에 가는 거야?"

"아니, 아직은." 수레시가 차를 크게 한 모금 마셨다. 손이 떨렸다. "글래스고에서 생물학을 전공할 학교를 정하긴 했는데, 1년 연기했어."

"애들 아빠가 치료 때문에 날 본토로 데려가야 해서, 수레시가 우체국 일을 도와주고 있어." 니르자 아줌마의 목소리에는 자부심과 애정이 가득했다. "우리끼리 다 할 수 있다고 했는데도!"

"알아요, 하지만…." 수레시가 말을 끊고 자기 잔을 내려다보았다. "여기 있고 싶었어요."

"그래, 네가 남아 있어서 다행이야." 플로라가 다시 수레시에게 팔을 둘러 꽉 껴안는 바람에 수레시의 머그잔 둘레로 차가 조금 흘렀다. "네가 이렇게 키가 크다니, 믿을 수가 없어. 너희 둘 다 많이 변했어. 특히 아디티 너. 예전엔 조용한 꼬마였잖아."

타말 아저씨가 웃었다. 이제 조금 여유로워진 모습이다.

"요새는 얘가 말할 때 거의 끼어들 수가 없어. 엄마한테 물려받은 거지."

"그리고 자기 아빠한테서도."

니르자 아줌마가 아저씨에게 혀를 빼꼼 내밀었다.

"사실은 할머니한테서 온 거지. 할머니가 엄마 아빠보다 훨씬 재치가 넘치시잖아." 아디티는 기분 나빠하는 척하는 자기 부모님을 보고 웃더니, 나를 쿡 찔렀다. "야, 내가 만들고 있는 게임 볼래?"

"그럼, 봐야지."

나는 얼른 일어나서 아디티를 따라 부엌을 나왔다. 수레시는 플로라가 아니라 자기가 로봇인 것처럼 굴었는데, 두 사람을 뚫어져라 쳐다보는 시선이 없으면 그렇게 어색해하지 않을지도 모른다. 우린 2층 아디티 방으로 올라갔다. 벽에는 지도가 잔뜩 붙어 있고, 천장에는 우리가 일곱 살 때 아디티 엄마가 그려 준 멋진 행성 그림이 있는, 작고 아늑한 방이다.

아디티는 책상에서 노트북을 집어 들고 침대에 털썩 주저앉았다.

"우리 오빠 일은 미안. 왜 그렇게 이상하게 구는지 모르겠네. 이해가 안 돼."

"지금은 우리 언니보다 나이가 더 많잖아. 어색할 거야." 난 아디티의 책상 의자에 앉아 의자를 좌우로 흔들었다. "열 살짜리 내가 나타나서 너한테 예전과 똑같이 친구로 지낼 수 있다고 하는 거랑 비슷하겠지."

"네가 그렇게 말하니까, 알 것 같다." 아디티가 문서 폴더를 클릭했다. "우리가 열 살 때 내가 공룡에 얼마나 푹 빠져 있었는지 기억나?"

"넌 아직도 계속이잖아! 석 달 전에 브라키오사우루스 티셔츠를 주문해 놓고."

"그런가. 어쨌든 그건 진짜 멋있는 티셔츠거든."

아디티가 다시 어떤 파일을 클릭하자, 숲을 배경으로 귀여운 다람쥐 캐릭터가 화면에 나타났다. 엔터키를 누르자 다람쥐가 뛰기 시작했다. 아디티는 다람쥐가 경로를 따라가며, 고슴도치를 뛰어넘고 낮게 늘어진 나뭇가지 아래로 몸을 홱 숙여서 도토리와 꽃을 낚아채게 했다.

"네가 진짜 이걸 만들었다고?" 나는 놀라 입이 벌어졌다. "아디티, 와 말도 안 돼!"

"온라인에서 프로그램 사용법을 찾았어. 그림은 엄마가 도와줬고. 아직 거칠지만 귀엽지 않냐? 한 판 해 볼래?"

컴퓨터라면 우리 섬에선 아디티만 한 전문가가 없다. 그랜트 선생님은 와이파이에 문제가 생기면 언제나 아디티를 불렀고, 아디티는 자기 엄마 그림이나 머도 아빠네 목공소를 위한 웹사이트도 만들었다. 지난여름에는 에든버러에서 열린 청소년을 위한 특별 코딩 캠프에 장학금을 받고 참석했을 정도로, 아디티는 정말 잘했다.

나는 몇 게임 시도해 보았지만, 4단계 끝에 나오는 유난히 까다로운 버섯에서 계속 걸렸다. 아디티에게 노트북을 넘기면서 물었다.

"코드 좀 보여 줄 수 있어?"

아디티는 놀란 것 같았다. 이미 예전에 온라인 학습 게임 같은 걸로 나까지 코딩의 세계로 끌어들이려고 했지만, 난 얼마 못 가 그만뒀으니까. 버튼을 만들거나 색상을 바꾸는 정도는 쉽게 덤벼들 수 있지만, 진짜 까다로운 작업에 들어가면 나는 늘 벽에 부딪혔다.

아디티가 다른 파일을 열었다. 여러 가지 색깔로 된 긴 텍스트 덩어리가 화면에 나타났다.

"보기보다 안 복잡해. 봐, 이 부분은 다람쥐를 어떻게 조종하는지를 나타내. 뛰어오르게 할 건지 몸을 숙이게 할 건지에 따라 수식이 달라. 그리고 이건 다람쥐가 죽었을 때 나타나는 건데….”

아디티가 차근차근 설명해 주었지만, 대부분이 내게는 쇠귀에 경 읽기였다. 내가 잘 이해하지 못한다는 점 때문에 조금 좌절감을 느끼긴 했지만, 가장 친한 친구가 엄청나게 똑똑하다는 게 자랑스럽기도 했다.

“지금 플로라가 이런 걸로 만들어졌다고 생각하면 이상해.” 내가 화면을 가리키며 말했다. “온통 알파벳 글자와 숫자, 기호들이잖아.”

“그래도 너무 멋져!” 아디티가 경탄하며 고개를 저었다. “세컨드 찬스는 인공지능 분야에서 다른 데보다 몇 광년은 앞서 있는 것 같아. 어떻게 해냈는지 궁금해 죽겠어. 지금 플로라는 옛날 플로라랑 진짜 똑같잖아. 정말 놀라워!”

“글쎄, 그게… 완전히 똑같지는 않아. 없어진 기억이 좀 있어. 그냥 사소한 것들. 예를 들면, 자기가 귤을 싫어했던 걸 잊어버렸고, 세계 책의 날에 수레시랑 분장했던 것도 기억 못해.”

내가 이런 얘기를 입 밖에 낸 건 처음이다. 교육 훈련 가이드에는 리터니가 모든 걸 기억하지 못하는 건 정상이라고 되어 있지만, 내게는 여전히 낯설게 느껴졌다. 마치 언니의 과거 일부가 아예 사라진 것 같았다.

“어쩔 수 없을 거야. 플로라는 데이터와 다른 사람들이 언니를 기억하는 걸 기반으로 해. 그렇지? 하지만 언니의 모든 것을 아는 사람은 아무도 없어. 심지어 데이터도 그래. 세콘 앱에 나오는 언니는 좀 달랐잖아. 누구나 마찬가지야. 다른 점이 있을 수밖에 없어."

맞는 말이다. 사실 동영상에 나오는 언니가 완전히 언니다웠던 건 아니니까. 언니는 실제보다 좀 더 활기차고 사교적인 모습을 보였고, 말할 때도 약간 미국식으로 발음했다. 그들은 항상 '세계 최고의 브레인들'이 세컨드 찬스에서 일하고 있다고 말한다. 아마도 사람들이 온라인에서 보이는 모습과 실제 생활에서의 모습이 다르다는 점 정도는 이미 생각했을 것이다.

난 판도라 21의 피규어를 집어서 책상 위에서 춤추도록 움직였다.

"우리 리터니 버전은 어떨 것 같아?"

"내 리터니는 아마 훨씬 덜 직설적일 거야." 아디티가 활짝 웃으며 말했다. "내가 얼마나 자주 생각 없이 말하는지 너 알지? 문자로 할 때는 그런 문제가 없어. 전송을 누르기 전에 언제든지 삭제할 수 있으니까."

내가 웃음을 터뜨렸다. 아디티는 내가 아는 사람 중 가장 정직한 사람이다. 작년에 내가 괜스레 지루해져서 머리를 잘랐을 때, 모두가 괜찮아 보인다고 했다. 아디티만 빼고. 아디티는 날 보고 황갈색머리 명주원숭이 같다고 말했다. 가끔은 아디티의 말에 상처를 받을 때도 있지만, 언제나 아디티가 날 어떻게 생각하는지 정확히 알 수 있다. 돌이켜 보니, 아디티가 옳았다. 난 정말로 명주원숭이 같았으니까.

"근데 그 사람들이 친구랑 가족을 인터뷰하잖아. 알지? 그러니까 내가 진짜 너를 알려 줄 거야."

"오, 좋은 지적이야." 아디티가 잠시 말을 멈추고 게임 코드 중 무언가를 수정했다. "넌 리터니를 만들 수 있을 만큼 소셜 미디어에 뭘 충분히 올리지 않았잖아. 그들이 네 리터니를 만든다 해도 뭐가 많이 빠져 있을 거야. 넌 아무한테도 비밀을 털어놓지 않으니까."

"무슨 비밀?"

홈커밍 프로젝트 말고 다른 비밀은 없다. 축구팀에 새로 온 홀리가 갑자기 생각나긴 했지만. 무지개색 신발 끈을 잡아당기던 손과 나한테 잘한다고 말하고 나서 웃던 모습이 떠올랐다. 하지만 홀리는 비밀이 아닌데, 왜 그 애 생각이 났는지 모르겠다. 내가 아직 아무한테도 홀리 얘기를 안 해서 그런가 보다.

"모르지, 네가 말을 안 해 주니까!" 아디티가 웃었다. "어쨌든 걱정할 건 없어. 인간은 잊게 마련이고, 상황이 달라지거나 아니면 나이가 들면서 우리도 변해. 그렇다고 우리가 우리 자신이 아니라는 말은 아니잖아. 그게 플로라에게는 왜 다른지 난 모르겠어."

"네 말이 맞을지도 몰라."

아디티가 나한테로 노트북을 넘기며 게임을 한 판 더 하게 해 주는 바람에, 나는 이 모든 이야기를 까맣게 잊어버렸다.

2

여름 방학의 마지막 2, 3주는 자전거 타기와 빵 굽기, 이불에 파묻혀 하염없이 텔레비전 시청하기로, 흐릿한 잔상을 남기며 빠르게 지나갔다. 우나와 나는 토요일마다 엘런 코롬으로 아빠를 만나러 갔지만, 여전히 플로라를 보러 오도록 아빠를 설득하지는 못했다. 세 번째 갔을 때, 아빠는 우리가 계속 졸라 대자 정말로 화가 난 거 같았고, 결국 우리는 잠시 물러서기로 했다. 하지만 아빠가 플로라를 영원히 모른 척할 수는 없을 거다.

개학 전 마지막 금요일에 몇몇 이웃들이, 이제 집에 돌아와 안정되어 가는 플로라를 환영하는 케일리(전통 음악과 춤이 어우러진 큰 파티)를 열어 주었다. 플로라가 돌아오고 나서, 이렇게 많은 사람이 모이는 것은 처음이다. 우리 집은 하루 종일 기대감으로 부산스러웠다. 플로라가 준비하는 데 걸린 시간만 보면, 아카데미 시상식에라도 가는 줄 알았을 거다.

"케일리가 셰이무스 아저씨네 헛간에서 열리는 건 알지?" 플로라가 입을 만한 옷을 찾기 위해 우리 셋이 언니의 예전 드레스들을 뒤지고 있을 때, 내가 물었다. "똥 냄새가 날걸."

"뭐 그럴 수도 있지만, 어쨌든 플로라 언니가 주인공이잖아!" 우나가 말했다. "멋지게 보여야 해."

플로라는 마침내 청록색 원피스에 굽이 있는 흰색 구두, 인조 진주 목걸이를 착용했고, 나는 늘 입던 대로 청바지와 후드티를 고수했다. 우리는 7시 반, 파티가 한창일 때 셰이무스 농장에 도착했다. 댄스 진행자의 목소리가 시원한 밤공기 속으로 퍼지고, 헛간의 삐걱거리는 나무 문틈으로 음식 냄새가 풍겼다. 안에서는 수십 명의 사람들이 떠들썩하게 스코틀랜드 컨트리 댄스를 추고 있었고, 또 다른 수십 명은 수다를 떨고 술을 홀짝거리며 어슬렁거리고 있었다.

"와, 섬사람들이 거의 다 왔나 봐."

플로라의 목소리가 떨렸다. 엄마가 빙글 돌아서 플로라를 마주 보았다.

"너무 힘들 것 같으면, 꼭 안 들어가도 돼. 네가 원한다면 그냥 집으로 돌아가도 돼."

"엄마, 아니야! 그러는 건 너무 무례해." 플로라는 입을 벌리고 활짝 웃었다. 헛간 서까래에 가로질러 걸려 있는 요정 전구의 불빛에 언니 입술의 립글로스가 반짝였다. "게다가 내 소개도 다시 해야 하는데, 한 번에 끝내는 편이 좋을 것 같아."

"그래, 알았어." 엄마는 오늘 아침에 흰머리를 염색했고, 그리기르 삼촌 결혼식 때 입었던 꽃무늬 드레스를 꺼내 입었다. 긴장한 모습이었지만 최근 몇 년 동안 엄마가 이처럼 편안하고 행복해 보인 적은 없었다.

플로라는 심호흡을 하고 문을 열고 들어갔다. 음악이 시끄럽게 울리고 있었지만, 영어와 게일어의 수군거림이 헛간 전체로 퍼져 나가는 걸 덮지는 못했다. 우리 가족이 받았던 것처럼, 섬사람 모두 플로라가 돌아올 것을 대비해 온라인 교육과정을 밟아야 했다. 규칙 1번, 섬 외부 사람에게는 이 프로젝트에 대해 절대 이야기하지 말 것. 규칙 2번, 평소처럼 행동할 것.

어떤 사람들은 이 규칙을 꽤 잘 지켰다. 그들은 미소를 지으며 플로라에게 손을 흔들고는, 자기들이 하던 대화로 돌아가거나 춤을 이어 가는 척했다. 하지만 동작을 멈추고 멍하니 쳐다보는 사람들도 있었다. 밴드의 기타 연주자는 예닐곱 마디를 빼먹은 다음에야 어디를 연주할 차례인지 겨우 찾아서 따라갔다. 우리 반 그랜트 선생님은 와인을 잘못 삼켜 캑캑거렸으며, 마고 맥도널드 아줌마는 심지어 눈물을 흘렸다.

"너무 이상해." 플로라가 중얼거렸다. "비욘세라도 된 것 같은 느낌이야."

"비욘세가 헤브리디스 제도에서 열린 케일리에 뭐 하러 오겠어?"

내 말에 플로라가 싱글거렸다.

"모르지. 지니 매카이 아줌마의 건포도 푸딩이 엄청 맛있다는 소문을 듣고 먹어 보고 싶었을지도."

사람들이 계속 쳐다보고 있을 때, 셰이무스 아저씨가 헛간을 가로질러 성큼성큼 걸어왔다. 아저씨는 50대 후반에 키는 작지만 다부진 체격으로, 스스로 지역사회의 지도자로 자부했다. 아빠는 농담 삼아 셰이무스 시장이라고 부르곤 했다. 셰이무스 아저씨는 플로라의 두 손을 꼭 잡았다.

"돌아온 걸 환영해, 플로라." 아저씨가 따뜻하게 말했다. "네가 집에 와서 우린 정말 기쁘단다."

플로라는 셰이무스 아저씨에게 케일리를 열어 주어서 고맙다고 말했다. 아저씨는 이제 엄마에게 페리 승선료 인상에 대해 불평을 늘어놓았다. 다른 사람들도 서서히, 플로라를 만나서 얼마나 반가운지 이야기하기 위해 우리 쪽으로 다가왔다. 잭 목사님, 구멍가게의 데이비 아저씨, 그랜트 선생님. 모든 사람이 셰이무스 아저씨처럼 절제된 태도를 보이지는 못했다. 인사말 사이사이에 추임새처럼 '믿기 힘든'이나 '기적', '말도 안 돼' 같은 단어가 나왔다. 여자애 하나가 '진짜인지 확인하기' 위해 플로라의 손을 꼬집었고 마고 맥도널드 아줌마는 계속해서 소매로 눈물을 닦았다.

압도당한 듯한 표정이지만, 플로라는 행복해 보였다. 여기 있는 수많은 사람이 플로라가 집에 돌아온 걸 진심으로 기뻐하고 있다. 그러지 않는 소수의 사람이 있다는 사실을 덮고도 남는다.

아디티랑 머도는 10분 뒤에 도착했다. 수레시도 그들과 함께였지만, 우리에게 얼른 손을 흔들어 보이고는 나이 든 남자애들 쪽으로 가 버렸다. 아디티와 머도가 우리 쪽으로 다가왔을 때 나는 팔을 벌려 머도를 껴안았다.

"왔네! 너희 아빠가 허락하지 않을 줄 알았어."

"허락받은 거 아니야." 머도가 중얼거리듯 말했다. "아빠는 내가 핀리네 집에 비디오게임 하러 간 줄 알아."

"핀리는 아직 휴가에서 안 왔잖아?"

내가 물었다. 핀리가 끊임없이 세콘에 포스팅을 하기 때문에 우리는 그의 최신 근황을 잘 알고 있었다. 내가 마지막으로 봤을 때 핀리는 아프리카 인도양의 휴양지 셰이셸 섬에서 자기 아빠와 남동생들과 함께 카약을 타고 해변에서 셀카를 찍는 걸 라이브로 올리고 있었다.

"맞아. 다음 주에나 돌아올 거야." 머도가 죄지은 사람처럼 헛간을 둘러보았다. "어쨌든 아빠는 그걸 모르니까."

머도는 어떤 면에서는 자기 아빠를 많이 닮았다. 둘 다 키가 크고 금발이며, 조류 관찰과 목공을 좋아한다. 하지만 머도가 기본적으로 모든 사람과 사이좋게 지내고 싶어 하는 커다란 곰 인형이라면, 머도의 아빠 앤디 맥그레거 아저씨는 논쟁을 좋아한다. 앤디 아저씨는 엘런 저라크의 역사상 구멍가게 출입을 일시 정지당한 유일한 사람이다. 가격이랑 유통기한을 두고 데이비 아저씨에게 계속 싸움을 걸었기 때문이다. 앤디 아저씨는 기술 공포증도 심했는데, 그런 아저씨가 이 프로젝트를 문제 삼는 건 놀랄 일도 아니다. 우리 섬에서 누군가 소란을 피운다면, 바로 앤디 아저씨일 것이다.

밴드가 다시 연주를 시작하자, 플로라는 다음번 춤을 위해 수레시를 찾으러 갔다. 수레시는 처음엔 고개를 저었지만, 결국 호두까기 인형처럼 굳은 몸으로 마지못해 플로라에게 이끌려 대열 속으로 들어갔다. 난 아디티의 손을 잡았고, 우린 두 사람 뒤에서 깡충깡충 뛰며 헛간을 가로질렀다. 나는 사람이 많으면 쉽게 긴장하지만, 케일리만큼은 좋아한다. 케일리는 언제나 사람을 기분 좋게 만드는데, 음악에 맞춰 발을 구르고 빙글빙글 도는 게 정말 즐겁다. 이제는 호기심 어린 시선보다 따뜻한 시선이 많아졌지만, 어쨌든 헛간 안 사람들의 눈길은 대부분 플로라에게 쏠려 있다. 목 뒤의 구멍만 없다면 친구와 춤추는 여느 열다섯 살짜리 소녀와 다르지 않다.

음악이 끝나고 댄스 진행자가 다음 춤으로 "에잇섬 릴(스코틀랜드 민속춤 – 옮긴이)."을 외쳤다. 그 춤을 추려면 세 사람이 한 조가 되어야 하므로, 아디티와 난 음료 테이블에서 잭 목사님과 이야기를 나누던 머도를 데리러 갔다. 우리가 머도에게 다가갔을 때 헛간을 가로질러 화난 목소리가 쩌렁 울렸다.

"머도!"

머도의 아빠가 문간에 서 있었고, 그 뒤로 머도 엄마 모습도 보였다. 지저분한 수염 사이로 보이는 앤디 아저씨의 입은 노여움으로 굳어 있었다. 난 플로라와 눈이 마주쳤는데, 플로라의 얼굴에는 공포가 가득했다. 앤디 아저씨는 이 프로젝트에 불만이 많았다고 플로라에게 미리 귀띔했어야 했는데…. 머도가 우리 집에 놀러 오지 않는 이유를 언니가 계속 물었지만, 아무도 아저씨가 이 프로젝트를 얼마나 강하게 반대했는지 말해 주지 않았다. 지금 앤디 아저씨의 얼굴을 본다면 누구라도 그의 분노를 모를 수가 없다.

"이런, 망했다." 머도가 어깨를 웅크리고 후드티 주머니에 손을 찔러 넣었다. "누군가 일러바친 게 틀림없어."

케이티 아줌마가 문가에서 아들을 손짓해 불렀다. 머도가 머뭇거리는 사이, 앤디 아저씨는 이를 악다물고 헛간을 가로질러 걸어왔다. 난 엄마를 찾아 헛간 안을 둘러보았는데, 엄마는 구석에서 그랜트 선생님이랑 얘기하느라 아저씨가 씩씩거리며 우리한테 다가오는 걸 눈치채지 못했다. 출입구 주위를 서성거리는 케이티 아줌마의 얼굴은 점점 더 빨갛게 달아올랐고 더 많은 사람이 쳐다보았다.

"가자." 아저씨가 머도에게 역정을 냈다. 앤디 아저씨는 의도적으로 플로라의 시선을 무시하려고 눈을 내리깔고 있었다. "저것 근처에 가지 말라고 했잖아."

잭 목사님이 한 걸음 앞으로 나섰다.

"앤디, 그렇게까지 안 해도…."

"위험하잖소!" 앤디 아저씨는 수레시의 스웨터를 손가락으로 움켜잡은 채 그 자리에 얼어붙어 있는 플로라를 몸짓으로 가리켰다. "저것이 보이는 걸 죄다 기록하고 있을 거요! 그 데이터를 가지고 그들이 무슨 짓을 하는지 아무도 모를 일이죠."

머도의 얼굴이 빨개졌다.

"아빠, 플로라 앞에서 그런 말 하지 마."

"헛소리하지 마, 머도. 이건 기계야. 감정이 없다고."

아저씨는 머도의 어깨에 손을 얹고 헛간 밖으로 밀어냈다. 케이티 아줌마가 출입구 쪽에서 어쩔 줄 모르고 계속 우리를 바라보며 미안한 표정을 지었다. 머도는 몸을 돌려 입 모양으로 '미안해.'라고 말한 다음, 어두운 밤 속으로 사라졌다. 내 가슴은 분노로 두근거렸다. 헛간은 사람들이 떠드는 소리로 가득 차 있었지만, 앤디 아저씨의 말이 메아리처럼 울리는 듯했다. 저것. 기계. 저것이라고 했다.

아디티가 기침을 했다.

"자, 음… 춤에 필요한 셋째 사람이 가 버렸네."

"너희 둘이 플로라랑 춰." 수레시가 플로라를 우리 쪽으로 밀어 주며 말했다. "난 이번엔 빠질게."

아디티가 춤 얘기로 긴장을 조금 누그러뜨렸고, 춤을 위한 음악이 시작될 무렵에는 앤디 아저씨의 폭발이 초래한 거북함도 사라졌다. 우리는 저녁 내내 춤추고, 떠들고, 지니 매카이 아줌마의 건포도 푸딩을 끝도 없이 먹어 댔다. 결국 우나가 하품을 했고, 엄마가 우리를 차로 데려갔다. 들판 사이로 난 길을 걸어갈 때 플로라가 너무 조용해서, 난 플로라 어깨 위에 손을 얹고 등에 올라탔다. 플로라가 웃으며 내 종아리를 받쳐 주었다.

"이제는 네가 날 업어 줘야 해, 이 덩치야."

언니가 날 추키며 말했다.

"맞는 말이야." 나는 두 팔로 언니 목을 감쌌다. "오늘 밤 재밌었어?"

"응, 재밌었어. 사람들이 '기적'이라는 말을 할 때마다 1파운드씩 받았더라면 지금쯤 백만장자가 됐을 텐데." 언니는 잠시 말이 없었고, 내딛는 발걸음이 무거웠다. "하지만 머도 아빠랑 있었던 일은 끔찍했어. 수레시가 나를 대하는 것도 아직 되게 어색하고. 너도 눈치챘어?"

"응, 근데 겨우 몇 주밖에 안 됐잖아." 난 언니 등에서 미끄러져 땅에 내렸다. "결국 다 평소대로 돌아올 거야."

"아닐 수도 있어. 수레시는 이제 열여덟 살이야." 플로라가 두 손으로 자신의 드러난 팔을 감싸더니 몸을 떨었다. "우리 수영팀 애들도, 모두. 레이는 리버풀에서 무용을 전공할 거라고 하고, 톰은 호주로 갔대. 나를 다 잊은 것 같아."

언니가 죽고 난 뒤의 또 다른 장면들이 머릿속에 떠올랐다. 레이가 자기 엄마와 함께 밀폐 용기에 일주일 치 음식을 담아서 우리 집까지 가져왔었다. 톰은 지난 크리스마스에 엘런 코름의 생활협동조합 상점에서 마주쳤는데, 나를 보자 목이 메었다. 배가 물을 가르고 지나가면 자국이 남는 것처럼, 언니는 영원한 슬픔의 흔적을 뒤에 남겼다.

"아무도 언니를 잊지 않았어. 그냥… 시간이 흐른 거야. 그게 다야."

플로라가 자기 손톱의 보라색 매니큐어를 조금씩 뜯었다.

"3년이란 시간이 흘렀다는 게 갑자기 실감 나기 시작했어. 꼬박 3년이야. 모든 게 정확히 내가 기억하는 그대로라는 생각이 들다가도, 또 다른 때는 전부 다 변한 것 같아."

"무슨 말인지 알아."

이렇게 말했지만, 사실 난 모른다. 지구 반대편에 있는 정보 기술 회사에서 깨어났는데, 실은 몇 년 전에 죽었었다는 얘기를 들은 사람은 내가 아니니까.

잠시 후 플로라가 어깨를 으쓱했다.

"뭐, 다르다는 건 괜찮아. 그렇지? 다르다는 건 더 좋아졌다는 뜻일 수도 있으니까. 난 뭐랄까… 플로라 2.0 같은 거지."

"플로라 2.0…." 내가 웃으며 말했다. "좋은데."

집으로 가는 차 안에서 우린 아무도 입을 열지 않았다. 플로라는 생각에 잠겨 있었고 우나는 내 옆에서 잠과 씨름 중이었다. 집에 도착했을 때 쉬이는 집 밖 자갈길에 앉아 있었는데, 플로라가 차에서 내리자마자 잽싸게 달아났다. 난 차 뒷문을 열고 우나의 발을 잡아끌었다. 우나가 싫은 소리를 내며 나를 밀어내려고 발버둥을 치다가 갑자기 멈췄다.

"저게 뭐야?"

우나가 집 쪽을 가리켰다.

현관 계단에 뭔가 큼직하고 시커먼 형체가 있었다. 난 핸드폰의 손전등 기능을 켜서 위로 들어 올린 채 문으로 걸어갔다. 문 앞에 놓인 걸 보자 속이 뒤집히는 것 같았다.

컴퓨터, 우리 할머니가 썼음 직한 태곳적 모델의 PC 모니터였다. 화면이 위를 바라보게 놓인 모니터는 플라스틱 몸체가 일부 떨어져 나갔고 부서지고 깨진 화면 속으로 전선이 들여다보였다. 실수로 떨어뜨렸다기엔 파손 정도가 너무 심했다. 누군가 발로 세게 찼거나 망치로 내려친 것 같았다. 누군가 일부러 망가뜨렸다.

"이게 무슨…" 엄마가 자세히 살펴보려고 꿇어앉았다. "무슨 일이람?"

내 핸드폰의 불빛이 부서진 모니터 화면에 반사되어, 깨진 조각들이 누런 송곳니처럼 보인다. 누군가가 여기까지 와서 우리 집 현관에 모니터를 버린 이유는 딱 하나밖에 없다. 이건 메시지이고, 메시지 속의 기계는 플로라를 상징한다.

결국 이건 협박이다.

매뉴얼 6: 지역사회

19세기에 처음 기차가 발명되었을 때, 사람들은 기차가 '철도 광기' 같은 증상을 일으킬 거라고 믿었습니다. 빅토리아 시대(1837년 6월부터 1901년 1월까지 빅토리아 여왕의 치세 기간을 일컫는 말. 이 시기 영국은 정치, 경제, 사회, 문화, 기술 등 여러 면에서 크게 변화했다.-옮긴이)의 일부 사람들은 기차의 속력(당시에는 고작 시속 15킬로미터였음)이 너무 빨라서 승객들이 정신착란을 일으킬 거라고 두려워했습니다. 인쇄기, 트랙터, 컴퓨터, 휴대전화 등 모든 혁신은 대중의 상당한 저항에 부딪혔습니다. 심지어 소설조차도 한때 사실과 허구를 구분하지 못하는 독자들에게는 위험한 것으로 여겨졌습니다.

어떤 사람들이 기술적, 문화적 진보를 이루어 가는 동안, 다른 한편에서는 그에 맞서서 싸우는 사람들도 있었습니다. 우리는 몇십 년 안에 리터니나 다른 포스트휴먼 같은 존재가 기차나 책처럼 우리 생활의 평범한 일부가 될 거라고 생각합니다. 안타까운 일이지만, 그전까지는 리터니를 복잡한 생각과 감정을 가진 우리와 같은 존재로 받아들이지 못하는 또는 받아들이려고 하지 않는 사람들을 마주하게 될 것입니다.

여기에는 이 시험에 참여하기로 동의, 여러분 지역사회의 사람들도 포함될 수 있습니다. 우리 연구에 따르면, 리터니는 자신을 받아들이고 동등하게 대해 주는 사람들에게 둘러싸여 있을 때 가장 적응을 잘 합니다. 누군가가 여러분의 리터니 가족을 따돌리거나 모욕하거나 괴롭힌다면, 그 정도는 아니더라도 그저 환영받지 못한다는 느낌을 받게 한다면, 가능한 한 빨리 여러분의 가족 담당관에게 연락해서 적절한 조치를 취할 수 있게 해 주십시오.

———————

3

"누가 이런 짓을 했을까?"

엄마가 내 머릿속을 맴도는 바로 그 질문을 던졌다. 우리는 섬 주민들을 다 안다. 꼭 친하다곤 할 수 없어도, 친근한 인사 정도는 할 정도다. 그런데 우리가 케일리에 간 사이, 동네 사람 중 누군가가 플로라를 겁주기 위해 여기까지 와서 우리 집 현관 앞에 모니터를 버리고 갔다고 생각하니… 등골이 오싹했다.

우나가 발끝으로 부서진 화면을 슬쩍 건드렸다.

"앤디 아저씨라고 생각해?"

"아마도." 플로라가 열을 내며 말했다. "그 아저씬 정말 겁쟁이야. 게다가 세컨드 찬스에서 돈은 돈대로 다 받고서 이런 일을 하다니, 위선자야."

"머도 아빠라고 단정할 순 없어."

난 앤디 아저씨보다는 머도를 옹호하려는 마음에서 이렇게 말했지만, 실은 플로라 말이 맞을 수도 있다고 생각했다. 아저씨가 머도를 끌고 간 뒤에도 우린 케일리에 두어 시간쯤 더 남아 있었다. 우리가 돌아오기 전에 앤디 아저씨가 집에 가서 모니터를 차에 싣고 여기로 왔다면 시간은 충분했다. 아저씨가 이 프로젝트에 얼마나 화가 나 있는지를 생각하면, 이게 가장 그럴듯한 설명이었다.

"속단하진 말자." 엄마는 침착함을 유지하려고 했지만 목소리가 떨렸다. "전부 오해일 수도 있어. 그러니까… 우나는 가서 빗자루랑 쓰레받기 좀 가져오고, 이 난장판은 치우면 돼."

우나는 고개를 끄덕이고 안으로 뛰어 들어갔다. 난 청바지 뒷주머니에 집어넣었던 핸드폰을 다시 꺼냈다.

"마리사에게 보여 줄 사진을 먼저 찍어야 하지 않을까?"

엄마가 망설였다.

"그래, 찍어. 하지만 이 일은 일단 우리끼리만 알고 있는 게 좋겠다. 플로라가 집에 온 지 몇 주밖에 안 됐잖아. 마리사를 당황하게 만들고 싶진 않아. 우리 섬이 비협조적인 마을로 보이는 것도 싫고."

난 위에서 본 모니터 사진을 찍고 나서, 옆에서 본 것도 몇 장 찍었다. 사진으로 보니 더 기괴했다. 깨진 모니터 화면은 금이 간 검은 얼음판처럼 금방이라도 부서져 내릴 것 같다.

"어쨌든, 누군가에게는 말해야 해. 짐 아저씨는 어때?"

"짐은 태국으로 휴가 갔어. 9월에나 돌아올 거야."

엘런 저라크는 섬이 너무 작아서 경찰서도 없다. 가장 가까운 법 집행 기관은 엘런 코름에 있고, 여긴 위급 상황에 대비해 자원 경찰이 있을 뿐이다. 자원 경찰인 짐 퀸 아저씨는 섬 북쪽에 사는데, 키가 크고 말이 많은 사람이다. 여태껏 한 번도 찾아갈 일이 없었기 때문에 실제로 아저씨가 어떤 경찰 업무를 하는지 잘 모른다. 구멍가게에서 누가 과자를 슬쩍한 것 말고, 최근 10년 동안 엘런 저라크에서 범죄가 있었는지 의문이다.

"어쩌면 우나 생각처럼 앤디가 말썽을 좀 부려 보려고 했나 봐. 그게 아니면 누가 장난을 친 것일 수도 있고." 엄마가 말했다. "어느 쪽이든 이제 하고 싶은 말은 했으니까. 틀림없이 이걸로 끝일 거야."

난 플로라를 바라보았다. 플로라의 눈동자에 모니터가 반사되어, 부연 홍채에 반짝이는 은빛 조각이 비쳤다. 플로라가 입술을 깨물고 천천히 고개를 끄덕였다.

"맞아. 지금은 마리사한테 말하지 않는 게 좋겠어. 무슨 일인지 알기 전까지는 괜히 걱정시킬 필요 없잖아."

나로서는 잘 이해되지 않았다. 마리사는 무슨 일이든 알려 달라고 했을뿐더러, 이건 큰 문제라는 생각이 들었다. 하지만 엄마와 플로라가 확신하는 것 같아서, 난 엄마 말대로 모니터를 들어 집 뒤에 있는 큰 쓰레기통에 버렸다. 그사이 우나는 빗자루와 쓰레받기로 나머지 파편을 쓸어 담았다. 우리가 모두 집 안으로 들어갔을 때, 엄마가 열쇠로 현관문을 잠갔다. 보통은 섬을 떠날 때만 그렇게 한다.

엄마가 열쇠를 돌려 문을 잠그는 걸 보자, 긴장감으로 아랫

배가 뒤틀렸다. 이게 진짜 위협이라면, 우리가 아는 누군가로부터, 아마도 우리가 신뢰하는 누군가로부터 온 것이리라. 이 말은 우리에겐 우리뿐이라는 뜻이다.

두 번째 협박

1

엘런 저라크의 우리 학교는 우리가 즐겨 보는 미국 드라마에 나오는 학교하고는 완전 딴판이다. 사물함이나 졸업 파티, 구내식당의 패거리는 물론이고, 매점도 없다. 단지 작은 중등 교실과 초등 교실이 하나씩 있을 뿐이고, 대부분의 수업은 원격으로 이루어진다.

플로라가 돌아온 지 이제 한 달이 넘었는데도, 개학 첫날 우리가 안마당을 지나갈 때 초등학교 아이들은 창문에 붙어서 우리를 빤히 쳐다보았다. 어린 여자애 하나가 좀 더 잘 보려고 이마로 유리를 눌렀고, 핀리의 남동생은 로봇 춤을 추다가 우나가 소리를 지르고서야 그쳤다. 안으로 들어가니, 그랜트 선생님이 문간에서 플로라와 나를 기다리고 있었다.

"9시 7분이야." 선생님이 손목시계를 톡톡 두드리며 말했다. "방학이 끝나서 모두 힘들겠지만, 제시간에 오도록 노력하세요."

"죄송해요, 선생님. 우나가 체육복 가방을 못 찾아서요. 아니 안경, 아니 신발이었나…."

"이런, 고자질은 안 돼, 아일라." 그랜트 선생님은 나한테 말하면서도 곁눈질로 플로라를 흘깃거리다가, 플로라를 돌아보며 아무렇지 않은 척 미소를 지었다. "돌아온 걸 환영해, 플로라. 네 자리로 가서 앉으렴, 난 새 플래너를 가져와야겠다."

올해 중등반(스코틀랜드의 학제는 초등학교 7년, 중등학교 5년, 대학예비과정 1년, 대학교 4년이며, 이 중 중등 5년은 중·고 통합 과정이다. - 옮긴이)은 머도, 아디티, 핀리 그레이엄, 조지 캠벨 그리고 플로라와 나 이렇게 여섯 명이다. 플로라와 내가 교실로 들어갔을 때 다른 아이들은 이미 책상에 둘러앉아 있었다. 아디티와 머도는 미소를 지었지만, 다른 사람들에게는 플로라가 낯설었다. 조지는 황급히 앞에 놓인 교과서를 내려다보았고, 핀리는 여행으로 잘 태우고 왔음에도 얼굴이 창백해 보였다.

"안녕!" 아디티는 내가 자기와 머도 사이, 늘 앉는 내 자리로 끼어들자 녹색 펜을 흔들었다. "팬들이 플로라 언니를 보려고 밖에서 기다렸어."

"팬이라곤 할 수 없지." 플로라는 웃으며 조지 옆 빈자리에 앉았다. "하지만 셰이무스 아저씨 케일리에선 약간 유명인이 된 느낌이었어. 다음번엔 레드카펫을 깔아 달라고 할까 봐."

"우리 아빠가 한 말은 정말 미안해." 머도의 얼굴이 빨개졌다. "아빠가 완전히 선을 넘었지. 우리 엄마도 그렇다고 했어."

"괜찮아. 네 잘못도 아닌걸."

웃고 있지만, 플로라의 입은 긴장되어 있다. 사흘이 지났지만, 우리 집 현관 앞에 모니터가 놓여 있었던 기억은 여전히 생생하다. 엄마는 잊어버리라고 하지만, 난 누가 그걸 두고 갔는지 궁금해서 죽을 지경이었다.

내 맞은편에 앉은 핀리가 놀라움을 감출 생각도 하지 않고 언니를 뚫어져라 바라보았다. 난 사실 그 애가 핸드폰을 꺼내 촬영을 시작하지 않은 것만으로도 충분히 감동했다. 핀리는 그럴듯해 보이는 샌드위치만 봐도 자기 세콘에 올리려고 하는 애인데, 개학 첫날 세계 최첨단 인공지능이랑 함께하게 됐으니, 더 말할 필요도 없을 것이다.

"돌아온 걸 환영해, 플로라." 핀리가 말했다. "그래, 집에 돌아온 기분이 어때?"

아디티가 고개를 저었다.

"그만해, 핀리."

"뭘? 난 그냥 돌아온 걸 환영한다고만 했는데!"

"너 또 그 다큐멘터리 목소리야. 내레이션하듯이 말하잖아." 아디티가 목소리를 낮추어, 마치 다큐멘터리 〈플래닛 어스〉의 해설자 같은 억양으로 말했다. "우리가 아주 희귀한 발견을 해냈습니다. 이곳 스코틀랜드의 엘런 저라크 섬에서 발견된 15세의 플로라 매콜리입니다."

아디티가 아주 그럴싸하게 흉내 내는 바람에 모두 웃음을 터뜨렸다. 핀리조차도 마지못해 미소를 지었다.

"괜찮아, 핀리." 플로라가 웃으며 말했다. "방학은 잘 지냈니?"

핀리가 어깨를 으쓱했다. 핀리는 여덟 살 때 엄마와 이곳으로 이사 왔는데, 핀리의 아빠는 여전히 런던에서 산다. 그는 거대한 금융 회사를 가지고 있는데, 해마다 여름이면 핀리 삼 형제를 한 달짜리 여행에 데려가고, 겨울이면 스위스나 이탈리아에서 같이 스키를 타곤 했다. 핀리는 한 달간 전용 요리사가 딸린 산속 별장이나 무슨 성 같은 데서 지내다 온 게 아니라 고작 이틀짜리 캠핑이라도 다녀온 듯, 그런 것들에 대해 언제나 심드렁하게 굴었다.

"응, 괜찮았어." 핀리는 뒤로 기대앉아 갈색 곱슬머리 뒤로 두 손을 깍지 꼈다. "사실 난 여기 남아서 영상을 좀 찍고 싶었는데, 아빠가 꼭 같이 가야 한다고 강요해서 말이야."

아디티가 웃었다.

"와, 핀리, 네 고통은 언제나 끝이 날까? 방학 동안 지상 낙원 세이셸에 갇히다니! 가엾어라!"

"넌 어땠어, 조지?" 핀리와 아디티가 또다시 말다툼을 벌이지 못하도록 머도가 화제를 돌렸다. "2, 3주 전까지 에든버러에 있었지?"

머도는 누군가가 대화에서 빠져 있으면 언제나 그걸 알아채고 부드럽게 그 사람을 끌어들이는 그런 유형의 친구다. 나는 머도의 그런 면을 좋아한다.

조지가 자기 눈을 가리는 약간 붉은 기가 감도는 금발 머리를 빗으며 고개를 끄덕였다.

"응, 며칠 동안 이모 댁에 갔었어. 에든버러 프린지 페스티벌 공연도 보고, 좋았어."

조지의 귀가 빨개졌다. 조지는 관심의 중심이 되면 늘 그랬다. 조지도 나처럼 평생 이 섬에서 살았다. 어렸을 때는 자기 엄마처럼 아주 시끄럽고 부산스러운 여자애였다. 하지만 아홉 살 때 조지 아빠가 본토에서 교통사고로 돌아가신 이후로 자기 껍데기 속으로 웅크리고 들어가더니 여태 나오지 않고 있다. 조지는 강아지 롤라와 놀거나 악기 연습을 하며, 거의 집에서 시간을 보낸다. 바이올린과 피아노를 연주하고 게일어 노래를 하기 때문에 늘 음악 시험 등급이나 경연, 로열 내셔널 모드(스코틀랜드의 최대 게일 문화 예술 축제. '모드'라고도 부른다. – 옮긴이) 준비로 바쁘게 지낸다.

우린 조지가 여행 이야기를 좀 더 해 줄 거라고 생각해 잠시 기다렸다. 하지만 그 애는 다시 지리 교과서를 내려다보며 석회암 지형에 몰두하는 척했다. 조지를 탓할 순 없다. 이런 상황은 정말 어색하다. 나 역시 무슨 말을 해야 할지 모르겠다.

그랜트 선생님이 바인더에 끼워진 주간 플래너 여섯 권과 교과서 몇 권을 들고 돌아왔다. 선생님은 플래너를 우리 각자에게 한 권씩 나눠 주었다. 아디티는 누구나 핸드폰에 달력이 있는데 교육위원회에서는 왜 이런 데 돈과 종이를 낭비하는지 모르겠다며 툴툴거렸다. 해마다 반복되는 아디티의 불평을 못

두 번째 협박

들은 척하며, 그랜트 선생님은 플로라와 이야기하기 위해 옆에 쪼그려 앉았다.

"네가 어떤 과목을 하고 싶어 할지 몰라서, 플로라, 네가 그전에… 몇 년 전에 말이야, 했던 과목 책을 가져왔어." 선생님이 교과서를 책상에 내려놓았다. "하지만 이 중에서 뭐든 바꾸고 싶다면, 그렇게 해도 전혀 문제없어."

"고맙습니다, 선생님." 플로라가 닳은 책 모서리를 따라 손가락을 쓸어내렸다. "역사 대신 게일어를 해도 될까요? 지난번제 게일어 성적이 아주 안 좋았던 건 알지만, 뒤처지지 않게 열심히 할게요."

그랜트 선생님의 눈썹이 치켜 올라갔다. 나도 깜짝 놀랐다. 아빠가 엘런 코름으로 가기 전에는 아빠가 우리 게일어 선생님이었다. 게일어는 내가 가장 좋아하는 과목이었던 반면, 플로라는 우수한 제자 축에 들긴 힘들었다. 언니는 게일어 문법이너무 복잡하고 단어의 철자도 어렵다며 늘 투덜거렸다.

"물론이지. 너희 아버지가 이사 가셔서 지금은 온라인 수업밖에 없으니까, 이메일로 필요한 정보를 알려 줄게."

플로라는 자기 책상으로 돌아가서 노트북을 앞으로 당겼다. 난 플로라에게 의아한 눈길을 던졌다. 언니는 어깨를 으쓱했다.

"뭔가 다른 걸 해 보고 싶어서."

"좋은 생각이야."

내가 말했다. 그리고 게일어로도 다시 한번 말해 주었다.

내 시간표는 독일어부터 시작이어서, 학교 노트북을 열고 수업에 로그인했다. 옷과 관련된 단어 목록을 읽어 내리는데 내 눈가에 작은 움직임이 포착됐다. 핀리가 의자에서 자꾸 몸을 뒤척거렸고, 조지는 계속해서 플로라를 흘끔흘끔 훔쳐보았다.

몇 분 뒤, 플로라가 한숨을 쉬며 자기 노트북을 닫았다.

"있잖아, 뭐든 물어보고 싶은 게 있으면 그냥 말해." 언니는 뒤로 기대앉으며 스웨터 위로 팔짱을 꼈다. "그러면 우리 모두 반쯤은 평소처럼 행동할 수 있겠지."

아이들이 서로를 흘낏 쳐다보았다. 그랜트 선생님까지 앉은 자리에서 앞으로 몸을 내밀었다. 아디티와 핀리는 가방에서 핸드폰을 꺼내려고 탁자 밑으로 몸을 휙 숙였다.

"나 이거 찍어도 돼?"

핀리가 플로라에게 물었다.

"물론 안 돼, 핀리." 선생님이 재빨리 말했다. "이건 전부 기밀 사항이라는 거 알잖아."

"아무것도 공개하진 않을 거예요, 선생님! 하지만 이 프로젝트에 관한 다큐멘터리를 만들려면 최대한 많은 영상이 필요해요." 핀리가 자세를 똑바로 하며 가슴을 내밀었다. "이 모든 게 언젠가는 공개될 테고, 역사의 일부가 될 거예요. 제가 바로 그 이야기를 전하는 사람이 되고 싶어요."

난 아디티와 눈이 마주쳤는데, 우린 둘 다 웃음을 감추기 위해 시선을 돌렸다. 핀리의 야망은 경탄할 만하지만, 가끔 너무 거만하게 굴 때가 있다. 선생님이 고개를 가로저었고, 핀리

두 번째 협박

는 마지못해 핸드폰을 내려놓았다.

"언젠가 인터뷰라도 할 수 있을까?" 핀리가 플로라를 돌아보았다. "넌 어때, 아일라?"

"그런 일은 금지되어 있잖아. 너무 위험해. 네가 공개하지 않더라도, 다른 사람이 네 핸드폰을 훔쳐 가거나 해킹해서 공개할 수도 있으니까." 플로라가 미안한 듯 미소를 지었다. "미안해, 핀리."

핀리는 자기 의자에 털썩 기대어 팔짱을 꼈다. 핀리가 묻고 싶은 질문은 오로지 영상을 찍어도 되는지밖에 없다는 게 분명해 보였다.

아디티는 몸을 앞으로 기울인 채 손가락으로 핸드폰의 메모장 앱을 스크롤했다.

"내 질문은 좀 기술적인 거야." 핸드폰 화면이 반사되어 아디티의 눈이 빛났다. "먼저, 그 사람들이 어떤 딥러닝 아키텍처를 이용해 언니를 다시 되돌린 거야?"

플로라가 아디티를 보고 눈을 깜빡이더니 긴장된 웃음을 지었다.

"미안, 그게 무슨 뜻인지 전혀 모르겠어."

"아." 아디티가 실망한 표정을 짓더니, 목록을 더 아래로 스크롤했다. "특화된 데이터 처리 코어는? 언니한테 있는 그래픽 처리 장치는 얼마나 돼?"

플로라는 아디티의 질문에 답하려고 애썼지만, 전문용어가 너무 많이 나와서 차라리 그리스어가 더 쉽게 느껴질 정도였다. 대신에 플로라는 매일 밤 충전하는 데 얼마나 걸리는지, 음식물 용기를 어떻게 비워야 하는지, 자신이 해킹을 당하거나 바이러스에 걸렸을 때 우리가 따라야 할 보안 절차를 이야기해 주었다. 플로라는 머리카락을 들어 올려 목 뒤에 있는 충전 포트를 모두에게 보여 주었다. 조지와 머도는 얼굴이 창백해졌지만, 아디티는 완전히 매료된 듯 눈을 반짝였다.

마침내 핀리의 호기심이 그의 삐침을 이겼다. "거기로 뭔가 느낄 수 있어?" 핀리는 좀 더 잘 보려고 탁자 위로 몸을 기대며 물었다.

플로라가 머리카락을 떨구고 고개를 저었다.

"온몸으로 통증을 느낄 수 있지만 여긴 아니야. 통증을 느끼는 건 나를 좀 더 인간답게 만들어 줘. 근데 사람들에겐 포트가 없으니, 여기다 센서를 추가하는 건 의미가 없지."

"넌 어때, 조지?" 선생님이 물었다. "플로라에게 물어보고 싶은 거 있니?"

"음." 조지는 자신의 주간 플래너를 내려다보았다. 페이지 아래쪽은 이미 데이지 꽃과 별 같은 낙서로 뒤덮여 있었다. "네 기억 말이야… 그건 인터뷰를 바탕으로 한 거지? 그리고 네 검색 이력이나 뭐 그런 것도 이용했겠지?"

"인터뷰가 많은 정보를 주긴 했지만… 맞아, 거의 다 온라인 데이터였어. 거기에 더해 내 모습을 재현하는 데 필요한 동영상이랑 사진."

조지가 고개를 끄덕였다.

"그러니까 그 말은, 여태껏 네가 보낸 메시지를 하나도 빠짐없이 다 기억할 수 있다는 거야? 혹은 온라인에서 뭘 검색했는지도 전부 다?"

"아, 아냐. 그러면 너무 정보가 많아." 플로라가 웃으며 말했다. "그 데이터는 내 성격이나 관심사, 습관 뭐 그런 걸 만들어내는 데 필요했던 거지. 그런 다음에 필터 프로그램을 써서, 내가 어떤 특정 기억에만 접근할 수 있게 했어. 다른 기억에는 접근이 안 되게 하고. 어딘가에 그 모든 게 있긴 하겠지만, 내가 그걸 다 볼 수는 없어. 인간의 뇌가 작동하는 방식과 비슷해."

"그렇구나." 그러면서 조지가 고개를 살짝 흔들었다. 귀는 아직 빨갰다. "휴, 모든 게 너무 복잡해."

"정말 그렇네." 선생님이 팔짱을 꼈다. "하지만 오늘은 이정도면 충분해. 벌써 10시가 다 되어 가는데, 너희들은 아직 공부를 시작도 하지 않았잖아."

플로라가 자기 노트북을 열었다. 다른 사람들도 마지못해 따랐지만, 안절부절못하는 것을 보면 여전히 주의 집중이 안 된다는 걸 알 수 있었다. 심지어 공부벌레 축에 드는 머도조차 책을 몇 초 이상 보지 못했다.

1분 뒤, 플로라가 킥킥거리기 시작했다. 잠시 후, 언니는 제대로 웃음이 터졌다.

"왜 그래?"

"수업에 로그인하려고 하는데, 보안 질문에 먼저 답하래." 플로라는 웃느라 잠깐 말을 잇지 못했다. "나더러 로봇이 아니라는 걸 인증하라는데."

머도가 눈을 깜빡였다. 아디티는 한 손으로 자기 입을 막았고, 조지는 당황한 듯 피식거렸다. 갑자기 우리 모두, 그랜트 선생님까지도, 웃음을 터뜨렸다. 그러자 오늘 있었던 모든 일이 조금 덜 낯설게 느껴졌다.

2

축구팀 훈련이 이번 토요일부터 다시 시작된다. 난 커스티 고모네에서 점심을 먹고 나서 엘런 코름의 고등학교로 갔다. 아빠는 고기 대신 콩고기를 넣은 셰퍼드 파이를 만들었고, 나랑 우나와 함께 보드게임을 했지만, 여전히 플로라 얘기는 거부했다. 우리 축구팀의 릴리 코치는 훈련에 복귀하면서, 이번 시즌에 우리 팀을 14세 이하 리그의 결승에 진출시키겠다는 새로운 각오를 다졌다. 우린 작년에 4라운드까지 진출했지만, 애버딘 팀에게 3대 2로 패했다.

"할 수 있다!" 릴리 코치는 우리가 축구화 끈을 묶는 동안 허공에 주먹을 휘두르며 잔디밭을 가로질러 걸어갔다. "이 세 가지를 꼭 명심해. 트레이닝, 팀워크 그리고 우리 자신에 대한 완전한 믿음."

"코치는 언제나 이렇게 격정적이야?" 홀리가 속삭였다. "유치한 미국 스포츠 영화에 나오는 사람 같아."

티와와 내가 낄낄거렸다.

"코치는 실제로 우리한테 위대한 미국 어쩌고 하는 노래를 연습시킨 적도 있어." 티와가 말했다. "우리가 파워 레인저가 된 것 같았어."

릴리 코치는 먼저 체력 훈련으로 팀 훈련을 시작했다. 그런 다음 두 그룹으로 나누어 수비 연습을 하고, 페널티킥으로 마무리했다. 난 여름 방학을 지나면서 실력이 녹슬었을 거라고 생각했지만, 골인도 몇 번 성공했고, 코치는 내 볼 컨트롤을 칭찬해 주었다. 훈련이 끝날 때쯤에는 우리 중 대다수가 릴리 코치만큼이나 결연한 마음으로 우승컵을 향한 열망을 불태웠다.

훈련이 끝난 뒤, 티와와 레이첼, 그리고 다른 팀원들 몇이 아이스크림을 먹으러 가자는 이야기를 꺼냈다. 나도 같이 가고 싶었지만, 우나와 만나서 집으로 돌아가는 페리를 타야 했다.

"항구에 간다고?" 홀리가 무지개색 신발 끈을 풀다가 눈을 들어 나를 보았다. "나도 같이 갈게. 가게에 들러서 아빠한테 드릴 딸기를 사야 하거든. 우리 아빠는 여름휴가 동안 요리 프로그램을 즐겨 보더니, 지금은 딸기 디저트 만들기에 푹 빠졌어."

"좋아. 같이 가."

홀리를 따라 운동장을 나서는데 어쩐지 배 속이 간질간질해졌다. 아직은 홀리와 일대일 대화를 많이 하지 않은 터라, 항구까지 걸어가는 동안 이야기를 나눌 생각을 하니 약간 겁이 났다. 하지만 걱정할 필요가 없었다. 왜냐하면 홀리는, 우리 엄마 표현으로 하면 '완전한 수다쟁이'였으니까. 홀리는 쉴 새 없이 재잘거렸는데, 축구에서 새 수학 선생님으로, 또 자기 집 강아지로 화제가 어찌나 빨리 이리 뛰고 저리 뛰고 하는지 대화를 따라갈 수가 없었다.

"너희 개는 품종이 뭐야?"

마침내 홀리가 잠시 숨을 돌리는 사이 내가 물었다.

"코카푸(코커 스패니얼과 푸들의 교배종 – 옮긴이)야. 암컷이고, 이름은 오클리. 최고지." 홀리가 눈웃음을 지었다. "여기, 내가 보여 줄게."

홀리는 핸드폰을 꺼내서 황금색 털이 북슬북슬한 강아지와 함께 찍은 셀카를 보여 주었다. 홀리가 사진을 쓸어 넘김에 따라, 홀리의 표정은 입을 삐죽 내밀었다가 사시가 되었다가 혀를 내밀었다가 하는데 오클리의 행복한 미소는 변함이 없다. 사진 속 홀리의 머리는 평소 축구를 할 때처럼 말총머리로 묶지 않고 풀어서 내려뜨렸다.

"와, 진짜 귀엽다. 내 말은, 오클리 말이야! 근데 난 고양이를 더 좋아해."

홀리는 '우우' 하고 야유를 보내는 척하고는 웃었다.

"고양이 있어? 사진 좀 보여 줘 봐."

나는 핸드폰을 꺼내서 며칠 전에 찍은 쉬이의 사진을 찾아냈다. 그런데 갑자기 이 사진을 언니 방에서 찍었다는 사실이 생각나 가슴이 철렁 내려앉았다. 오른쪽 구석에 플로라의 다리가 살짝 보이는 것 같은데 확실하진 않다. 그게 플로라가 맞다 해도 홀리는 전혀 모르는 사람이다. 아직은 안전하다.

"좋아, 인정! 정말 예쁜 고양이야. 〈보그〉지 표지 모델이 될 수도 있을 것 같아."

내가 킥킥거렸다.

"쉬이한테는 말 안 할게. 안 그래도 자부심이 넘치거든."

"맞아, 고양이는 잘난 척 동물이지? 우리도 한 마리 키웠었는데, 부모님이 헤어질 때 엄마가 데려갔어." 홀리는 말총머리를 잡아당겨 조였다. 보라색 머리끝이 홀리의 목에 찰랑거렸다. "난 사실 좀 후련했어. 같이 살 땐 짜증도 많이 부리고 늘 벼룩이 있었거든. 우리 엄마 말고 고양이 말이야."

"그래서 여기로 이사 온 거니? 너희 부모님이 헤어져서?"

"아, 아냐, 그건 몇 년 전이야. 우리 아빠가 여기 출신이야. 할아버지가 최근에 몇 번 심하게 넘어지셨어. 할머니가 돌아가신 뒤부터 죽 혼자 지내셨거든. 할아버지를 더 자주 찾아뵈려고 아빠가 근처로 이사 오고 싶어 했어."

"아, 저런." 난 길에 떨어진 작은 돌을 잠시 드리블했다. "우리 할머니는 치매야. 어떤 날은 내가 누군지도 잘 기억하시지 못해."

홀리가 안됐다는 듯 혀를 찼다.

"나이 드는 건 정말 끔찍해."

무슨 말을 해야 할지 모르겠다. 홀리 말이 무슨 뜻인지 이해가 되었지만, 동시에 플로라가 너무 어린 나이에 세상을 떠난 걸 생각하면, 나이 드는 게 모두가 누릴 수 있는 선물은 아니라는 생각이 들었기 때문이다. 플로라가 나이 드는 게 가능한지 아직은 알 수 없다. 세컨드 찬스에서는 리터니가 나이가 들어감에 따라 외모를 바꾸는 방법을 연구하고 있지만, 아직 성공하지는 못했다. 성공할 거라는 보장도 없다. 플로라는 내가 열여덟 살, 스물다섯 살, 마흔일곱 살이 되더라도 그냥 열다섯 살에 갇혀 있겠지.

난 그 생각을 머릿속에서 떨쳐 냈다. 다른 사람들이 있는 데서 새 플로라를 떠올리는 것조차 위험하게 느껴졌다. 나도 모르는 사이 그 이름이 새어 나와 프로젝트를 망칠지도 모르니까.

"여기 사는 게 좋니?"

그 대신 홀리에게 물었다. 홀리는 손짓으로 그럭저럭, 하고 나타냈다.

"뭐 괜찮아. 오빠들이 하도 난리를 치니까, 나라도 아빠를 생각해 좀 더 긍정적으로 받아들여야겠다고 마음먹었거든. 그래도 아쉬운 게 있지. 당연히 친구들도 보고 싶고. 제대로 된 상점들과 드림 링도 그리워."

"드림 링? 그게 뭐야?"

홀리의 눈이 빛났다.

"우주에서 가장 맛있는 것! 내가 제일 좋아하는 빵집에서 만드는 거야. 가운데가 빈 도넛 같은 건데, 속에는 크림을 채우고 위에 설탕 아이싱을 한 거야. 다음에 엄마 보러 갔다 올 때 하나 사다 줄게. 음, 노력해 볼게. 먼 길이니까 오는 길에 내가 먹어 버릴지도 몰라."

"응, 고마워."

듣기에는 약간 느글거렸지만, 난 그냥 웃었다.

모퉁이를 돌자 항구가 눈에 들어왔다. 아빠와 우나가 매표소 밖 벤치에 앉아서 기다리고 있었다. 내 배 속에서는 여전히 뭔가 간질거리는 느낌이 있었지만, 아까와는 좀 달랐다. 잠시 후 나는 그 감정이 실망이라는 것을 깨달았다. 홀리와의 대화를 아직은 멈추고 싶지 않은데… 홀리랑 하루 종일이라도 이야기할 수 있을 것 같다.

3

그날 저녁 집에 돌아와서, 나는 홀리와 나누었던 이야기를 머릿속으로 계속 되뇌었다. 저녁을 먹은 뒤 핸드폰으로 코카푸를 찾아보다가, 귀를 청록색으로 염색한 어떤 코카푸 강아지 사진을 보았다. 축구팀 그룹 채팅방을 열고 홀리의 전화번호를 찾았다.

'이거 오클리한테 어울릴 것 같아?'

난 홀리에게 일대일 메시지를 썼다. 내 엄지손가락은 핸드폰 화면 위를 한참 맴돈 후에야 아래로 구부러져 보내기 버튼을 눌렀다. 사진 밑에 메시지를 읽었음을 뜻하는 2개의 체크 표시가 나타났다. 난 홀리가 이런 걸 바보스럽다고 생각하거나 내가 왜 갑자기 자기한테 메시지를 보냈는지 궁금해하지 않기를 바라며, 초조하게 핸드폰을 바라보았다. 답 문자가 금방 떴다.

'하하! 우리 집 화장실에 페인트칠을 할 일이 있을 때 한번 시도해 볼까? 오클리라면 순식간에 벽을 칠할 수 있을 거야.'

잠시 뒤, 왕관을 쓰고 목에는 러프 칼라를 두르고 있는 샴 고양이 이미지가 나타났다.

'너희 고양이를 직접 본 적은 없지만 분명 이런 종류의 에너지를 뿜어낼 듯. 내가 틀렸다면 가르쳐 줘.'

내 얼굴엔 함박웃음이 떠올랐다.

'완전히 틀렸음. 쉬이는 한 덩치 하는 소프라노야.'

'쉬이? 이름이 그거야?! 난 하루 종일 왜 고양이 이름을 '그녀(she)'라고 지었는지 궁금했는데.'

난 웃으며 그 메시지를 다시 읽어 보았다. 하루 종일. 홀리는 내 생각을 하고 있었다. 보라색 머리에 무지개색 신발 끈을 묶고 눈에는 반짝이는 미소가 가득한 홀리가 온종일 내 생각을 했다. 그 사실이 내 가슴 속에 남긴 따뜻한 느낌은 잠이 들 때까지 떠나지 않았다.

4

본격적으로 학기가 시작되자, 우린 어느새 플로라가 죽기 전과 같은 일상으로 빠져들어 갔다. 4시에 집에 와서 숙제하고 저녁을 먹고 나면, 우린 엄마가 뭔가 다른 일 좀 하라고 야단을 칠 때까지 계속 드라마 시리즈를 시청하거나 아니면 핸드폰만 만지작거렸다. 우나는 왜 자기만 언니들보다 일찍 자러 가야 하느냐고 징징거렸고, 플로라와 난 우나가 화장실을 너무 오래 쓴다고 투덜댔다. 그러나 완전히 예전 같지는 않았다. 아빠 없이는 불가능한 일이다. 하지만 그토록 오랫동안 우리 집 지붕 위에 드리워져 있던 슬픔의 구름이, 웃고 떠드는 소리와 플로라의 방에서 끊임없이 울려 나오는 음악 소리에 떠밀려 마침내 사라지기 시작했다.

예전과 크게 달라진 점이 있다면, 지금은 세컨드 찬스와 주간 점검이라는 걸 해야 한다. 매주 수요일 저녁에 플로라가 시스템에 접속하면, 그쪽 기술자들이 플로라의 시스템이 정상적으로 작동하는지 확인하고, 그런 다음 우리 모두 엄마 노트북 앞에 모여 마리사에게 지난 한 주 동안 어땠는지 상황을 대충 설명한다.

"학교는 어때?"

어느 날 저녁, 마리사가 여느 때처럼 물었다.

"괜찮아요. 여전하죠, 뭐." 플로라는 보통 이렇게 답하고 말지만, 이번은 잠시 쉬었다가 말을 이었다. "근데 가끔은 제가 시험공부를 하는 게 무슨 의미가 있는지 궁금할 때가 있어요. 제가 실제로 그 시험을 칠 것도 아닌데요."

플로라는 현재 중등 4학년이다. 이 말은 학년말에 있을 졸업 자격시험을 준비해야 한다는 뜻이지만, 플로라는 공식적인 서류에는 올라갈 수 없다. 학력 심사 기관에서는 플로라의 존재를 전혀 모르니까.

"플로라, 학교는 배움을 위한 곳이야. 시험이 있건 없건, 넌 아직 배울 게 많아."

엄마가 말했다.

"맞는 말씀이에요. 하지만 플로라에게 그런 자격이 중요하다면…." 화면에서 마리사가 앞으로 몸을 기울였다. "플로라, 네가 원하면 온라인 강좌를 들을 수 있게 우리가 연결해 줄게."

플로라가 고개를 저었다.

"사실 시험을 치고 싶은 건 아니에요. 그게… 저는 아무 데도 가지 못할 것 같은 기분이 들어서요. 제 친구들은 전부 이 섬을 떠났어요. 수레시만 빼고요. 하지만 그 애도 내년엔 대학에 갈 거예요." 플로라는 고개를 숙여 자기 손을 내려다보더니, 보라색 매니큐어를 긁어냈다. "저만 뒤처진 것 같고, 어떻게 해도 다른 사람들을 따라잡을 수 없을 것 같아요."

"새로운 목표를 세워 보는 건 어때?" 마리사가 제안했다. "그게 꼭 학구적일 필요는 없겠지. 새로운 취미를 시작할 수도 있지 않겠어?"

"네, 어쩌면요." 플로라가 다시 어깨를 으쓱했다. "근데 뭘 해야 할지 모르겠어요. 제가 가장 좋아했던 건 수영인데, 이제는 그것도 제외니까요."

엄마는 언니가 아기였을 때 해변에 갈 때면 미아 방지 끈을 채워 놓아야 했다고 말했다. 그러지 않으면 얼음같이 차가운 물로 곧장 뛰어들었다는 것이다. 언니는 일고여덟 살 무렵에 수영을 시작해 승부욕을 발휘했고, 수영을 정말 잘했다. 엘런 코름의 수영장에서 하는 훈련에 늦지 않기 위해 일주일에 두 번 커스티 고모네서 잤고, 배영과 접영에서 금메달과 은메달을 땄다. 언니에게 수영은 취미 이상이었다. 수영장은 언니가 자기 자신에게 가장 만족감을 느끼는 곳이었다. 나는 그걸 이해할 수 있다. 나한테는 그게 축구다.

마리사가 안쓰러운 미소를 지었다.

"그런 제한들이 좌절감을 준다는 거 알아. 그런 일을 해결하기 위해 최선을 다하고 있지만, 지금 당장 네 몸을 물속에 넣을 수 있게 만들 순 없어."

우나가 핸드폰에서 고개를 들었다. 우나는 요새 풍선 슈팅 게임에 중독되어 지금도 백만 번째 판을 하던 참이었다.

"다른 스포츠를 시도해 볼 수 있잖아. 춤은 어때? 우리 반 카일리는 엘런 코름으로 현대 무용 수업을 받으러 간대."

플로라가 날카로운 눈빛으로 올려다보았다.

"내가 어떻게 무용 수업을 받으러 갈 수 있겠어? 이 섬을 떠날 수가 없는데, 잊어버렸어?"

우나가 움츠러들듯 다시 핸드폰으로 고개를 숙였다. 플로라가 돌아온 뒤로 우나에게 이렇게 쏘아붙인 적은 없었다. 아주 잠깐, 우나가 울지도 모른다는 끔찍한 생각이 들었다. 난 우나와 시선을 맞추고 내 안경을 슬쩍 밀어 올렸다. 우리만의 비밀 신호. 우나는 나에게 불안정한 미소를 지어 보이고는 게임을 이어 갔다.

"어떤 걸 해 보고 싶은지 생각해 봐." 마리사가 플로라에게 말했다. "온라인 과외 교사를 구해 주거나 강좌에 등록시켜 줄 수 있을 거야. 우리가 도와줄게, 플로라. 필요한 게 있으면 뭐든지 말해."

5

우리는 그다음 몇 주 동안 플로라가 할 만한 취미를 찾아보았다. 요가, 달리기, 자전거 등 다른 스포츠를 생각해 보았지만, 수영만큼 언니를 사로잡는 건 없었다. 엄마는 다락에서 오래된 기타를 꺼내 와 새 기타 줄까지 주문했지만, 플로라는 코드 서너 개를 배우고는 포기했다. 플로라는 좋아하는 노래의 온라인댄스 강의를 찾아냈지만, 동작을 생각만큼 빨리 익히지 못하자 좌절하고 말았다.

"팀을 했던 게 그리워." 플로라가 책장에 늘어서 있는 수영 트로피를 손가락으로 죽 쓰다듬으며 말했다. "너한텐 축구가 있으니까 정말 다행이야, 아일라."

다음으로 플로라는 예술과 공예에 도전했다. 우린 온라인에서 아이템을 찾다가 종이 오리기라는 걸 발견했다. 흰색 카드 종이 한 장을 이리저리 오려서 아름답고 섬세한 예술 작품을 만드는 것이었다. 화요일 저녁에 밥을 먹으러 아래층으로 내려갔을 때, 플로라가 작은 부엌칼로 카드 종이 한가운데를 거칠게 오려내고 있었다.

"좀 더 쉬운 것부터 시작하는 게 좋을 것 같은데."

칼날이 플로라의 손끝을 지나갈 때 우나가 움찔하며 말했다.

"네 말이 맞아." 플로라가 칼을 내려놓았다. "핑거페인팅 같은 거. 아마 내 수준엔 그런 게 맞을 거야."

그 종이 오리기 작품은 미완성인 채로 그다음 하루 반 동안 부엌 식탁 위에 놓여 있었다. 플로라는 결국 자신이 그걸 완성하지 못할 거라는 점을 인정하고 재활용 쓰레기통에 집어넣었다. 더 이상의 취미 검색을 포기했구나 싶은 생각이 들 즈음, 플로라가 학교에서 그 얘기를 꺼냈다. 머도가 주말에 자기 아빠랑 해리스에 여행 가서 본 검독수리 이야기를 한 뒤였다.

"네가 조류 관찰을 좋아하는 것만큼 나도 좋아하는 게 있었으면 좋겠어." 플로라가 말했다. "그 얘기를 할 때는 네 얼굴이 완전히 달라 보이거든."

머도의 뺨이 붉어졌다.

"약간 외골수 같아 보인다는 건 알지만, 보물찾기 하는 기분이 들어. 내가 찾고 있는 새를 보지 못하더라도, 늘 무언가 흥미로운 걸 발견하거든."

"외골수가 아니야." 플로라가 자기 의자에 털썩 주저앉았다. "몰두할 수 있는 새로운 무언가를 찾으려고 했는데, 난 더 이상 수영도 못 하고 세콘에 올릴 동영상도 못 만드니까, 할 게 없어."

핀리가 수학 공부를 하다 말고 쓴웃음을 지으며 플로라를 쳐다보았다.

"마고 맥도널드 아줌마가 라인댄스 클럽을 할 거라고 하던데. 지금까지 지니 매카이 아줌마, 셰이무스 아저씨, 데이비 아저씨가 신청했대."

플로라가 웃었다.

"그건 패스할게."

"서핑은 어때?" 조지가 손톱을 물어뜯으며 말했다. "작년에 여기서 서핑하는 관광객들을 봤어. 겨울에는 파도가 서핑에 안성맞춤이거든."

내가 재빨리 고개를 저었다.

"플로라는 물에 못 들어가. 잊었어?"

"맞아, 만약 물에 빠지면 나는 게임 종료야. 그래서 수영하러도 못 가는 거야." 조지가 얼굴을 붉히며 자기가 어쩌다 그걸 잊어버렸는지 모르겠다는 둥 중얼거렸지만, 플로라는 그 애에게 미소를 지었다. "좋은 아이디어였어. 서핑은 정말 재미있을 것 같아."

갑자기 아디티가 손으로 탁자를 쳤다.

"알았다! 코딩을 배우는 건 어때?"

플로라가 입을 오므렸다.

"잘 모르겠어. 난 그런 거 정말 못하거든."

"다른 기술처럼 연습하면 잘할 수 있어." 그랜트 선생님이 채점을 하다 말고 교탁에서 몸을 앞으로 기울였다. 이는 교사로서의 지혜를 나누려 한다는 신호였다. "아주 많은 여학생이

스템(STEM, 과학, 기술, 공학, 수학-옮긴이) 과목을 안 하려고 하지만, 그쪽 분야야말로 더 많은 여성이 들어가야 해. 예를 들어 제품이 모든 성별에 적합한지 확인하는 건 실험이나 연구에서 중요한 문제거든."

"바로 그거야. 게다가 처음에는 그렇게 복잡하지 않아. 내가 도와줄게!" 아디티가 자기 노트북 컴퓨터로 손을 뻗었다. "HTML이나 CSS 같은 간단한 것부터 시작하면 돼. 그런 걸 가르쳐 주는 재미있는 웹사이트도 많아."

플로라는 고개를 저었지만 아디티는 같이 코딩할 사람이 생겼다는 생각에 들떠서, 얼굴에 함박웃음을 띤 채 의자에서 엉덩이를 들썩거리기 시작했다. 그런 미소를 보고도 거절하는 건 강아지에게 놀기 싫다고 말하는 것과 마찬가지다.

결국 플로라가 웃으며 두 손을 들었다.

"알았어, 알았어, 좋아! 하지만 난 형편없을 거야. 내가 미리 경고했다는 거 잊지 마."

아디티가 환하게 웃었다. 아디티는 곧바로 플로라를 위한 공부 계획을 짜기 시작했는데, 그랜트 선생님이 아디티에게 수학 수업을 해야 한다는 것을 상기시켜 주었을 때야 비로소 자기 공부로 돌아갔다.

나는 내 수업 내용을 내려다보았지만 집중할 수가 없었다. 속이 약간 불편한 느낌도 들었다. 아디티와 플로라가 나 없이 둘이서만 뭔가를 한다고 생각하니… 기분이 좀 묘했다. 아디티는 언제나 '내 친구'였다. 플로라에게 아디티는 수레시의 여동

생일 뿐이었다. 그렇지만 난 플로라가 행복했으면 좋겠다. 아디티와 함께 코딩을 배우는 게 플로라를 행복하게 한다면, 그건 좋은 일이다.

선생님 시계의 알람이 울렸다. 수업 시간이 끝났다는 신호다. 플로라는 선생님 책상으로 가서 게일어 수업에 대해 무언가 질문을 했다. 나는 내가 쓴 에세이를 저장하고, 시간표에 따라 다음 과목인 화학으로 넘어갔다. 노란색 형광펜이 다 돼서, 플로라에게 여분이 있나 하고 탁자 밑으로 몸을 숙여 플로라의 가방을 들여다보았다.

가방 속을 뒤지는데, 무언가가 눈에 들어왔다. 여러 가지 펜이랑 동전, 종이 밑에 선명한 빨간색 봉투가 숨겨져 있었다. 새빨간 종이 색깔 때문이었는지 모르겠지만, 뭔가 기분이 나빴다. 플로라는 아직 선생님이랑 이야기하고 있었고, 다른 사람들은 모두 자기 공부를 하느라 바빴다. 나는 조용히 그 봉투를 반으로 접어서 뒷주머니에 넣고 손을 들었다.

"선생님, 화장실 좀 갔다 와도 될까요?"

선생님이 문을 향해 손을 흔들었다.

"물론이지, 아일라, 다녀와."

나는 서둘러 두 교실 사이에 있는 화장실로 갔다. 화장실 문에 기대어 봉투를 열고 접힌 종이를 꺼냈다. 종이를 펴는데 가슴이 철렁 내려앉았다. 그건 세컨드 찬스의 매뉴얼을 출력한 것으로, 리터니가 어떻게 만들어지는지 설명하는 페이지였다. 사람의 신체처럼 보이는 그림이 있는데, 절반은 피부가 벗겨져 있어 그 속에 뭐가 들어 있는지 들여다볼 수 있다. 뼈와 장기, 근육 대신에 금속판과 두꺼운 볼트, 이리저리 엉킨 전선이 들어 있다. 그 옆에 달린 설명 글 중에서 단어 3개에 노란색 형광펜이 칠해져 있었다.

그냥

기계일

뿐이다.

두 번째 협박이다. 그림을 들여다보는데 갑자기 무시무시한 깨달음이 덮쳤다. 플로라는 그 가방을 집과 학교 외에는 아무 데도 가져가지 않는다. 플로라가 눈치채지 못하게 가방 안에 무언가를 슬쩍 집어넣을 수 있는 사람은 5명뿐이다. 그들 모두 바로 옆 교실에 앉아 있다.

눈물을 흘릴 수 없는 아이

1

빨간 봉투 이야기는 아무에게도, 특히 플로라에게는 하지 않을 생각이다. 부서진 컴퓨터를 받은 것만도 끔찍한 일인데, 플로라는 이미 친구들로부터 단절된 기분을 느끼고 있고, 아빠가 보러 오지 않는 것 때문에 속상해하고 있다. 같은 교실의 누군가가 자기한테 몹쓸 짓을 했다는 사실을 알면 상황이 더 나빠질 거다.

내가 할 수 있는 최선은, 누가 이런 일을 했는지 내 힘으로 알아내는 거라는 생각이 들었다. 그래야 내가 그들과 맞서거나, 아니면 적어도 엄마한테 말해서 대책을 세우도록 할 수 있을 것이다.

그날 밤, 식구들이 모두 잠자리에 든 뒤, 나는 아직 쓴 적 없는 자물쇠가 달린 주황색 수첩을 꺼냈다. 뒤쪽 페이지를 대충 펼쳐서 다섯 사람의 이름을 적었다.

머도

아디티

핀리

조지

그랜트 선생님

나는 곧바로 아디티의 이름에 줄을 그었다. 아디티는 홈커밍 프로젝트의 제일가는 팬이다. 이런 일을 할 리가 없다. 잠시 후, 그랜트 선생님도 지웠다. 선생님이 우리가 다 같이 앉아 있는 큰 책상으로 올 때도 있지만, 플로라의 가방에 뭔가 집어넣으려면 무릎을 굽히고 앉아 학생들 의자 사이로 손을 뻗어 가방을 만져야 한다. 들키지 않고 그렇게 할 수는 없었을 거다. 게다가 선생님은 우리보다 먼저 케일리에 도착해 있었고, 우리가 나올 때까지 남아 있었다. 그 편지 봉투와 컴퓨터가 동일인에게서 온 것이라면, 선생님일 리는 없다.

문제는, 남은 사람 중 그 일을 했을 만한 사람이 도무지 떠오르지 않는다는 거였다. 머도를 포함해, 비록 그 애 아빠는 몹시 반대했지만, 분명히 모두가 그 프로젝트 때문에 들떠 있는 것처럼 보였다. 다들 플로라가 학교에 오는 걸 좋아했다.

적어도 난 그런 줄 알았다. 틀림없이 내가 모르는 뭔가가 있다. 누군가 비밀을 숨기고 있다.

명단을 응시하고 있는데 핸드폰이 울렸다. 온갖 나쁜 생각이 머릿속을 맴돌고 있었음에도, 핸드폰에 홀리의 이름이 뜨자

나는 행복감에 가슴이 벅차올랐다.

'중요한 질문, 뱀을 팔로 할래, 다리로 할래? 신체 다른 부분은 완전히 똑같아.'

난 빙그레 웃으며 고개를 저었다. 홀리는 정말 이상한 애다. 그 애의 그런 면이 좋다.

'다리. 팔이면 물건을 집거나 타이핑하는 게 불가능할 거야. 심하게 꿈틀거릴 테니까.'

'좋은 지적인걸. 그래도 뱀 다리라면, 축구는 사실상 불가능할 거야.'

홀리가 답을 보내 왔다.

난 핸드폰의 브라우저를 열고 세상에서 가장 빠른 뱀을 검색했다.

'검은 맘바는 시속 20킬로미터까지 움직일 수 있대. 그 다리로 드리블 훈련을 하면 축구를 환상적으로 잘할걸.'

'맞아! 게다가 상대 팀은 겁에 질려 도망갈 테니까 어차피 몰수패로 이길 수 있어.'

난 핸드폰을 손에 든 채 웃으며 베개에 기대 몸을 웅크렸다. 홀리와 난 최근에 많은 이야기를 나누었다. 수업 시간에 교실에 앉아 있는데, 홀리가 갑자기 내가 최고로 꼽는 3대 비스킷이 뭔지 묻거나, 딸기나 달에 관한 노래를 지어서 부른 음성 메모를 보내곤 했다. 비록 수 킬로미터의 바다가 우리를 갈라놓고 있지만, 홀리는 나의 하루를 비추는 한 줄기 햇살과 같다. 축구 훈련에서 홀리를 만나는 게 토요일의 하이라이트가 되었다. 토요일만이 아니라 아마 한 주간의 하이라이트일 거다.

수첩을 흘낏 내려다보았다. 내가 뭘 하는지 홀리에게 말할 수 있으면 좋겠다. 비록 그 애는 여기 적힌 사람을 아무도 모르지만, 내가 어떻게 하면 범인을 찾아낼 수 있을지 틀림없이 좋은 아이디어가 있을 것만 같다. 그럼 우린 로빈 스티븐슨의 책 《가장 숙녀답지 않은 살인》 시리즈에 나오는 데이지와 헤이즐처럼 한 팀이 되어 미스터리를 풀 수 있을 텐데.

채팅을 계속하면서 나는 그 명단을 보고 또 보았다. 홀리는 내게 오클리의 사진과 자녀의 축구 시합에 간 다양한 유형의 부모를 찍은 세콘 동영상, 내 별자리 운세를 보내 주었다. 홀리는 점성술에 푹 빠져 있었다. 하지만 그동안에도 내 시선은 계속 수첩, 특히 페이지 맨 위에 있는 이름에 꽂혀 있었다. 머도.

너무 속상해서 인정하기 싫지만, 머도가 가장 유력한 용의자다. 머도가 고의로 나나 플로라를 해치는 일은 절대 하지 않겠지만, 남의 말을 잘 듣는 성격인 데다가 걔네 아빠가 홈커밍 프로젝트를 싫어하는 건 비밀도 아니니까. 어쩌면 앤디 아저씨가 플로라의 가방에 편지를 넣어 두라고 머도에게 강요했을지도 모른다. 아니면 사과의 편지라며 머도를 속였을 수도 있다.

어느 쪽이든 물어봐야 한다. 내가 틀렸다면 정말 끔찍한 기분에 휩싸이겠지만, 내 짐작이 맞는다면 더 최악이겠지. 하지만 난 그 일을 해야 한다. 어쩌면 프로젝트의 성공이 여기에 달렸는지도 모른다.

2

다음 날 하루 종일 머도에게 빨간 봉투 이야기를 물어볼 적절한 기회를 노렸지만, 교실이 너무 작아서 점심시간이든 쉬는 시간이든 항상 누군가가 얼쩡거리고 있었다. 학교가 끝나고서야 겨우 혼자 있는 머도를 붙잡을 수 있었다.

"산책 갈래?"

난 머도를 뒤따라, 건물 현관을 지나 흐릿한 회색 오후로 나가면서 물었다. 평소 같은 목소리를 유지하려고 했지만, 나 자신에게도 부자연스럽게 느껴졌다. 머도는 눈치채지 못한 것 같았다.

"자전거 타고 호수에 가려는데. 데이비 아저씨가 어제 거기서 저어새를 봤대." 머도의 눈이 빛나는 걸로 보건대, 큰 사건이었다. "몇 년 만에 처음이야!"

"와, 잘됐다. 나도 같이 갈게."

"나도!" 아디티가 안마당을 가로질러 뛰어와 우리를 따라잡았다. "우체국에 5시까지만 도착하면, 수레시 오빠 차를 타고 집에 갈 수 있어."

핑계를 대려고 입을 열었지만, 생각해 보니 아디티도 같이 가는 게 좋을 것 같았다. 그러면 내가 머도를 콕 집어내는 것처럼 느껴지지 않을 테니까.

우리는 머도네 집에 들러서 쌍안경을 가지고 '로흐 나 하처'로 가는 언덕을 올라갔다. 그곳은 키가 큰 풀로 둘러싸인 길고

눈물을 흘릴 수 없는 아이

얕은 호수로, 우리 섬에서 새 관찰을 하기에 최고의 장소로 알려져 있다. 오늘은 즐겁게 꽥꽥거리며 미끄러지는 오리들 말고는 텅 비어 있다. 우리는 풀밭을 헤치고 걸어가 물가에 있는 편평한 바위 위에 앉았다.

"근데 저어새는 어떻게 생겼어?" 아디티가 물었다. "뭘 찾아야 하는지 알아야지."

"흰색 깃털에, 가슴과 볏이 노란색이야. 부리는 길고 검은색인데 큰 숟가락 모양을 하고 있어." 머도는 어깨에서 배낭을 내리고 쌍안경을 꺼냈다. "물론 이건 유라시아 저어새를 말하는 거야. 진홍저어새나 노랑부리저어새도 있지만, 유럽에서는 볼 수 없어."

"아 그래, 물론 그렇겠지."

아디티와 나는 서로 쳐다보며 미소를 지었다. 우리 둘은 조류학을 향한 머도의 열정을 완전히 공유하지는 못한다. 나도 새를 좋아하지만 희귀한 새를 발견하기 위해 몇 시간씩 힘들게 언덕을 오르거나 절벽을 따라 걸을 정도는 아니다. 하지만 머도와 함께 새 관찰을 하러 가는 게 언제나 재미있는 일인 것이, 뭔가 흥미로운 것을 발견했을 때 그 애가 얼마나 신나 하는지 보는 것만으로도 충분했다. 한번은 섬 서쪽 언덕에서 흰꼬리수리를 발견한 적이 있었다. 머도는 너무 흥분한 나머지 발을 헛디뎌 넘어지면서 바위에 부딪히는 바람에 이가 부러졌다. 아디티와 나는 완전히 겁에 질렸지만, 머도는 그러고도 자기 아빠에게 보여 줄 사진을 찍는 데 열중했다.

난 가방을 열고 점심때 남긴 산딸기 머핀을 꺼냈다. 아디티가 "아싸!" 하면서 왕창 떼어 갔지만 난 너무 긴장해서 먹을 수가 없었다. 머도가 호수를 살펴보는 동안, 나는 플로라에게 메시지를 보낸 사람이 머도인지 물어볼 수 있는 최선의 방법을 찾느라 끙끙대고 있었다. 그냥 대뜸 머도를 비난할 수는 없다. 작전이 필요하다.

잠시 뒤 아디티가 끙 하는 신음 소리를 냈다.

"그냥 뱉어 버려, 아일라."

난 머핀에서 눈을 들어 아디티를 보았다.

"무슨 소리야?"

"너 오늘 하루 종일 진짜 이상하게 굴잖아." 머도가 쌍안경을 내리며 말했다. "뭐야? 그 홀리라는 애랑 상관있는 일이야?"

"홀리? 뭐? 아니야! 왜 그 애랑 상관있을 거라고 묻는 거야?" 볼이 화끈거렸다. 난 심호흡을 하고 배낭에서 봉투를 꺼냈다. "이거야. 플로라의 가방에서 발견했어."

난 매뉴얼을 출력한 그 종이를 머도에게 건넸다. 아디티도 자리를 옮겨 고개를 기울였다. 노란색 형광펜이 표시된 부분을 보자 두 사람의 눈썹이 치켜 올라갔다.

"정말 소름 끼친다." 아디티가 말했다. "누가 보낸 것 같아?"

"전혀 모르겠어. 하지만 이런 일이 처음은 아니야."

난 핸드폰의 사진 갤러리를 스크롤해서 둘에게 부서진 모니터 사진을 보여 주었다. 머도는 진짜 충격을 받은 것 같았다.

눈물을 흘릴 수 없는 이이

몇 미터 떨어진 풀밭에서 새가 바스락대는 소리가 났지만 머도는 여전히 물만 바라보았다.

"와." 아디티가 중얼거렸다. "음, 메시지가 뭔지는 꽤 분명한 걸."

"둘 다 같은 사람의 소행이라면, 학교와 관계가 있을 거야. 누구든 간에 이 봉투를 플로라 가방에 넣었는데, 언닌 다른 곳에 가방을 가져간 적이 없거든."

"너⋯." 머도가 침을 삼켰다. "내가 그랬다고 생각하는 건 아니지? 그렇지? 왜냐하면 난 아니거든."

"나도 아니야!" 아디티가 팔을 구부리며 말했다. "내가 이런 국수 가락 같은 팔로 모니터를 들고 너희 집까지 갈 수 있을 거라고 생각해? 게다가, 우리 둘 다 플로라를 좋아한다는 건 너도 알잖아."

"물론 나도 너희 둘은 아니라고 생각해." 이렇게 말하는 순간, 나는 그게 사실이라는 걸 깨달았다. 머도는 거짓말을 정말 못한다. 머도의 반응을 보면 편지나 모니터에 대해 아무것도 모르는 게 분명하다. 난 머도를 바라보며 입술을 깨물었다. "어쩌면 네 아빠가 갖다 놓았거나⋯ 아니면 너한테 시켰을 수도 있다고 생각했어."

"우리 아빠는 그런 짓 안 해. 나도, 아무리 아빠가 시킨다 해도 안 해." 머도는 쌍안경을 집더니 호수를 향해 몸을 돌렸다. 머도의 어깨가 움츠러들었다. "아빠가 플로라의 가방에 손댈 방법도 없고, 우린 케일리에서 나와 바로 집으로 갔어. 아빠가 나한테 장황한 설교를 늘어놓았고, 그런 다음 2시간쯤 반 ⑮ 인공지능 영상을 봤어. 너희가 집에 도착하기 전에 모니터를 가져다 놓을 시간이 없었을 거라고.”

그럼 앤디 아저씨는 아니다. 아저씨가 아니라니, 내 기분이 어떤지 나도 모르겠다. 가장 친한 친구의 아빠가 우리를 괴롭힌 게 아니라니 안심이 되었다. 하지만 이는 범인을 찾아내는 일이 좀 더 어려워졌다는 뜻이기도 하다.

“어쩌면 프로젝트 때문이 아닌지도 몰라. 개인적인 이유일 수도 있어.” 아디티가 말했다. “혹시 플로라가 죽기 전에 누군가의 미움을 샀던 건 아닐까?”

그런 생각은 해 본 적이 없다. 아마도 그럴 가능성은 없을 것이다. 플로라는 평범한 열다섯 살이었다. 학교와 수영 클럽에 가고, 친구들이랑 놀러 다니며, 귀여운 세콘 동영상을 만들어 올렸다. 우리 섬의 누군가와 적이 되었을 거라는 생각은 들지 않는다.

“내가 아는 바로는 없어.” 나는 결국 머핀을 한 입 베어 물고 씹으며 잠깐 생각했다. “게다가 플로라는 죽기 전에 몹시 아팠어. 언니가 뭔가 나쁜 일을 했다 하더라도 누가 죽은 여자애한테 그렇게 오랫동안 원한을 품을 수 있겠어?”

호수 반대편 풀숲에서 뭔가가 까딱거렸다. 머도가 몸을 앞으로 기울였다가, 갈대 사이로 왜가리 한 마리가 빠져나오자 다시 제자리에 주저앉았다. 왜가리는 긴 목을 물에 담갔다가 꺼냈는데, 부리에 작은 물고기가 물려 있다. 나는 두 손을 머리

눈물을 흘릴 수 없는 아이

뒤로 깍지 끼고 흐릿한 회색 하늘을 올려다보았다. 검은 구름 몇 점이 섬을 가로질러 우리 쪽으로 흘러오고 있었다.

"어떻게 해야 하지? 엄마는 세컨드 찬스 쪽에서 과민 반응을 보일까 봐 모니터 얘기는 하지 않았으면 하지만, 이런 일이 계속 일어나면 어떡해? 무서워. 특히 언니를 생각하면."

아디티는 머핀을 한 조각 더 뜯어서 입에 가득 넣었다.

"저기, 있잖아···. 조지는 케일리에 안 왔어. 그리고 걔는 학교에서 플로라 바로 옆에 앉잖아. 조지가 그랬다는 건 아니야." 아디티는 재빨리 덧붙였다. "그냥 내 생각일 뿐이야."

"조지가 요즘 조용하긴 했어." 내가 말했다. "평소보다 훨씬 더. 이번 주말에 걔한테 가서 물어볼까 봐."

"좋아, 하지만 부드럽게 해." 머도가 여전히 물 위에 시선을 고정한 채 말했다. "조지는 예민한 애야. 게다가 자기가 하지도 않은 일로 비난받는 건 끔찍한 일이니까."

죄책감이 발진처럼 스멀스멀 번져서, 따갑고 열이 났다.

"미안해. 너한테 확인할 수밖에 없었어."

머도가 쌍안경을 내려놓았다.

"괜찮아. 우리 아빠가 케일리에서 그런 말을 한 다음이니까 네가 왜 그런 생각을 했는지 이해해. 하지만 확실히 우리 아빠는 아니야. 그리고 나도 절대로 아니야."

머도가 주먹 부딪치기를 하려고 손을 내밀었다. 우리는 서로에게 미소를 지으며 다시 편안히 새 관찰로 돌아갔다. 30분쯤 뒤에 검은 구름이 우리 머리 위까지 왔고 비가 내리기 시작해, 우린 집으로 향했다. 저어새를 발견하지는 못했지만 괜찮다. 머도는 계속 그 새를 찾을 테고, 나도 마찬가지다.

3

주말엔 도로 여름이 된 것 같았다. 아침에 일어나니 구름한 점 없는 하늘에 따뜻한 바람이 부는 게, 이탈리아 아니면 최소한 잉글랜드 남부 휴양지에 있는 듯한 느낌이 들었다. 이런날 내가 정말로 하고 싶은 건 플로라와 바닷가에 가는 거다. 시간이 된다면 머도와 아디티도 함께. 하지만 오늘은 아빠의 쉰번째 생일이고, 그게 아니어도 이번 시즌 우리 팀의 첫 번째 축구 시합이 있는 날이다. 우나와 난 내가 어젯밤에 만든 비트 초콜릿케이크를 가지고 11시 페리를 탔다.

"난 언니가 왜 힘들게 케이크까지 만들었는지 모르겠어." 우나가 선체 측면 좌석에 털썩 주저앉았다. "아빤 플로라 언니한테 너무 가혹하게 대하는데."

"일부러 그러는 게 아니잖아. 아빤 이해가 안 돼서 그러는 거야." 난 둥근 케이크 통을 무릎에 놓았다. 배가 해변에서 멀어지자 선체 바닥이 흔들렸다. "게다가 오늘은 아빠의 쉰 번째 생일인데 그냥 넘어갈 순 없지."

햇빛이 배 가장자리 난간에 부딪혀 반사되자 우나가 눈을 가늘게 뜨고 노려보았다.

눈물을 흘릴 수 없는 아이

"그럴지도 모르지만, 아빠 비트 초콜릿케이크를 받을 자격이 없어. 오래된 스펀지케이크도 과분해."

50분 뒤 커스티 고모 집에 도착했을 때, 고모 혼자 부엌에 있었다. 조리대 위 접시에는 가게에서 사 온 소시지롤과 미니 키슈가 담겨 있고, 고모는 치즈 샌드위치를 삼각형으로 자르는 중이었다. 그조차도 고모의 요리 솜씨를 넘어서는 일 같았다. 고모가 사용하는 칼이 너무 무뎌서 샌드위치 가장자리가 우툴두툴했다.

"나머진 제가 할게요!" 난 재빨리 고모한테서 칼을 넘겨받아, 전자레인지 옆 칼꽂이에 있는 적당한 빵 칼과 바꾸었다. "다들 어디 있어요?"

"너희 아빠는 밖에서 독서 중." 고모는 찬장을 열고 접시와 유리잔을 1개씩, 1개씩 꺼냈다. "할머니는 몸이 별로 안 좋으셔서 누워 계시고."

밀려오는 슬픔에 통증이 느껴진다. 우리가 찾아뵐 때마다 할머니에게서 무언가가 자꾸 빠져나가는 것 같다.

"가엾은 우리 할머니." 우나가 케이크 통 뚜껑을 열고 냄새를 맡았다. "할머니 드리게 한 조각 남겨 놓아야지."

"할머니가 이 케이크를 아주 좋아하시는데." 난 초콜릿 프로스팅을 맛보려는 동생의 손을 찰싹 때려서 쫓았다. "할머니가 신문에서 조리법을 오려서 나한테 주셨지."

나한테 베이킹을 가르쳐 준 사람이 할머니다. 엄마나 아빠가 우리 둘을 할머니 댁에 데려다 놓고 언니를 수영 연습에 데려가면, 우린 할머니랑 진저브레드와 컵케이크, 레몬 수플레를 만들곤 했다. 우나는 그릇에 붙어 있는 걸 핥아먹는 데만 흥미를 보였지만, 난 할머니가 케이크나 비스킷에 세심하게 아이싱이나 장식을 올리는 걸 유심히 지켜보았다. 할머니는 내가 창조적으로 다른 재료나 맛을 시도해 보도록 격려해 주었다. 할머니가 그런 날들을 기억하는지 궁금했다. 잔뜩 구름 낀 밤하늘에 가끔 별이 나타나듯 할머니에게도 그런 기억이 떠오를까, 아니면 할머니의 머릿속은 이제 온통 구름으로만 뒤덮여 있을까.

"나중에 조금 올려다 드리자." 고모가 슬픈 미소를 지으며 말했다. "자, 초가 있어야겠지! 50개까지는 안 되겠지만 말이야."

고모는 서랍을 뒤져서 냅킨 밑에 숨겨진 분홍색 줄무늬가 있는 초 한 자루를 발견했다. 난 한 손으로 불꽃을 감싼 채 조심스럽게 케이크를 들고 정원으로 나갔다. 커스티 고모와 우나가 소시지롤과 샌드위치를 담은 쟁반을 들고 뒤따랐다. 아빠는 선크림을 듬뿍 바른 창백한 얼굴로 책을 손에 든 채, 잔디밭에 내다 놓은 부엌 의자에 앉아 있었다. 우리가 오는 소리를 듣고 아빠가 책에서 눈을 들어, 눈부신 햇빛을 한 손으로 가리며 우리를 올려다보았다. 케이크를 보더니, 아빠의 얼굴에 놀라움의 미소가 번졌다.

"이게 다 뭐냐?"

아빠가 생일인 걸 잊어버린 듯 물었다.

커스티 고모가 한쪽 손으로 쟁반을 두드리며 게일어로 축하 노래를 부르기 시작했다.

"생일 축하합니다. 생일 축하합니다…"

우나와 나도 가세했는데, 축하 노래는 금방 끝나고 말았다. 절벽에서 돌이 떨어지듯 아빠 얼굴에서 웃음기가 사라졌다.

"무슨 일이야?" 아빠가 잔뜩 긴장한 목소리로 물었다. "쟤가 왜 여기 있지?"

뒤를 돌아보다가 난 가슴이 철렁 내려앉았다. 플로라가 부엌 뒷문 앞에 서 있었다. 흰색 여름 원피스 위에 분홍색 후드티를 입고 머리는 어렸을 때처럼 머리 위쪽에서부터 한 가닥으로 땋아 내렸다. 고모가 헉하고 숨을 내쉬며 쟁반을 떨어트렸다. 소시지롤이 잔디밭 위로 쏟아져 구르는 사이, 플로라가 정원으로 한 걸음 들어섰다.

"안녕, 아빠. 이스 미셔 어 하운. 하 미 이아히."

'나야. 나, 집에 왔어.' 플로라는 게일어가 아빠의 심금을 울리는 활이라는 것을, 아빠에게 게일어는 영어로는 결코 담을 수 없는 의미를 전하는 수단이라는 것을 안다. 이건 우리가 어렸을 적부터 쓰던 속임수다. 아빠를 설득하고 싶을 때 우린 게일어를 썼다.

어릴 적 작전이 처음에는 효과가 있는 것 같았다. 아빠의 눈 속에 담겨 있던 두려움과 분노가 녹아내리고 벅찬 기쁨, 사랑과 불신이 뒤섞인 감정이 나타났다. 하지만 아빠가 눈을 깜빡이자 그런 감정도 사라져 버렸다. 아빠는 플로라를 똑바로 쳐다보면 눈에 상처라도 날 것처럼 머리를 휙 숙이더니, 내 쪽을

146

바라봤다.

"무슨 일이냐, 아일라?" 아빠의 목소리에 담긴 분노 때문에 난 하마터면 뒤로 한 발 물러설 뻔했다. "저 아이를 왜 데려온 거니?"

"우리가 데려온 게 아니야!" 내가 고개를 저었다. "플로라가 배에 탔는지조차 몰랐어. 언닌 섬을 떠나면 안 돼."

플로라가 사정하듯 두 손을 맞잡은 채 몇 걸음 더 내디뎠다.

"알아, 알아. 하지만 아빠를 만나야 했어. 정말 오랜만이야, 아빠." 떨리는 손으로 주머니에서 줄무늬 포장지로 싼 작은 꾸러미를 꺼냈다. "이거. 생일 축하해."

아빠는 계속 땅만 내려다보았다. 고모는 아빠 옆에 그대로 얼어붙은 채 쇄골 밑으로 늘어진 오팔 목걸이를 손가락으로 움켜쥐고 있었다. 이럴 줄은 몰랐다. 난 아빠가 플로라를 보기만 하면, 내가 그랬던 것처럼 바로 설득될 거라고 생각했다.

"아빠, 제발!" 우나가 아빠의 소매를 잡았다. "좀 봐 봐. 어떻게 플로라가 아니라고 할 수 있어?"

"왜냐하면 플로라가 아니니까!" 아빠는 우나가 잡고 있던 팔을 빼냈다. 시선은 여전히 바닥에 고정한 채, 플로라에게 영어로 말했다. "넌 플로라가 아니야. 그럴 순 없어. 그건 불가능해."

플로라는 뺨을 맞은 것처럼 뒤로 움찔했다. 우나는 절망해서 울음을 터뜨렸고, 아빠 대신 고모를 바라보았다.

"아빤 플로라라는 걸 알잖아. 언니라는 걸 알 수 있어야 하

눈물을 흘릴 수 없는 아이

잖아."

커스티 고모의 입이 벌어지더니, 다시 입술을 꾹 다물었다. 고모의 뺨에 눈물이 흘러내렸고 팔이 움찔거렸다. 마치 플로라에게로 달려가 끌어안고 싶지만, 그런 자신을 억누르고 있는 것 같았다. 아빠가 고모 어깨에 손을 얹고 플로라에게서 좀 더 떨어지게 끌어당겼다.

"가거라, 아일라. 너희들 모두." 아빠가 말했다. "지금 떠나면 다음 페리를 탈 수 있을 거야."

"왜 그러는 건데?" 플로라가 자신의 몸을 가리켰다. "날 좀 봐, 아빠! 진짜 나야."

"아니. 넌 기계야. 신기루라고." 아빠가 눈을 감은 채 문 쪽을 가리켰다. "사라 집으로 돌아가. 다시는 여기 오지 마라."

'엄마'가 아니라 '사라'라고 말한 건 너무 잔인했다. 플로라의 얼굴이 분홍빛으로 변하며, 목구멍 뒤에서부터 가늘게 훌쩍거리는 소리가 들렸다. 처음으로, 플로라는 우리처럼 눈물을 흘리며 울 수 없다는 사실을 알게 되었다.

"위시본(V자 모양으로 생긴 새의 가슴뼈로, 소원을 빌 때 사용하는 풍습이 있다.—옮긴이)." 플로라가 목이 메는 듯 간신히 내뱉었다. "플로리다주 포트로더데일까지 22킬로미터야. 너 그 말 진심이야?"

우리 모두 플로라를 쳐다보았다. 플로라는 완전히 멍한 눈으로 허공을 응시했다. 그러다가 눈을 몇 번 깜빡이고 뒤로 비틀거리더니, 입을 벌리고 두 손으로 관자놀이를 눌렀다.

"무슨 말을 한 거야?" 우나가 물었다. "무슨 뜻이냐고?"

"나도 몰라." 플로라가 눈을 깜빡이며 머리를 쓸어 넘겼다. "내 생각엔 일종의… 결함인 것 같아."

그때 아빠의 표정이 바뀌었다. 아빠는 플로라가 자신이 옳다는 것을 증명해 주었다는 듯, 거의 의기양양해 보였다. 마치 플로라가 진짜 기계에 불과한 것처럼.

"갈 시간이야." 아빠가 플로라에게 다시 말했다. 그런 다음 나한테는 게일어로 바꿔 말했다. "쟤를 데려가라, 아일라."

커스티 고모가 손등으로 눈물을 닦고 고개를 끄덕였다.

"어서 가, 얘들아. 이러는 건 누구에게도 아무 도움도 안 되는 것 같다."

우나가 플로라의 손을 끌어당겨 다시 집 안으로 데려갔다. 플로라의 손에서 선물이 미끄러져 잔디밭에 떨어졌지만 아무도 그걸 집어 올리지 않았다. 난 그 뒤를 따라서 부엌을 지나 복도로 갔다. 그제야 여전히 생일 케이크를 들고 있다는 사실을 알아차렸다. 녹아내린 촛농이 케이크 위로 떨어졌다. 난 케이크를 계단에 내려놓고 서둘러 신발을 신었다.

그때 계단 꼭대기에서 목소리가 들렸다.

"오, 안녕, 얘들아!"

하얀색 얇은 잠옷 차림의 할머니가 맨발로 계단 위에 서 있었다. 할머니는 플로라를 향해 손을 내민 채, 불안한 걸음으로 계단을 몇 칸 내려왔다. 난 얼른 위로 올라가서 조심스럽게 할머니를 부축했다.

"반갑구나, 정말 뜻밖이야. 차 마시러 왔니?"

할머니의 말투는 예전처럼 아주 따스하고 아주 평온했다.

할머니의 머릿속에서는 플로라가 아픈 적도 없고 죽은 적도 없으니, 다시 가족이 되기 위해 기계가 되어 돌아올 필요도 없었다. 이런 생각을 하자 목구멍에 덩어리가 걸린 듯했다. 이건 너무 불공평하다. 모든 게 다. 우리가 예전처럼 한 가족이 되기 위해 이 모든 일을 겪어야만 하는 걸까.

할머니의 목소리를 듣고 고모와 아빠가 정원에서 뛰어 들어왔다.

"애들은 가려던 참이었어요, 엄마." 아빠가 말했다. "그렇지?"

아빠와 플로라가 서로 쳐다보았다. 애원하는 듯한 아빠의 눈빛과 반항하는 듯한 플로라의 눈빛이 마주쳤다. 겨우 몇 초 뒤, 아빠가 시선을 돌렸다.

맨 아래 계단까지 할머니를 부축해 내려오자, 플로라가 할머니를 보고 미소 지었다.

"죄송해요, 할머니. 그냥 잠깐 들른 거예요. 오늘 오후에 수영 대회가 있어요."

"그래? 행운을 빈다. 너희들은 항상 너무 바빠." 할머니가 플로라의 두 손을 꼭 쥐었다. "곧 날 보러 와야 해, 알았지? 네가 좋아하는 라벤더 비스킷 만들어 줄게."

플로라가 다시 미소를 지었다. 플로라가 울 수만 있었다면 울었을 것이다.

"그럴게요, 할머니."

고모가 할머니의 팔을 잡고 부엌으로 가는 동안 우리 셋은 밖으로 나왔다. 아빠가 우리 뒤를 따라 나와 등 뒤로 문을 닫았다.

"할머니한테 그렇게 말해 줘서 고맙다." 아빠가 퉁명스럽게 말했다. "할머니는 무슨 일이 일어났는지 기억하지 못하셔. 할머니가 속상해하시지 않았으면 해서 말이야."

"나도 그건 싫어." 아빠는 플로라와 눈을 마주치지 않았지만, 플로라는 아빠를 똑바로 쳐다보았다. "아빠는 내가 고작 기계일 뿐이라고 생각하지만, 내 마음은 그렇지 않아. 우리 할머니잖아. 나도 할머니가 걱정돼. 그리고 아빠는 나 같은 건 신경 쓰지 않겠지만, 난 아빠도 걱정돼."

그러자 아빠의 눈빛 속에 있던 무엇인가가 부드러워졌다. 목소리에 담겨 있던 분노가 사라지고, 영어에서 게일어로 돌아왔다.

"미안하구나. 너한테 상처를 주려던 건 아니었어. 어쩌면 너만의 방식으로는 너도 사람일지 모르지." 아빠의 눈에 눈물이 고였다. 아빠는 살짝 고개를 숙여 눈물을 닦아 냈다. "하지만 넌 내 딸이 아니야. 내 딸 플로라는 떠났어."

그러고 나서, 아빠는 집 안으로 들어가 분홍색 현관문을 닫았다. 열쇠를 돌려 잠그는 소리가 들렸다. 그 순간, 플로라나 우나, 내가 무엇을 하든 아빠 마음을 바꿀 수 없다는 것을 알았다.

4

오늘은 도저히 축구에 집중할 수가 없을 것 같아서, 난 시합을 포기하고 플로라, 우나와 함께 서둘러 항구로 갔다. 항구로 가는 내내 내 친구 중 누구라도 마주칠까 봐, 그보다 더 심각한 경우로 수영 클럽에서 언니를 알았던 누군가를 만날까 봐 겁이 나서 가슴이 마구 두근거렸다. 우리가 부리나케 페리 경사로를 오르는데, 잿빛 구름이 파란 하늘을 뒤덮더니 비가 내리기 시작했다.

"왜 우리한테 말하지 않았어?" 내가 플로라에게 물었다. "온다고 미리 알려 줬어야지."

플로라가 후드를 머리 위로 당겼다. 빗방울 몇 개가 얼굴을 타고 흘러내려 턱 밑으로 떨어졌다.

"그럼 나한테 오지 말라고 했겠지."

"물론 그랬을 거야." 난 항복하듯 손을 들어 올렸다. "규칙 위반이야. 세컨드 찬스에서 알게 되면 진짜 큰일 날 거라고."

"아빠가 직접 날 봐야 한다고 계속 말했던 게 너희들이잖아." 플로라는 단호한 어조로 이렇게 덧붙였다. "아빠가 찾아오지 않는데, 어떻게 아빠가 날 볼 수 있겠어?"

난 대답하지 않았다.

배를 타고 돌아오는 길은 길고 거칠었다. 조류 때문에 페리가 급선회하는 바람에 좌우로 계속 흔들렸다. 우리 셋은, 오늘 엘런 코름에서 있었던 일을 엄마에게 말하지 않기로 약속한 것을 제외하곤 돌아오는 내내 말없이 앉아 있었다. 오늘은 정말 거지 같은 날이지만, 플로라가 섬 밖으로 나갔다는 걸 엄마가 알게 되면 상황은 더 나빠질 거다.

페리가 해안에 들어섰을 때 우리 계획은 물거품이 되었다. 항구에서 우릴 기다리고 있는 파란색 피아트 자동차가 보였다.

플로라가 긴 한숨을 내쉬었다.

"죽여주는군."

난 해적의 널빤지(해적들이 배를 약탈하고 선원들을 죽일 때 배 밖으로 널빤지를 내놓은 뒤 그 위를 걷게 했다.-옮긴이) 위를 걷는 기분으로 페리 경사로를 터덜터덜 걸어 내려갔다. 운전석 문이 열리고 엄마가 내렸다. 플로라가 안전한 걸 보자마자 엄마 눈에 담긴 걱정은 순식간에 분노로 바뀌었다. 엄마는 아무 말도 하지 않고 득달같이 우리한테 달려와 언니의 팔을 잡고 차로 향했다.

"너희 아빠가 전화했었어." 우리가 서둘러 차에 타자 엄마가 말했다. "그리고 마리사도. 네 신호가 끊어진 걸 회사에서 먼저 알았지. 정전이니 뭐니 하고 둘러댈 수밖에 없었어. 마리사가 내 말을 믿었는지는 알 수 없지만."

난 하마터면 머리를 칠 뻔했다. 당연히 세컨드 찬스에서 알았겠지. 플로라는 항상 회사 네트워크에 연결되어 있어야 한다. 이 프로젝트를 위해 세컨드 찬스에서는 우리 섬 전체에 초고속 5G를 깔았다. 플로라와 아빠 사이에 벌어진 일에 정신이 팔린 나머지 그런 사실은 완전히 잊고 있었다.

"도대체 무슨 생각을 한 거니?" 엄마가 나지막하지만 화난 목소리로 플로라에게 물었다. "누가 보기라도 하면 어쩌려고?"

플로라는 조수석 의자에 깊숙이 기대어 앉았다.

"하지만 아무도 본 사람 없어. 괜찮아."

"그야 너희가 아는 한 그런 거겠지." 플로라가 말이 없자 엄마는 한숨을 쉬며 가볍게 운전대를 두드렸다. "음, 너희들 모두 남은 주말 동안 외출 금지야. 그리고 컴퓨터도 안 돼."

우나가 헉하고 숨을 들이마셨다.

"그건 불공평해! 아일라와 난 플로라가 따라온 줄도 몰랐어!"

"상관없어. 엄마는 너희 셋이 이 상황을 좀 더 심각하게 받아들이길 바라." 엄마는 손가락으로 머리를 빗어 내리며 한숨을 쉬었다. 곱슬곱슬한 머리카락 몇 가닥이 엄마 얼굴로 흘러 내렸다. "마리사에게 진실을 말해야 할 것 같아."

"엄마, 안 돼." 플로라가 말했다. "그 사람들이 알면 난리가 날 거라는 거 알잖아."

"회사에서 어떻게 미리 알아채지 못했는지 이해할 수가 없어." 내가 말했다. "최소한 언니가 엘런 코름에 도착했을 땐 네트워크에 다시 연결됐을 텐데. 어떻게 언니가 섬을 떠났다는 경고를 못 받았을까?"

플로라가 꼼짝하지 않고 있다가, 후드티 소매를 천천히 걷어 올렸다. 오른쪽 팔뚝에 작은 초승달 모양의 자국이 있었다.

"추적 장치를 빼 버렸어." 우리 얼굴에 떠오른 겁에 질린 표정을 보고 플로라가 재빨리 덧붙였다. "별거 아냐. 다시 집어넣을 수 있어. 그들은 알아차리지도 못할 거야."

우나가 침을 꿀꺽 삼켰다.

"하지만 언니가 너무 오랫동안 움직이지 않았으니까 그 사람들이 의심하지 않을까? 벌써 몇 시간이나 지났잖아."

"그게, 난, 으음⋯." 플로라가 목을 가다듬었다. "나도 그 생각을 했어. 그래서 쉬이의 목줄에 붙여 놓았어."

난 플로라가 우리 모두를 곤경에 빠트려서 화가 나긴 했지만, 웃음을 참기 위해 입술을 꼭 다물어야 했다. 저 멀리 세컨드 찬스에서 엔지니어들이 몇 시간 동안 플로라가 우리 부엌이나 거실에서 빙빙 도는 것을 보고 있었다고 생각하니⋯ 그건 좀 재밌었다. 내 옆자리에서 우나가 킥킥거리는 웃음을 참느라 몸을 떨기 시작했다. 나와 우나의 눈이 마주쳤고, 우리 둘 다 터져 버렸다. 플로라는 손으로 입을 막고 있었지만, 흔들리는 어깨를 보니 플로라 역시 웃고 있는 게 분명했다. 엄마만 돌처럼 굳어 있었다.

"그만해. 이건 심각한 문제야, 플로라." 언니 이름을 부를 때 엄마 목소리가 갈라졌다. "우린 규칙을 잘 지켜야 해. 널 또다시 잃을 순 없어."

웃음이 순식간에 그쳤다. 엄마는 운전석 차창 쪽으로 고개를 돌렸지만 난 자동차 사이드미러로 엄마의 눈이 반짝이는 걸 보았다. 플로라의 장례식 날이 갑자기 떠올랐다. 시 낭송이 끝난 다음, 사람들은 묽은 차를 마시고 맛 없는 샌드위치를 먹었다. 집으로 돌아가는 길에 난 뒷좌석에서 깜빡 잠이 들었다가 갑자기 요철이 있는 길에서 차가 튀어 오르는 바람에 잠에서 깼는데, 그때 백미러에 비친 엄마의 얼굴을 보았다. 눈물이 얼굴에 철철 흐르고 있는데 엄마는 결단코 소리를 내지 않으려는 듯 온몸에 힘을 꽉 주고 있었다. 내 기억 속에 영원히 새겨진 순간이었다. 산산이 부서지면서도 그걸 보여 주지 않으려는 엄마.

"미안해, 엄마." 내가 말했다. "진짜 심각하게 생각할게. 약속해."

"다시는 거기 안 갈 거야." 플로라가 자기 손을 내려다보았다. "어쨌든 아무 소용없어. 아빠 날 쳐다보려고도 하지 않으니까."

"오, 플로라." 엄마가 플로라의 얼굴에 손을 얹고 정수리에 입을 맞추었다. "아빠는 그냥 다른 사람들과는 좀 다르게 보는 것뿐이야. 이 일에 마음을 안 쓰는 게 아니야. 마음을 너무 많이 써서 그래."

늘 엄마를 애먹이는 낡은 차에 시동을 걸려고 애쓰다가 엄마가 갑자기 작게 킬킬거렸다.

"추적 장치를 쉬이에게 부착하다니. 영리하다는 건 인정할 수밖에 없네." 엄마는 고개를 저으며 참지 못하고 입가에 미소를 띠었다. "그렇다고 외출 금지가 풀린 건 아니야. 그리고 앞으로 또다시 그런 일을 벌이는 건, 꿈도 꾸지 마."

5

플로라가 갑자기 찾아와 혼란스러운 상황이 펼쳐지는 바람에, 축구팀에 내가 시합에 못 간다고 말하는 걸 잊어버렸다. 집에 도착했을 무렵엔 내가 괜찮은지 묻는 문자가 이미 13개나와 있었는데, 그중 5개는 홀리가 보낸 것이었다.

할 수 없이 난 단체 채팅방에 이렇게 입력했다.

'식중독이야. 우리 커스티 고모의 요리는… 사실상 대량 살상 무기거든.'

내 말을 의심할 사람은 아무도 없다. 난 여태까지 한 번도 경기에 빠진 적이 없었고, 다들 응급 상황이 아니면 내가 시합에 빠질 리가 없다는 걸 잘 알고 있으니까. 티와, 마리, 또 다른 친구들 몇 명이 내게 얼른 낫기를 바란다는 문자를 보냈고, 홀리는 자기 집 강아지 사진을 보내왔는데, 무지개색 축구화 끈을 강아지 머리 위에 나비 모양으로 묶어 놓았다.

'오클리가 빨리 나으래!! 오클리는 아까 양말을 토해 냈는데, 너와 동병상련의 고통을 느끼고 있을 거야.'

답 문자로 하트 눈 이모티콘, 이어서 구토 이모티콘을 보내면서 죄책감이 들었다. 홀리에게 진실을 말할 수 있으면 정말 좋겠다. 다른 애들도 마찬가지지만, 특히 홀리에게만은. 거짓말을 할 때마다 우리 사이에 벽돌을 하나씩 쌓는 기분이었다.

난 두어 시간쯤 더 핸드폰을 스크롤하며 친구들과 수다를 떤 뒤 불을 껐다. 막 잠이 들려고 하는데, 쉬이가 내 침대로 뛰

눈물을 흘릴 수 없는 아이

어올라 내 머리가 발톱 긁개인 양 긁기 시작했다. 일어나서 고양이를 복도로 내놓으려다가 난 그 자리에 멈춰 섰다. 플로라 방에서 희미한 목소리가 들려왔다. 무슨 소리인지는 모르겠는데 어딘가 익숙한 데가 있었다. 난 우리 식 노크를 하고 방문을 열었다. 플로라는 줄무늬가 있는 새 잠옷을 입고 높게 묶은 말총머리가 약간 헝클어진 채, 침대에 앉아 있었다.

"잠이 안 와?"

내 물음에 플로라가 눈을 흘겼지만, 난 정말로 농담을 하려던 건 아니었다. 플로라가 더 이상 잠을 자지 않아도 된다는 사실을 까맣게 잊고 있었다. 노트북에서는 언니의 예전 세컨 동영상이 재생되고 있었다. 언니가 아프기 전 크리스마스 무렵에 찍은 것으로, 뮤지컬 〈캣츠〉에 대한 쉬이의 견해를 '인터뷰한' 짧고 우스꽝스러운 동영상이었다.

"옛날 동영상을 보고 있었어. 지금 이렇게 보니까 기분이 좀 이상해."

언니 곁으로 가서 앉는데, 그 영상이 끝나고 자동으로 다음 클립으로 넘어갔다. 이것도 언니가 병을 진단받기 몇 달 전에 찍은 것이다. 언니 방을 구경시켜 주는 내용이었는데, 책장과 포스터들, 책상 위에 있는 온갖 장신구들을 보여 주느라 어찌나 시간을 끄는지 20분 넘게 이어졌다.

"내가 좋아하는 영상이야." 난 플로라의 어깨에 머리를 기댔다. "언니가 벽을 보라색으로 칠하고 나서 찍은 거잖아."

"사람들이 여전히 이 영상을 본다는 게 이상해. 팔로워 수가 그렇게 많이 줄지도 않았어. 몇 주 전에 올라온 댓글도 있어.”

동영상 아래 댓글을 훑어보았다. 방이 정말 예쁘다는 댓글과 이모티콘 사이에 ‘편히 쉬길’이라는 댓글도 수십 개가 보였다. 핀리의 채널과 비교할 정도는 아니지만, 언니한테는 여전히 12,000명이 넘는 팔로워가 있다. 핀리의 연속 콘텐츠는 무슨 이유에서인지 거의 십만이나 되는 사람을 끌어모은 적도 있다. 언니 동영상 중에도 몇 개는 조회 수가 수십만에 달한다.

“내 동영상이 누군가의 하루를 밝힐 수 있다는 게 좋았어. 휴스턴이나 홍콩에 있는 누군가가 내가 쉬이랑 장난치는 걸 보고 웃을 수 있으면 돼, 그게 아주 잠깐이라도.”

“다시 그럴 수 있을 거야. 일단 이 모든 걸 공개할 수 있는 날이 오면.”

플로라는 대답하지 않았다. 난 그제야 우리가 미래에 대한 이야기를 자주 한다는 걸 깨달았다. 다른 사람들이 새 플로라에 익숙해지면, 이 프로젝트가 끝나고 플로라가 좀 더 자유로워지면… 하고. 자신에게는 보이지 않는 수평선을 바라보아야 하는 일은, 플로라에게는 좌절감만 주었을 것이다.

“오늘 속상했지? 난 정말로 아빠가 돌아올 거라고 생각했어. 언니를 보기만 하면, 언니가 얼마나 인간적인지 보기만 하면…”

“하지만 난 인간은 아니지.” 플로라가 갑자기 내게서 떨어졌다. “아빠 말이 맞아. 난 그냥 기계일 뿐이야.”

눈물을 흘릴 수 없는 아이

가슴이 철렁 내려앉았다. '그냥 기계일 뿐이다.' 빨간 봉투 안에 도사리고 있던 말과 정확히 일치한다. 난 아직 빨간 봉투에 대해서는 식구들에게 말하지 않았다.

"아빠 말은 그런 뜻이 아니야." 내가 말을 이어가려는데, 플로라가 내 말을 끊고 답답하다는 듯 나지막이 투덜거렸다.

"만약 내가 인간이라면 지금쯤 하품을 했을 거야. 벽에 있는 전원에 날 연결하기까지 몇 시간이나 남았는지 궁금해하는 대신에 말이야." 플로라가 책상 위의 케이블 뭉치를 가리켰다. "난 인간이 아니야, 아일라. 이제 내가 인간인 척하는 건 그만하자."

난 적당한 단어를 찾으려고 했지만, 그런 단어가 있기나 한 건지 모르겠다.

"좋아, 그래 언니는 기계야. 하지만 그게 무슨 상관이야? 생김새도 행동하는 것도 다른 사람이랑 똑같은데, 무슨 차이가 있다는 거야?"

"차이가 있어. 그건 너도 알잖아." 플로라는 털썩하고 침대에 누웠다. "아빠한테는 차이가 있어. 그리고 우리 집 앞에 모니터를 갖다 버린 그 누군가에게도 차이가 있어. 안 그래? 그들에게는 내가 그런 존재일 뿐이야. 그냥 금속 덩어리."

"언닌 금속 덩어리가 아냐." 반박하려다가 난 말을 멈추었다. 플로라의 눈빛이 아까 아빠 집에서 그랬던 것처럼 갑자기 흐려졌다.

"비행기는 월요일로 예약되었습니다." 플로라가 사무적인 목소리로 말했다. "궁수자리. 저는 절대 거짓말하지 않습니다."

같은 결함이 또 나타났다. 온몸이 싸늘해지는 느낌이었다. 플로라는 고개를 흔들고 눈을 깜빡거렸다. 그러자 다시 눈에 생기가 돌았다. 첫 번째보다는 회복이 빨랐지만, 플로라는 충격을 받은 것 같았다.

"봤지? 그냥 기계야." 플로라가 웃더니, 씁쓸하게 말했다. "말 나온 김에 지금 충전해야겠다."

내 방으로 가면서 잘 자라고 인사를 건넸는데 플로라는 대답하지 않았다. 플로라가 돌아오고 나서 처음으로 우리 둘 사이에 거리가 느껴졌다. 또 다른 일이 벌어져 이 간격이 더 확대되기 전에 누가 그런 메시지를 보냈는지 알아내야 한다.

눈물을 흘릴 수 없는 이이

찌르레기

1

다음 날 아침, 엄마는 한꺼번에 장을 많이 봐야 한다며 엘런 코름으로 건너갔다. 난 점심을 먹고 나서 우리가 외출 금지라는 사실을 까맣게 잊어버리고, 자전거를 타고 마을로 내려갔다. 건조하지만 춥고 구름이 잔뜩 낀 날씨였고, 조지 캠벨네 집 굴뚝에서는 연기가 피어오르고 있었다. 조지는 현관 계단에 앉아 핸드폰으로 음악을 틀어 놓고 자기네 강아지의 귀를 빗기고 있었다. 내가 다가가자 조지는 흐릿한 햇빛에 파란 눈을 가늘게 뜨고 고개를 들었다.

"롤라가 껌을 깔고 굴렀어." 조지가 빗을 들어 올렸다. 검은색 털과 분홍색 껌이 엉킨 덩어리가 빗살 사이에 끼어 있었다. "얘는 개 경연대회에는 절대 못 나갈 거야."

난 웃긴 했지만 웃음소리가 어색했다. 조지를 좋아하긴 하지만 학교 밖에서는 함께 어울릴 일이 별로 없었다. 머도와 아디티는 놀 때 조지도 끼워 주려고 애썼지만, 조지는 자기 아빠가 돌아가신 뒤로는 엄마랑 롤라와 함께 집에 있는 걸 더 좋아했다. 가끔 나도 조지가 좋아할 만한 동영상이나 밈을 보내긴 하지만, 갑자기 나타나서 같이 놀자고 해 본 적은 한 번도 없다.

"산책하러 갈 건데." 난 아무렇지 않은 듯 말했다. "같이 갈래? 롤라도 데리고."

조지가 놀란 듯 눈썹을 치켜올렸다.

"음, 좋아." 그러고는 일어나서 자기 청바지에 묻은 검은색 개털을 털어 냈다. "재킷 가져올게."

조지는 계단을 뛰어올라 집 안으로 사라졌다. 난 무릎을 꿇고 앉아 롤라를 쓰다듬으며, 내 온몸을 들쑤시는 신경을 가라앉히려고 크게 심호흡을 몇 번 했다. 안에서는 조지가 밖에 나갈 거라고 자기 엄마한테 외치는 소리가 들렸다. 조지의 집은 하얀색 벽에 옅은 파란색 문과 덧문이 있는 전통적인 어촌 가옥이다. 원래 초가지붕이었는데 교회 화재 때 불길에 휩싸여, 지붕을 교체해야 했다. 조지의 엄마가 잠에서 깨어 두 사람 모두 집 밖으로 나온 건 정말 행운이었다. 그러지 않았더라면 훨씬 더한 비극이 일어날 수도 있었다.

잠시 후 조지가 남색 외투에 팔을 끼워 넣으면서 밖으로 나왔다.

"해변으로?"

"응."

우리는 항구를 따라서 학교를 지나, 엘런 코름을 바라보며 길게 뻗은 모래사장으로 걸어갔다. 롤라는 종종걸음으로 앞서 가다가 몇 초마다 멈춰 서서 해초와 바위를 킁킁거렸고, 옅은 회색 물결이 우리 쪽으로 미끄러져 들어왔다가 모래 위에 희미한 조수의 흔적을 남기고 빠져나갔다. 우리 둘은 학교생활과 텔레비전 프로그램, 조지가 다음 달에 열리는 '모드'에서 연주할 곡에 관한 이야기를 나누었지만, 긴장한 두 초심자 사이의 탁구 시합 같았다. 느리고 지나치게 조심스러웠으며 당장이라도 공이 떨어질 게 분명해 보였다.

"근데, 음⋯." 조지가 두 팔을 앞으로 쭉 뻗었다. "나한테 무슨 하고 싶은 얘기 있어?"

난 다시 심호흡을 했다.

"누군가가 플로라에게 메시지를 보내고 있어. 케일리가 있던 날 밤에는 우리 집 앞에 부서진 모니터를 가져다 놓았고, 또 플로라의 가방에 이걸 집어넣었어."

조지에게 세컨드 찬스 매뉴얼에서 출력한 그 페이지 사진을 보여 주려고 핸드폰을 꺼냈다. 조지는 형광펜이 칠해진 부분을 보려고 사진을 조금 확대했다.

"그냥 기계일 뿐이다."

조지가 몸을 떨었다.

"정말 끔찍했어." 난 목청을 가다듬었다. "근데, 음, 그날 밤 넌 왜 케일리에 안 왔어?"

"그다음 날 아침에 엘런 코름에서 바이올린 레슨이 있었어.

음대에 가려면 곧 6등급 시험을 봐야 해. 근데….” 조지가 갑자기 걸음을 멈추는 바람에 그 애와 부딪힐 뻔했다. “잠깐만. 내가 그랬는지 묻는 거야?”

“너한테 감정이 있어서 이러는 건 절대 아니야.” 난 재빨리 덧붙였다. “머도한테도 물어봤어. 선택지를 줄이려는 거야.”

난 조지에게 내 추리를 들려주었다. 우리 반의 누군가가 교실에서 아무도 보지 않을 때 플로라의 가방에 봉투를 슬쩍 집어넣은 게 확실하다고. 조지는 집중해서 내 얘기를 들었지만 난 어쩐지 바보 같은 기분이 들었다. 여긴 엘런 저라크다. 그런 사건은 이곳에서 일어나지 않는다.

“왜 내가 했을 거라고 생각해?”

조지가 물었다. 상처받은 듯한 그 애 목소리에 난 움찔했다.

“솔직히, 잘 모르겠어. 네가 플로라랑 같이 있을 때 좀 어색해 보였거든. 내 말은… 나도 알아. 플로라는 엄밀히 말하면 기계지. 플로라를 볼 때 이상한 기분을 느끼는 건 정상이야.”

롤라가 막대기를 물고 껑충껑충 뛰어왔다. 조지가 막대기를 빼서 모래밭을 따라 멀리 던졌다. 그 뒤를 쫓아 달리는 롤라의 발길질에 모래가 튀어 순간적으로 모래 아치가 만들어졌다. 우린 잠자코 그 뒤를 따라 걸었고, 파도가 속삭이며 우리 발 쪽으로 밀려왔다.

“그게, 나도 내가 어색하게 굴었다는 건 알아. 하지만 그건 플로라 때문이 아니야.” 조지가 멈춰 서더니 발끝으로 모래밭에 원을 그렸다. “만약 상황이 달랐다면, 우리 아빠가 돌아올 수도 있지 않았을까 하는 생각을 떨칠 수가 없었어."

조지네 아빠, 이엔 아저씨는 대형 화물 트럭 운전사로 덥수룩한 수염을 기르고 껄껄 호탕한 웃음을 웃는 풍채가 좋은 사람이었다. 아저씨가 죽었을 때, 금방이라도 하늘이 무너질 듯섬 분위기가 얼마나 무겁게 가라앉았는지 아직도 기억난다.

난 조지와 애니 아줌마가 자기네 가족의 한 부분은 영원히사라져 버렸는데 우리 가족의 한 부분은 돌아오는 걸 봤을 때어떤 기분이었을지 한 번도 생각해 본 적이 없었다. 지난 7월에내가 항구에서 이엔 아저씨의 새 버전이 배에서 내리는 걸 기다리고 있었다면 어땠을까.

"그 사람들 말로는 플로라한테는 온라인 데이터가 아주 많았기 때문에 가능했던 거래. 플로라의 성격이나 외모를 제대로구현하려면 그런 게 필요했으니까."

"알아. 우리 아빠로는 절대 할 수 없었을 거야. 아빠는 혼자서 세콘 동영상을 찍기는커녕 핸드폰 카메라도 거의 못 만졌으니까." 조지가 허리를 굽혀 부연 유리 조약돌을 집어 들었다.흐릿한 회색 하늘에 대고 비추자 유리 조약돌이 붉게 빛났다."하지만 돌아올 가능성이 있었는데 우리 아빠가 그 기회를 놓친 거 같아서 너무 화나."

그 또한 한 번도 생각해 보지 못한 일이었다. 세컨드 찬스가계획한 대로 이 프로젝트가 성공해서 리터니가 돌아오는 게 일상이 된다면, 사랑하는 사람을 영영 잃어버릴 수밖에 없는 다른 사람들에게는 상처를 주게 된다. 나는 이 프로젝트가 우리

가족한테 미친 영향에만 너무 몰두한 나머지, 이 세상에는 어떤 의미가 있을지 전혀 생각해 보지 못했다.

"미안. 너의 아픈 기억을 꺼낼 생각은 아니었어."

조지는 유리 조약돌을 모래밭에 도로 떨구었다.

"네 잘못은 아니야. 그냥 아빠가 너무 보고 싶어. 특히 이맘때는 더. 아빠 생일이 10월이고, 가을을 좋아하셨거든."

언니의 죽음이 평소보다 훨씬 더 쓰라리게 느껴질 때가 있다. 크리스마스와 언니 생일이 그랬지만, 그 밖에도 비 오는 일요일 오후 언니 없이 벽난로 앞에 웅크리고 앉아 책을 읽거나, 언니 없이 라디오에서 나오는 판도라 21의 노래를 따라 불러 보려고 할 때도 그랬다. 언니가 돌아왔는데도 난 여전히 같은 슬픔으로 고통받고 있다.

"우리가 이런 얘기를 전혀 한 적이 없다는 게 이상해. 우리 둘 다 정말 가까운 사람을 잃었잖아. 다른 사람들은 겪지 않은 일인데. 누구든 이런 일은 겪지 않으면 좋겠어."

"맞아." 조지가 고개를 끄덕였다. "똑같지는 않겠지만 너희 가족이 어땠는지 짐작할 수 있어. 아무튼 내가 플로라를 다치게 하는 일은 없을 거야."

"알아." 나는 한숨을 쉬며 모래를 발로 찼다. "문제는 누가 그랬는지 전혀 모른다는 거야."

"우리 엄마가 그러는데, 홈커밍 프로젝트에 억지로 동의한 사람들도 있대." 조지가 자기 재킷의 실올을 만지작거렸다. "진짜 아주 큰돈이잖아…. 비록 프로젝트에는 동의하지 않지만,

다른 사람들이 그 돈으로 빚을 갚거나 새 차를 사거나 하는 일을 나서서 방해하는 사람이 되고 싶지는 않았겠지. 어쩌면 그래서 더 화가 났는지도 몰라."

"네 말이 맞을지도 모르겠다." 난 주머니에 손을 찔러 넣었다. 저 앞에서는 롤라가 젖은 모래 위의 불가사리를 보고 짖기 시작했다. "돈 얘기를 듣고 모두가 살짝 정신이 나갔었지?"

조지가 고개를 끄덕였다.

"우리 엄마는 집수리하는 데 이미 많이 썼어. 나머지는 내 대학 학비야. 엄만 내가 떠나기를 간절히 바라거든."

"왜?"

조지는 나보다 한 학년 위지만 그런 건 아직 먼 일이다.

"딸이 자기처럼 이 섬에 갇히지 않았으면 하니까." 조지가 쓴웃음을 지었다. "우리 엄마가 왜 나한테 이 세상에 존재하는 온갖 과외 활동을 다 시키는 것 같니? 입학 지원서에 적어 넣을 게 많아야 한다고 생각하기 때문이야."

"너희 엄마는 그런데 왜 섬을 안 떠났을까?"

"아빠가 여길 좋아했으니까. 아빠를 위해 남았던 거야. 어떻게 보면 엄마는 아빠 때문에 여전히 여기서 사는 것 같아."

그건 내가 우리 부모님에 대해 생각해 본 질문이기도 했다. 아빠는 엘런 코름 출신이고 엄마는 이곳 엘런 저라크에서 자랐다. 두 분은 10대 때 케일리에서 만났고, 함께 던디에 있는 대학에 갔다가 곧바로 돌아왔다. 그중 얼마만큼이 순수한 그들의 결정이고, 얼마만큼이 그들이 편안하게 느끼는 이 섬의 조수에 이끌렸기 때문인지 궁금했다.

"혹시 우리 부모님이 어디 다른 곳에 가서 살았다면, 우리 아빠도 여전히 살아 있지 않을까." 조지가 꿈꾸는 듯 말했다. "그럼 아빠가 다른 직업을 택했을 테니까, 그날 오후에 그 도로를 지나가지 않았을 거야."

"그런 식으로 생각하지 마. 나도 언니가 좀 더 일찍 병원에 갔더라면 또는 누군가 증상을 좀 더 빨리 알아차렸더라면 어땠을까, 생각하곤 했어. 무의미한 일이야. 바꿀 수 없는 일로 그러는 건 우리 자신만 괴롭힐 뿐이야."

"네 말이 맞아. 하지만 어쩔 수 없이 그런 생각을 하게 돼." 조지가 다시 어깨를 으쓱했다. "최소한 세컨드 찬스가 성공한다면 이런 문제는 없겠지. 이번 삶은 그저 시작일 테니까."

우리는 돌아서서 다시 마을로 향했다. 학교의 초가지붕과 황금빛으로 빛나는 주택 창문, 연기가 피어오르는 굴뚝 덕분에 마을은 아주 고풍스럽고 고요해 보였다. 눈앞에 보이는, 나른한 이 작은 섬마을에서 누군가가 우리 가족을 상대로 음모를 꾸몄다니, 상상하기 힘들다.

매뉴얼 9:개인 정보 보호

요즈음은 사생활 보호가 쉽지 않습니다. 인터넷 세상에서는 우리가 검색 엔진에 입력하는 모든 단어와 우리의 모든 클릭이 기록되고, 다른 사람이 볼 수 있게 저장됩니다. 그 기록을 보면 우리 생활의 많은 부분을 판단할 수 있지요. 그러나 가장 열성적인 인터넷 사용자라 하더라도 어떤 기술로도 도달할 수 없는 그 자신만의 고유한, 사적인 영역에 속하는 생각과 느낌, 아이디어를 가지고 있습니다.

세컨드 찬스는 리터니도 이와 같은 자기 내면의 보호 구역을 가질 자격이 있다고 믿습니다. 홈커밍 프로젝트의 목표에는 참가자들이 자기 가족이나 지역사회와 어떻게 상호작용하는지 평가하는 것도 포함되지만, 이 연구에 관여하는 사람들이 감시당한다고 느낀다면 대다수 사람이 자연스럽게 행동하기 어려울 것입니다. 따라서 당사는 동영상과 음성 녹음을 비롯해 리터니의 모든 활동과 데이터에 얼마든지 접근할 수 있지만, 상시 모니터링은 리터니의 시스템이 최적화된 상태로 운영되고 있는지, 보안 침해 위험은 없는지 확인하는 수준으로만 제한하고 있습니다.

기술 산업 분야에서는 사용자의 개인 정보 보호 문제가 대두될 때마다, 기업들이 항상 윤리적이거나 개인을 존중하지는 못했습니다. 당사는 참가자들이 자신의 데이터를 어떻게 이용하는지에 대해 우려를 품을 수 있다는 것을 충분히 이해하며, 그런 분들에게는 데이터 사용과 관련해 당사가 어떤 방침을 세우고 있는지 당사 홈페이지에 나와 있는 상세한 설명을 읽기를 권합니다.

이는 경제적인 이익을 위해서가 아니라 새롭고 더 나은 세상을 만들고자 하는 공동의 목표를 위해 마련된 것임을 꼭 기억해 주기 바랍니다. 언젠가는 가장 극심한 유형의 슬픔과 상실이 과거의 일이 되는 세상이 올 것입니다.

———————

2

수요일 주간 점검 시간에 플로라가 언어장애가 있었다고 보고했다. 마리사는 그에 대해 크게 걱정하지는 않아 보였다.

"몇몇 리터니들도 이런 문제를 보인 적이 있어. 정서 반응 장치에 부하가 많이 걸리면 간혹 일어나. 그때 너 심하게 흥분하거나 속상했었니? 가끔 리터니들이 너무 격렬한 감정을 경험하면 발화 통제력을 잃어버릴 때가 있거든."

난 아빠 생일날 있었던 플로라의 깜짝 방문을 떠올리며 앉은 자세를 바꾸었다. 플로라가 규칙을 어기고 아빠를 보러 간 사실을 마리사가 안다면, 이렇게 여유롭게 대하지는 않을 거다.

"네. 맞아요, 좀 슬픈 일이 있었어요." 플로라가 손가락으로 귀고리를 만지작거리며 빙글빙글 돌렸다. "고칠 수 있는 거예요? 학교에서는 그런 일이 생기지 않았으면 좋겠어요."

"걱정하지 마. 우리 기술진들하고 정비 시간을 잡아 볼게. 금방 해결해 줄 거야." 마리사가 자기 화면을 톡톡 두드렸다. "이번 주 금요일 어때? 오후 4시로 할까?"

3

금요일, 플로라는 바쁠 테니까 난 머도와 아디티에게 방과 후에 같이 놀지 않겠느냐고 물어보았다. 이번 프로젝트가 시작된 뒤로는 우리 셋이 지낼 시간이 많지 않아서 아쉬워지려던 참이었다. 일주일에 닷새씩 만나기는 하지만 플로라가 있는 교실에서 보는 건 좀 다르다. 지금은 플로라와 다섯 살이 아니라 두 살밖에 차이가 안 나지만 그래도 여전히 나보다 언니다. 내 친구들하고 보내는, 우리 셋만의 시간이 필요했다. 그래서 수업이 끝나고, 우린 다른 아이들과 헤어져 머도네 집으로 향했다.

"우리 아빠 목공소에 갈래?" 머도가 현관문을 밀며 물었다. "내가 작업하고 있는 걸 보여 줄게."

우리 셋은 어렸을 때 앤디 아저씨의 목공소에서 몇 시간씩 놀곤 했다. 목공소 작업대에 걸터앉아 다리를 건들거리며 버려진 나무 조각에 무늬나 우리 이름을 새기곤 했다. 가끔 아저씨가 너무 바쁘지 않을 때면 작은 새나 동물을 만들어서 우리한테 색칠을 해 보게 나눠 주었다. 아저씨가 나한테 깎아 준 다람쥐가 아직 어딘가 있을 거다. 난 그 다람쥐의 몸통을 라임색으로, 꼬리를 반짝거리는 보라색으로 칠했었다.

"너희 아빠가 괜찮다고 할까?"

내가 머도에게 물었다. 이 프로젝트에 대한 앤디 아저씨의 불신이 얼마나 깊은지 사실 잘 모르겠다. 앤디 아저씨가 불편하게 느끼는 게 다만 플로라뿐인지 아니면 우리 매콜리 집안사람 전부인 건지….

"당연히 괜찮다고 하지." 머도는 부엌 수납장에 있는 감자 칩을 꺼내느라 잠시 멈췄다가 다시 말했다. "게다가 아빠는 주말에 목공 수업이 있어서 스토너웨이에 갔어. 월요일에야 돌아올 거야."

작업실에 들어서는 순간 가슴이 뭉클했다. 나는 목공소에서 나는 니스 냄새와 벽에 가지런하게 걸린 목공 도구들, 바닥에 깔린 대팻밥을 헤치고 걸을 때 나는 사각거리는 소리를 좋아한다. 머도는 뒷벽에 있는 선반으로 가서 무언가를 꺼내 왔다. 나무로 만든 둥근 원통 모양의 높다란 집으로, 원뿔 모양의 지붕에 창문이 세 줄로 나 있었다. 머도가 탁자에 그 집을 내려놓았을 때 나는 입이 떡 벌어졌다.

"네가 만들었어?"

아디티와 내가 동시에 소리쳤다.

"뭐, 아빠가 많이 도와주긴 했지만, 대부분은 내가 했지." 머도가 활짝 웃었다. "새집이야. 빨간 지붕에 벽은 파란색으로 칠할 거야."

"진짜 예쁘다."

난 새집을 더 자세히 보려고 탁자 위로 몸을 기울였다. 지붕에는 작은 나무 기와를 줄지어 빙 둘러 덮었고, 창문에는 가는 테두리를 둘렀으며, 문 위에는 차양까지 달아 놓았다.

"완벽해, 머도. 이거 팔 수도 있을 것 같아."

아디티가 몸을 숙여 구석구석 꼼꼼히 살폈다.

"그런 소리 마. 우리 아빠가 계속 나한테 가족 사업을 물려받으라고 말할 테니까. 난 줄곧 동물학을 공부하고 싶다고 얘기하는데 아빠 내 말을 안 들어." 머도는 벽면 옷걸이에서 가죽 앞치마 3개를 빼서 나와 아디티에게 하나씩 던져 주었다. "자, 뭘 만들고 싶어?"

머도는 남은 자작나무 토막을 몇 개 찾아냈고 우리한테 목공 도구도 가져다주었다. 이곳에서 꽤 오랜 시간을 목수 놀이를 하며 보냈어도 아디티와 나는 둘 다 목각에는 영 소질이 없다. 오늘 아디티는 야심만만하게도 불가사리를 만들기로 마음먹었다. 난 숟가락을 파내려고 했지만, 이내 그게 좋은 생각이 아니라는 걸 깨달았다.

"윗부분을 잘라 내고 지휘봉을 만들까?" 내가 막대기를 허공에 휘두르며 말했다. "아니면 아주 가느다란 밀방망이?"

"밀방망이 말이 나와서 말인데, 홀리랑 뭔 일이 있는 거야?"
아디티가 물었다.

"홀리가 밀방망이랑 무슨 상관이야?"
내가 아디티를 보며 눈을 끔뻑거렸다.

"내가 알기론 아무 상관도 없어. 안 그러면 너한테서 어떤 뒷얘기도 들을 수 없으니까 그냥 그렇게 물어본 거야."

"네가 무슨 말을 하는지 모르겠는걸."

말을 이렇게 했지만, 내 뺨은 마치 내가 진실을 말하지 않는다고 고백하듯 달아올랐다.

"정말? 왜냐하면 머도나 내가 문자를 보내면 너한테서 절대 그런 표정이 안 나오거든."

아디티가 미소를 지었다.

"무슨 표정?"

아디티가 자기 핸드폰을 꺼내더니, 만면에 미소를 띤 채 몽롱한 표정을 짓고 있는 《이상한 나라의 앨리스》에 나오는 체셔 고양이 흉내를 냈다. 머도가 낄낄거리며 합세했는데 의자가 너무 심하게 흔들리는 바람에 거의 떨어질 뻔했다. 나는 두 사람에게 대팻밥을 한 움큼씩 집어던졌지만, 따라 웃고 말았다.

"그만해. 그런 적 없어."

나는 빨개진 얼굴을 감추기 위해 턱을 잡아당겨 숟가락에 시선을 고정했다. 아디티 말이 맞다. 아침에 일어나서 내가 제일 먼저 하는 일이 홀리한테서 온 문자를 확인하는 거다. 홀리와 문자 할 때는 손가락 끝에 불꽃이 튀는 느낌이다. 다른 친구들하고는 그렇지 않다.

"좋아, 그 애가 맘에 들어. 약간." 이렇게 말하는데 다시 얼굴이 붉어졌다. "하지만 그런들 뭘 할 수 있겠어. 홀리는 플로라나 프로젝트에 관해 전혀 몰라. 홀리랑 이야기를 나눌 때마다 내 생활의 중요한 부분을 생략할 수밖에 없어."

아디티가 머리카락에 붙은 대팻밥을 떼어 냈다.

"그게 핑계가 아니라는 건 확실해?"

"무슨 뜻이야?"

"넌 엄밀히 말해 변화를 좋아하는 사람은 아니잖아." 머도가 새장 지붕 가장자리를 사포로 밀면서 씩 웃었다. "작년에 그랜트 선생님이 책상 배치를 바꿨을 때 네가 얼마나 화를 냈는지 기억나?"

"그 배치는 전혀 말이 안 됐다고!"

그 일은 생각만 해도 두 주먹이 불끈 쥐어졌다.

아디티가 웃으며 불가사리와 조각칼을 다시 집어 들었다.

"홀리한테는 프로젝트 얘기를 해도 되지 않을까? 그 애도 비밀을 지키는 게 중요하다는 건 이해할 거야."

머도가 새집 뒤에서 고개를 들었다.

"그건 너무 위험해. 세컨드 찬스에서 우리를 어느 정도로 감시하고 있는지 모르잖아. 우리 전화를 듣거나 문자를 볼 수도 있어."

"당연히 그런 일은 안 해." 내가 말했다. "그 사람들은 플로라가 녹화한 영상도 안 봐. 응급 상황이거나 플로라가 위험에 빠진 게 아니라면."

"넌 그 사람들을 믿어?"

아디티가 감자칩에 손을 뻗으며 물었다.

"마리사가 그렇게 말했고 난 마리사를 믿어. 게다가 계약서에도 나와 있잖아."

"그래, 하지만 아마 어딘가 잔글씨로 '회사는 자신들이 원하는 것을 할 수 있다.'는 내용이 끼워져 있을 거야." 머도가 의자에서 미끄러져 내려와 페인트 통이 있는 선반으로 갔다. "이런 정보 기술 대기업에는 항상 그런 게 있어. 아빠는 그 사람들이 플로라를 이용해 우리를 감시한다고 확신해."

"그 사람들이 귀찮게 왜 그런 일을 하겠어? 원한다면 우리 핸드폰을 살펴볼 수도 있을 텐데." 내가 작업대에 놓인 머도의 핸드폰을 향해 고갯짓을 했다. "앤디 아저씨가 플로라를 그렇게 미워한다면, 아저씬 저것도 싫어해야 하잖아."

"아빠가 플로라를 미워하는 건 아냐." 머도가 빨간색 페인트 통을 잡으며 말했다. "최소한 너희 언니 플로라를 미워하진 않아. 하지만 그 애는 플로라가 아니라고 생각하는 거지."

"아니, 플로라야." 내가 딱 잘라 말했다. "그리고 플로라는 절대 스파이가 아니야."

머도는 말없이 작은 통에 페인트를 부었다. 우리 셋이 있을 때 침묵이 어색했던 적은 한 번도 없었는데, 이번엔 긴장감이 감돌았다. 아디티가 감자칩을 입에 넣고 크게 바사삭 소리를 내며 씹었다.

"음, 지난 주말에 플로라랑 첫 번째 코딩 수업을 해 본 걸로는 플로라에게 초능력 같은 건 없어. 내가 보증해." 아디티가 손가락에 묻은 부스러기를 핥으며 말했다. "이런 속도라면 플로라가 자바 스크립트로 넘어가기도 전에 우리가 학교를 졸업하게 될 거야."

난 그 말이 무슨 뜻인지도 모르면서 웃었다. 머도도 미소를 지었지만, 흰색과 빨간색을 계속 섞느라 고개를 들지는 않았다.

"미안. 너희 아빠만 그러는 게 아니야." 내가 머도에게 말했다. "우리 아빠도 플로라가 인간이라고 생각하지 않아. 아빤 영혼은 다시 만들 수도 없고, 영혼이 없으면 인간이 될 수 없다고 생각해.”

아디티는 의자에 기대어, 눈을 가늘게 뜨고 나무로 만든 자신의 불가사리를 바라보았다.

“영혼이 무엇이냐에 따라 다르겠지. 영혼이라는 게 우리를 구성하는 독립된 한 부분이라면, 안 되겠지. 하지만 영혼이 우리 성격이나 기억 속에 스며들어 있는 거라면, 다시 만들 수 있지 않을까.”

“플로라에겐 분명히 영혼이 있어.” 난 감정이 격해졌다. “너희도 봤잖아. 차갑고 아무 감정도 없는 그런 로봇이 아니야.”

“그건 확실해.” 아디티가 불가사리 끝으로 내 팔을 찔렀다. “너무 그렇게 방어적으로 굴지 마. 우린 네 편이야. 플로라 편도 되고.”

하지만 아주 잠깐, 아빠와 앤디 아저씨가 옳을지도 모른다는 생각이 들었다. 플로라의 감정은 전부 프로그래밍된 것으로, 인간의 반응을 모방한 것인지도 모른다. 나는 엊저녁에 우나와 엄지손가락 레슬링을 하면서 보였던 플로라의 웃음과 아빠가 대화를 거부했을 때 플로라에게 나타났던 표정을 떠올렸다. 그러자 의심은 곧바로 사라졌다. 그 표정들은 복잡한 코딩의 결과물 그 이상이었다. 공식이나 방정식 같은 건 몰라도 플로라의 반응이 진짜라는 건 알 수 있다. 플로라는 사람이다.

머도가 갑자기 일어나 앉았다. 새 이야기를 하려고 할 때 나타나는 흥분된 표정을 짓고 있었다.

“너희, 찌르레기 알지? 떼지어 날 때 어떻게 움직이는지 봤지?"

아디티와 내가 고개를 끄덕였다. 가끔 내 방 창문에서 언덕 위로 날아오르는 찌르레기 떼를 볼 때도 있다. 작은 생명체들이 모인 그 거대한 무리는 마치 하늘의 먹구름처럼, 날아가다 이리저리 획획 방향을 틀곤 한다.

"과학자들은 찌르레기들이 어떻게 서로 부딪히지 않고 방향을 바꾸는지 아직 정확히 알아내지는 못했대. 한 마리, 한 마리가 개별적인 존재이긴 하지만, 서로 연결되어 있어서 그런 것 아닐까." 머도는 빨간 페인트에 붓을 적셔 새집으로 가져갔다. "내 생각엔 인간도 좀 그런 거 같아. 우린 모두 별개의 존재이지만, 서로 연결되어서 더 큰 무언가를 형성해. 우리 모두를 이어주는 게 바로 영혼일지도 몰라. 영혼이 우리를 단순한 몸을 넘어서는, 그 이상의 존재로 만들어 주는 거지."

"리터니도 우리의 한 부분이 될 수 있어." 아디티가 고개를 끄덕이며 말했다. "최소한 플로라처럼 똑똑하고 독립적인 존재라면."

난 인간과 리터니가 별똥별들처럼 순식간에 연결되어, 특별하고 마법 같은 무언가를 함께 만들어 내는 모습을 상상해 보았다. 그 생각만으로도 미소가 지어진다. 부디 아빠와 앤디 아저씨도 그렇게 볼 수 있기를 바랄 뿐이다.

4

'논리적이지만 그러나 합리적이진 않다.'

그다음 주 월요일에 교회 벽에 페인트로 쓰인 이 글귀를 발견했다. 시커멓게 그을린 벽을 배경으로 큼직하게 칠해진 옅은 색 페인트가 아침 햇살에 빛나고 있었다.

엄마가 일 때문에 일찍 나가서, 플로라, 우나와 난 자전거를 타고 학교에 가야 했다. 건조하고 따뜻한 날씨여서 셋 다 상쾌한 기분으로 마을에 도착했는데, 이런 게 우리를 기다리고 있을 줄이야. 그 말이 무슨 뜻인지, 어디서 나온 말인지도 몰랐지만 난 왠지 그게 플로라를 향하고 있다고 느꼈다.

"논리적이지만 그러나 합리적이진 않다." 플로라가 소리 내 읽었다. "무슨 말이지?"

우나가 핸드폰으로 이미 검색하고 있었다.

"책에서 나온 말이야. 아이작 아시모프의 《벌거벗은 태양》." 우나가 안경을 슬쩍 밀어 올렸다. "논리적이지만 그러나 합리적이진 않다. 그게 로봇의 한계라는데?"

"합리적이라는 건 자기 분별력을 갖추고 스스로 생각한다는 뜻이지? 이성적이라는." 플로라가 자전거 손잡이를 잡았다. "그럼 저 사람들은 내가 스스로 생각하지 못하는 존재라고 생각하는 걸까?"

"로봇이 인간보다 이성적인 거 아냐?"

우나가 어깨를 으쓱했다.

"아마도 저 말은, 로봇은 논리로만 움직인다는 뜻인 거 같아." 내가 말했다. "뭐가 이치에 맞는지는 상관 안 한다는 거지."

"처음엔 모니터, 그리고 지금은 이것…." 플로라가 발끝으로 작은 돌멩이를 찼다. "저 사람들은 정말로 내가 없어지길 바라는 거야, 그렇지?"

난 빨간 봉투를 발견했을 때처럼 속이 울렁거렸다. 이제 플로라에게도 그 얘기를 해야 할 때가 됐나 보다. 그런데 내가 미처 마음의 결정을 내리기도 전에, 뒤에서 타이어가 길에 긁히는 날카로운 소리가 들려와서 깜짝 놀랐다. 돌아보니, 핀리가 너무 급하게 브레이크를 잡은 탓에 거의 고꾸라질 뻔한 게 보였다. 핀리는 검정 디스크 바퀴를 단 파란색 고급 로드 자전거를 타고 있었다. 지난 생일에 받은 선물이었다. 핀리가 세콘에 올렸지만 실제로 타는 건 본 적이 없었다. 핀리의 집은 마을 반대편 절벽 위에 있는데, 여기까지 자전거를 타고 오느라 그 애의 뺨은 빨개져 있었다.

"이게 뭐야?" 핀리는 자전거를 방파제 옆에 놔두고 급히 길을 건너 우리에게로 왔다. 한 손으론 주머니에서 핸드폰을 꺼냈다. "플로라 이야기인 것 같은데."

그 대답이 너무 명백했기 때문에 우린 굳이 입을 열려고 하지 않았다. 빈 페인트 통은 건물 발치 땅바닥에 그대로 놓여 있었다. 난 발끝으로 깡통을 툭툭 건드려 보았다. 아마도 이 낙서를 한 사람의 지문이 남아 있을 것이다. 상황이 달랐다면 경찰에 신고했겠지만, 프로젝트의 기밀성 때문에 그럴 수가 없다.

누가 이런 짓을 했든 간에 이런 사정을 잘 알기에 조롱하듯 페인트 통을 남겨 두었다는 생각이 들었다.

핀리는 낙서의 사진을 찍고 무언가를 입력했다. 핀리가 낙서 문구를 소리 내 읽고는 물었다.

"혹시 이게 무슨 뜻인지 아니?"

"잘 모르지만, 상관없어." 플로라가 말했다. "누가 우릴 겁주려고 하나 봐. 그건 확실히 전달됐어."

핀리가 빙그르르 돌아서 교회를 등지고 섰다. 핸드폰 화면을 두드리더니 카메라에 대고 말하기 시작했다.

"엘렌 저라크의 쌀쌀한 월요일 아침입니다. 오늘 아침 아주 놀라운 광경을 발견했습니다. 이곳…."

핀리의 목소리는 텔레비전 진행자 말투로 변했다. 난 그의 팔을 잡아 아래로 끌어 내렸다.

"이걸 찍으면 안 돼, 핀리 그레이엄!"

"왜 안 돼? 플로라는 화면에 안 들어가. 플로라랑 상관있는 건 아무것도 올리지 않을 거야." 핀리가 팔을 홱 뿌리치고 날 노려보았다. "세컨드 찬스의 규정에 교회의 낙서를 찍으면 안 된다는 건 없었어."

"그렇긴 하지만…." 핀리가 세콘에다 그 사진을 올릴 거라는 생각에 난 마음이 불편했다. 너무 아슬아슬하다. "절대로 프로젝트 얘기를 꺼내면 안 돼."

"그럼, 당연하지, 아일라. 프로젝트를 어떻게 하려는 게 아니야." 핀리가 눈을 뒤룩거렸다. "내 다큐멘터리를 위한 자료일 뿐이야. 나중에 공개하게 될 때를 대비해 최대한 자료를 모아 두려는 거야."

핀리가 촬영을 이어가는 동안, 내 용의자 명단을 다시 떠올렸다. 아직 지우지 않은 유일한 이름이 핀리였다. 지난번에 조지와 이야기를 나눈 다음, 난 주황색 수첩을 서랍에 집어넣고 조사를 중단했다. 조지랑 머도와 그런 식으로 맞부딪힌 건 불쾌감과 죄책감만 남겼기에, 똑같은 일을 핀리에게 다시 반복하고 싶지 않았다. 그래서 더 이상 메시지가 없기만을 바랐는데. 내 바람대로 되지 않을 게 분명하다. 핀리하고도 이야기를 해야겠다. 하지만 핀리에게 혐의를 씌우기 전에 핀리가 이런 짓을 할 만한 이유를 먼저 찾아야 한다. 아직 생각나는 건 없지만.

우리 등 뒤에서 "안녕!" 하고 외치는 목소리가 들렸다. 페어아일(기하학 무늬 - 옮긴이) 스웨터 차림의 잭 목사님이 침통한 표정으로 스펀지가 담긴 물동이를 들고 우리 쪽으로 걸어왔다.

"안녕하세요, 목사님?" 핀리가 나섰다. "이런 일이 생겨서 어떡해요? 교회가 얼마나 힘들었는데, 이런 말도 안 되는 일이 또 벌어지다니요."

핀리의 손에는 여전히 핸드폰이 들려 있다. 화면은 바닥을 향하고 있지만, 핀리의 목소리 톤으로 그가 대화를 계속 녹음하고 있다는 걸 알아차렸다.

목사님이 슬픈 미소를 지었다.

"고맙구나, 핀리. 진짜 말도 안 되는 일이지."

"누구 짓인지 혹시 짐작 가는 사람이라도…?"

"전혀 없어."

잭 목사님은 끙 하는 소리를 내며 물동이를 땅바닥에 내려놓았다. 한 손으로 목덜미를 잡는데, 움직임이 불편한지 살짝 움찔했다. 3년이나 지났는데도, 불에 타서 피부가 마른 가죽처럼 변한 목사님의 오른손은 볼 때마다 깜짝깜짝 놀라게 된다.

"뭐 큰 문제는 아니라고 봐." 목사님이 말했다. "어차피 내년에는 철거될 건물이니까."

세컨드 찬스에서는 사례금 외에도 프로젝트에 협조하는 대가로 섬 주민들에게 훼손된 교회를 철거하고 새 건물을 지어주기로 약속했다. 지금은 예배에 참석하는 사람이 그다지 많진 않지만, 건물을 새로 지으면 커뮤니티 센터 기능도 하게 될 거다. 놀이방을 만들거나 미술 수업을 하자는 등 별의별 아이디어가 이미 섬 주민들 사이에서 활발히 논의 중이다.

"그렇다 해도, 이건 너무 무례한 행동이에요."

핀리의 말에 플로라가 고개를 끄덕였다.

"안타까운 일이에요. 저도 정말 속상해요."

잭 목사님이 플로라를 힐끗 쳐다보았다. 차가운 표정이라고는 할 수 없지만 뭔가 이상한 점이 있다. 이 낙서를 플로라 탓이라고 여기는 것 같다. 그건 불공평하다. 플로라는 표적일 뿐, 플로라가 원해서 벌어진 일은 하나도 없다.

"낙서 지우는 거 저희가 도와드릴게요."

우나의 말에 잭 목사님의 어색한 표정은 순식간에 사라지고, 평소의 온화한 성직자 미소로 바뀌었다. 세이무스 아저씨는 자신이 이 섬을 관리한다고 생각하겠지만, 실제로 섬 주민을 보살피는 사람은 잭 목사님이다. 목사님은 늘 사람들을 이곳저곳으로 태워다 주고, 고장 난 물건을 고쳐 주고, 노인들의 장보기를 도와준다. 그리고 플로라가 죽었을 때, 음식을 가져다주거나 집 안 정리를 도와주러 왔고, 그 후로도 몇 달간은 우리가 어떻게 지내는지 보려고 들르곤 했다.

"아니, 아니, 안 그래도 돼. 어차피 비누랑 물로는 그다지 효과가 없을 것 같아. 온라인으로 페인트 제거제를 주문해야겠어." 목사님은 길 끝을 바라보며 고개를 끄덕였다. "너희들은 학교에 가는 게 좋겠다."

그 말에 재청이라도 하듯 종이 울렸다. 우리는 벽을 닦는 목사님을 남겨 두고 자전거 손잡이를 잡았다. 핀리는 우리 뒤에서 한 손으론 자전거를 밀고 다른 한 손으로는 자신을 촬영하며 걸어왔다. 핀리의 녹음 투 목소리가 파도 소리와 바닷새 소리 위로 울려 퍼졌다.

"벽에 쓰인 네 단어. 이 짧은 문장은 수십 개의 질문을 불러일으킵니다. 이 일의 배후에 누가 있을까요? 그들이 원하는 건 무엇일까요? 그리고 다음엔 무슨 일을 벌일까요?"

소원 게임

1

교회 벽에 쓰인 메시지를 본 이후 뭔가가 달라졌다. 마치 누군가가 플로라의 성격 조절 스위치를, 그런 게 있다면, 돌린 것 같았다. 플로라는 조용하고 내성적으로 변했다. 대부분의 시간을 자기 방에서 보내거나 자전거를 타러 나갔는데, 내가 따라가겠다고 하면 혼자인 시간이 필요하다고 말했다. 심지어 가족들과의 식사 시간도 거르고 싶어 했다.

"무슨 의미가 있다고." 플로라는 엄마가 저녁 식탁에 같이 앉아 있으라고 명령하자, 이렇게 중얼거렸다. "먹을 필요가 있는 것도 아닌데."

바삭바삭한 양파를 곁들인 맥앤치즈 파스타는 언니가 좋아하는 음식 중 하나이다. 지난번에 엄마가 이걸 만들었을 때는 접시를 싹싹 긁어 먹었지만, 지금은 아주 싫어하는 음식인

양 콧등을 찡그린 채, 가만히 자기 접시를 바라보고 있다.

"마리사는 가족 식사가 얼마나 중요한지 늘 이야기하잖아." 엄마가 말했다. "음식이 다가 아니야. 이건 가족과 함께하는 시간이야. 게다가 너도 음식을 먹을 순 있잖아."

"근데, 난 먹고 싶지 않아." 플로라가 딱 잘라 말했다. "그건 음식 낭비고, 나중에 음식물 통을 비우는 일도 역겨워. 아무 의미가 없는 일이야."

우나가 내게 불안한 표정을 지어 보이고는 자기 파스타를 한 입 떠먹었다. 언니가 병을 진단받았을 때의 모습이 떠올랐다. 언니는 아무 일에나 화를 냈고 순식간에 기분이 크게 오락가락했다. 한번은 언니 기분을 북돋워 주려고 내가 미어캣 흉내를 냈는데, 언니가 웃다가 갑자기 흐느끼는 바람에 심하게 죄책감을 느낀 적도 있었다. 하지만 그때는 자기 인생이 무너지는 최악의 소식을 들었던 거고. 지금은 다르다. 새로운 삶이 이제 막 시작된 참이다.

"그럼 먹지 마, 플로라." 엄마가 한숨을 쉬었다. "그건 괜찮아. 하지만 어쨌든 앉아서 우리랑 이야기하자, 응?"

플로라는 마지못해 동의했지만 남은 식사 시간 동안 거의 말이 없었고, 설거지가 끝나자마자 방으로 올라가 버렸다. 그 뒤 며칠 동안 플로라는 학교에서 돌아오면 곧장 자기 방에 처박혔고, 우나와 내가 같이 게임을 하자거나 넷플릭스를 보자고 할 때마다 모두 거절했다.

금요일 오후에는 학교가 파하면 셋이서 함께 자전거를 타러 가기로 했는데, 플로라는 아디티네 집에 가서 코딩 연습을 좀 더 하겠다고 마음을 바꿨다.

"우리끼리니까 천천히 가도 되겠다." 우나가 헬멧의 끈을 조이며 말했다. "플로라 언니를 따라잡으려고 죽어라 달리지 않아도 되니까."

우리는 백사장 옆 평평한 해변 길을 지나, 언덕을 올라 섬 동쪽으로 향했다. 평소보다 시간이 세 배나 더 걸렸다. 우나는 가다가 계속 멈춰서 사진을 찍고, 어느 사진이 가장 좋은지 내 의견을 물어보고, 그 자리에서 온라인에 올렸다. 하지만 무척 아름다운 저녁이었기에 난 상관하지 않았다. 잠깐이지만 우리 둘만의 시간을 갖는 게 꽤 좋았다.

플로라가 죽은 뒤 우나와 나 사이의 관계도 달라졌다. 난 가운데에서 첫째로 올라갔다. 나는 플로라의 빈자리를 메워야 했고, 우나는 다른 애들보다 철이 빨리 들었다. 물론 우리는 여전히 티격태격했지만, 한층 가까워진 것도 사실이다. 가끔 세상에 우리 둘밖에 없다고 느낄 때도 있었는데, 특히 엄마 아빠가 넷이 나가 있을 때나 세컨드 찬스 때문에 부부 싸움을 했을 땐 더욱 그랬다.

언니가 돌아오자 모든 게 변했다. 다시 플로라가 큰언니가 되었고, 우나가 화장이나 옷차림에 대한 조언이 필요할 때 찾는 사람도 플로라였다. 난 그런 일에는 영 젬병이지만, 지금은 동생이 더 이상 물어봐 주지 않아서 좀 아쉽다. 아빠도 집을 떠났으니 부부 싸움 때문에 우리끼리 뭉쳐야 한다고 주장할 근거도 없어진 셈이다. 그럼에도 3년이라는 시간은 사라지지 않았다. 우나와 난 폭풍우에 함께 맞선 두 선원처럼 특별한 끈으로 연결되어 있다.

"요샌 어때?" 잠깐 쉬면서 내가 우나에게 물었다. 우린 언덕 꼭대기 부근, 데이지와 짙은 보라색 야생화 헤더로 둘러싸인 풀밭에 자리를 잡았다. "네 친구들 사건사고를 업데이트 안 해 준 지 너무 오래된 거 같은데."

우나가 입술을 삐죽거렸다.

"카일리와 아가타는 서로 말을 안 해. 카일리가 여름에 앨튼타워 놀이공원에 갔을 때 롤러코스터를 타다가 오줌을 지렸다고 아가타가 떠벌였거든. 그리고 루이스가 아가타를 좋아하는데 아가타는 자기 뮤지컬 연극반에 있는 엘런 코름의 남자애를 좋아해."

"그 남자애가 누군데? 엘런 코름 중등학교에 다니는 애야?"

"데이빗 뭐라든가? 난 잘 몰라."

몇 달 전만 해도 이런 정도의 소문이라면 우리 둘이 며칠 동안 토론을 벌였을 것이다. 지금 우나는 내 질문에는 아랑곳없이 풀밭에 털썩 드러누웠다.

"플로라 언니가 걱정돼. 요 며칠 진짜 이상했어."

나는 데이지 몇 송이를 뽑아 손톱으로 줄기에 구멍을 냈다.

"알아. 교회 벽의 그 메시지를 보고 큰 충격을 받았나 봐."

"우리 반 케이티가 가게에서 애니 아줌마가 얘기하는 걸 들었대. 아줌마가 데이비 아저씨한테 자기 생각엔 플로라가 그걸 직접 쓴 것 같다고 말했다는 거야. 플로라가 뭔가 꾸미는 것 같다고."

"뭐? 조지 엄마가?" 난 우나를 쳐다보았다. 애니 아줌마는 늘 플로라에게 잘 대해 주는데 그런 끔찍한 말을 하다니 믿기지 않았다. "그건 말도 안 돼. 언니가 왜 그런 짓을 한다는 거야?"

"나도 케이티한테 그렇게 말했어." 우나가 풀을 한 줌 뜯어서 바람에 날려 보냈다. "플로라 언니가 그 메시지를 봤을 때 나도 같이 있었다고. 언니는 정말 속상해했잖아."

그날 아침 우리가 교회에 도착하고 몇 분 지나지 않아 핀리가 우리 뒤에서 급하게 브레이크를 잡았던 일이 다시 생각났다. 내 마음 한구석 어두운 곳에서 작은 의혹이 자라나기 시작했다. 누군가 드라마를 만들려고 했다면, 이 프로젝트에 관한 다큐를 찍고 싶은 사람이 아닐까. 플로라가 좀체 허락하지 않는 영상을 얻으려고 그토록 애쓰는 사람.

게다가 핀리는 학교에 자전거를 타고 오는 일이 절대 없을뿐더러 거의 언제나 지각을 했다. 핀리에겐 남동생이 둘 있는데, 이 삼 형제가 9시 15분쯤 스웨터에는 우유 얼룩이 져 있고 가방에선 책이 곧 쏟아질 듯한 모습으로, 자기 엄마 차에서 굴러떨어지듯 내리는 건 흔히 볼 수 있는 장면이다. 그런 핀리가 우연히도 나와 플로라, 우나가 교회에 도착하는 걸 볼 수 있을 정도로 일찍 마을에 온 건 좀 이상하다. 마치 우리가 거기 있을 걸 예상한 것처럼.

"세컨드 찬스에서 그 일을 알면 어떻게 돼?" 우나가 작은 소리로 물었다. "아니면 플로라 언니가 규칙을 어기고 아빠를 보러 간 걸 알게 되면? 언니를 다시 데려간다거나 그러진 않겠지, 응?"

우나는 내가 아니라고 말해 주기를 바라지만, 난 그럴 수가 없다. 그럴지도 모르니까. 난 묵묵히 데이지를 고리 모양으로 엮고 나서 우나의 손을 잡아끌었다.

"그러지는 않을 거야." 난 그 팔찌를 우나의 손목에 끼워 주었다. "그러지 않기를 바라."

우나가 데이지 팔찌를 보며 웃었다. 후드티와 청바지를 입은 동생은 너무 슬퍼 보였고 너무 작아 보였다. 난 손가락을 구부려 안경을 코 위로 밀어 올렸다. 잠시 뒤 우나도 마지못해 미소를 지으며 똑같이 따라 했다. 우리는 여전히 이렇게 함께다.

2

우리가 돌아왔을 때 플로라는 자기 방 침대에서 노트북 컴퓨터를 무릎 위에 놓고 앉아 있었다. 플로라는 나를 보자마자 재빨리 노트북을 닫고 손뼉을 치며 활짝 웃었다.

"깜짝 놀래 줄 일이 있어!"

언니는 복도로 뛰어나가더니 스티븐을 가지고 와서, 카펫 위에 내려놓고 전원 버튼을 켰다. 청소기는 먼지를 쓸어 모으

는 작은 솔을 좌우로 움직이며 곧장 앞으로 나아갔는데, 가다
가 책상다리에 부딪히고 말았다.

"누가 이걸 여기다 뒀죠?" 스티븐이 말했다. "이런 상태로
는 청소를 할 수 없어요!"

순간, 난 틀림없이 환각을 본다고 생각했다. 예전에 스티븐
이 '말할' 때는 청소 상태를 알려 주거나 끝날 때 작별 인사를
하는 게 다였다. 질문 같은 건 하지 않았다. 불평은 확실히 하
지 않았다.

"얘가 뭐라고 한 거야?"

"스티븐의 설정을 좀 만져 봤어." 플로라가 쪼그려 앉아 스
티븐에게 손을 흔들었다. "청소 잘 돼 가, 스티븐?"

"당신들은 동물들이에요." 스티븐이 기계음으로 말했다.
"먼지, 먼지, 또 먼지. 내가 먹는 거라곤 먼지뿐이에요."

너무 지긋지긋하다는 말투여서 난 웃음을 터뜨렸다. 플로라
가 환하게 웃었다.

"이것도 봐 봐! '스티븐, 〈코튼 아이 조〉 좀 틀어 줘.'"

청소기의 저음질 스피커에서 컨트리 포크송이 흘러나오기
시작했다. 스티븐은 노래 박자에 맞춰 뒤에서 앞으로, 왼쪽에
서 오른쪽으로 움직인 다음, 원을 그리며 돌고 다시 뒤로 간다.

"쟤가… 라인댄스를 한 거야?"

"맞아! 꽤 잘하지, 안 그래?" 청소기가 빙글빙글 도는 동안
플로라가 음악에 맞춰 고개를 까딱거렸다. "이제 왈츠를 춰, 스
티븐."

난 복도를 뛰어가서 우나를 불러왔다. 충격을 받은 듯한 동생의 표정을 보고 난 뒤, 난 더 심하게 웃었다. 우린 스티븐에게 BTS, 위켄드, 레이디 가가의 노래에 맞춰 춤을 추게 했다. 결국 플로라가 스티븐에게 음악을 끄고 청소를 하라는 명령을 내림으로써 끝이 났다. 스티븐은 "알았어요, 뭐든 원하시는 대로." 하고 투덜거리며 복도로 다시 굴러갔고, 그 뒤를 우나가 마치 강아지를 쫓듯 따라갔다.

"이걸 다 어떻게 한 거야?"

내가 플로라에게 물었다.

엄마랑 아빠는 두 분 다 기술 관련 일에는 너무 서툴러서 청소기가 처음 생겼을 때는 내가 세팅을 해야 했다. 그때는 분명히 짜증 섞인 말대꾸나 라인댄스 같은 옵션은 없었다. 스티븐이 말하는 언어는 바꿀 수 있었다. 한번은 우나가 핀란드어를 하게 만들어서 2, 3주쯤 간 적은 있다. 하지만 그게 다다. 그리고 아디티가 말한 대로, 플로라는 천재 프로그래머 뭐 그런 것하고는 거리가 멀었다.

"쉬워. 대부분은 아디티가 가르쳐 주었어. 게다가 스티븐은 어떤 것도 사실 스스로 알아서 하는 게 아니야. 그냥 내가 몇 가지 장난을 친 거야."

내가 다시 한번 물었지만, 플로라는 더 자세한 내용은 알려 주려고 하지 않았고 내 시선을 피했다. 언니가 나한테 이야기하지 않는 게 있구나. 아빠 생일날 엘런 코름에 올 거라는 계획을 말해 주지 않았던 것처럼. 우리 웃음소리가 아직 내 귓가에

스윈게임

울리는데, 파도가 밀려와 언니를 우리로부터 더욱더 멀리, 보이지도 않는 저 먼 수평선을 향해 끌고 가는 듯한 기분이 들었다. 언니를 다시 데려와야 한다.

이 말은, 이제 다음 용의자에게로 넘어가야 한다는 뜻이다. 핀리 그레이엄.

3

세콘을 보고, 핀리가 이번 주말에 본토로 쇼핑하러 나간다는 걸 알았다. 내 조사는 결국 월요일이나 되어야 가능하다. 핀리의 게시물을 보고 맥이 빠진 것도 잠시, 난 불안에 휩싸였다. 월요일까지는 꼬박 사흘이 남았다. 그 사이 무슨 일이 일어날지 누가 알겠는가.

하지만 몇 시간쯤 걱정하고 나서, 난 주말 동안은 그 생각을 머릿속에서 몰아내자고 마음먹었다. 토요일엔 커스티 고모 집에서 점심을 먹은 뒤 축구 연습에 가야 한다. 그럼 홀리를 볼 수 있다. 그 생각을 하자 한결 마음이 가벼워졌다. 집에서 또 우리 섬에서 일어나는 일들로부터 내 주의를 돌릴 수 있는 사람은 홀리뿐이다.

우나는 아빠 생일날의 참사 이후 아빠를 만나러 가는 걸 거부했고, 그래서 토요일 아침에 난 혼자서 자전거를 타고 항구로 내려가서 페리를 탔다. 1시간 뒤, 고모네 현관문을 밀어젖혔을 때, 희미하게 뭔가 타는 냄새가 먼저 풍겼다. 할머니는 부엌 식탁에 앉아 커다란 사진첩을 펼쳐 두고 있었고, 아빠는 포크와 나이프를 놓는 중이었다. 나를 보자 아빠는 손에 든 포크와 나이프를 내려놓고 날 안아 주었다.

"무슨 냄새야?" 내가 주위를 둘러보며 물었다. "고모는?"

"커스티가 디저트로 크럼블을 만들려다가 집에 불을 낼 뻔했어. 다른 걸 사러 조합 상점에 갔어." 아빠가 내 어깨너머로 아무도 없는 현관을 바라보았다. "우나는 여전히 화가 안 풀린 모양이지?"

아빠는 미소 지었지만, 눈에는 상처 입은 표정이 역력했다. 아빠의 눈빛을 보니, 슬픔으로 가슴이 찌르르했다. 우릴 떠난 건 아빠의 선택이었지만, 우리 넷과 헤어져 여기서 오도 가도 못하고 있는 아빠가 불쌍하다는 생각이 들었다. 물론 커스티 고모와 할머니가 있지만, 그건 다르다.

"우나는 다시 올 거야." 아빠에게 말하며, 난 식탁에 앉아 사진첩 쪽으로 몸을 기울였다. "뭘 보시는 거예요, 할머니?"

할머니가 나를 올려다보았다. 오늘은 할머니의 건강이 약간 나은 축에 든다.

"사진이야. 봐, 여기 너야." 할머니가 사진첩을 내 쪽으로 돌렸다. 그 페이지는 좀 더 어린 버전의 우리 세 자매 사진으로 채워져 있었다. 플로라와 난 아이스케이크를 든 채 끈적끈적한 입술로 웃고 있고, 세 살 난 우나는 튜브 수영장에서 첨벙거리고 있다. 난 어린 시절 사진을 볼 때면 엄마가 입혀 준, 내 빨간 머리에는 어울리지 않는 분홍색 공주 옷 때문에 질색하곤 했는데, 오늘은 그리움이 파도처럼 밀려왔다. 언니가 아프기 전까지만 해도 삶은 훨씬 단순했다. 우리가 세컨드 찬스라는 이름을 알지 못했던 그때는.

"자선 가게에 갖다줄 물건을 정리하다가 내 짐 속에서 발견했어. 의사 말로는 사진을 보는 게 할머니 기억력에 도움이 된다는구나."

우린 천천히 사진첩을 넘기며 내 어린 시절의 이정표들을 좇았다. 생일과 크리스마스, 핼러윈 때 만화 캐릭터로 분장한 모습, 특별하게 차려입은 세례식 등. 내가 가장 좋아하는 사진은, 어느 평범한 날의 아침 식사 장면이나 해변을 산책하는 모습 같은 일상적인 것들이다. 나는 플로라가 아홉 살쯤 되고 내가 네 살 때인, 둘 다 엄마 무릎 위에 안겨 있는 사진을 가리켰다. 전등은 꺼졌고 부엌 식탁에 향초와 촛불이 밝혀져 있었다.

"이거 기억나? 정전됐을 때, 아빠랑 엄마가 내 관심을 돌리려고 초란 초는 다 찾아내서 켰잖아."

아빠가 식탁으로 다가와 고개를 숙여 그 사진을 보곤 다정하게 웃었다.

"네 관심을 돌리려던 게 아니야. 겁을 먹은 건 플로라였어. 걔는 그 나이 때, 어두운 걸 되게 무서워했거든."

"정말? 나는 늘 그게 나라고 생각했는데."

난 아직도 그날 밤 촛불에서 나오던 온기와 겁은 나지만 그렇게 늦게까지 잠을 안 자고 있으면서 느꼈던 흥분이 기억난다.

어쨌든, 기억한다고 생각한다. 지금은 내가 정말로 그날을 기억하는 건지, 아니면 사진과 전해 들은 이야기를 가지고 기억을 엮어 낸 건지 잘 모르겠다.

"틀림없어. 넌 언니가 우니까 그냥 따라 울었을 뿐이야. 네가 어렸을 적에는 늘 그랬어. 마치 플로라의 감정 주파수에 맞춰져 있는 것 같았지."

"너희 둘이 의견이 갈린 거냐?" 할머니가 피식 웃었다. "세상에, 그러다 진짜 싸우겠다."

내가 겸연쩍게 웃었다.

"미안해요, 할머니."

아빠는 점심으로 만든 키슈(두툼한 파이 ─ 옮긴이)가 식게 조리대 위에 놓고, 내 옆에 있는 의자를 꺼내 앉았다. 생각할 때면 늘 그러듯이 아빠가 두 손가락으로 식탁을 톡톡 두드렸다.

"너랑 할 얘기가 있어, 아일라. 아빤 세컨드 찬스에서 받은 돈으로 여기서 집을 살까 생각 중이야. 너랑 우나 방도 마련하고."

갈비뼈 안쪽으로 찌릿한 통증이 느껴졌다. 아빠가 커스티 고모 집에서 영원히 살지는 않을 거라고 짐작하긴 했지만, 집을 사겠다는 건 뜻밖의 결정이었다. 지난달 플로라와 아빠의 그 끔찍한 만남 이후로도, 난 아빠가 결국 집으로 돌아올 거라는 희망을 놓지 않았다.

"적당한 집을 찾으면… 네가 오고 싶을 땐 언제든지 와도 돼. 너만 좋다면 와서 아빠랑 살아도 되고. 그 결정은 너한테

스윈게임

맡길게." 아빠는 미소를 지었지만, 눈은 슬퍼 보였다. "그런 선택지가 있다는 것도 알아 두라고, 혹시 집에서 힘들어지면."

"응, 알았어." 목이 메었다. "그럼 엄마랑 이혼할 거야?"

아빠는 자신의 포크와 나이프를 식탁 매트에 나란하게 정리했다.

"글쎄. 아직은 엄마랑 얘기해 보지는 않았어. 하지만 어쩌면 그럴지도 몰라. 언젠가는."

할머니가 손을 뻗어 내 손을 꼭 쥐는데, 눈물이 핑 돈다. 난 고개를 떨구고 사진첩을 내려다보았다. 오른쪽 구석에 엄마가 아기 우나와 춤추는 사진이 있다. 그 모습을 젊었을 적 아빠가 뒤에서 바라보고 있다. 젊은 버전의 아빠는 한 손으로 머리를 받친 채 눈웃음을 짓고 있다.

"엄마 보고 싶어?"

눈물을 닦기 위해 안경을 벗으며 내가 물었다.

"그럼, 당연하지. 아빤 정말로 일이 이렇게 되지 않기를 바랐어." 아빠가 뒤로 기대어 앉으며 까칠하게 자란 수염을 문질렀다. "하지만 지금은 엄마가 정말로 어떤 사람인지 잘 모르겠어. 나랑 결혼한 사라는 절대로 이런 일에 넘어갈 사람이 아니었는데. 하긴 내가 결혼한 그 사라는 결코 아이를 잃은 적이 없지. 그게 사람을 바꿔 놓은 거야."

난 사진첩을 넘겨 에든버러로 가족 휴가를 갔을 때 찍은 사진 페이지를 펼쳤다. 한 사진에서 플로라는 보라색 바람막이를 입고 카메라를 향해 혀를 내밀고 있다. 언니 목에는 나뭇잎 모양 펜던트에 'F' 자가 새겨진 목걸이가 걸려 있다. 언니가 죽기 얼마 전에 잃어버린 그 목걸이. 난 옷깃 밑에서 내 목걸이를 꺼내서 할머니에게 보여 주었다. 할머니는 미소를 짓더니, 그리기르의 신발을 찾아야 한다고 중얼거리며 식탁에서 일어났다. 그리기르 삼촌은 지금 던바에서 살지만, 아빠와 나는 할머니의 말을 정정해 주지 않았다. 의사들 말로는 할머니를 우리 세계로 강제로 데려오기보다는 할머니가 세상을 보는 방식을 인정해 주는 게 최선이라고 했다.

"세컨드 찬스가 놀라운 일을 해냈다는 건 인정할 수밖에 없을 것 같다." 할머니가 우리 말을 듣지 못할 정도로 멀어지자, 아빠가 말했다. "그 애는 정말로 플로라를 닮았더구나. 걷는 방식이나 손을 흔드는 모습까지… 정말로 내가 기억하는 그 애 모습 그대로였어."

"그런 게 플로라를 진짜 언니로 만들어. 그런 사소한 것들이."

아빠가 고개를 가로저었다.

"그런 건 전부 외적인 거야. 누구나 충분히 연습하면 그런 것들을 흉내 낼 수 있어. 그건 뭐랄까… 이런 사진을 복제하는 것과 비슷해." 아빠가 플로라의 사진을 가리켰다. "누군가 이 사진을 완벽하게 재현할 수 있겠지만, 플로라가 이 사진을 찍은 직후에 표지판에 머리를 부딪쳤던 일이나, 다음 날 슈퍼마켓에서 우나를 잃어버리는 바람에 온 식구가 겁에 질렸던 일은 알수 없어. 경험, 기억. 이런 게 우리를 진짜 우리로 만드는 거야."

스윈게임

"아빠 우나가 네 살 때 우리가 슈퍼마켓에서 우나를 잃어버렸던 일이 플로라의 성격을 영원히 바꿔 놓았다고 생각해?"

아빠가 쓴웃음을 지었다.

"그것 하나만으로는 아니지. 하지만 모든 게 합쳐지면."

"세컨드 찬스에서는 리터니의 기억이 일부 사라지는 건 정상이래, 우리 기억이 그런 것처럼. 어쨌든, 플로라의 성격은 대부분 데이터에 기반한 거야. 머도네 아빠는 그런 정보 기술 대기업들은 우리가 우리 자신에 대해 아는 것보다 우리에 대해 더 많이 알고 있을 거래."

아빠가 비꼬듯 대꾸했다.

"그들은 우리 정보를 많이 갖고 있긴 하지만 우리가 진짜 누군지는 몰라. 우리의 행동만 볼 수 있을 뿐 우리 내면은 알지 못하니까. 게다가 플로라는 고작 열다섯 살이었어. 그다음 5년, 10년이 지나면서 아주 많이 변했을 거야. 지금 버전의 플로라는 그런 걸 어떻게 할까?"

"이 문제에 대해 아빠와 난 서로 의견이 다르다는 점을 인정해야 할 것 같아." 난 이렇게 말을 끝냈다. 왜냐하면 아무리 해도 답을 알 수 없는 데다, 더 이상 그 문제를 이야기하고 싶지 않았다. 일이 이런 식으로 흘러갈 줄은 몰랐다. 내 예상대로라면 아빠는 결국 플로라를 만나고 집으로 돌아와야 했다. 난 모든 게 다시 정상으로 돌아올 줄 알았다.

"그래, 좋아." 아빠가 일어나서 내 이마에 입을 맞췄다. "하지만 상황이 바뀌거나 뭐든 네가 불편하게 느껴지면 아빠한테 얘기해 줘.”

난 고개를 끄덕였지만, 사진첩을 들여다볼수록 마음 한구석에서는 걱정이 점점 커졌다. 플로라를 진짜 플로라로 만드는데 필요한 인터뷰를 우리가 충분히 하지 않았는지도 모른다. 아니면 세컨드 찬스에서 뭔가 중요한 퍼즐 조각을 빠뜨렸는지도. 아주 작은 의심의 씨앗이 싹을 틔우기 시작했다. 요즘 들어 플로라가 우리와 너무 거리를 두고, 너무 비밀스럽게 군다. 내가 기억하는 플로라가 아닌 것 같다. 어쩌면 아빠 말이 맞을지도 몰라. 어쩌면 이 플로라는 실제로 언니가 아닐지도 몰라.

그런데 플로라가 언니가 아니라면, 이 플로라는 누구지?

4

그날 오후 축구 연습은 완전 엉망진창이었다. 아빠와의 대화가 계속 머릿속에서 윙윙거리는 바람에 집중력이 무너졌다. 진짜 쉬운 패스를 몇 개 놓쳤고 드리블 훈련을 할 때는 내 발에 내가 걸려 넘어지기까지 했다.

“정신 차려, 아일라!” 내가 레이첼에게 공을 뺏기고 득점 기회를 놓치자 릴리 코치가 소리쳤다. “집중해!”

훈련이 끝난 뒤 홀리는 남아서, 내가 끙끙대며 축구화 끈을 푸는 걸 기다려 주었다. 그런데 오늘은 신발 끈까지 말썽이었다. 홀리가 재킷 주머니에서 반쯤 먹다 남은 스키틀즈 봉지를 내밀었다.

"먹을래? 요 무지개색 캔디가 필요해 보이는 얼굴이야."

"고마워." 난 홀리가 보라색을 가장 좋아하는 것을 알기에 녹색 2개와 빨간색 2개를 집었다. "오늘은 형편없었어. 내가 너무 못했어."

"걱정 마. 누구나 안 되는 날이 있는 법이야." 홀리는 이렇게 말했지만, 홀리한테 그런 날이 있는 건 아직 본 적이 없다. 홀리는 언제나 축구를 잘하고 늘 명랑하다. "페리 타는 데까지 바래다줄까?"

우나가 아빠한테 오는 걸 그만둔 뒤로, 홀리가 항구까지 바래다주고 배가 도착할 때까지 같이 있어 준다. 가끔 티와나 레이첼이 우리와 함께 갈 때도 있지만 오늘은 우체국에 갈 일이 있는데 어쩌고 중얼거리더니, 홀리와 나만 남겨 두고 반대 방향으로 가 버렸다. 홀리는 재킷을 입고 등 뒤의 머리카락을 옷깃 밖으로 꺼냈다.

"릴리 코치는 우승에 진심인 것 같아, 그렇지?" 홀리가 좌우로 팔을 흔들고 걸으며 말했다. "아무래도 스포츠 영화를 너무 많이 본 것 같아. 코치의 넷플릭스 구독을 취소시켜야 할 것 같아."

내가 미소 지었다.

"우승 하면 좋지. 우리 언니는 수영팀이었는데, 메달을 엄청나게 많이 갖고 있어. 되게 질투 난다니까." 그러고는 난 재빨리 덧붙였다. "갖고 있는 게 아니라 갖고 '있었다'고, 내 말은."

홀리에게 언니 얘기를 한 건 처음이었다. 그리고 처음으로 실수를 했다. 홀리의 눈빛이 부드러워진 것을 보면, 팀원 중 누군가가 알려 준 게 분명하다. 상관없다. 누가 나 대신 미리 귀뜸해 놓으면, 사람들이 충격받고 어색해하는 것을 보지 않아도 되고, 또 죽은 언니에 대해 무슨 말을 해야 할지 몰라서 우물쭈물하는 것을 볼 필요가 없으니까 나로서는 다행이다.

"그래서 아까 기분이 안 좋았던 거야? 뭔가 너희 언니랑 관계있는 일이야?"

"아니, 그런 건 아니야." 난 내가 어디까지 말할 수 있을지 저울질하느라 잠시 머뭇거렸다. "아빠가 여기다가 집을 살까 생각 중이라고 해서… 내가 좀 충격을 받았나 봐. 아빠가 영영 돌아오지 않을 것 같아서."

최소한 홀리에게 진실의 일부는 말할 수 있었다. 홀리가 얼굴을 찡그리며 동정 어린 표정으로 말했다.

"저런, 진짜 속상하겠다. 넌 부모님 문제가 잘 해결되기만 기다리고 있었잖아."

"뭐, 어떤지 잘 알잖아."

홀리는 자기 엄마와 여동생 엘시 사진을 인터넷에 올리기는 했지만, 그에 관한 이야기는 별로 하지 않았다. 그 밖의 다른 건 모두 아주 개방적인 친구여서, 그 점이 항상 나한테는 조금 특이하게 느껴졌다.

"응, 하지만 부모님이 헤어졌을 때 난 네 살이었어." 홀리가 다시 스키틀즈를 권했다. "나한텐 일상이야. 넌 아직 적응 중이고."

아주 잠시 홀리에게 진실을 말하고 싶은 유혹을 느꼈다. 홀리를 알수록 나를 믿어 줄 거라는 생각이 더 많이 든다. 하지만 위험을 감수할 수는 없다. 플로라에 관한 소문이 퍼지면 이 프로젝트는 끝이다. 그렇게 되면 난 결코 나 자신을 용서할 수 없을 거다.

항구에 도착해 우리가 늘 앉는, 등받이에 수십 개의 이니셜이 패어 있는 계단 근처 벤치에 앉았다. 홀리가 내 쪽으로 몸을 돌려 손가락 3개를 펴 들었다.

"소원 게임이야. 넌 세 가지 소원을 빌 수 있어. 단, 소원은 현실적일 것. 더 많은 소원을 들어 달라는 소원이나 세계 평화는 빌 수 없어."

"넌 왜 세계 평화에 반대하는 건데?" 내가 웃으며 물었다.

"말할 필요도 없이 세계 평화는 누구나 원하는 거야! 괴물 같은 인간이 아니라면 말이지. 그리고 그런 인간들은 어떤 소원도 빌 자격이 없어."

난 주황색 사탕을 씹으며 심사숙고했다. 세컨드 찬스를 알기 전이었다면, 플로라 언니와의 하루를 소원으로 빌었을 것이다. 하루가 아니라 1시간, 아니 5분이라도…. 아무리 짧은 시간이라도 언니를 한 번만 봤으면. 이런 생각은 아무한테도 말할 수 없지만, 홀리라면 터놓을 수 있을 것 같다. 하지만 지금 그런 소원을 비는 건 정직하지 못하다. 플로라가 집에서, 아마도 잠옷 차림에 감자칩을 먹으면서 자신의 노트북을 스크롤하고 있을 걸 아니까.

"난 암 치료법을 빌래." 그 대신 난 이렇게 말했다. "모든 암에 다 듣는 약."

홀리가 근엄하게 고개를 끄덕였다.

"훌륭한 소원이야. 세계 평화와 상당히 비슷한 계열이긴 하지만, 어쨌든 좋아." 홀리는 손가락 하나를 접어 엄지손가락으로 눌렀다. "2개 남았어. 다음은?"

"음." 난 아랫입술을 두드렸다. "쉬이의 영원불멸을 빌어도 돼? 쉬이랑 영원히 함께하고 싶어."

"현실적이어야 한다니까! 불쌍한 지니 요정이 고양이가 죽지 않는 약을 어디서 구해 올 수 있겠니?" 홀리는 웃으며 보라색 머리끝을 감싸 쥐고 손가락으로 둥글게 말았다. "쉬이에겐 허용해 줄게. 그리되면 나도 결국 쉬이를 만날 수 있을 테니까."

조만간 그런 일이 일어날 가능성은 없다. 홀리가 우리 집에 온다면 플로라는 숨어 있어야 하는데, 플로라에게 밀항자처럼 자기 방에 갇혀 있으라고 하는 건 부당하다.

"언젠가는." 내가 모호하게 말했다. "어쩌면 오클리와 쉬이를 서로 소개해 줄 수도 있겠지."

"물론이지. 오클리는 놀랍게도 고양이를 좋아해."

그때 강한 돌풍이 바다를 가로질러 불어와 항구에 있는 배들이 들썩거리고 서로 부딪쳤다. 홀리가 몸을 떨며 내 쪽으로 아주 살짝 다가왔다. 1센티미터도 안 움직였지만, 난 홀리가 다가와 줘서 기뻤다.

"한 가지 더. 마지막 소원은 뭐야?"

내가 바라는 것은 홀리를 일주일에 한 번보다는 더 자주 만나는 거다. 내가 홀리를 좋아하는 이유는 아주 많다. 홀리가 뭔가 재미있는 걸 보았을 때 진짜 말 그대로 웃다가 쓰러지는 방식이나, 멍하니 딴생각에 빠져 있을 때 작은 소리로 시엠송을 흥얼거리는 모습… 그런 홀리를 매일 볼 수 있으면 좋겠다. 이런 생각을 떠올리고 있을 때 페리가 항구에 줄지어 서 있는 집들을 지나 모습을 드러냈다. 난 재빨리 일어나 배낭을 어깨 위로 당겼다.

"저기 배야." 내가 더듬거리듯 말했다. "가야겠네."

홀리가 벤치에서 나를 올려다보았다. 홀리 얼굴에는 내가 전에 본 적이 없는 표정이 떠올랐다. 홀리는 자기 재킷 깃에 꽂혀 있는 에나멜 핀 중 하나를 빙글빙글 돌렸다. 분홍색 초승달 모양의 핀이었다.

"내가 생각해 봤는데… 다음 주엔 학교 수업이 없으니까, 언제 우리 집에 놀러 오지 않을래?" 홀리가 묻는데, 뒷부분에선 말이 아주 빨라졌다. "마지막 페리는 몇 시야? 네가 괜찮으면 저녁까지 먹고 가. 너 채식주의자지? 우리 아빠한테 비건 파히타를 만들어 달라고 할게. 사실 최근에 아빠한테 채식 요리책이 새로 생겼는데 거기 푹 빠져 있거든. 혹시 그 책에 있는 것 중에서 뭔가 시도할 수도 있어."

나는 홀리가 긴장하면 말이 많아진다는 것을 그때 알았다.

"마지막 배는 8시야. 그리고 맞아, 나 채식주의자야." 내가 웃으며 대답했다. "비건 파히타 좋아. 디저트는 내가 만들어 갈 게. 금요일 어때?"

"좋았어." 홀리가 팔을 올렸고, 우린 세계 기록에 남을 만큼 어색한 하이파이브를 했다. "다음 주에 봐."

페리로 오르는 경사로에 발을 딛는 순간 후회가 밀려왔다. 홀리에게 그냥 좋아한다고 말할걸. 아니면 최소한 하이파이브 대신에 안아 줄걸. 아일라 너, 이상한 짓은 잘하더니….

해안을 돌아보았을 때, 홀리는 여전히 벤치 옆에 서 있었다. 홀리가 손을 흔들었다.

"잊지 마, 너 아직 소원 하나 남았어!"

내 웃음소리가 파도 소리 위로 울려 퍼졌다.

"넌 3개 다 남았잖아."

용의자

1

남은 주말은 더디 흘러갔지만, 마침내 월요일이 되었고 난 다시 사건 조사에 집중했다. 마침 10월 독립주간 연휴가 시작되어서 아디티와 머도에게 문자를 보내 나와 함께 핀리네 집에 갈 수 있는지 물었다. 아디티는 플로라와 코딩을 하느라 시간을 낼 수 없다고 했고, 머도는 좀 꺼리는 것 같았다. 난 머도에게 캐러멜 애플 케이크를 만들어 줄 테니 그냥 같이 가기만 하면 된다고 졸랐다. 점심을 먹고 나서 우린 자전거를 타고 핀리네 집으로 올라갔다. 그 집은 섬의 서쪽 절벽에 자리 잡은 크고 화려한 신축 건물로, 도착할 때쯤 우린 이미 녹초가 되었다.

머도는 초인종을 누르자마자 벽에 기대 쓰러졌다.

"이게 무슨 소용이 있을지 난 잘 모르겠어, 아일라." 머도가 숨을 헐떡이며 속삭였다. "난 핀리가 그랬다는 생각은 안 들어.

혹시 그렇다 해도, 핀리가 어떤 앤지 알잖아. 뭐든 자기한테 유리한 방식으로 둘러댈 거야."

엊저녁에 난 핀리에게 문자를 보내, 그가 몇 달 동안이나 부탁해 온 인터뷰를 할 준비가 되었다고 말했다. 내 계획은 이야기를 나누는 동안 내가 슬쩍 질문을 끼워 넣어 허를 찌르고, 핀리가 방심한 상태에서 진실을 털어놓도록 만드는 거였다. 하지만 머도 말이 맞다. 그러기에 핀리는 너무 영리하다. 내가 뭘묻든 간에, 핀리는 실제로 거짓말을 하지 않으면서 진실을 요리조리 피해 나갈 것이다. 핀리가 플로라를 위협하는 사람이라면, 확실한 증거를 찾아야 한다.

"그럼 단서를 찾아보자! 낙서에 사용한 페인트 같은 거 말이야, 어때?" 문득 나는 페인트 통이 교회 벽 아래에 놓여 있던게 생각났다. "아니면 그 문구를 인용한 책.《벌거벗은 태양》이었지, 아마."

머도는 남의 물건을 뒤져야 한다는 생각에 겁에 질려 멍한눈으로 날 쳐다보았다. 그러다 핀리가 현관문을 열자 간신히표정을 감추었다.

"아일라, 승낙해 줘서 정말 고마워." 핀리는 진짜 영화감독이라도 된 듯 아주 정중한 말투였다. 순간 우리와 악수까지 할것처럼 보였지만, 그러진 않고 안으로 들어오라는 몸짓을 했다. "너도 같이 올지는 몰랐어." 핀리가 머도를 보고 말했다.

"아, 음, 그게." 신발 끈을 푸는 머도의 얼굴이 붉어졌다. "심심해서, 따라와 볼까 했지."

8의지

"너도 인터뷰해도 될까? 영상이 좀 많이 필요하거든. 여태까지 우리 엄마랑 내 동생들밖에 못 했는데, 걔들은 대부분 장난치고 방귀 소리를 낸 게 다야."

"너희 엄마까지?"

내 물음에 핀리가 웃었다.

"아, 그럼. 엄마가 최악이었지!"

머도와 난 핀리를 따라 2층으로 올라갔는데, 길고 폭신한 타탄 체크무늬 카펫에 발이 파묻혔다. 전문가가 찍은 핀리 삼형제의 사진들이 옅은 청록색 벽에서 우리를 내려다보며 활짝 웃고 있었다. 핀리의 열두 번째 생일 파티 이후로 처음 왔지만, 핀리의 방을 금방 알아보았다. 방문에 '촬영 중 조용히!'라는 푯말이 붙어 있었다. 안으로 들어가자, 핀리는 컴퓨터 책상 쪽으로 가며 우리더러 침대에 앉으라는 몸짓을 했다.

"자 그럼, 어디서 찍을까?" 핀리가 자기 카메라로 손을 뻗으며 내게 물었다. 이번엔 핸드폰이 아니라 제대로 된 비디오 리코더다. "바람이 약간 불긴 하지만, 내 생각엔 해변으로 내려가는 길로 가면 거기…."

"저, 여기서 하면 안 돼?" 내가 재빨리 물었다. "밖은 되게 춥기도 하고 비가 올 것 같아서."

핀리가 목을 길게 빼고, 창문 밖 어두운 회색 구름이 머물러 있는 언덕 위를 바라보았다. 핀리는 목덜미를 문지르며 한숨을 쉬었다.

"카메라를 보고 말하는 건 여기서 찍고, 나중에 날이 개면

밖에서 몇 장면 촬영하는 걸로 해야겠네. 조명 좀 설치할게."

핀리는 수납장으로 가서 링 조명을 꺼내 왔다. 그건 사람들이 동영상을 찍을 때 사용하는 조명으로, 세콘에서 광고를 본 적이 있다. 핀리가 조명을 설치하는 동안 난 방을 둘러보았다. 방이 얼마나 깔끔한지, 우리 세 자매의 방보다 훨씬 깨끗해서 깜짝 놀랐다. 그걸 보니 조금 걱정스러워졌다. 핀리가 이렇게 정리 정돈을 잘한다면, 여기에는 아무 단서도 남아 있지 않을 가능성이 크다.

"그래, 무엇 때문에 마음을 바꾸게 된 거야?"

핀리는 책상 옆 콘센트에 링 조명의 플러그를 꽂고 스위치를 켰다. 방 안에 쏟아지는 밝은 조명 때문에 머도와 난 둘 다 움찔하며 눈을 가렸다.

"인터뷰 말이야?" 난 두 손으로 눈앞을 가린 채 살짝 내다봤다. "그게, 네 말이 맞았어. 우린 아주 기묘한 일을 겪고 있잖아. 이 이야기를 들려줄 수 있는 건 이곳 사람들밖에 없어. 어떻게 하면 리터니가 우리 사회에 잘 통합될 수 있을지, 그 방법을 안다면 장차 다른 사람들에게도 도움이 되겠지."

"바로 그거야!" 핀리가 고개를 끄덕였다. "이 프로젝트의 기술적인 측면은 정말 흥미롭지. 하지만 난 여기 사는 사람들에게는 그게 어땠는지 이야기하고 싶은 거야."

핀리는 삼각대 위에 카메라를 설치하고, 나에게 몇 군데 다른 자리에 앉아 보라고 하면서 조명을 맞추었다. 드디어 핀리는 나를 창가에 앉히고, 책상 의자를 끌고 와 내 앞에 앉았다.

"처음부터 시작해 봅시다." 카메라가 돌아가자, 핀리가 말했다. "세컨드 찬스에 대해 처음 들었을 때 얘기를 해 주세요."

나는 세콘에서 본 지지 그룹 광고에서부터 시작해 어떻게 그게 엄마를 홈커밍 프로젝트로 이끌었는지 이야기했지만, 내가 엄마 대신 신청한 사실은 뺐다. 그 일을 한 사람이 나라는 건 아직 가족들에게도 말하지 않았다. 내가 초기에는 이 프로젝트를 몹시 불안해했다는 걸 인정하려니 기분이 이상했다. 그 모든 게 이제는 아주 오래전 일이다. 돌이켜 보니, 플로라가 돌아온 게 꿈만 같다. 이야기가 플로라가 배에서 내리던 날에 이르렀을 때, 방문이 벌컥 열렸다. 핀리의 막냇동생 로리가 화난 얼굴로 쿵쾅거리며 들어왔다.

"로리! 나가!" 핀리가 벌떡 일어서며 소리쳤다. "촬영 중이야!"

"아담이 자기 게임기를 못 갖고 놀게 하잖아." 로리가 칭얼거렸다. "형 걸로 해도 돼?"

핀리가 이를 악물었다. 핀리가 자기 동생들이랑 과자나 노트북을 두고 본격 레슬링 시합을 벌이는 걸 보아 왔는데, 지금 핀리는 전문가 모드다. 그는 나와 머도에게 사과하고 일어서서 로리의 팔을 붙들고 방 밖으로 끌고 갔다. 문이 닫히자마자 복도에서 고함이 들려왔다.

그 순간 난 자리에서 벌떡 일어나 책상으로 다가갔다.

"넌 옷장을 확인해 봐." 내가 머도에게 속삭였다. "빨리!"

"아일라! 핀리의 물건에 손대면 안 돼!"

말은 이렇게 했지만, 머도는 살금살금 옷장으로 걸어가서 조심스럽게 옷장 문을 열었다. 난 책상 위를 훑어보고 서랍을 뒤졌다. 서랍 안에는 문구류와 워해머 게임 피규어, 반쯤 남은 껌 한 통밖에 없었다. 머도는 '옛날 물건'이라는 표딱지가 붙어 있는 상자 하나를 조심스럽게 끄집어내며, 여전히 이러면 안 된다고 중얼거리고 고개를 가로저었다. 책상을 끝내고 나서 난 침대 밑을 살펴보았다. 침대 밑에는 여행 가방만 2개 있었는데, 흔들어 보니 빈 가방 소리가 났다.

"뭐 하는 거야?"

머도와 난 그대로 얼어붙었다. 핀리는 문간에 서서 우리를 보고 있었다. 고개를 숙여 상자를 들여다보는 머도, 두 손을 침대 밑으로 뻗은 채 엉덩이를 들고 바닥에 엎드린 나. 이런 상황을 벗어날 만한 그 어떤 변명거리도 생각나지 않았다.

머도가 얌전히 상자를 한쪽으로 밀었고, 난 일어서서 핀리를 마주 보았다. 이제 단도직입적으로 묻는 수밖에 다른 방법이 없다.

"교회 벽에 그 문구를 쓴 사람이 너야?"

핀리가 얼굴을 찌푸렸다.

"왜 그걸 물어보는 건데?"

"우리가 그걸 발견했을 때 네가 바로 거기 있었잖아. 좀 공교롭지 않아?" 내가 핀리에게로 한발 다가갔다. "게다가 누군가가 섬을 돌아다니며 플로라를 향해 소름 끼치는 메시지를 남긴다면 네 다큐멘터리는 한층 흥미진진해질 테고…."

일시 정지. 아주 짧은 순간, 난 그를 잡았다고 생각했다. 하지만 핀리가 고개를 흔들며 웃음을 터뜨렸다.

"뭐? 아일라, 그런 바보 같은 말이 어딨어!" 핀리는 컴퓨터 책상으로 가서 앉았다. "사실 좋은 아이디어이긴 하지만, 아니, 난 아니야. 난 그날 학교에 자전거를 타고 일찍 갔던 것뿐이야. 엄마랑 싸워서 엄마 차를 타고 싶지 않았거든. 너희들이 거기 있을 때 내가 도착한 건 오로지 운이 좋았을 뿐이라고."

"네 말을 믿을 수 없어." 난 손이 떨려서 두 손으로 허리를 짚었다. "넌 다큐멘터리 생각밖에 안 하잖아. 몇 달 동안 내내 그 이야기만 했어."

"그래서 뭐?" 핀리가 눈을 부라렸다. "내가 수백 번도 더 말했잖아, 플로라에 관한 건 공개되기 전까지는 아무것도 올리지 않겠다고. 내가 그 조항을 어기면 모두가 받은 돈을 토해 내야 해. 온 섬이 날 가만두지 않을 거야."

"그 정도 돈이야 언론들이 독점권을 사기 위해 너한테 지급할 금액과 비교하면 아무것도 아니지. 아니면 팔로워가 수백만 명이 됐을 때 네 채널에 붙을 광고도 있잖아."

"돈 때문에 이러는 게 아니야. 난 그냥 좋은 작품을 만들고 싶을 뿐이야. 사람들에게 생각할 거리를 주는 작품. 이 프로젝트 말고, 내가 무슨 다큐멘터리를 찍어야 할까?" 핀리는 창밖으로 보이는 평화로운 바다와 끝없이 펼쳐진 옅은 회색빛 하늘을 가리켰다. "우린 이 우주에서 가장 심심한 곳에 살고 있어. 그런데 드디어 이곳에서 흥미로운 일이 일어났고, 난 아무한테도 그 얘기를 할 수 없어. 그게 얼마나 답답한 일인지 아니?"

"아, 너한테 그런 불편을 끼쳐서 정말 미안해, 핀리. 인생에 단 한 번 네가 원하는 걸 못 하게 됐다니, 참 안됐네."

머도가 내 팔에 손을 얹었다.

"아일라, 그만해. 네가 이러는 건 온당치 않아."

핀리는 침을 삼키더니, 크게 뜬 갈색 눈을 세 번 깜빡였다. 그는… 상처받은 것 같았다. 죄책감이 목덜미를 간지럽혔다. 난 자리에 앉아서 깊게 숨을 내뱉었다.

"미안해. 교회 일 때문만은 아니야. 누가 우리 집 앞에 부서진 모니터를 두고 갔고, 그다음엔 플로라의 가방에서 편지 봉투를 발견했어."

난 핸드폰의 사진을 보여 주고, 가방에서 수첩을 꺼냈다. 내가 지금까지 알아본 걸 이야기하는 동안 핀리는 수첩의 이름들을 뚫어지게 바라보았다.

"같은 사람이 이 모든 일을 했다면, 우리 반의 누군가일 거야." 머도가 말했다. "플로라의 가방에 접근할 수 있는 건 우리 반 애들뿐이니까."

핀리는 생각에 잠겨 자신의 곱슬머리를 손가락으로 쓸어내렸다.

"꼭 그럴까? 플로라는 최근에 아디티네 집에 자주 놀러 가잖아. 맞지? 가끔 학교에서 곧장 그리로 갈 때도 있잖아?"

"뭐 그렇긴 해, 하지만 아디티는 확실히 아니야." 내가 눈살을 찌푸리며 말했다. "아디티는 이런 식으로 프로젝트를 위태

용의자

롭게 할 일은 절대 안 해."

"아디티 말고." 핀리가 머리를 가로저었다. "다른 사람."

핀리는 책상에서 볼펜을 집어 들고 자기 이름에 줄을 그은 다음, 여섯째 이름을 명단에 추가했다. 교회에서 1분도 안 떨어진 곳에서 일하는 사람, 그리고 몇 달 동안 플로라 앞에서 이상하게 행동한 사람의 이름이었다.

수레시

2

"수레시 오빠가 왜 그런 짓을 해?" 내가 물었다. "오빠는 플로라의 친구인데, 가장 친한 친구."

핀리가 자기 노트북을 끌어당겨 '동영상 모음' 폴더를 클릭해 비디오를 재생했다. 교회 벽에 쓰인 네 단어가 화면에 어슴푸레 나타났다. 핀리에게 이걸 찍으면 안 된다고 말하는 내 목소리가 들리고 핀리가 반박하는 소리가 이어졌다. 핀리가 영상을 멈추더니 화면을 가리켰다.

"이걸 봐."

처음엔 그게 뭔지 알아볼 수가 없었다. 핀리가 그 부분을 확대했다. 수레시가 프레임 맨 왼쪽, 자기 차 옆에 서 있었다. 이미지가 흐릿하긴 했지만, 수레시는 분명히 우리 쪽을 바라보고 있었다. 모든 걸 보고 들으면서.

"수레시는 내내 우릴 지켜보면서도, 다가와서 무슨 일인지 물어보거나 플로라가 괜찮은지 확인하지 않았어. 의심스럽다는 생각 안 들어? 네가 말한 것처럼 플로라의 절친인데."

"출근 시간에 늦으면 안 되니까 그랬겠지." 머도가 어깨를 으쓱했다. "게다가 플로라 누나와 수레시 형 사이가 좀 어색했잖아. 안 그래? 어쩌면 더 이상 그렇게 친한 건 아닌지도 몰라."

하지만 내가 보기엔, 모든 게 맞아떨어지기 시작했다. 플로라는 우리가 처음으로 아디티와 수레시네 집에 갔을 때 그 배낭을 가져갔다. 플로라가 니르자 아줌마를 위해 준비한 꽃을 그 가방에 넣어서 가져갔기 때문에 기억하고 있다. 플로라와 수레시는 그날 거의 오후 내내 둘이서만 있었는데, 언니 말로는 수레시의 행동이 이상했다고 했다. 플로라가 딴 데 정신이 팔려 있는 동안 수레시가 언니 가방에 그 편지 봉투를 몰래 집어넣었을지도 모른다. 그 가방은 온갖 잡동사니가 잔뜩 들어 있어서 언니는 몇 년이 지나도 전혀 알아채지 못했을 것이다. 수레시는 우체국에 아주 일찍 출근하니까 아무한테도 들키지 않고 교회 벽에 그 문구를 쓸 수 있지 않았을까. 왜 이 생각을 못했지?

난 수첩을 가방에 집어넣으며 문으로 갔다.

"고마워, 핀리."

"잠깐만!" 핀리가 내 뒤를 따라 방에서 뛰쳐나왔다. "인터뷰는 어쩌고?"

"다음에 할게, 약속해!"

용의자

머도가 재킷에 팔을 꿰면서 서둘러 계단을 내려와 현관문을 나왔다. "미안해, 핀리!"

난 자전거를 잡아타고 최고 속도로 마을 쪽으로 달렸다. 머도가 바로 뒤따라왔다. 창문으로 작은 우체국을 들여다보니, 아디티의 아빠가 책상에 앉아서, 카운터 위로 봉투를 건네는 지니 매카이 아줌마와 이야기를 나누고 있었다. 수레시의 흔적은 없었다.

"잠깐 쉬러 나간 거 아닐까?"

머도의 말에 우린 10분쯤 기다렸지만, 수레시는 나타나지 않았다. 실망감 때문인지 마음이 쓰라렸다. 내 수사의 다음 단계는 기다림일 것 같다.

3

집에 와 보니 아디티의 자전거가 현관문 옆에 누워 있었다. 아디티는 자기 오빠가 어딨는지 알지 않을까 하는 생각에 난 재킷과 신발을 벗고 서둘러 2층으로 올라갔다. 언니 방으로 뛰어들려는 순간, 무언가가 나를 멈춰 세웠다. 닫힌 문 안에서는 판도라 21의 음악이 흐르고 플로라가 노래를 따라 부르고 있었다. 따라 부른다는 것은 보통, 영어로 된 가사는 부르고 한국어 가사는 허밍으로 흥얼거리는 걸 의미하지만, 지금 플로라는 모든 가사를 또박또박 다 불렀다. 한국어 발음이 맞는지는 잘 모르겠지만.

난 노크를 하고 방문을 열었다. 플로라가 화들짝 놀라며 노트북을 탁 닫아 음악을 껐다. 플로라와 아디티는 둘 다 뭔가 해선 안 될 일을 하다 들킨 것 같은 표정이었다.

"어떻게 한 거야?"

내가 플로라에게 물었다. 죄지은 듯한 표정 위로 순식간에 어리둥절한 얼굴이 나타났다. 언니는 늘 거짓말이 서툴렀는데, 이번은 놀랄 정도로 그럴듯했다.

"뭐가?"

"한국어 가사를 따라 부르고 있었잖아. 어떻게 했어?"

"무슨 말이야?" 플로라가 아디티를 힐끗 쳐다보았는데, 아디티는 갑자기 자기 타이츠의 무늬에 관심이 생긴 척했다. "그냥 가사를 찾아보고, 어떻게 발음하는지 배웠어."

물론 사실일 수도 있지만, 난 아니라고 확신한다. 처음 판도라 21을 알게 되었을 때 언니는 그 밴드의 노래를 몇 곡 외워보려고 무진장 애를 썼지만, 결코 한국어 발음을 머릿속에 집어넣지 못했다. 지금 언니는 감정을 느끼면서 노래를 불렀다. 마치 가사 한 단어 한 단어의 의미를 잘 아는 것처럼.

"못 믿겠어. 어떻게 그렇게 한 거냐고?"

플로라와 아디티가 서로 쳐다보았다. 마치 무슨 비밀스러운 코드로 의사소통하는 것 같았다. 난 그게 너무 거슬려서 끈질기게 묻고 또 물었다. 결국 플로라가 견디지 못하고 노트북을 열었다. 화면에는 검은색 바탕에 여러 가지 색으로 쓰인 텍스트가 수십 줄 나와 있는데, 나로서는 전혀 이해할 수 없는 코드가 끝없이 이어졌다.

"봐, 겁먹지 말고, 알았지? 이건 그냥… 아디티가 내 프로그램을 수정할 수 있게 도와준 거야. 내가 좀 더 빨리 배울 수 있도록."

"언니가 뭘 한다고?" 난 플로라에게서 아디티에게로 시선을 돌렸다. 두 사람 다 입술을 씰룩거리는 게, 웃음을 참으려고 애쓰는 것 같았다. "그래도 돼?"

아디티는 그 질문을 피했다.

"그렇게 어려운 건 아니야. 우린 플로라의 학습 방식을 약간 조정했고, 여러 언어 소프트웨어를 다운받았는데 그래서 이제…."

"그래서 이제 언니가 한국어를 할 수 있게 됐다고? 그냥 그렇게?"

"그런 건 아니야. 그보다는 온라인에 있는 정보에 내가 접근할 수 있다는 뜻이야. 원어민처럼 말의 뉘앙스나 문화적 배경을 전부 이해하지는 못해." 플로라가 아주 겸손하게 어깨를 으쓱했다. "게다가 완전히 자동적인 것도 아니었어. 1시간 반 정도 걸렸으니까."

"1시간 반 만에 한 언어를 통째로?" 내가 피식하고 웃음을 터뜨렸다. "언니, 그건 말이 안 돼."

플로라는 웃으며, 적어도 내게는 유창한 한국어처럼 들리는 말로 대답했다. 아디티가 손뼉을 치고 웃었다. 나는 몸을 앞으로 기울여 컴퓨터 화면에 떠 있는 엄청난 텍스트 덩어리를 유심히 살펴보았다. 나한텐 그 자체가 외국어였다.

"어떻게 한 거야?" 내가 아디티에게 물었다. "처음에 어디서부터 시작하면 되는지 도대체 어떻게 알았어?"

아디티와 플로라가 다시, 우린 알지 하는 표정으로 서로 쳐다보았고 난 아까보다 더 짜증스러워졌다. 유치할지 모르지만 아디티와 친구가 된 건 내가 먼저다. 아디티와 플로라가 나한테 비밀을 숨기고 있다는 게 마음에 들지 않았다.

"뭔데?" 내가 플로라의 소매를 잡아당기며 물었다. "얼른 말해 봐."

"좋아, 하지만 다른 사람한테 절대 말하면 안 돼. 특히 엄마한테는." 플로라는 내가 고개를 끄덕일 때까지 기다렸다가 설명을 시작했다. "나한테 있는 모든 능력에 다 접근하지 못하도록 막아 놓은 코드가 있었는데, 그 코드를 풀 수 있게 도와줄 사람들을 온라인에서 찾아냈어. 그런 다음 우린…."

"잠깐만." 내 심장이 멎는 듯했다. "다른 사람한테 프로젝트 얘기를 한 거야?"

"당연히 아니지!" 아디티가 고개를 흔들었다. "그 부분은 진짜 아주 모호한 상태를 지켰어."

"우린 그냥 장난을 좀 친 거야." 플로라가 어깨를 으쓱했다. "별거 아니야."

이런 식으로 겸손하게 나오는 건 언니답지 않다. 플로라는 좀 잘난 척하는 편이었다. 언니는 자기 수영 기록이나 세콘 영상 조회 수가 얼마나 되는지를 늘 자랑하곤 했다. 이런 기술을 그토록 빨리 습득한 건 대단한 일이다. 비록 플로라가 기술적으로는 기계라 하더라도 말이다. 스티븐에게 라인댄스를 가르치던 것을 생각하면 비약적인 발전이다.

"또 뭘 할 수 있어?"

태연한 척하지만, 플로라의 눈빛이 흥분으로 반짝였다. 플로라는 책상 의자를 이리저리 빙글빙글 돌렸다.

"우린 내 계산 능력도 다시 활성화했어. 계산 문제 좀 내 봐, 진짜 어려운 걸로. 네 핸드폰에 입력하면서."

난 계산기 앱을 열어 숫자를 눌렀다.

"1769.5 곱하기 66.9 나누기 144.2."

문제가 끝나자마자 플로라가 대답했다.

"820.94, 소수점 셋째 자리에서 반올림해서." 플로라가 몸을 앞뒤로 흔들면서 웃었다. "어려운 문제를 내라니까."

핸드폰 화면을 내려다보는데 입이 마른다. 예전 플로라라면 6 곱하기 8도 그 정도로 빨리 대답하진 못했을 거다. 난 내가 생각해 낼 수 있는 가장 복잡한 계산 문제를 포함해 수학 문제를 몇 개 더 냈고, 플로라는 모든 문제를 다 맞혔다. 기분이 묘했지만 약간 흥분되기도 했다. 플로라가 습득할 수 있는 게 너무 많다. 원하기만 하면 5분 안에 피아노를 배우거나 전기 회로를 바꾸거나 챔피언급 체스 시합에 나갈 수도 있을 거다.

"또 뭘 할 수 있어?"

언니 침대에서 방방 뛰면서 내가 물었다.

플로라가 터치패드를 클릭해 다른 창을 열었다.

"좋아, 이건 상당히 나쁜 짓이긴 하지만, 내 친구들하고 접촉하면 안 된다는 규칙을 우회할 수 있게 됐어. 이것 봐."

내가 보고 있는 게 뭔지 알아차리는 데 잠깐 시간이 걸렸다. '블루 아일랜드 수영 선수들'이라는 이름의 단체 채팅방이었다. 화면에는 엘런 코름 수영 클럽을 다닌 플로라의 옛 친구들이 주고받은 문자가 줄줄이 올라왔다. 내가 보고 있는 동안에도 작은 새끼 고양이가 거울에 머리를 부딪히는 이모티콘이 나타났다.

"이 사람들 핸드폰을 해킹한 거야? 이건 스파이 짓이야!"

"이건 다 플로라가 한 거야. 난 아무 상관없다고."

아디티가 항복하듯 양손을 들어 올렸다.

"그냥 내 친구들 단체 채팅방에 접속만 한 거야! 얘들이 자기 남자친구한테 보낸 문자를 뒤져 보거나 뭐 그러는 건 아니야." 플로라는 대화창을 거슬러 올라가 여러 가지 케이크 사진이 올라와 있는 데서 멈췄다. "이것 봐, 얘들이 내 생일날 전부 케이크를 하나씩 올렸어. 지금은 다들 흩어져 있는데도. 귀엽지?"

이게 플로라가 찾고 있던 것이었다. 자신이 잊히지 않았다는 증거. 왜 플로라가 이걸 원하는지 안다. 하지만 옳지 않은 일이다.

"이러는 거… 잘못이라는 생각 안 들어? 이 사람들은 언니가 본다는 걸 몰라. 이 사람들이 알면 기분이 어떻겠어?"

용이자

"글쎄, 얘들은 내가 존재하는지조차 모르니까, 내가 본다는 사실은 절대 알 수 없어." 플로라의 얼굴에서 웃음기가 사라졌다. "제발, 아일라. 난 근본적으로 세상과 단절되어 있어. 심지어 세콘 계정도 쓸 수 없어. 친구들이 어떻게 지내는지 보고 싶어 한다고 날 비난할 순 없어."

난 목청을 가다듬었다.

"수레시 오빠는 안 만났어?"

"거의 못 봤어. 어제 내가 집으로 찾아갔는데, 날 피해서 말 그대로 창문 밖으로 뛰어내렸다니까."

아디티의 눈이 휘둥그레졌다.

"과장하지 마. 일단 오빠는 현관문으로 나갔고, 또 페리 시간에 늦어서 서둘렀던 거야. 언니랑은 상관없는 일이야."

"어딜 간 건데?"

난 무심코 물어보는 것처럼 보이도록 노력했다.

"글래스고. 아빠가 일주일 휴가를 주셔서 한동안 사촌 집에 가 있을 거야."

그러니까, 수레시는 지금 섬에 없다. 이는 내 임무가 또다시 지연된다는 뜻이지만, 적어도 그가 돌아왔을 때 뭐라고 물어볼지 준비할 시간은 번 셈이다.

플로라는 몇 달 동안의 채팅과 사진, 링크를 계속 스크롤했다. 언니가 그렇게 엿보는 게 마음에 들진 않았지만, 한동안 축 처져서 짜증만 부리다가 다시 웃음을 보여 주니 좋았다. 동시에 마음 한구석에서는 섬사람들이 플로라의 이런 능력을 알게 되면 뭐라고 할지 궁금했다.

"어쨌든, 걸리진 마, 알았지?" 내가 플로라의 옆구리를 손가락으로 쿡 찔렀다. 언니가 웃으며 내 손을 막아 냈다. "세컨드 찬스에는 세계적으로 뛰어난 컴퓨터 엔지니어들이 있을 거잖아. 언니가 그들을 이길 수 있을 거라고 믿지는 않아."

4

다음 며칠 동안 플로라는 더 많은 기능을 습득했다. 엄마의 오래된 기타를 꺼내 와 기타 치는 법을 배우고, 판도라 21의 가장 어려운 춤을 몇 분 만에 외웠다. 독일어를 포함해 10개가 넘는 언어를 다운로드하더니, 연휴 뒤에 제출해야 하는 내 독일어 숙제를 도와주기까지 했다. 모든 게 데이터라는 건 알지만 난 아직 '데어 훈트, 디 훈트, 다스 훈트'가 헷갈리는데, 플로라가 어느 날 아침나절에 독일어를 완벽하게 습득했을 땐 약이 올랐다.

"개(Hund)는 남성이니까 주격에서는 '데어(der)'를 쓰지만, 직접목적격은 '덴(den)', 간접목적격은 '뎀(dem)', 소유격에서는 '데스(des)'를 써." 플로라가 설명했다. 우린 내 방에 있었는데, 문이 닫혀 있어서 엄마한테 들리지는 않았다. "사실 진짜 쉬워."

난 눈을 흘기며 두 발로 벽을 찼다.

"진짜 짜증 나."

"짜증이 난다면 독일어로 네르비히(nervig)라고 하면 돼." 플로라가 히죽거렸다. 그러더니 갑자기 무감정한 목소리로 변했다. "오늘이 그날입니다. 알래스카 주노까지는 천 킬로미터입니다. 떠오르는 물병자리와 함께하는 처녀자리."

또다시 언어 오류가 나타났다. 기술자들이 다 고쳤다고 생각했는데… 이번엔 플로라가 고개를 들자, 눈이 새빨갛게 빛나고 있었다. 나는 급히 뒤로 물러나다가 침대 위 선반에 머리를 찧고 말았다.

"앗! 뭐야?"

"뭐야라니, 뭐가?"

플로라가 자신의 이마를 문질렀다. 언니 눈은 다시 나와 같은 회청색으로 돌아왔다.

"눈이 빠, 빨간색으로 변했어."

내가 말을 더듬거렸다. 너무 순간이어서, 내 눈꺼풀에 남아 있는 빛의 잔상만 아니었다면 난 그게 내 상상이라고 생각했을 거다.

"정말? 아." 플로라가 눈을 몇 번 더 깜빡였다. "내 생각엔 기술적인 문제가 생겼을 때 그러는 것 같아."

"무슨 기술적인 문제? 마리사에게 전화할까? 엄마 불러올게."

매뉴얼 내용 중 리터니가 바이러스에 걸리거나 더 심한 경우 해킹을 당했을 때 어떻게 해야 하는지 다룬 장이 있다. 하지만 지금은 한 마디도 생각나지 않는다. 침대에서 내려서려고 하는데 플로라가 뒤에서 내 손목을 잡아당겼다.

"안 돼! 아무것도 아냐, 아일라, 정말로. 괜히 엄마를 걱정시킬 필요 없어."

천천히, 나는 플로라에게 잡힌 손목을 빼냈다.

"언니가 설정을 함부로 건드려서 그렇게 된 거야? 언니가 뭔가 망가뜨렸으면 어떡해?"

걱정에 약간의 분노가 더해졌다. 플로라는 이런 식으로 규칙을 어겨서는 안 된다. 아디티가 그냥 내버려 둔 것도 잘못이다. 아디티가 코딩 천재인지는 모르지만, 이건 그 애의 능력을 훨씬 넘어선다.

"망가뜨린 거 없어!" 플로라가 눈을 비비고 일어섰다. "엄마한텐 말하지 마, 알았지? 내가 해결할게."

5

정기 점검 때 당연히 기술자들이 플로라가 가진 오류를 잡아낼 줄 알았는데, 다음 날 저녁에 마리사는 전혀 아무런 언급도 하지 않았다. 아슬아슬한 실수가 아주 잦았음에도, 아직은 엄마조차 무슨 일이 벌어지고 있는지 알지 못했다. 언젠가 플로라가 아주 복잡한 기타 리프를 연주할 때 엄마가 현관에 들어선 적도 있었고, 플로라가 인도의 모든 행정구역을 알파벳 역순으로 암송하며 뽐내는 사이 엄마가 부엌에 들어온 적도 있었다. 그럴 때마다 난 신경이 곤두섰지만 플로라는 그게 문제라는 걸 아예 인식도 못 하는 것 같았다.

연휴 내내 난 섬에서 벗어나 홀리네 집에 놀러 갈 금요일 오후를 기다렸다. 아침에 눈을 떴을 때부터 마음이 무척 설레었다. 반은 흥분해서, 반은 너무 초조해서 아침을 거의 먹을 수 없었다. 나는 홀리네 집에 가져갈 디저트로 나름 알아주는 나의 3단 초콜릿 브라우니를 만들 생각이었는데, 이를 닦다가 더 좋은 생각이 났다. 바로 홀리가 좋아한다고 말했던 '드림 링'이었다. 인터넷을 찾아보고 특대형 드림 링을 만들기로 했다. 도넛을 큰 접시만 하게 만들어서, 속에는 크림을 잔뜩 넣고, 위에는 하얀 설탕 아이싱을 듬뿍 얹었다. 진짜 드림 링과 얼마나 비슷한지는 잘 모르겠지만, 홀리가 보면 좋아할 것이다.

난 케이크 통을 자전거 바구니에 균형을 잘 잡아서 얹고 마을로 내려가, 항구에 자전거를 놔두고 페리를 탔다. 오늘 뱃길은 잔잔한 데도 어쩐지 가는 내내 배 속이 울렁거렸다. 어지럽게 빙빙 도는 마음을 가라앉히기 위해 케이크 통을 꽉 붙들었다. 배가 도착했을 때 엘런 코름 항구에서는 홀리가 날 기다리고 있었다. 오클리도 함께였는데, 오클리는 홀리에게 목줄이 잡힌 채 비둘기를 뒤쫓아 가려고 버둥거렸다.

"오클리!" 개가 나에게 뛰어오르려 하는 바람에 나는 케이크 통을 머리 위로 올리며 웃었다. "네 사진을 정말 많이 봐서, 연예인을 만난 기분이야."

"이거 봐, 오클리가 너한테 사인까지 해 줬네." 홀리가 내 스웨터에 찍힌 발자국을 가리키며 웃었다. "와, 뭘 만들어 온 거야?"

"저, 내가 제대로 했는지는 모르겠지만…." 나는 케이크 통 뚜껑을 열었다. "내 방식으로 만든 드림 링이야."

홀리가 손뼉을 치며 비명을 질렀다.

"아일라, 내가 본 것 중에서 최고야!"

홀리는 집으로 가는 내내 뚜껑을 열고 드림 링을 들여다보았다. 홀리네 가족은 엘런 코름의 엽서에 늘 등장하는 밝은 색깔의 집이 줄지어 있는 지역에 살고 있는데, 커스티 고모 집에서 그리 멀지 않았다. 우리가 도착했을 때 홀리 아빠는 뜰에 나와 있었는데, 핸드폰으로 라디오를 켜 둔 채 텃밭에서 무릎을 꿇고 일하고 있었다.

"안녕, 얘들아." 홀리 아빠는 일어나서 흙이 잔뜩 붙은 당근 다발을 우리에게 흔들었다. "네가 그 유명한 아일라구나. 섬 전체에서 최고의 축구 선수라고 그러던데."

"더 말할 것도 없다니까, 아빠. 여기 12명쯤 있는데…." 홀리는 오클리의 목줄을 풀어 주었다. "근데 얘는 진짜진짜 잘해."

"그렇다면 넌 청소는 잘 못 하겠구나, 스위퍼(sweeper, 후방 수비수. 원래는 청소부라는 뜻이다. - 옮긴이)가 아니니까?" 홀리 아빠는 한쪽 다리를 뒤로 빼더니 구스베리 덤불을 걷어찼다. "넌 진정한 메시(유명한 공격수의 이름과 'messy(지저분한)'의 발음이 같

8의지

다. -옮긴이)니까."

홀리가 눈을 흘겼다.

"이런, 아빠. 너무 아재 개그야."

내가 웃었다.

"거의 우리 아빠 수준인데요."

홀리 아빠가 껄껄대며 우리에게 당근을 던지는 시늉을 했다. 오클리는 슬그머니 텃밭의 채소 냄새를 맡으러 갔고, 난 홀리를 따라 집 안으로 들어가 부엌으로 갔다. 홀리는 찬장에서 접시 2개를 꺼내 우리 각자의 몫으로 드림 링을 큼직하게 잘라서 하나씩 담고 거실로 들고 갔다. 아늑한 분위기의 거실에는 커다란 벽난로와 오래된 붉은색 소파, 그리고 텔레비전과 그 옆으로 비디오게임이 잔뜩 쌓여 있었다.

"게임 할래? 오빠들은 캠핑 가서 내일까지는 안 올 거야." 홀리가 어떤 워게임에 붙어 있는 '홀리는 손대지 말 것!!'이라고 적힌 포스트잇을 떼어 내며 말했다. "이거 먼저 먹는 게 낫겠지. 이걸 맛보기 전까지는 게임에 집중 못 할 것 같아."

홀리가 드림 링을 한 입 베어 물고 코를 찡긋하며 활짝 웃었다. 홀리는 행복할 때면 항상 이렇게 코를 찡그린다.

"원래 드림 링이랑 얼마나 비슷해?"

"더 달아야 해."

홀리의 답변에 난 깜짝 놀랐다. 내 기준으론 어마어마한 양의 설탕을 부어 만들었기 때문이다.

"하지만 정말 맛있어! 약간 향수를 불러일으킬 정도로."

홀리의 말에 나도 내 몫의 드림 링 조각을 한 입 베어 먹었다.

"엄마랑 여동생이 그립겠다."

"응, 그립지. 주말마다 보러 가다가 한 달쯤마다 만나니까, 처음엔 이상했지만 금방 적응했어." 홀리가 자세를 바꿀 때마다 홀리의 청바지가 카펫에 쓸리는 소리가 났다. "다음 주 수요일 내 생일에 온다고 했었는데, 엄마가 취소했어. 무슨 컨퍼런스 때문에."

"저런, 속상하겠다."

내가 입에 묻은 크림을 닦아 내며 말했다.

홀리가 고개를 가로저었다.

"괜찮아. 엄마가 벌써 새 신발이랑 상품권 같은 걸 보내 줬어, 작년엔 잊어버렸었는데. 그러니까 이번엔 특별히 신경 썼겠지."

난 홀리를 빤히 쳐다보았다.

"엄마가 네 생일을 잊었다고?"

"응, 엄만 물고기자리야. 늘 요정들하고는 좀 떨어져 있지." 홀리가 웃었다. "자기 딸 생일을 잊어버리다니 완전 무슨 괴물인가 싶겠지만, 그렇진 않아. 우린 대체로 잘 지내. 우리 엄마는 그저 아빠와 방식이 다를 뿐이야, 무슨 말인지 알지?"

"그래도, 상처받았겠다."

우리 부모님은 슬픔 때문에 반쯤 넋이 나가서 멍한 좀비 상태가 되었을 때조차 내 생일을 잊은 적은 한 번도 없었다.

"그땐 그랬지. 되게 화나긴 했어." 홀리가 엄지손가락으로 접시에 남은 부스러기를 찍어서 핥았다. "가끔은 엄마의 진짜 가족은 그랜트 아저씨와 엘시이고, 나와 오빠들은 부차적인 존재가 된 거 같아. 항상 그런 건 아냐. 하지만 내가 태어난 날을 엄마가 잊어버렸을 때는 그런 느낌을 지우기가 힘들었어."

홀리는 웃었지만 목소리가 떨렸다. 나는 처음으로 홀리라는 햇살 속에서 작은 구름 한 점을 보았다. 듣기 거북한 이야기였지만, 홀리가 나한테 솔직하게 털어놔 준 건 기분이 좋았다.

"힘들었겠다."

"뭐, 괜찮았어. 아빠가 내 기분을 풀어 주려고 득달같이 달려 나가서 또 다른 선물을 사 오셨거든. 그게 효과가 있었지."

홀리는 접시에 마지막 남은 설탕 아이싱을 긁어내고 비디오게임 더미를 훑어보기 시작했다. 나더러 먼저 고르라고 해서, 난 '마리오 카트'를 선택했다. 아디티가 가지고 있어서 많이 해 본 게임이었다. 우린 캐릭터를 고르고(나는 요시, 홀리는 피치), 첫 번째 코스를 돌며 속도를 높였다. 홀리는 게임을 잘했을뿐더러, 게임하는 모습도 정말 웃겼다. 몸을 좌우로 획획 움직이며 온몸으로 게임을 했고, 게임 음악 소리에 자신만의 음향 효과를 더했다.

"그래, 너희 아빠는 여기서 집 구했어?"

다음 판을 준비할 때 홀리가 물었다. 지금까지 6, 7판쯤 했는데, 홀리가 전부 다 이겼다.

"아니. 아직 일주일밖에 안 됐잖아."

내가 웃었다.

"아, 맞다. 이런." 홀리가 상체를 앞으로 기울이면서 트랙을 따라 피치를 쌩하고 날려 보냈다. "네가 이곳에서 지내는 시간이 좀 더 많으면 좋겠다고 생각했거든. 매번 축구 연습이 끝나자마자 도망치듯 페리를 타러 가야 하니까."

홀리의 뺨은 피치 공주의 드레스 같은 분홍색으로 변했다. 내가 홀리를 쓸데없이 너무 오래 쳐다보는 바람에 나의 요시는 관중석에 처박히고 말았다.

"그건 그래. 우리가 좀 더 자주 볼 수 있으면 좋을 텐데." 난 얼른 덧붙였다. "티와랑 레이첼, 다른 애들이랑도 같이." 하지만 결국 난 용기를 냈다. "근데 특별히 너랑."

곁눈질로 슬쩍 훔쳐보니, 홀리가 미소 짓고 있었다.

"나도 그래. 특별히 너랑."

무릎을 바닥에 댄 채 허벅지를 세워 앉아 있던 홀리가 자세를 바꿔 바닥에 주저앉았다. 텔레비전 화면에서는 피치가 갑자기 빙글빙글 돌면서 트랙을 벗어나 스타디움 벽에 부딪혔다. 같은 일이 두 번, 세 번 반복해서 일어났고, 그 덕분에 난 마침내 요시를 일등으로 결승선에 밀어 넣을 수 있었다.

"내가 이기게 만들어 준 거야?"

"아니… 그게, 어쩌면 아주 조금은." 홀리가 웃었다. "드림 링을 좀 더 가져올게. 넌 다음 코스를 골라 봐."

홀리가 벌떡 일어나 부엌으로 달려가며 게임 사운드트랙을 흥얼거렸다. 나도 기분이 좋아져서 다음 게임을 고르고 있는데, 바닥에 놓아둔 내 핸드폰이 울렸다. 화면에 우나가 보낸 메시지가 떠 있었다.

'집으로 와. 급한 일이야.'

잠시 후, 두 번째 메시지가 떴다.

'플로라 언니 일이야.'

난 게임 콘솔을 내려놓고, 우나에게 급히 문자를 보내 무슨 일인지 물었다. 우나가 답을 하지 않아서 전화를 걸었다. 받지 않았다. 갑자기 맥박이 빨리 뛰었다. 시간을 보니, 오후 5시 35분이다. 지금 바로 나가면 6시 페리를 탈 수 있다. 자전거로 최대한 빨리 달리면 집에 7시까지는 도착할 수 있다.

집으로. 급한 일. 플로라. 단어들이 내 머릿속에서 날카롭게 울리는 통에 다른 생각은 아무것도 할 수 없었다. 난 외투에 팔을 끼워 넣고 서둘러 문을 열고 밖으로 나왔다. 홀리 아빠가 뒤에서 날 부르며 무슨 일인지 물었지만, 난 너무 당황해서 아무 대답도 할 수 없었다. 빨리 가서 배를 타야 한다는 생각에 너무 허둥대느라, 잠깐 멈춰서 작별 인사를 할 엄두조차 내지 못했다.

매뉴얼 16: 위급 상황

리터니가 죽음을 맞이하는 방식은 인간과 다르긴 하지만, 여전히 사고와 질병의 위험에 처해 있습니다. 리터니는 인간과 비슷한 방식으로 고통을 느끼며, 인간과 마찬가지로 신체적 손상을 입을 수 있습니다. 때로는 손상이 너무 심해서 핵심 부분의 수리를 위해 세컨드 찬스 본사로 보내야 할 수도 있습니다. 리터니는 바이러스와 해킹에 취약하며, 가장 심각한 경우에는 시스템에 영구적인 손상을 입을 수도 있습니다.

하지만 일반적으로 리터니나 그 가족들은 이런 문제를 걱정할 필요가 없습니다. 세계적 수준의 당사 엔지니어들이 가장 발전된 방화벽과 보호장치를 각 리터니의 하드 드라이브에 설치해, 문제가 있다는 것을 인지하기도 전에 대부분의 악성 소프트웨어를 퇴치할 수 있게 했습니다. 그리고 인간과 달리 리터니의 신체 부위는 빠르고 쉽게 교체할 수 있습니다.

그렇다 해도 가족 구성원들이 이러한 위험성을 잘 알고 있어야, 비상 상황이 발생했을 때 가족 담당관에게 알리거나 리터니 헬스 허브를 사용해 설정을 복원하는 등 적절한 조처를 할 수 있습니다. 또한 리터니는 매주 건강 상태 점검 시간에 참석해야 하며, 어떤 문제든 리터니 스스로 또는 세컨드 찬스의 기술자가 아닌 다른 사람의 힘을 빌려 해결하려고 하지 않는 것이 중요합니다.

이러한 규칙을 지키지 않으면 심각한, 때로는 돌이킬 수 없는 문제로까지 이어질 수도 있습니다.

용이지

배를 타고 엘런 저라크로 돌아가는 내내 가슴이 방망이질 쳤다. 나는 우나에게 다시 문자를 보내고, 플로라와 엄마한테 도 문자를 해서 무슨 일인지, 어떤 비상 상황이 벌어졌는지, 플 로라는 괜찮은지 물었다. 아무도 답을 하지 않았고, 나의 불안 감은 걷잡을 수 없이 커졌다. 홀리가 나한테 어디로 간 건지, 별 일 없는지 물어보는 문자를 잔뜩 보냈지만 난 도저히 정신을 차릴 수 없어서 아무런 핑계도 대지 못했다. 며칠 전 플로라의 눈이 빨갛게 번쩍이던 모습이 자꾸 생각났다. 엄마한테 말했어 야 했는데⋯. 마리사에게 알렸어야 했다.

자전거에서 뛰어내려 우리 집 부엌으로 뛰어들 때쯤엔 두려 움으로 속이 메슥거렸다.

"무슨 일인데? 급한 일이라는 게 뭐야?"

아무도 대답하지 않았다. 플로라는 눈을 감고 턱을 가슴 쪽 으로 당긴 채 부엌 식탁에 앉아 있고, 그 앞에는 플로라의 노트 북이 놓여 있다. 컴퓨터에서 플로라 목덜미의 포트로 케이블이 연결되어 있고, 또 다른 케이블이 컴퓨터와 헬스 허브 사이에 연결되어 있다. 엄마는 엄마 노트북을 열고 플로라 옆에 앉아 있는데, 스피커에서는 마리사의 목소리가 흘러나왔다. 플로라 의 운영체제에 대해 뭔가 이야기를 하는데, 무슨 말인지 알아 들을 수가 없다.

"무슨 일이야?"

우나에게 다시 물었다. 우나는 조리대에 걸터앉아 손톱을 물어뜯고 있었다.

우나가 헬스 허브를 가리켰다. 몸을 돌려 헬스 허브를 보는데 숨이 턱 막혔다. 화면에서는 정신 나간 이상한 카드 게임처럼 무작위 이미지가 빠르게 나타나서 서로 겹쳐졌다. 마추픽추, 말 세 마리, 스니커즈 초콜릿바 더미, 부엌칼, 반 고흐 그림…. 이미지가 너무 빨리 바뀌어서 잠깐 보는데도 눈이 아팠다.

"플로라한테 바이러스가 생겼대." 안경 뒤로 보이는 우나의 눈이 걱정으로 커다래졌다. "세컨드 찬스에서 문제를 해결하는 중이야."

숨쉬기가 힘들었다.

"괜찮아질 거래?"

"마리사 말로는 그럴 거라는데, 벌써 1시간 넘게 이러고 있잖아."

나는 플로라 옆에 앉았다. 두려움이 내 안에서 밀물처럼 차올랐다. 우리가 이런 일을 다시 겪다니, 믿을 수가 없다. 언니는 기계에 연결되어 자신의 몸을 공격하는 무언가와 싸워야 하고, 남은 우리는 그 공격을 막아 내거나 언니를 보호하기 위해 할 수 있는 일이 아무것도 없다. 또다시 그러면 안 된다. 세컨드 찬스가 당연히 해결해야 한다.

"기술자들이 스캔 작업을 거의 마쳤어요. 몇 분이면 끝날 거예요." 마리사의 목소리가 컴퓨터에서 흘러나왔다. 마리사는 평소의 부드럽고 전문가다운 말투와는 완전히 다른 긴장되고 빠른 어조로 말했다. "어떻게 이런 일이 일어났는지 이해할 수가 없어요. 이건 도무지 말이 안 돼요."

마리사는 내가 알아들을 수 없는 악성 소프트웨어와 방화벽 같은 이야기를 계속했다. 나는 플로라 옆에 앉아서 더 많은 이미지가 헬스 허브의 화면에 뜨는 걸 지켜보았다. 모래성, 초밥, 용 그림…. 한참 동안 그렇게 계속되다가 마침내 플로라가 눈을 떴다. 헬스 허브에 빈 화면이 나타나더니 잠시 후, 녹색 동그라미에 흰색 체크 표시가 떴다.

"플로라?" 엄마가 몸을 기울여 플로라의 손을 잡았다. "내 말 들리니?"

플로라의 고개가 꼿꼿이 서더니, 눈이 빨갛게 빛났다. 엄마가 움찔했고, 우나는 겁에 질려 비명을 내뱉었다. 잠시 후 플로라의 눈이 다시 회청색으로 돌아왔고, 눈을 몇 번 깜빡이더니 우리를 둘러보았다.

"난 괜찮아." 플로라는 헬스 허브를 내려다보고 화면을 두드렸다. "모든 게 최적의 상태인 것 같아."

플로라가 침착하게 미소 지었다. 목소리가 너무 평온해서 오히려 무서울 정도였다. 뭐랄까 아주… 기계적인 느낌이다.

"정말이니?"

엄마의 손이, 플로라의 상처를 지우기 위해 머리를 쓰다듬거나 혹은 뺨을 어루만지고 싶은 것처럼 허공에 맴돌았다.

"괜찮아, 엄마. 이거 봐."

플로라가 헬스 허브를 가리켰다. 화면에 그래프와 숫자가 떠 있는데, 플로라의 시스템에 데이터가 들어오고 나감에 따라 모든 게 끊임없이 바뀌었다. 그게 무슨 뜻인지 난 하나도 모르겠다. 엄마는 고개를 끄덕였지만, 엄마도 그게 뭘 의미하는지 모를 거다.

"우리가 알아낸 건 이래요." 마리사가 말했다. "플로라는 자기 복제가 가능하고 컴퓨터 네트워크를 통해 퍼지는 악성 코드의 일종인 웜의 공격을 받았어요. 그러니까 노트북에서 옮겨 와서 플로라의 운영체제를 공격한 거죠. 혹시 집 안의 다른 컴퓨터나 핸드폰에 그 악성 코드가 숨어 있지 않은지도 확인해야 할 것 같아요."

"근데 애초에 플로라 노트북에 그게 어떻게 들어갔을까요?" 엄마가 물었다. "회사에서 실수로 뭘 잘못 저장한 거 아니에요?"

"아뇨, 그건 외장 드라이브에서 왔어요. 기본적인 USB 말이에요." 마리사가 자기 태블릿을 보면서 말했다. "어떻게 된 건지 알겠니, 플로라?"

플로라가 고개를 끄덕였다.

"학교에서 프린트할 때 USB 드라이브를 써요. 누가 빌려 갔다가 안 좋은 걸 내려받았나 봐요."

난 플로라를 쳐다보았다. 만약 수레시가 이 일의 배후라면 플로라가 자기 집에 왔을 때 그 USB 드라이브를 슬쩍할 기회가 있었을 것이다. 하지만 플로라에게 바이러스를 심다니… 그건 수레시가 실제로 플로라를 '해치려고 했다'는 뜻이다. 그 생각을 하자 속이 메슥거렸다.

엄마의 컴퓨터 화면에서 마리사가 고개를 끄덕였다.

"이제 마음이 놓이는구나. 처음엔 누가 네 시스템을 해킹하려고 했을지도 모른다고 생각했거든. 하지만 내가 이해할 수 없는 건 그런 기본적인 악성 코드를 왜 네 시스템이 잡아내지 못했느냐 하는 거야." 마리사가 플로라에게 말했다. "우린 이런 공격으로부터 너를 보호할 수 있는 방화벽을 여러 개 갖추고 있고, 그 방화벽들은 모두 엄청나게 정교해. 그런 초보적인 바이러스라면 절대 뚫을 수 없는 수준이야. 최근에 뭔가 이상한 점을 느낀 건 없니?"

플로라가 고개를 저었다. 난 플로라가 자기 시스템을 만졌다는 사실을 마리사에게 이야기하려다 말았다. 플로라가 이렇게 많은 규칙을 어겼다는 게 알려지면 마리사가 뭐라고 할지 모르겠다. 게다가 마리사가 난처해지는 건 싫다.

"보안팀에게 다시 한번 확인해 보라고 할게. 나하고는 내일 다시 점검 시간을 잡아서 보기로 하고. 그쪽 시간으로 오후 7시 어때?"

마리사는 플로라에게 확인 이메일을 보내고 작별 인사를 한 다음 통화를 끝냈다. 마리사가 화면에서 사라지는 순간 나도 자리에서 일어났다.

"우연일 리가 없어!" 내가 말했다. "틀림없이 또 다른 공격이었다고. 왜 마리사한테 사실대로 말 안 했어?"

"공격이라니, 좀 과장된 표현 같구나, 아일라." 엄마는 웃으려고 했지만, 얼굴은 창백했고 목소리는 떨렸다. "어쨌든 플로라는 이제 괜찮으니까 됐어. 그렇지, 플로라?"

"하지만 안 괜찮을 수도 있었어." 우나가 말했다. "정말로 큰일이 났을지도 몰라."

"맞아. 이건 교회 벽의 낙서 같은 것보다 훨씬 심각한 문제야." 내가 고개를 끄덕였다. "마리사한테 무슨 일이 있었는지 말해야 해."

"안 돼, 아일라. 이제 괜찮아." 플로라가 말했다. "모든 게 최적의 상태로 실행되고 있으니까."

내 심장은 여전히 아주 빨리 뛰고 있었다. '바이러스, 급한 일, 비상 상황' 같은 말이 여전히 머릿속을 맴돌았다. 난 엄마가 내 편을 들어주기를, 우리가 받은 메시지에 관해 마리사가 진실을 알아야 한다는 데 동의해 주기를 기다렸다. 하지만 엄마는 저녁 식사를 준비해야겠다는 둥 중얼거렸고, 플로라는 헬스 허브를 창턱의 원래 위치로 갖다 두고 우리한테 자기는 방에 가 있겠다고 말했다. 이해할 수가 없었다. 엄마랑 플로라는 그게 무슨 어처구니없는 오해라도 되는 것처럼 행동하고 있다. 아무 일도 아니라는 듯.

누구나 비밀은 있다

1

그다음 월요일, 우나와 내가 시리얼과 차를 급하게 삼키고 있는데, 플로라가 자신은 학교에 가지 않겠다고 선언했다. 사실 선언은 아니었다. 플로라는 날씨 얘기라도 하듯 대수롭지 않게 말했다.

"무슨 말이야? 학교에 가지 않겠다니?" 엄마는 커피 잔을 입에 대려다 말고 그대로 멈춘 채 눈을 끔뻑거렸다. "왜?"

플로라는 부엌 조리대에 팔꿈치를 기댄 채 등을 살짝 구부리고 있었다. 8시 반인데 아직 잠옷 차림이었고, 어제 신문을 대충 넘기고 있었다.

"계속 말하지만, 아무 의미가 없으니까." 플로라는 퍼즐 면을 펼치고 펜을 집었다. "난 내년에 시험을 볼 수도 없잖아. 혹 시험을 본다 해도 대학을 갈 수 있는 것도 아니고. 교실에 앉아 있을 이유가 없어."

비록 플로라가 그런 말을 하지는 않았지만, 학교에서 가르치는 건 이미 다 아는 것뿐이라는 사실도 한 가지 이유일 것이다. 플로라의 지식은 이미 고등학교 수준을 훨씬 뛰어넘었다. 마치 초등학교 과학 수업을 다시 듣게 된 로켓 과학자의 기분이지 않을까.

"의미가 왜 없어?" 어쩔 줄 몰라 하며 엄마의 목소리가 높아졌다. "사회성 측면에서도 그렇고, 규칙적인 일상생활을 하는 게 너한테도 중요해⋯. 이 문제는 우리끼리 결정하기 전에, 마리사와 꼭 먼저 의논해야 해."

"이 문제를 '우리'가 결정하지는 않을 거야. 내가 할 거고, 난 이미 결정했어."

플로라는 펜 뚜껑을 이로 물어 열고서, 크로스워드와 스도쿠 문제를 풀었다. 그걸 다 완성하는 데 30초 정도밖에 걸리지 않았다. 플로라는 머리를 귀 뒤로 쓸어 넘기고, 어리둥절해하는 엄마의 시선에 평온한 미소를 지었다.

"그럼 난 내 방에 가 있을게."

우린 아픈 게 아니라면 절대로 이런 식의 태도를 보이며 자리를 뜰 수 없다. 어쨌든 훈계 없이 넘어갈 순 없는 일이다. 그런데 지금 엄마는 플로라가 나가는 걸 지켜만 보다가 우나의 시리얼 그릇을 식기 세척기에 집어넣었다.

"아무 말도 안 하는 거야?"

내가 엄마에게 물었다.

엄마가 식기 세척기 문을 쾅 닫자, 안에서 나이프와 포크가 달그락거렸다.

"무슨 말을 할 수 있겠니, 아일라? 플로라가 꼭 학교에 가야 한다는 법은 없어. 내가 억지로 강요할 수도 없고."

"그러니까, 엄만 아무것도 안 할 거라고?"

엄마는 대답하지 않았다. 난 플로라를 쫓아 위층으로 뛰어 올라가 언니 방 문을 열어젖혔다. 플로라는 책상에 앉아 키보드를 치고 있었다.

"왜 그래? 주말 내내 이상하게 굴더니 이제 학교에 안 가겠다고? 그럼 하루 종일 뭘 할 건데?"

플로라가 어깨 너머로 흘깃 쳐다보았다.

"그건 걱정 마. 할 건 너무 많으니까."

"뭐 어떤 거? '땜질'을 좀 더 해 보려고? 그러다 다른 바이러스에 또 걸리면? 이번엔 없애지 못하면 어떡하냐고?" 난 질문을 퍼붓다가, 이렇게 물었다. "그래서 그렇게 심각한 문제가 나타났던 거야? 언니가 시스템에 손상을 입혀서?"

플로라는 나를 무시한 채 타이핑을 계속했다. 컴퓨터에는 세콘 프로필 창이 떠 있었다. 20대 초반쯤으로 보이는 아시아 남성이 사람들로 붐비는 식당에서 카메라를 보며 웃고 있다. 창밖으로 보이는 야자수로 판단하건대, 여기서 아주 멀리 떨어진 곳이다.

"누구야? 사람들하고 온라인에서 대화해? 그러면 안 된다는 거 알잖아! 들키면 어쩌려고?"

이토록 무모한 플로라와 그런 플로라를 도와준 아디티, 내 등 뒤에서 이런 일을 저지른 두 사람에게 분노가 치솟았다. 하지만 플로라는 나를 돌아보며 미소 지을 뿐이다.

"들키지 않을 거야, 랄라. 약속해. 내가 다 잘 통제하고 있어."

2

우나와 내가 아무리 잔소리를 해 대도 플로라는 다음 날도, 그다음 날도, 또 그다음 날도 학교에 가지 않겠다고 했다. 플로라가 없으니 교실 분위기도 어색하고, 책상에 6명이 아니라 5명만 앉아 있으니 균형이 맞지 않는 것 같았다. 난 목요일 점심시간에 머도랑 아디티와 산책을 나갔다가 수레시가 우체국에 돌아와 있다는 것을 알았다. 마지막 수업 시간에 수첩을 무릎 위에 몰래 펼쳐 놓고, 수레시에게 묻고 싶은 질문을 적어 보았다.

'플로라를 대할 때 왜 그렇게 어색하게 구는가?'

'그동안 우리한테 섬뜩한 메시지를 보낸 당사자인가?'

'플로라를 파괴할 수도 있는 바이러스를 심은 게 맞는가?'

내 맞은편에서는 아디티가 눈썹을 모은 채, 컴퓨터 과학 과제에 한껏 빠져 있었다. 수레시에게 이런 질문을 할 생각을 하니 속이 울렁거렸다. 내가 틀렸다면 수레시는 몹시 상처받겠지. 타말 아저씨와 니르자 아줌마도. 물론 아디티야 말할 필요도

누구나 비밀은 있디

없다. 난 여전히 아디티에게 화가 나 있긴 했지만, 아디티를 속상하게 하고 싶진 않다. 하지만 그 또한 내가 감수할 수밖에 없겠지. 그 메시지가 플로라를 우리에게서 떼 내어 멀리 떠내려가게 했고, 결과적으로 플로라는 자신의 시스템을 바꾸는 방법을 알게 되었다. 내가 빨리 끌어내지 않으면 플로라는 심각한 곤경에 빠지고 말 것이다.

수업을 마치고 가방을 챙기는데, 세콘에 알림이 떴다. 홀리였다. 홀리는 세콘에 게시물을 많이 올리는 편이 아니었기에 난 좀 놀랐다. 새로 올린 영상에서 홀리는 하얀 설탕 아이싱으로 만든 별과 폭죽 장식, 숫자 14 모양의 촛불로 꾸며진 하늘색 케이크 위로 몸을 숙이고 있었다. 화면 밖에서 사람들이 음이 잘 맞지 않는 생일 축하 노래를 부르고, 홀리는 흘러내리는 머리를 귀 뒤로 쓸어 넘기고 촛불을 껐다.

가슴이 철렁 내려앉았다. 홀리의 생일이 어제였다.

내가 홀리 생일을 잊어버리다니.

난 정신없이 홀리에게 문자를 보냈는데, 너무 급하게 입력하느라 실수로 플라밍고 두 마리와 우산 이모티콘도 함께 보냈다. 읽었음을 나타내는 2개의 체크 표시가 떴지만, 답은 없었다. 보통은 번개같이 빠른데. 난 다시 사과 문자를 잔뜩 보냈지만, 홀리는 그 어떤 문자에도 답을 하지 않았다. 학교를 나서며 난 망설이다 우나에게 이 사실을 털어놓았고, 동생은 경악했다.

"언닌 당장 홀리에게 선물로 줄 만한 걸 만들어야 해!" 우나가 내 팔을 잡고 자전거 쪽으로 끌고 갔다. "그건 진짜 멋있어야 할 거야.”

나는 일단 수레시를 머릿속에서 몰아내고 서둘러 집으로 갔다. 우리가 집에 도착했을 때 플로라는 부엌 식탁에 앉아 있었다. 손에 헬스 허브를 들고 있다가, 우나가 선물을 만들 만한 무언가를 찾아서 서랍을 마구 뒤지기 시작하자 우나를 올려다보았다. 우리 집엔 미술용품은 별로 없다. 커스티 고모 집에 가면 고모는 늘 우리에게 그림을 그리게 하거나 찰흙을 가지고 놀게 하지만, 우리 중 그 누구도 손재주가 없었다.

“케이크를 보낼 수 있으면 좋겠어.” 플로라 옆 의자에 털썩 주저앉으며 내가 말했다. “내일 학교를 빼먹고 내가 직접 홀리에게 가져갈까 봐.”

“그랬다간 엄마가 언닐 죽일 거야.” 우나가 말했다. “뭔가 봉투에 넣어서 보낼 수 있는 거라야 해.”

플로라가 헬스 허브의 스위치를 끄고 다시 창가 자리에 가져다 두었다. 플로라는 잠시 아무 말도 하지 않고, 생각에 잠긴 듯 멍한 표정을 지었다. 그러더니 나를 돌아보며 말했다.

“종이 오리기는 어때?”

난 몇 달 전에 플로라가 실패했던 일이 생각나서 웃었다.

“장난해? 내가 그런 걸 어떻게 해! 열심히 노력하면 사람 모양 종이 사슬 정도는 만들 수 있을지도 모르겠지만.”

“내가 할 수 있어. 네가 홀리에게 특별한 의미가 있는 디자인을 생각해 내면, 내가 만들어 줄게. 말하자면 네가 홀리를 위해 나한테 예술 작품을 의뢰하는 셈이지.”

플로라가 종이와 쓸 만한 칼을 찾으러 간 사이, 우나와 난 영감을 얻기 위해 인터넷을 뒤졌다. 난 커다란 'H' 자 모양을 스케치하고, 그 안을 홀리(호랑가시나무) 나뭇잎, 전갈자리 상징, 강아지 발자국과 축구공으로 가득 채웠다. 모두 홀리에게 특별한 것들이다. 플로라는 기초가 될 이미지를 2, 3개 찾은 다음, 도마 위에 종이를 올려놓고 작업을 시작했다. 우나는 금세 싫증을 내고 쉬리를 쫓아다니며 놀았지만, 난 남아서 플로라가 작업하는 걸 지켜보았다.

"어떻게 그 애 생일을 잊었어? 둘이 맨날 수다 떠는 거 아니었어?"

지난주 금요일에 홀리네 집에서 뛰쳐나온 뒤로 홀리와 난 별로 이야기를 나누지 않았다. 그다음 날 미안하다는 문자를 수도 없이 보내며 생리통이 정말 심했다는 핑계를 꾸며 댔지만, 홀리가 내 말을 믿었는지는 모르겠다. 하지만 난 플로라와 바이러스 걱정에 사로잡혀 있어서, 그 후로 홀리와 연락을 거의 하지 못했다.

"정신이 딴 데 가 있었어. 모니터랑 낙서 때도 그랬지만, 바이러스는… 그건 정말 너무 무서웠어."

"아, 그런 건 걱정할 거 없어." 플로라가 파리를 쫓을 때처럼 손을 내저었다. "난 솔직히, 신경 안 써."

플로라는 다시 종이 오리기 작업으로 돌아가, 호랑가시나무의 잎사귀 모양을 만들어 내기 위해 요리조리 방향을 꺾었다. 난 사람들이 뭔가 만드는 모습을 지켜보는 걸 좋아한다. 나무로 무언가를 깎을 때 집중하고 있는 머도의 표정, 조각을 하거나 그림을 그릴 때 반짝이는 고모의 눈빛 등. 하지만 이건 달랐다. 플로라의 팔놀림은 너무 자신만만하고, 너무 부드럽고, 너무 빨랐다. 새로운 것을 창조하는 예술가라기보다는 어떤 제품을 찍어 내는 생산 라인의 기계를 보는 느낌이었다. 그래도 플로라가 날 도와주어서 고마웠다.

"홀리가 이걸 좋아해야 할 텐데." 내가 중얼거렸다. "생일을 잊어버린 건 정말 큰 잘못이야. 홀리 마음을 어떻게 풀어 주지?"

플로라가 나를 힐끔 올려다보았다.

"너 그 애를 무척 좋아하는구나, 그렇지?"

"응, 그럼." 난 얼굴이 빨개진 걸 모르는 척하며 고개를 끄덕였다. "진짜 재밌는 애야. 언니도 보면 아주 좋아할걸."

"좋은 친구가 생겨서 다행이야, 랄라." 플로라가 미소를 짓고는 다시 종이를 오렸다. "솔직히, 좀 부러워. 난 그런 친구는 물론이고 남자 친구도 영원히 사귀지 못할 텐데."

내가 눈을 흘겼다.

"바보같이 굴지 마. 당연히 남자 친구도 생길 거야."

"누구? 이 섬에는 없어. 혹시 내가 섬을 나갈 수 있다고 해도, 영원히 열다섯 살짜리인 로봇이라는 건, 넘을 수 없는 벽이야." 플로라는 판도라 21 핸드폰 커버를 쓰다듬으며 한숨을 쉬었다. "아, 박주원. 내가 사랑하게 된다면, 그건 아마 너일 거야."

난 세컨드 찬스가 나이 들게 하는 방법을 연구 중이라는 사실을 플로라에게 일깨워 주었지만, 이미 부루퉁해진 언니 기분을 풀어 주진 못했다. 그래도 언니가 남자 얘기를 하는 쪽이, 터무니없이 복잡한 계산을 하는 걸 과시하거나 세계 어느 지역이든 정확한 좌표를 대는 것보다는 좋았다. 그럴 때 언니는 초인적인 능력을 지닌 기계가 아니라 평범한 10대처럼 보였으니까.

그때 한 가지 생각이 떠올랐다.

"언니 친구들 핸드폰 해킹할 줄 알잖아?" 내가 똑바로 앉으며 물었다. "다른 사람 것도 할 수 있어?"

"그게 비도덕적이며 엄청난 사생활 침해라고 말한 사람이 너 아니었어?" 플로라가 비꼬듯 말했다. "누굴 확인하고 싶은 건데?"

난 손톱을 깨물었다.

"수레시. 내 생각엔 언니한테 바이러스를 넣은 게 수레시 오빠인 것 같아."

"뭐?" 플로라가 날카로운 눈길로 쳐다보았다. "아일라, 안돼! 제발 그냥 잊어버려. 아무것도 아니야."

"중요한 문제야, 언니! 누구든 이런 짓을 한 사람이라면 정말로 언니를 다치게 할 수도 있어."

언니에게 자초지종을 말할 때가 되었다. 난 가방에서 수첩을 꺼내 목록에 있는 이름을 하나하나 짚어 가며, 빨간 봉투와 그동안 내가 조사한 내용을 들려주었다. 하지만 이야기를 마치기도 전에 플로라가 중간에 내 말을 잘랐다.

"아일라, 진지하게 말하는데…." 플로라가 오려 낸 종잇조각을 바닥으로 쓸어내리며 말했다. 나무 바닥에 떨어진 종잇조각은 도자기 파편처럼 보였다. "이런 일은 다 네 시간 낭비야. 그냥 잊어버려, 응?"

플로라의 목소리에 담긴 어떤 힘 때문에 난 반박하는 걸 포기했다. 플로라는 마지막 조각을 오려 낸 다음, 'H' 자 모양을 들어 올려 꼼꼼히 살펴보았다. 모든 선이 완벽했다. 호랑가시나무의 잎과 축구공 모양은 쿠키 틀로 찍어 낸 것인 양 똑같았고 전갈자리 도안은 아주 곧고 깔끔했다. 이 정도 해낼 수 있는 예술가라면 몇 년에 걸친 수련을 거쳤겠지만, 플로라는 거의 10분 만에 완성했다.

"굉장해. 고마워, 언니."

하지만 너무 완벽했다. 플로라는 이런 걸 할 수 없어야 하는데. 애초에 내가 부탁하지 말았어야 하는 게 아닌지 모르겠다. 그럼에도 난 종이 오리기 작품을 조심스럽게 봉투에 집어넣고 홀리에게 부칠 준비를 했다. 비록 플로라는 잊어버리라고 했지만, 내일 우체국에 갔을 때 수레시에게 어떻게 물어볼지도 생각해 놓아야 한다.

<h1 style="text-align:center">3</h1>

엘런 저라크의 우체국은 주택 정원에 딸린 헛간보다 아주 크다고는 할 수 없다. 사방 벽은 골함석으로 되어 있고 출입문

누구나 비밀은 있다

바깥쪽은 산뜻한 빨간색이었으며, 안에는 작은 접수대, 지역사회 게시판과 엽서 판매대가 있다. 금요일 아침에 내가 우체국에 도착했을 때, 수레시는 접수대 뒤에 앉아서 핸드폰을 만지작거리고 있었다. 문에 달린 종이 짤랑거리자, 수레시가 고개를 들고 미소 지었다.

"안녕, 아일라."

"안녕." 긴장감과 여기까지 자전거를 타고 빠르게 달려온 탓에 내 심장은 쿵쿵 뛰었다. 난 책상 쪽으로 빠르게 다가가서 수레시에게 플로라의 종이 오리기 작품이 담긴 봉투를 건넸다. "이걸 오늘 중으로 엘런 코름에 보낼 수 있을까?"

수레시가 고개를 흔들었다.

"네가 직접 가져가지 않는 한, 다른 방법은 없어. 다음 우편물이 11시 페리로 가긴 하지만, 오후가 되어야 그곳에서 분류가 끝날 거야. 익일 배송료를 지불하면, 내일 아침에는 확실히 도착할 수 있어. 내가 해 줄 수 있는 건 그게 최선이야, 미안."

가슴이 철렁 내려앉았다.

"할 수 없지. 그럼, 그렇게 해 줘."

"알았어." 수레시는 봉투의 무게를 재고, 접수대 아래쪽 서랍에서 스탬프를 꺼내 봉투 앞면에 찍었다. "1파운드 29펜스야."

난 겉옷 주머니에서 동전을 꺼내 수레시에게 건넸다. 그가 금전 등록기에 동전을 떨구는 사이 난 잠시 수레시를 관찰했다. 수레시와 아디티는 그렇게 많이 닮은 편은 아니다. 수레시는 얼굴이 네모 난 반면 아디티는 둥글었고, 아디티의 눈이 더 크고 짙은 색이었다. 하지만 다정한 미소는 남매가 똑같았다. 이런 사람이 플로라에게 바이러스를 집어넣는 것 같은 끔찍한 일을 저지르는 장면은 상상하기 힘들다.

수레시가 내 시선을 알아차렸다.

"별일 없지, 아일라?"

"그게 오빠였어?" 내가 불쑥 내뱉었다. "오빠가 플로라를 협박한 거야?"

"뭐? 플로라를 '협박'했냐고? 당연히 아니야." 수레시의 턱이 굳어졌다. "내가 왜 그런 일을 해?"

"플로라 언니가 돌아온 뒤로 언니랑 함께 있을 때 오빤 아주 이상하게 굴었잖아." 목소리가 떨렸지만 난 불안감을 꾹 참고 말을 이었다. "언니는 오빠를 다시 만난다고 몹시 신이 나 있었는데, 오빤 언니를 마치 겨우 아는 사람 정도로 취급했어."

"그게… 좀 복잡해, 아일라." 수레시가 한숨을 쉬었다. "난 열여덟 살인데 플로라는 여전히 열다섯 살인 건 너도 알잖아. 나로서는 적응하기가 쉽지 않아."

"알아. 나도 이상했으니까. 하지만 벌써 몇 달이나 지났잖아. 다른 사람들은 다 익숙해졌어. 오빠하고도 여전히 좋은 친구가 될 수 있다고."

수레시가 접수대 뒤에서 나와 창가로 걸어갔다. 잠시 아무 말 없이 주머니에 손을 넣은 채 비 내리는 조용한 마을을 내다보았다.

누구나 비밀은 있다

"너 세컨드 찬스와 인터뷰했지?" 여전히 수평선에 시선을 고정한 채 수레시가 물었다. "플로라에 대해 알고 있는 걸 진짜 전부 다 말했니?"

"응." 하여간 내가 기억하는 한, 중요한 건 전부 다 얘기했다고 생각하며 말했다. "오빠 안 그랬어?"

"나도 모든 질문에 답을 하긴 했지만, 분명히 무언가 빠진 게 있었어. 그게… 내가 잊어버린 게 있을 테니까." 수레시가 자기 턱을 문질렀다. "아무튼 플로라가 '진짜' 어땠는지 내가 제대로 이야기할 수 있을지 확신이 없었어. 우린 오직 우리 자신의 눈으로만 다른 사람을 볼 수 있을 뿐이니까. 우리 눈에 그 사람이 어떻게 보이는지가 아니라, 그 사람이 실제로 어떤지 제대로 묘사할 수 있을까?"

허를 찌르는 질문이었다. 플로라가 죽은 뒤, 언니에 대한 우리 기억은 달라진 듯 보였다. 엄마 아빠가 언니 얘기를 할 때면, 언닌 완벽한 딸이었다. 말대꾸한 적은 한 번도 없고, 우나나 나와 싸운 적도 없고, 숙제를 속이거나, 심부름하지 않으려고 아픈 척한 일도 전혀 없는 딸이었다. 어쨌든 플로라가 죽고 나니, 그 어떤 나쁜 짓도 그다지 나쁜 것 같지 않았다. 난 심지어 나를 그토록 짜증 나게 만들었던 일조차 그리웠다. 화장을 지우고 나서 지저분한 화장 솜을 화장실 여기저기 아무렇게나 던져 놓았던 일이나 내 슬리퍼를 빌려 가서는 발뒤꿈치로 뒷부분을 꾹꾹 눌러 놓았던 일 같은 거 말이다.

그래서 세컨드 찬스에서 우리가 싸웠던 때를 물어보았을

때, 그러니까 언니가 날 짜증 나게 하거나 화나게 했을 때 어땠는지 물었을 때, 난 당시의 내 기분을 좀 누그러뜨려서 말했다. 반면에 내가 언니를 화나게 했던 일을 이야기할 때는 정반대 상황이 벌어졌다. 면접관들에게 플로라가 노트북 컴퓨터를 빌려주지 않아서 그 앙갚음으로 언니가 아끼는 향수병을 깨뜨렸던 일을 이야기할 때는 실제로 가책이 되었다. 내가 플로라에게 상처 준 모든 사소한 행동은 큰일로 바뀌었다.

"난 내가 할 수 있는 최선을 다했어. 솔직해지려고 노력했어."

"나도. 하지만 정말로 객관적이었는지는 모르겠어." 수레시가 다시 접수대 뒤로 가서 앉으며 말했다. "우리 부모님이나 아디티에 대해서조차… 난 그저 나한테 보이는 대로만 묘사할 수 있을 뿐, 그게 그들의 진짜 모습은 아닐 거야. 물론 상당히 비슷하긴 하겠지만, 완벽하게 설명할 순 없어. 그건 불가능해."

"하고 싶은 말이 뭐야?"

나는 조바심이 났다.

"솔직히, 나도 잘 모르겠어." 수레시가 한 손으로 머리를 쓸어 넘기더니 양 볼을 부풀렸다. "그렇지만 내가 예전에 생각했던 것만큼 플로라를 잘 아는지, 자신이 없어. 플로라는 많이 변했어, 특히 마지막 몇 달 동안."

"음, 그래. 언니는 정말 아팠어. 게다가 자기가 죽을 거라는 말을 들었잖아. 어떻게 변하지 않을 수가 있겠어?"

"알아. 우리 엄마도 지금 항암 치료를 받고 있으니까, 힘

누구나 비밀은 있다

들었을 거라는 건 알아. 그렇다 해도 플로라는 달랐어. 그 애
는…." 목소리가 잦아들면서, 수레시의 시선은 다시 창문 밖을
향했다. "그냥 내 생각인데, 그 사람이 온갖 건물 중에서 낙서
를 할 곳으로 교회를 골랐다는 게 뭔가 의미가 있는 것 같아."

"무슨 뜻이야? 교회가 왜? 이 일과 교회가 무슨 상관인데?"

수레시가 잔뜩 찡그린 얼굴로 나를 바라보았다. 무언가 할
말이 있는 거 같았지만, 곧 고개를 흔들고 금전 등록기를 내려
다보았다.

"아니야, 아무것도. 내가 한 말은 잊어버려."

출입문의 종이 다시 울렸다. 셰이무스 아저씨가 겨드랑이에
소포 3개를 끼고 들어왔다. 후드 가장자리에서는 빗방울이 뚝
뚝 떨어졌다. 아저씨는 수레시에게 손을 흔들고 나에게 미소를
지었다.

"오, 안녕, 아일라. 잘 지냈니? 플로라는 잘 있고?"

난 고개를 끄덕이며, 모든 게 정상이라는 듯 애써 웃음을
지었다.

"잘 지내요, 감사합니다, 셰이무스 아저씨."

아저씨는 소포를 접수대에 아무렇게나 내려놓고, 여러 지역
으로 보내는 우편 요금을 물어보기 시작했다. 그가 얼마나 수
다스러운지를 생각하면… 수레시가 아저씨의 일을 마무리하려
면 30분은 걸릴 것이다. 난 학교에 가야겠다며 혼잣말처럼 중
얼거리고, 작별 인사를 하고 밖으로 나왔다.

아무것도 말이 안 된다. 수레시는 플로라의 가장 친한 친구

였다. 누군가가 나에게 머도 아니면 아디티를 재현할 수 있게 도와 달라고 하면, 난 얼마든지 해 줄 수 있다. 머도가 새 이야기를 할 때 그 애의 눈이 얼마나 환하게 빛나는지, 그 애가 멍하니 딴생각에 빠져 있을 때면 늘 작은 소리로 흥얼거린다는 얘기를 해 줄 거다. 또 나는 아디티가 지루해지면 항상 발목을 시계 방향으로 돌린다는 것과 손목에 늘 검은색 머리끈 3개를 끼우고 다닌다는 것을 알려 줄 수 있다. 우리 가족들에 대해서도 똑같이 할 수 있다.

수레시는 플로라가 어떤 사람인지 안다. 아주 잘 안다. 그리고 수레시는 오늘 나에게 무슨 말인가 하려다 말았다.

4

그날 오후, 학교에서 돌아왔을 때 플로라는 집에 없었다. 엄마 말로는 1시간 전에 자전거를 타고 나갔다고 한다.

"솔직히 말해, 플로라가 집에서 나가는 걸 보니, 기분이 좋구나. 며칠간 방 안에만 콕 처박혀 있었잖아." 엄마는 토마토를 썰던 칼을 내려놓고 얼굴에 붙은 머리카락을 쓸어 냈다. "그래도 저녁 식사 시간까지는 돌아오라고 했어. 요즘 우리가 개를 볼 수 있는 유일한 시간이니까."

그러나 6시가 되도록 플로라는 돌아오지 않았다. 불안감이 내 마음 깊은 곳에 무겁게 자리를 잡고 꿈틀거렸다. 우리 셋은 식탁에 앉아, 스티븐이 빙빙 돌면서 부스러기와 먼지를 쿵쿵 빨아들이고 우리가 얼마나 게으른지 나무라는 말을 늘어놓는 걸 지켜보며, 플로라를 기다렸다. 6시 30분에 난 아디티에게 문자를 보냈다. 플로라는 아디티네 집에 안 왔고, 수레시도 언니를 못 봤다는 답이 왔다. 뒤숭숭한 기분이 그림자처럼 뻗어 나갔다. 7시가 되자, 엄마는 자리에서 일어나 차갑게 식어 버린 파스타를 전자레인지에 돌렸다.

"우리끼리 먼저 먹어야겠다." 엄마가 말했다. "디저트를 먹기 전에는 돌아오겠지."

우리가 겨우 몇 입 떠먹었을 때, 헬스 허브에서 삑삑 소리가 났다. 엄마가 창턱에 놓여 있던 헬스 허브를 급히 집어 들었다. 화면에 빨간색 경고 표시가 번쩍였고, 엄마 얼굴에선 핏기가 가셨다.

"위급 상황이야."

심장이 쿵쾅거리기 시작했다. 엄마가 헬스 허브 조작에 서툴러서 버벅대는 걸 보고, 내가 얼른 빼앗아 화면을 두드렸다. 화면에 섬 지도가 뜨고 빨간색 점이 반짝였다.

"항구에 있어." 커서가 깜빡이는 걸 지켜보는데, 움직임이 없다. 내 맥박이 뛰는 소리가 들리는 듯했다. "언니가 움직이지 않아. 엄마, 언니가 안 움직여!"

엄마가 내 손에서 헬스 허브를 낚아채서 자동차로 달려 나갔고, 우나와 내가 바로 뒤쫓아 갔다. 우리는 마을로 가는 내내 한마디도 하지 않았다. 뒷좌석에 앉은 우나의 숨소리가 들렸다. 나처럼 얕고 빠른 숨소리다.

'제발 언니가 무사하게 해 주세요.' 난 속으로 빌었다. '제발, 제발 언니가 무사하게 해 주세요.'

우리가 마을에 도착했을 땐 어두웠고, 항구의 가로등 하나가 안개 속에서 빛나고 있었다. 플로라의 흔적은 아무것도 보이지 않았다. 엄마가 우체국 앞에 주차하자마자, 우린 모두 차에서 뛰쳐나와 길을 건너서 달려갔다. 방파제 아래를 보다가, 난 숨이 막힐 뻔했다.

플로라가 한쪽 다리를 다른 쪽 다리 위로 구부린 채 모래밭에 엎드려 있었다. 난 서둘러 계단을 내려가서, 플로라에게 달려가 몸을 바로 눕혔다. 플로라는 눈을 뜨고 있었는데 빨간색 빛이 번쩍거렸다.

"북극성." 플로라가 단조로운 음성으로 말했다. "우유 16리터. 맥스에게 전화해서 풍향계 이야기를 하세요."

난 플로라를 일으켜 앉혔다. 엄마가 도착해 두 손으로 플로라의 얼굴을 감싸 쥔 채 두서없는 질문을 쏟아 냈다. 엄마가 갖고 온 헬스 허브는 완전히 맛이 가서, 삐 소리를 내며 깜빡거렸고 빨간색 불빛이 번쩍였다. 난 헬스 허브를 들고 플로라에게 어떤 손상이 있는지, 고치려면 어떻게 해야 하는지 알아내려고 했다. 하지만 내가 뭘 만지기도 전에 신호음이 사라지고 화면에는 흰색 체크 표시가 된 녹색 원이 깜빡거렸다. 돌아보니 플로라의 눈이 평소처럼 회청색으로 돌아와 있다. 플로라는 마치 꿈에서 깬 것처럼 주위를 둘러보았다.

"난 괜찮아. 정말 괜찮아."

엄마가 길게 한숨을 내쉬었다.

"무슨 일이 있었던 거야? 다친 덴 없어?"

플로라가 자기 다리를 내려다보았다. 청바지는 무릎 부분이 찢어지고 찰과상이 나 있었다. 그런데 상처가 너무 빨개서, 빨간색이 가짜 같았다. 우나가 플로라의 얼굴에 붙은 머리카락을 가지런히 쓸어 넘기고, 춥지 말라고 겉옷의 지퍼를 올려 주었다.

"난 괜찮아." 플로라가 다시 말하는데, 목소리는 완전히 평온했다. "다치긴 했지만 그렇게 심한 건 아니야."

"어떻게 된 거야?"

우나가 물었다.

"나도 몰라. 방파제 길을 따라 걷고 있었는데, 갑자기 내가 모래 위에 누워 있는 거야."

플로라가 몸을 돌려 방파제를 올려다보았다. 오늘 밤처럼 바닷물이 빠지면 낙차가 최소 2.5미터는 된다. 언니가 다시 우리를 바라보며 침을 삼켰다.

"누가 날 민 것 같아."

5

그날 밤, 나는 거의 잠을 자지 못했다. 어쩌다 잠깐 졸 때면 어김없이 꿈을 꾸었다. 항구 근처에 어두운 형체가 숨어 있고, 플로라가 쿵 소리를 내며 젖은 모래 위로 떨어졌으며, 어둠 속에서 플로라의 빨간 눈이 반짝이는 꿈이었다. 플로라가 물에 빠졌다면 수리를 못 할 정도로 시스템이 망가졌으리라는 걸 알기에, 난 매번 벌벌 떨면서 꿈에서 깨어났다. 이번 일은 농담이나 협박 이상이었고, 바이러스보다도 더 심각했다. 이건 진짜 공격이었다. 누군가가 플로라를 파괴하려고 했다.

다음 날 난 너무 피곤해서 엘런 코름에 갈 수가 없었다. 그러고도 2, 3일 동안은 제대로 잠자는 게 힘들었다. 마음속 생각들을 몰아내기 위해 빵을 굽기 시작했다. 화요일엔 플로랑탱 케이크, 수요일에는 블랙베리 드리즐 케이크를 만들었다. 목요일은 시나몬 롤, 그리고 금요일은 라즈베리 휘낭시에였다. 너무 많이 만들어서, 대부분 학교에 가져가서 다른 사람들에게 주었고 용돈은 전부 설탕과 버터를 사는 데 썼다. 그것만이 머릿속을 비울 수 있는 유일한 방법이었다. 토요일에 엄마가 아래층으로 내려왔을 때, 난 초콜릿 타르트를 만들기 위해 가나슈를 젓고 있었다.

"아일라? 뭐 하는 거니?" 엄마가 눈을 가늘게 뜨고 벽에 걸린 시계를 보았다. "아침 6시야!"

바깥 하늘은 칠흑같이 어두웠다. 부엌 안은 큰 그릇과 베이킹 쟁반이 여기저기 흩어져 있고 이번 주에 빵을 굽고 남은 재료를 담아 놓은 플라스틱 용기까지 잔뜩 쌓여 있었다. 이건 정상이 아니다. 그 무엇도 정상적이지 않다.

"엄마한테 말하지 않은 게 있어." 내가 불쑥 내뱉었다. "언니 얘기야."

엄마의 눈에 걱정이 스쳐 지나갔다. 엄마는 한숨을 쉬고는 손가락빗으로 머리를 쓸어 넘겼다. 엄마 역시 잠을 제대로 못 자고 있다.

"드라이브 어때, 우리 둘이서만?" 엄마가 냉장고 위에 있는 그릇에서 자동차 열쇠를 꺼내 내게 던졌다. "받아, 히터를 켜서 차 데워 놔. 금방 커피만 만들어서 나갈게."

난 팔에 묻은 초콜릿을 닦아 내고, 잠옷 위에 외투를 걸친 다음 덧신 슬리퍼를 신고 차로 걸어 나갔다. 몇 분 뒤, 두꺼운 겨울 반코트를 입은 엄마가 텀블러 2개를 들고 밖으로 나왔다. 엄마가 운전석에 올라타면서 텀블러 하나를 내게 건넸다.

"음악도 틀고, 핫초코 좀 마셔. 우린 단거리 자동차 여행을 갈 거니까."

"하지만 엄마, 정말로 엄마한테 해야 할 말이 있어…"

"네가 여태껏 이렇게 기다렸다면, 20분쯤 더 기다린들 문제 없을 거야." 엄마가 안전띠를 당겨 맸다. "셰이무스 씨네 집을 지나 죽 올라가서 일출을 보는 건 어때?"

나는 부루퉁한 얼굴로 입을 꾹 다문 채, 엄마 핸드폰에서 엄마가 기분 좋을 때 틀던 90년대 플레이리스트를 골랐다. 엄마는 자신의 텀블러에 담긴 커피를 한 모금 마시고는 자동차 열쇠를 꽂아서 돌렸다. 차는 언제나처럼 낮게 그르렁대고 털털거렸지만, 두세 번 시도한 끝에 마침내 시동을 걸 수 있었다.

그 일이 있기 전에는, 엄마와 아빠는 섬을 드라이브하는 걸 무척 좋아했다. 두 분은 옛날 대학 시절의 노래를 엄청나게 크게 틀고 따라 불렀기 때문에, 나는 엘런 저라크 주민의 절반 이상이 그 노래를 들었을 거라고 확신한다. 우리 세 자매는 뒷좌석에 앉아서 때로는 노래를 따라 부르기도 하고, 때로는 우리끼리 티격태격하거나 창밖을 내다보았다. 나는 비 오는 날 차창에 빗방울이 죽죽 미끄러지던 것과 맑게 갠 밤이면 우리 차를 뒤쫓아 오던 달을 보는 걸 좋아했다. 우리가 할 수 있는 일은 섬 둘레를 빙빙 도는 것뿐이었지만, 상관없었다. 우린 영원히 그렇게 살 수 있을 것만 같았다.

플로라가 죽고, 우리의 드라이브도 중단되었다. 가끔 엄마나 아빠가 우나와 나에게 드라이브를 가지 않겠느냐고 물었지만 난 언제나 거부했다. 집에서 느끼는 플로라의 빈자리도 확연했지만, 작고 비좁은 차 안에서는 언니의 부재가 훨씬 더 뚜렷했다.

나는 요즈음 유령처럼 우리 주변을 맴돌던 그 허전함을 다시금 느낀다. 그 시절로 돌아가고 싶지 않다.

우리가 섬의 북동쪽 절벽에 도착했을 때 플레이리스트는 비요크에서 셀린 디온으로 넘어갔다. 수평선 위로 주황색 기운이 감돌고 별들이 새벽하늘로 녹아들기 시작했다. 난 음악을 끄고, 안전띠를 풀며 몸을 틀어 엄마를 마주 보았다.

"저기, 엄마가 이 얘기를 들으면 화가 나겠지만…."

엄마가 한 손을 들었다.

"잠깐만. 먼저 네 얘기를 하고 싶은데." 엄마가 운전석에 등

누구나 비밀은 있다

을 기댔다. "축구는 잘되고 있니? 홀리는 네가 보낸 종이 오리기 작품을 좋아했어?"

실컷 수다 떠는 시간. 엄마랑 일대일로 시간을 보낸 게 언제인지 까마득했다. 보통 때였다면 난 핫초코를 마시며 엄마랑 단둘이 하는 새벽 드라이브를 무척 좋아했을 거다. 하지만 내 마음속에 이 모든 것을 품은 채로는 그럴 수 없다. 나는 이를 악물고 의자 등받이에 털썩 기댔다.

"홀리는 나하고 말 안 해. 종이 오리기 작품을 받고는 고맙다고 했지만, 그 후로 아무 답도 없었어."

나는 얼마나 속상한지 티 내지 않으려고 애쓰며 말했다.

"그 앤 틀림없이 돌아올 거야." 엄마가 커피를 후후 불며 말했다. "네가 그 애 생일을 잊어버린 것도 놀랄 일은 아니지. 최근에 벌어진 사건들을 생각하면 말이야."

"하지만 홀리는 몰라." 난 한숨을 쉬며 대시보드 위에 발을 올렸다. "그건 그렇고, 플로라 얘기 좀 하면 안 돼? 중요한 거야."

한꺼번에 말이 쏟아져 나왔다. 빨간 편지 봉투, 내가 벌였던 조사, 핀리와의 실패한 인터뷰, 그리고 핀리는 수레시를 의심한다는 사실까지. 난 비밀을 지키겠다는 약속을 깨고, 플로라의 새로운 능력에 대해서도 말했다. 엄마는 그 대목에서 깜짝 놀라 눈썹을 치켜세웠지만 내 말을 끊지는 않았다.

"그러니까 넌 플로라가 바이러스에 걸린 게 그 때문인 것 같다는 거지?" 내가 이야기를 마쳤을 때 엄마가 물었다. "플로라가 자신의 프로그래밍에 개입했기 때문에?"

"아니. 그게 아니라, 프로그램을 건드는 바람에 바이러스가 원래보다 더 심하게 영향을 준 거 같아. 애초에 바이러스에 걸린 건 누군가가 의도적으로 집어넣었기 때문이야. 그래서 내가 계속 마리사에게 말해야 한다고 했던 거야. 좋은 사람이니까, 엄마. 마리사는 플로라를 안전하게 지키기 위해 할 수 있는 건 다 하려고 할 거야."

그러나 엄마는 고개를 저었다.

"그건 너무 위험해, 아일라. 플로라는 이미 너무 많은 규칙을 어겼어. 지금 보니, 내가 아는 것보다 더 많이." 엄마는 창밖을 내다보았다. 세상은 여전히 깊이 잠들어 있고, 유일한 빛은 별들과 저 멀리 보이는 엘런 코름의 반짝이는 불빛뿐이다. "만약 세컨드 찬스에서 아직 알아차리지 못했다면, 플로라가 어떻게든 그동안의 흔적을 감춰야 할 거야. 혹시라도 이 프로젝트가 성공하지 못할 수도 있다고 생각할 빌미를 주면 안 돼."

"하지만 그동안 벌어진 일들이 플로라에게 정말 나쁜 영향을 주었잖아! 언니는 이제 우리랑 밥도 안 먹고, 학교도 안 가잖아. 플로라는 계속 신경 쓸 것 없다고 말하지만, 이러다간 그 사람들이 언니를 데려가 버릴 거야."

엄마는 한참 동안 잠자코 있다가 손가락으로 텀블러 가장자리를 더듬었다.

"문제는 말이야, 아일라… 플로라는 여전히 세컨드 찬스의 자산이야. 그들은 언제든, 어떤 이유로든 플로라를 우리한테서 빼앗아 갈 수 있어. 그렇게 된다면, 그들은 플로라를 데리고 뭐든지 자신들이 원하는 걸 할 수 있어."

순간, 난 분명히 내 심장이 멈췄다고 생각한다.

"뭐?" 난 말을 더듬거렸다. "그럴 순 없어. 플로라는 사람이야!"

"법적으로는, 아니야. 계약서에 나온 대로 하면, 플로라는 기계야. 그들이 가진 여러 기계 중 하나. 자기들이 원하는 대로 플로라를 바꿀 수 있어."

머리가 어질어질했다. 난 실험이 실패해야만 플로라가 위험해질 거라고 생각했다. 그 회사가 이 모든 것을, 언니를 이다지도 쉽게 끝낼 수 있는 줄은 몰랐다. 플로라가 세컨드 찬스 '소유'인 줄은 미처 몰랐다.

"플로라를 바꿀 수 있다니, 무슨 뜻이야?" 텀블러를 쥔 손에 힘이 들어갔다. "어떻게 바꾼다는 거야?"

"제일 가능성이 큰 건, 플로라의 데이터를 지우고 심부름이나 집안일을 도와주는 단순한 로봇 도우미로 만드는 거겠지." 엄마가 나와 시선을 마주치지 않고 말했다. "그게 아니면… 아예 없애 버릴 수도 있겠지."

난 할 말을 잃었다. 그동안 나는 세컨드 찬스가 우리한테서 플로라를 다시 빼앗아 가는 일만 두려워했을 뿐, 그다음에 무슨 일이 벌어질지는 생각해 보지 않았다. 플로라의 인격이 제거된 모습을 상상해 보았다. 멍한 눈과 뻣뻣한 팔다리, 인간과 비교할 때 스티븐보다 하등 나을 게 없는 존재. 등골이 오싹했다.

"그러니까 엄마는, 그래서 마리사한테 알리지 말자고 한 거야?"

엄마가 고개를 끄덕였다.

"만약 그 사람들이 우리 마을을 적대적인 환경으로 여긴다면, 이 프로젝트를 취소하고 리콜 지시를 내릴까 봐 불안했어."

'리콜'.

이 말은 제품에 어떤 결함이나 위험 요소가 있을 때 제조 회사에서 소비자들에게 반품을 요청하면서 쓰는 단어다. 플로라를 생산과정에서 하자가 생긴 장치나 파손된 장난감과 다를 바 없이 취급하는 말. 검사하고 테스트해서 만족스럽지 않다면 폐기물 더미로 던져 버리는 물건이라는 뜻이다.

차창 밖으로 태양의 주황색 광채가 천천히 번지며 아침이 밝아 왔다. 나는 다리를 가슴 쪽으로 끌어당겨 무릎에 턱을 괴었다. 차 옆으로 휙 날아가는 새들을 바라보는데, 머릿속엔 걱정이 가득 몰려들었다.

"플로라가 죽던 날 아침에 여기 올라왔었어." 엄마가 갑자기 말했다. "며칠 동안 집에만 있었기 때문에 바람을 좀 쐬고 싶었거든. 플로라 상태를 확인한 뒤 이곳으로 차를 몰고 와서 혼자 해돋이를 지켜보았어. 집을 비운 게 1시간도 채 안 됐는데, 돌아오니까 네 아빠가 플로라가 떠났다고 하더구나. 몇 주 동안 내내 플로라 곁에 있다가 내가 자리를 뜬 건 그때뿐이었는데, 그때 그 일이 일어났어."

엄마의 말이 가슴속으로 파고들어 내 심장을 쥐어짰다. 전에 들어 본 적이 없는 말이다.

"엄마 잘못이 아니야." 엄마 눈에는 이미 눈물이 그렁그렁했다. 엄마가 멍하니 추억에 잠겨 있을 때면 늘 그렇듯이.

"그 일이 닥칠 걸 깨달았어야 했는데, 너무 정신이 없었어." 엄마가 소매로 눈물을 닦았다. "대체 치료법을 찾느라, 없는 희망을 찾기 위해 그 몇 달을 보냈어. 하지만 그럴 수밖에 없었어. 가능한 모든 일을 다 해 보지 않았다면 후회했을 거야. 그런데 그냥 그 애 곁에 좀 더 '있어 주었으면' 좋았을걸. 옆에 앉아서 플로라에게 더 많이 이야기하고 그 애 얘기를 좀 더 많이 들어줄걸. 이렇게 바꿀 수만 있다면 난 뭐든지 할 거야."

나는 고개를 기울여 엄마 어깨에 머리를 기댔다.

"근데, 지금은 언니가 우리한테 돌아와 있잖아."

말은 이렇게 했지만, 난 혹시라도 이 상황이 끝나 버리는 건 아닌지 두려웠다.

"맞아. 그런데 인제 와서 지난 3년을 생각해 보니, 너랑 우나와 지낸 시간이 많지 않았다는 생각이 들어. 엄마가 미안해, 아일라." 엄마가 내 머리 위로 엄마 머리를 기댔다. "그리고 내가 세컨드 찬스에 연락하기 전에 너에게 먼저 이야기하지 않은 것도 미안해."

"괜찮아." 나는 이제 미지근해진 핫초코를 한 모금 머금고 입안에서 이리저리 굴렸다. "그 지지 그룹 있잖아, '집으로 힐링 그룹' 말이야. 거기에 엄마를 가입시킨 게 나였어."

엄마가 똑바로 앉아 나를 바라보았다.

"네가? 왜 그랬어?"

"도움이 될 거라고 생각했거든. 엄마는 늘 너무 슬펐고, 너무… 헤어 나오지 못하는 거 같았어. 난 우리 가족이 앞으로 나아가길 바랐어." 난 침을 삼켰다. "하지만 그때 난 플로라 언니 없이 앞으로 나아가길 내가 '원한다'는 생각만으로도 죄책감을 느꼈거든."

슬픔이란 천천히 기어 올라가는 구덩이 같은 거라고 생각했다. 하지만 플로라의 죽음은, 슬픔이 끝없이 오르락내리락하는 '뱀과 사다리' 보드게임과 더 비슷하다는 사실을 알려 주었다. 누구나 언제든 첫 번째 칸으로 되돌아갈 수 있고 거기에 얼마나 오래 붙들려 있을지 알 수 없다. 그런 건 극복할 수 없다. 난 우리가 그 사실을 받아들이기를 바랐을 뿐이다. 엄마가 언니에게 작별 인사를 하지 않는다면 혹은 하지 못한다면, 그건 불가능했다.

"아, 아일라. 그러지 마. 난 네가 그렇게 느끼지 않았으면 좋겠어. 네 언니도 나와 마찬가지일 거야." 엄마는 두 손을 내 뺨에 얹고 내 머리 위에 입을 맞추었다. "엄마한테 왜 진작 말하지 않았니?"

"왜냐하면 그 때문에 세컨드 찬스가 우리를 알게 되었고, 그 때문에 아빠가 집을 나갔으니까." 눈이 따끔거렸다. "모두 내 잘못인 것 같았어."

"당연히 그렇지 않아, 아일라. 그건 아빠의 결정이야." 엄마가 한숨을 쉬며 등받이에 등을 기댔다. "아빠는 늘 우리가 어떻게 하든, 모든 섬 주민이 새 플로라를 받아들이지는 못할 거라고 했지. 비록 그 사람들이 동의서에 서명했다 하더라도 말이야. 어쩌면 아빠 말이 옳은지도 몰라."

"나는 사실 수레시라고 생각해. 계속 조사할 거야. 누군가는 분명히 뭔가 알고 있을 테니까."

"안 돼, 아일라." 엄마가 날카롭게 말했다. "수레시는 플로라에겐 가족이나 마찬가지야. 그 애가 그런 일을 했을 리 없어. 엄만 네가 다른 사람들을 비난하거나 상처 주지 않으면 좋겠어. 그러니, 탐정 노릇은 그만해, 알았지?"

"하지만 엄마…." 내가 반론을 제기하려 했지만, 엄마는 내 말을 가로막으며 단호하게 고개를 저었다. "그럼 어떻게 해? 마리사에게도 말할 수 없다면?"

"나도 몰라." 엄마가 손으로 얼굴을 비볐다. "플로라가 멋대로 자기 시스템을 변경하는 일은 엄마가 플로라와 얘기할게. 그건 중단해야 해. 그 문제 말고… 협박 메시지는 누가 보내고 있든지 간에 결국은 그 사람이 저절로 흥미를 잃기를 바라야겠지."

나는 좌절감에 이를 악물었다. 모니터가 우리 집 현관 앞에 버려져 있던 날 이후로 엄마는 계속 같은 말만 하고 있다. 엄마는 그자들이 왜 우리를 그냥 내버려 둘 거라고 생각하는지 모르겠다. 벌써 몇 달이 흘렀고, 이젠 심지어 플로라를 바다로 밀어 버리려고까지 했다. 그들은 포기하지 않을 거다.

하지만 나 역시 마찬가지다. 특히 세컨드 찬스가 언제든 플로라를 빼앗아 갈 수 있다는 걸 알게 된 지금은 더욱 가만있을 수 없다. 엄마가 뭐라고 하든, 이 일의 배후를 밝혀내겠다는 내 결심은 그 어느 때보다 강해졌다.

우린 음악도 켜지 않고 둘 다 생각에 잠긴 채, 차를 몰아 집으로 돌아왔다. 우리가 마을에 도착할 때쯤 완전히 아침이 밝아 왔다. 가게 문을 여는 데이비 아저씨와 불 켜진 우체국이 보였다. 잭 목사님이 교회 밖에서 바다를 바라보았고, 애니 아줌마는⋯.

아니, 잠깐만.

잭 목사님?

수레시가 교회에 대해 했던 말이 섬광처럼 떠올랐다. 우리 섬에서 수레시의 말이 무슨 뜻인지 아는 사람이 있다면, 그건 목사님일 것이다. 내가 다음으로 만나 봐야 할 사람이다.

진실 혹은 도전

1

그다음 날 아침, 난 자전거를 타고 예배가 시작되기 훨씬 전에 교회로 갔다. 삐걱거리는 나무 문을 열자마자 익숙한 냄새가 훅 끼쳐 왔다. 차가운 돌과 곰팡내 나는 책에서 나는 냄새다. 그런데 지금은 그것 말고도 새까맣게 탄 나무 냄새도 맡을 수 있다.

잭 목사님은 이미 예배당에 있었다. 예배 준비로 분주할 거라는 내 생각과 달리, 목사님은 출입문을 등지고 신도석 첫째 줄에 앉아 있었다. 갑자기 공포가 덮쳐 오는 바람에 난 잠시, 다시 돌아서서 자전거를 잡아타고 집으로 가 버릴까 하고 생각했다. 목사님이 엄마에게 말하면 어떡하지? 내가 엄마 몰래 하고많은 사람 중에 하필 잭 목사님을 의심했다는 사실을 알게 되면 엄만 불같이 화를 낼 거다. 그런데 그때, 목사님 옆자리에 누군가 앉아 있는 게 눈에 들어왔다.

"수레시 오빠? 여기서 뭐 해?"

내 목소리에 수레시와 잭 목사님이 휙 돌아봤다. 수레시는 놀라서 눈이 휘둥그레졌고, 목사님은 놀람보다는 걱정스러운 표정이었다. 목사님이 일어서서 내 쪽으로 한 발짝 다가왔다.

"별일 없니, 아일라?"

"네. 아뇨, 잘 모르겠어요."

손이 축축했다. 청바지에 손을 닦고, 목사님을 따라 출입구 쪽으로 오는 수레시를 바라보았다.

"수레시가 뭔가 할 얘기가 있어서 갑자기 들렀구나." 목사님은 내게 미소를 지어 보이며 장의자를 가리켰다. "이리 와 앉으렴. 우리 같이…."

"왜요?" 나는 목사님과 수레시를 재빨리 번갈아 보면서 어떻게 할지 궁리했다. "수레시가 벽에 그 문구를 썼어요? 아니면, 둘이서 같이 한 거예요?"

"아니야, 아일라, 아냐." 수레시가 고개를 흔들었다. "그런 게 아니야."

"아니야? 그럼 누구 짓이라는 거야?" 나는 너무 답답해서 속이 부글부글 끓어올랐고, 그 바람에 내 입에서 급히 나오려던 말들이 모두 한데 뒤섞여 쏟아졌다. "누군가가 플로라에게 그 메시지를 보냈고, 방파제에서 밀어 버리기까지 했어. 누가, 왜 그랬는지는 모르지만, 그런 일을 한 사람이 있다고. 이 섬의 누군가가 플로라를 해치려고 해. 난 너무 늦기 전에, 우리가 언

진실 혹은 도전

니를 또다시 잃어버리기 전에 누구 짓인지 찾아낼 거야."

얼굴이 화끈거리고 눈이 따끔거렸다. 그 모든 걱정과 의심 탓에 난 너무 지쳤다. 그저 누군지 알고 싶을 뿐이다.

잭 목사님이 내 팔을 부드럽게 토닥였다.

"같이 차 한잔할까. 비스킷도 좀 있을 거야."

내가 대답하기도 전에 배 속에서 꼬르륵 소리가 났다. 오늘은 너무 긴장돼서 아침을 먹을 수가 없었다.

"네, 고맙습니다."

내가 중얼거렸다.

잭 목사님은 차를 끓이러 나가고, 난 장의자에 앉았다. 수레시가 내 앞줄 의자에 앉아 나를 돌아보았다.

"누가 플로라를 밀었다니, 무슨 일이야? 플로라는 괜찮아?"

"그런 것 같아." 난 추위와 초조감 때문에 다리가 위아래로 떨리는 것을 막으려고 무릎을 꼭 붙였다. "최근 몇 주 동안 언니 행동이 이상했는데, 그 충격을 받고도 바뀌진 않더라고."

"난 아니야. 맹세해, 아일라. 난 절대 그런 짓 안 해."

수레시의 목소리는 진심인 것 같지만, 난 이제 누구를 믿어야 할지 모르겠다. 누군가는 분명 거짓말을 하고 있다. 잠시 후 잭 목사님이 세상에서 가장 묽은 차가 든 찻잔 3개를 쟁반에 받쳐 들고 비스킷 봉지를 옆구리에 끼고 돌아왔다. 목사님이 수레시와 나에게 찻잔을 건네고 내 옆에 앉았다.

"최근엔 너희 가족을 보러 가지 못해 미안하구나. 전화해서 어떻게 지내는지 물어보려고 했는데… 그게, 솔직히 말해 이 프로젝트에 적응하기가 쉽지 않더구나. 그래 봐야 변명일 뿐이지만. 누가 플로라를 공격한 걸 알았더라면 당연히 보러 갔을 거야. 플로라는 괜찮니?"

"언닌 괜찮아요." 난 차를 마시면서 목사님의 얼굴을 살폈다. 연한 파란색 눈 주위로 미소 주름이 깊게 패어 있는 친절한 얼굴이다. "그러니까, 목사님은 정말 아니라는 거예요?"

"실은 나도 그걸 여쭤보려고 왔어. 잭 목사님이 벽에다 그 문구를 썼을 거라고 생각했는데, 내가 틀렸어."

목사님이 고개를 가로저었다.

"아니야, 난 그 일과 아무 상관도 없어. 목사로서 신성한 건물을 훼손할 리 없다는 게 첫째 이유지. 게다가 플로라가 다치길 바라지도 않고."

"죄송해요. 목사님이 실제로 그랬을 거라고는 생각하지 않았어요." 이렇게 말하고 나서, 수레시를 바라보았다. "하지만 오빠 왜 그렇게 생각했어?"

수레시가 막 입을 열려는데, 잭 목사님이 손을 내저었다.

"너한테 그 이야기를 하는 게 무슨 도움이 되는지 잘 모르겠구나, 아일라. 벌써 오래전 일이라서."

"제발요." 내가 목사님 쪽으로 몸을 기울이는 통에, 찻잔 밖으로 차가 조금 흘러내렸다. "왜 이런 일이 일어나는지 꼭 밝혀내야 해요. 여긴 엘런 저라크예요. 사람들은 이곳에서 안전해야 하잖아요. 저는 누구 짓인지 알아야겠어요."

목사님은 가죽같이 메마른 손가락으로 찻잔 손잡이를 쓰

다듬으며 찻잔 속을 들여다보았다. 너무 오랫동안 아무 말이 없어서, 혹시 기도하는 게 아닌가 하는 생각이 들었다. 마침내 잭 목사님이 입을 열었는데, 아주 낮고 안타까워하는 듯한 음성이었다.

"그럴지도 모른다고 생각하긴 했지만…." 목사님이 말을 멈추고 손으로 자신의 성긴 머리카락을 쓸어내렸다. 설교할 때 잭 목사님은 빠르고 유창하게 말을 했지만, 지금은 단어를 잘 못 찾는 것 같다. "아마 그랬던 것 같아, 왜냐하면, 그게…."

"왜냐하면 불을 지른 사람이 바로 플로라였으니까."

수레시가 마무리했다.

겨울바람이 천천히 내 몸속을 훑고 지나가, 온몸 구석구석이 얼어붙었다. 내가 잘못 들은 게 틀림없다. 뭔가 끔찍한 오해가 있는 거야. 플로라가 그랬을 리 없다. 말도 안 돼.

목사님이 슬프게 고개를 끄덕였다.

"그날 밤 교회에서 플로라를 본 누군가가 얘기해 주더구나." 잭 목사님은 혹시 다른 사람들이 오지나 않는지, 출입구 쪽을 힐끗 쳐다봤다. "그리고 오늘에야 알게 되었지만, 수레시도 플로라가 여기 왔다는 사실을 알고 있었어."

"불나기 몇 시간 전에 플로라가 나한테 문자를 보냈어. 교회에서 만날 수 있느냐고 하면서, 혼자서 자전거를 타고 올 거라고 말했어. 난 플로라의 정신이 혼란스러운 상태라고 생각했지. 약 때문에 플로라가 어땠는지, 너도 기억하지. 게다가 그 애는 너무 쇠약해져 있어서, 아마 너희 집 정원도 벗어나기 힘들었을 거야. 하지만 플로라가 계속 고집을 피우는 바람에, 결국 내가 졌지."

느리고 주저하는 듯한 목소리로 수레시는 자기가 어떻게 11시에 집을 몰래 빠져나와 플로라를 만나러 왔는지 이야기했다. 마을로 향하는 언덕을 오르느라 힘겹게 자전거 페달을 밟을 때, 어쩌다가 공기 중에 떠돌던 타는 냄새를 맡게 되었는지도. 그리고 또, 언덕 꼭대기에 올라 아래를 내려다보았을 때, 무시무시한 광경을 목격하고 자전거에서 떨어질 뻔했다는 이야기도 했다. 교회가 활활 타오르는 화염에 휩싸여 빛나고 있었다는 것도.

"난 거의 쇼크 상태였어. 연기는 이미 짙게 퍼졌고, 언덕 꼭대기에 있는데도 불꽃의 열기가 느껴졌어." 기억이 되살아나는지 수레시가 몸서리를 쳤다. "머도네 가족들은 이미 밖에 나와 있었고, 애니 아줌마와 조지도 나와서 모두 교회가 불타는 걸 지켜보았지. 정말 비현실적이었어."

난 일어서서 장의자 사이를 서성거렸다. 힘이 빠져 다리가 흐느적거렸고 속도 메슥거렸다. 언니가 가장 쇠약해 있던 시절, 교회에 불을 지르고 불타는 걸 지켜보는 모습을 상상해 보려고 했지만, 그건 마치 언니가 줄타기를 하거나 뒤로 공중제비를 넘는 모습을 상상하는 것만큼이나 터무니없어 보였다. 그 이미지 중 어느 것도 현실성이 없었다.

"그럴 리 없어." 난 고개를 흔들었다. "언닌 무척 아팠어. 그런 일은 할 수 없었을 거야. 오빠도 그렇지만 목사님도 실제로

진실 혹은 노선

교회에서 언니를 본 건 아니잖아요?"

"그건 아냐. 하지만 플로라가 교회를 떠나는 걸 본 사람이 있어. 그리고 며칠 뒤에 잿더미 속에서 이걸 발견했어." 잭 목사님이 호주머니에 손을 넣었다. "사실은 오늘 일부러 이걸 챙겨왔어. 수레시가 만나고 싶다고 했을 때, 이거랑 상관있을 거라는 느낌이 들었거든."

목사님이 쥐고 있는 것을 보자, 속이 확 뒤집혔다. 나뭇잎 모양 펜던트에 'F' 자가 새겨진 섬세한 금 목걸이였다. 나는 떨리는 손으로 목걸이를 받아 들었다. 언니가 잃어버린 목걸이. 엄마가 한참 동안 찾았는데, 그걸 잭 목사님이 내내 가지고 있었다니.

"왜 말씀을 안 하셨어요?"

나는 목이 메었다.

"너희가 남의 잘못을 용서하면 하늘에 계신 아버지께서도 너희를 용서하실 것이다." 잭 목사님이 슬픈 미소를 지었다. "마태복음 6장 14절. 용서는 아주 중요해."

"하지만 목사님은 아무한테도 말하지 않았잖아요. 경찰이나 소방대에게도. 그 누구에게도."

"우린 어떻게 해도 결과가 좋지 않을 거라고 판단했거든. 플로라는 아팠고 제정신이 아니었잖아. 그 애한테 어떤 혐의도 씌워지지 않기를 바랐어." 목사님이 차를 한 모금 마셨다. "또 너희 부모님에게 또 다른 스트레스를 더해 주고 싶지도 않았고. 그게 아니어도 온갖 일을 이미 충분히 겪고 있었으니까."

내가 다시 장의자에 앉자 작게 쿵 하는 소리가 났다. 수레시가 차가 아직 남아 있는 머그잔을 한 손으로 빙빙 돌리며, 잔 속에서 일어나는 작은 소용돌이를 응시했다.

"그래서 플로라를 대할 때 그렇게 이상하게 군 거야?"

내 물음에 수레시가 고개를 끄덕였다.

"정말 안 그러려고 했는데, 그 애는 전혀 기억도 못 하는 이런 엄청난 일을 난 알고 있잖아. 너무 힘들었어. 그리고 죄책감도 느꼈고. 내가 너희 부모님께 전화해서 플로라가 혼자서 외출하려고 한다고 말했다면 아무 일도 일어나지 않았을 거잖아. 하지만 플로라가 날 미워할까 봐 그러지 못했어."

"넌 열다섯 살이었어, 수레시." 잭 목사님이 말했다. "넌 그저 좋은 친구가 되려고 했던 것뿐이야. 그만 너 자신을 용서하렴."

"언니가 교회를 떠나는 걸 본 사람이 누구예요?"

목사님이 머뭇거리다가 고개를 저었다.

"그건 중요하지 않아, 아일라. 말했듯이 오래전 일이야. 이 섬에 증오나 분노를 만들어 내고 싶진 않아."

"하지만 바로 그 사람이 플로라를 괴롭히는 사람인지도 모르잖아요!"

"내가 그 사람들과 얘기해 볼게. 그리고 뭔가 다른 일이 벌어지고 있는 게 확실하다면, 내가 직접 세컨드 찬스로 갈 거야."

몇 주 동안 메시지의 배후 인물을 찾아다닌 끝에, 드디어

진실에 아주 가까이 다가갔는데 이렇게 빼앗기다니, 좌절감이 느껴졌다. 나는 손에 든 목걸이를 돌려서 얇은 줄을 손가락 사이로 미끄러트렸다. 엄지손가락으로 펜던트를 꾹 누르자 손바닥에 뒤집힌 F 자국이 남았다.

"플로라가 그랬을 리 없어요." 난 다시 이렇게 말했지만, 처음보다는 덜 단호했다. "언닌 그런 사람이 아니에요. 목사님도 아시잖아요."

"그래, 나도 알아. 하지만 사람들은 상처받거나 두려울 때 이상한 행동을 한단다. 전혀 그 사람답지 않은 일. 다른 사람을 해칠 수 있는 일을 하기도 해. 의도적이든 아니든 간에 말이야."

인터넷에서 다른 사람들을 격려하는 암 환자 이야기를 읽은 적이 있다. 그들은 용기와 투지, 긍정적인 태도를 이야기하면서 암이 유전자와 치료제, 운의 문제라기보다는, 마치 컴퓨터 게임에 나오는 악당처럼 충분히 연습하면 이길 수 있다는 듯이 말했다. 플로라는 그렇지 않았다. 언니는 겁에 질렸다. 때로는 소리 지르고 때로는 울음을 터뜨렸으며 물건을 부쉈다. 언니는 자신이 끔찍한 패를 받았다는 걸 알았고, 그걸 받아들일 수 없었다. 왜 언니가 그런 일을 당해야 했을까? 그건 정말 너무나 부당했다.

"마지막 몇 달 동안은 언니가 달랐던 것 같아요." 난 손안의 목걸이를 뒤집으며 말했다. "화가 나 있었죠, 화낼 기력이 있을 땐요."

"플로라답지 않았어." 수레시가 고개를 끄덕였다. "그날 화재는 엄청난 비극이 될 수도 있었어. 내 친구 플로라는 그런 식으로 다른 사람의 생명을 위험에 빠뜨리진 않았을 거야. 하지만 너무 끔찍한 일을 겪고 있었으니까, 플로라가 달라진 게 놀랄 일은 아니야."

"플로라가 무력감을 느끼고 있을 때, 그런 행동이 아마 자신에게 힘이 있다는 느낌을 주었을 거야." 목사님이 내 어깨에 손을 얹고 살짝 힘을 주었다 풀었다. "어쨌든 이미 끝난 일이야. 아무도 심하게 다치지 않았다는 게 중요해."

말의 내용은 긍정적이었지만 목사님의 목소리는 슬펐다. 교회는 백 년 넘게 이 자리에 있었다. 이 섬의 수많은 결혼식과 세례식, 장례식을 지켜보았다. 그 모든 역사가 불길 속으로 사라져 버린 셈이다. 잭 목사님에게는 백 배쯤 더 고통스러운 일이었을 텐데도 그는 지금까지 침묵을 지켰다.

"내가 이런 얘기를 하는 건, 플로라를 다치게 한 사람이 나나 수레시라고 네가 생각할까 봐서야. 우리 둘 다 플로라를 아껴. 너희 식구도 모두 다." 잭 목사님과 눈이 마주쳤다. "이 일의 배후에 누가 있는지 밝혀내서 중단시키도록 내가 최선을 다할게. 넌 계속 플로라 곁에 있어 주렴."

"알겠어요." 나는 또 다른 눈물의 파도가 솟아올라서 시선을 돌렸다. "고맙습니다."

수레시가 자기 후드티의 소매를 내주었다. 난 안경을 벗고 그걸로 눈물을 닦으며 살짝 웃었다. 그리고 나서 식은 차를 다

마시고, 아직도 잭 목사님의 예배에 참석하는 얼마 안 되는 사람들이 들어오기 전에 밖으로 나왔다. 자전거에 오르기 전에 목걸이를 다시 내려다보았다. 플로라에게는 내 침대 옆 바닥이나 아니면 수납장 뒤에서 발견했다고 말할 수 있을 거다. 하지만 이건 더 이상 언니의 기념품이 아니다. 범죄 현장에서 나온 증거물이다. 플로라가 저지른 범죄의 증거.

난 항구로 가서 그 목걸이를 방파제에서 멀리 바다로 힘껏 내던졌다.

2

그동안 난 엘런 저라크에서는 비밀이 아주 빠르게 퍼져 나간다고 생각했다. 비밀은 잡초처럼 자라나서, 예기치 못한 구석에서 싹을 틔우고 사람들의 발목을 친친 감아, 아무리 발버둥 쳐도 결국 그들을 극적인 사건 속으로 끌고 들어간다고 믿었다. 하지만 플로라와 교회 화재에 관한 비밀은 거의 퍼지지 않았다. 나에게 도달하는 데만도 꼬박 3년이 걸렸고, 내가 들은 것으로 판단해 보건대 그 일을 아는 사람은 나를 포함해 여전히 극소수다.

교회에서 집으로 돌아왔을 때, 난 그 비밀이 더 이상 퍼져 나가지 못하게 막아야 한다는 사실을 깨달았다. 엄마는 우나와 바나나그램 단어 게임을 하고 있었고 쉬이는 엄마 무릎 위에 앉아 있었다. 플로라는 신문 구석에다 그림을 끼적이고 있었는데, 믿을 수 없을 정도로 정교한 배와 비행기 그림이었다. 지난주는 집 안에 극심한 공포와 스트레스뿐이었는데, 지금 이 모습은 완벽하게 평범한 날의 작은 조각이다. 이걸 망치고 싶지 않다.

무엇보다도 난 엄마나 우나가 우리가 기억하는 플로라가 혹시라도 건물에 불을 지를 수 있을지, 지금의 나처럼 궁금해하지 않기를 바랐다. 머도와 아디티가 그 사실을 알게 되어 플로라를 비난하지 않기를 바랐다. 심지어 난 플로라에게도 말하고 싶지 않다. 플로라는 이미 자기 자신으로부터 점점 멀리 떠내려가고 있다. 이런 일이 겹치면 언니를 아예 먼바다로 밀어낼지도 모른다.

그러나 그 생각마저 사라지게 할 수는 없었다. 수레시가 묘사한 장면이 하루 종일 내 머릿속을 맴돌았다. 나는 플로라가 교회로 가서 손가락을 튕겨 라이터를 여는 모습을 상상한다. 허약한 다리로 자전거를 타고 집으로 오다가, 너무 힘드니까 내려서 미는 모습을 본다. 난 언덕 꼭대기에서 교회가 불타는 걸 지켜보면서도 누구에게도 알리지 않고 아무 도움도 주지 않는 언니 모습을 그려보았다. 그 당시 아빠가 화재 사건 얘기를 했을 때 언니의 행동이 어땠는지, 혹시 죄책감의 기미가 있었는데 내가 놓친 건 아닌지 기억해 보려고 애썼다. 하지만 그 시절 기억은 흐릿하기만 하다. 집에 너무 많은 일이 있었기 때문에, 교회 화재는 그저 배경에서 벌어진 작디작은 사건일 뿐이었다.

한 주, 또 한 주가 천천히 흘러갔지만, 내 머릿속에서는 그 이미지가 지워지지 않고 그대로 남아 있었다. 난 더 이상 축구 연습을 하러 가지 않았다. 토요일에 아빠한테 가는 것도 그만 두었다. 아빠가 전화해서 왜 그러는지 물었을 때, 아빠의 목소리에서 상처가 느껴졌지만, 난 모른 체했다. 학교에서도 입 꾹 닫고 심통을 부렸기 때문에 교실에는 긴장감이 감돌았다. 11월의 어느 금요일 오후, 집에 가려고 가방을 챙기고 있는데 머도가 목청을 가다듬었다.

"오늘 밤 해변에서 모닥불을 피우고 '본파이어 나이트(11월 5일은 '본파이어 나이트' 또는 '가이 포크스의 밤'이라고 부르는 날로, 저녁에 사람들이 모여서 모닥불을 밝히고 불꽃놀이를 한다. – 옮긴이)'를 하면 좋을 것 같은데. 우리 다 같이 말이야. 플로라도 오고 싶으면 와도 돼."

머도의 눈이 희망으로 반짝였다. 머도는 분위기가 안 좋은 걸 못 견딘다. 그러니 그에게는 요즘 상황이 고문이었을 것이다. 죄책감이 마음을 찔렀다. 머도와 아디티는 내 기분을 풀어 주려고 정말로 열심히 노력했다. 둘이서 나를 웃기려고 동영상과 밈을 계속 보내 주었지만, 나는 딴 데 정신이 팔려서 관심을 기울이지 않았다. 그래서 이번 머도의 제안에 고개를 끄덕였다.

"좋은 생각이야." 나는 미소를 지었는데, 마치 제대로 웃는 법을 잊어버리기라도 한 것처럼 얼굴 근육이 땅겼다. "언니한테도 물어볼게."

"좋았어. 전부 다 와야 해. 우리 여섯 명 모두." 아디티가 가방을 어깨에 메고 조지를 가리켰다. "너도, 조지 캠벨. 이번엔 어떤 변명도 안 돼."

조지가 컴퓨터를 보다가 고개를 들었다.

"하지만 내일 아침에 엘런 코름에 피아노 레슨 받으러 가야 해!"

"그래서? 우리가 7시에 모이면 9시까지는 집에 갈 수 있어."

아디티가 조지의 옆구리를 슬쩍 찔렀고, 머도와 핀리가 "가자, 가자, 가자." 하고 노래를 불러 대자, 조지도 어색하게 입술을 당겨 억지 미소를 지었다. 그러고는 결국 고개를 흔들며 웃었다.

"알았어, 알았다고! 해변에서 봐."

3

내가 집에 도착했을 때 플로라는 여느 때처럼 자기 방에 있었다. 난 우리의 응원가 노크를 한 뒤, 이번엔 곧장 방문을 열지 않고 잠시 언니의 대답을 기다렸다. 우린 한 번도 이런 적이 없었다. 모든 게 변하기 전에는 항상 서로의 방에 왈칵 뛰어들어, 상대방이 슬쩍 집어 간 펜이나 책을 뒤지거나 인터넷에서 발견한 재밌는 걸 서로 보여 주곤 했다.

"왜?" 플로라가 소리쳤다. 문을 열자, 플로라가 노트북을 앞에 두고 책상다리를 한 채 침대에 앉아 있는 게 보였다. 언니가 날 힐끗 올려다보았다. "어, 왔니. 뭐 필요한 거 있어?"

"아, 아니." 나는 문틀에 기댔다. "오늘 밤 북서쪽 해변에서 모닥불을 피울 생각이야. 머도, 아디티랑 다른 애들하고 같이. 언니도 혹시 오고 싶어 할지 애들이 궁금해서."

"재밌겠는데." 플로라는 계속 타이핑을 했다. 난 문간에 서서 답을 기다렸다. 플로라가 다시 고개를 들었는데, 내가 여전히 있는 걸 보고 놀란 것 같았다. 언니는 노트북을 덮고 침대를 두드렸다. "이리 와서 잠깐 앉아 봐. 이번 주에는 널 거의 못 봤잖아. 학교는 어때? 내가 알아야 할 일은 없어?"

"뭐 별로." 난 침대 가장자리에 걸터앉았다. "핀리는 결국 다큐멘터리 찍는 걸 그만뒀어. 이제 언니가 없으니까."

"불쌍한 핀리. 난 그 애가 유명해질 거라고 확신해." 플로라가 베개에 등을 기대며 다리를 쭉 뻗었다. "근데 요즘 홀리랑은 잘 지내니?"

그 애의 이름만 들어도 가슴이 저릿했다.

"아니."

홀리와 이야기를 한 게 언제인지 까마득하다. 잠에서 깨어 핸드폰으로 홀리가 보내 준 오클리의 사진이나 내 별자리 운세를 보던 일이 그리웠다. 그 애의 이상한 양자택일 게임도 그립다. 홀리가 보고 싶지만, 더 이상 만나지 않는 게 좋을 것 같다. 내 머릿속은 여전히 화재 사건으로 가득 차 있다. 다른 게 들어갈 자리가 별로 없다.

"그럼 뭐라도 해야 하지 않니?" 플로라가 내 무릎을 두드리며 물었다. "그냥 홀리한테 연락해 봐, 아일라."

난 고개를 저었다.

"그렇게 간단하지 않아. 우리 집에선 너무 많은 일이 벌어지고 있는데, 난 그 애에게 한마디도 할 수가 없잖아. 그런 건 싫어."

플로라가 한숨을 쉬었다.

"음, 홈커밍 프로젝트가 영원히 비밀은 아닐 거야. 언젠가는 너도 홀리에게 진실을 말할 때가 올 거야."

윙윙거리는 소리가 나더니 스티븐이 방으로 들어왔다. 지난주에 우나가 서랍에서 어릴 때 쓰던 스티커 귀고리 뭉치를 발견했고, 동생은 그걸로 스티븐을 멋지게 꾸며 주었다. 청소기 윗부분은 화려한 보석 스티커를 소용돌이 모양으로 빙 둘러서 붙여 놓았고, 그 한가운데에 반짝거리는 'S' 자를 만들어 놓았다. 내 상상일 수도 있지만, 단언컨대 그 이후로 스티븐이 훨씬 심술궂어진 건 분명하다.

"안녕, 스티븐." 내가 손을 흔들었다. "뭐 하는 거야?"

"시스티나 성당을 그리는 중이야." 스티븐이 짜증스럽게 말했다. "그런데 말이지, 그건 어떻게 생겼어?"

플로라가 웃었다. 스티븐이 언니 방을 바쁘게 돌아다니고 있는데, 엄마가 저녁 준비가 다 됐다고 위층을 향해 소리쳤다. 나는 자리에서 일어났지만, 플로라는 나와 함께 내려가는 대신 노트북 쪽으로 손을 뻗었다. 화면에는 내가 모르는 어떤 여자 사진이 떠 있었다. 연한 갈색 피부, 긴 검은색 머리에 매력적인

진실 혹은 도전

하트 입 미소를 지닌 사람으로, 마흔 살쯤 되어 보였다. 플로라가 다른 탭을 누르자 사진이 사라졌다.

"본파이어는 거르는 걸로 할게. 어쨌든 초대해 줘서 고마워."

"그렇지만 우린 전부 다 갈 건데. 조지도 올 거야. 애들이 모두 언니를 보고 싶어 해."

"고맙지만 됐어. 난 할 일이 있어서. 다음에 갈게."

"무슨 할 일?" 내가 손바닥을 위로 한 채 두 손을 내밀며 물었다. "언닌 이제 학교도 안 가잖아. 뭐가 그렇게 바쁜 거야? 그리고 아까 보고 있던 여자는 누구야?"

"네가 상관할 일 아냐, 아일라. 나 좀 내버려 둬, 응?"

스티븐이 내 발에 부딪히더니, 자기 일을 방해하지 말라고 잔소리를 해 대며 삐쳐서 내 주위를 빙빙 돌았다. 청소기를 넘어서 문으로 가는데, 플로라의 날카로운 말투 때문인지 눈이 따끔거렸다. 플로라가 뒤에서 나를 부르는데 목소리가 좀 부드러워졌다.

"애, 랄라?"

내가 돌아섰다. 플로라가 알 수 없는 묘한 표정으로 날 바라보았다. 그러더니 일어나서 날 껴안았다.

"미안해. 그리고 고마워. 그 메시지와 관련해 무슨 일인지 알아내려고 네가 최선을 다했다는 걸 알아. 이 프로젝트가 성공하기를 네가 정말로 바란다는 것도. 정말 고마워. 앞으로 무슨 일이 벌어지든, 네가 충분히 애쓰지 않아서 그런 게 아니라는 건 알아주었으면 해.”

“무슨 뜻이야, ‘무슨 일이 벌어지든’이라니?” 엄습하는 불안감을 느끼며 물었다. “어떤 일이 벌어진다는 건데?”

“아무것도.” 플로라가 나에게서 떨어져 컴퓨터와 자신의 비밀로 돌아갔다. “오늘 밤에 재밌게 놀아. 모두에게 안부 전해 주고. 미안하다고 얘기해 줘.”

4

이곳은 겨울에 해가 일찍 진다. 저녁에 내가 해변에 도착했을 때 하늘은 이미 아주 어두웠고 별이 가득 차 있었다. 머도는 작지만 타닥거리며 타오르는 모닥불을 작대기로 찌르느라 무릎을 꿇고 있었고, 아디티는 타다 남은 불에 마시멜로를 구우며 자기 핸드폰에서 나오는 음악에 맞춰 반쯤 춤을 추고 있었다. 핀리는 여느 때처럼 사진을 찍고 핸드폰에 대고 녹음을 하고 있었고, 조지는 바위에 앉아서 두 팔로 다리를 감싼 채 바다를 바라보고 있었다.

“안녕.” 난 어깨에서 가방을 내려 통을 꺼냈다. “너희들이 좋아하는 오트밀 건포도 쿠키를 만들어 왔어.”

“좋았어! 고마워, 아일라.” 머도가 몸을 세워 모래 위에 앉았다. “플로라는 같이 안 왔어?”

“응. 엄청 바쁘대.”

"진짜야?" 아디티가 못마땅하다는 듯 말했다. "요즘 계속해서 코딩만 하는 거 같더라. 좀 쉬어야 해."

핀리가 핸드폰을 주머니에 넣고 내 쿠키 통으로 손을 뻗었다.

"무슨 작업을 하는데? 지금은 학교도 그만뒀는데 뭘 한다는 거야?"

"나도 몰라." 난 아디티를 보았다. "넌 알아?"

아디티는 고개를 흔들고 마시멜로를 후후 불었다.

"전혀. 심지어 플로라가 나한테 말해 줬다고 해도 내가 이해했을지 의문이야. 지금은 나보다 프로그래밍에 대해 훨씬 더 많이 아는걸."

핀리가 한숨을 쉬었다.

"난 오늘 밤 플로라가 와서 마침내 나랑 인터뷰해 줄 거라고 기대했는데. 넌 아직 임무가 남았잖아."

핀리가 이렇게 덧붙이며 눈을 가늘게 뜨고 나를 보았다.

"그게, 난 오라고 했는데 언니가 싫다고 했다니까." 내가 딱 잘라 말했다. "난 언니 상사가 아니야, 미안하지만."

내 말투가 너무 방어적이어서 모두가 날 쳐다보았다. 아디티와 머도의 얼굴엔 두려움이 가득했다. 이 둘이 지난 2, 3주 동안 내 기운을 북돋워 주려고 무진 애를 썼는데, 오늘 밤 분위기까지 망치고 싶진 않았다. 나는 심호흡을 하고 천천히 내뱉었다.

"미안, 난 그냥…." 내 목소리가 점점 작아졌다. "우리 다른 얘기 하면 안 돼? 맨날 이 프로젝트 얘기만 하는 것 같아."

조지가 봉지에서 마시멜로를 하나 꺼내더니 젓가락에 끼워서 나에게 건네주었다.

"좋은 생각이야."

아디티의 핸드폰에서 테일러 스위프트의 노래가 흘러나왔다. 아디티가 내 두 손을 잡고 일으켜 세웠다.

"춤추자. 테일러 스위프트가 네 마음을 딴 데로 돌리게 해 줄 거야."

"내가 춤에는 젬병인 거 알잖아."

내가 뻗댔지만 아디티는 봐주지 않았다.

"그럼 우리 몸치 경연 대회를 열자." 아디티가 발을 좌우로 움직이며 주먹 쥔 손을 가슴 앞에서 앞뒤로 밀기 시작했다. "난 이걸 '반죽 밀기'라고 불러. 네 차례야."

나는 웃으면서 어색하게 양손을 이리저리 빙글빙글 돌리면서 설거지하는 흉내를 냈다. 머도는 좌우로 뛰며 오른팔을 구부려 마치 냉장고 문을 여닫듯 앞뒤로 흔들었다. 조지까지도 자리에서 일어나 손을 머리 위로 올려 전구를 갈듯 비틀었다. 우리 동작이 점점 우스꽝스러워지면서 춤을 춘다기보다 모두 웃느라 정신이 없었다. 핀리가 이 모든 걸 핸드폰으로 찍었으니까 결국 세콘에 영상이 올라가 전 세계가 보게 될 게 분명했다. 상관없다. 오랜만에 생각을 하지 않으니 기분이 좋았다.

노래가 끝나고 우린 모래 위에 앉아 비스킷 통을 열었고, 모닥불에 마시멜로를 좀 더 구웠다. 갑자기 이 친구들에게 애정이 샘솟는 느낌이었다. 어느 날 우린 자라서, 거의 모든 사람이

진실 혹은 노선

그러듯 엘런 저라크를 떠날 것이다. 우리 중 아주 일부만 이 섬에 다시 돌아오겠지만, 떠난 사람들도 모두 이곳과 영원히 연결되어 있을 거다. 우린 이 섬의 거친 언덕과 흰 모래밭을 뛰어다니며 자랐다. 우리 폐 속에는 이 섬의 바닷바람이 들어 있다. 그건 중요하다.

하지만 저녁이 깊어갈수록 어두운 생각들이 내 행복 위를 스쳐 지나갔다. 플로라에게 그런 메시지를 보낸 사람이 누구인지 결국 찾아내지 못한다면? 내가 남은 평생 이 친구들을 볼 때마다 누가 그랬을지 궁금해할까? 이런 의심이 마치 완전히 빼내지 못한 가시처럼 남아서 영원히 날 괴롭히지 않았으면 좋겠다.

나는 되풀이되는 질문을 몰아내려고 애썼지만, 또다시 거기에 빠져들고 말았다. 다른 친구들이 크리스마스 선물로 무엇을 받고 싶은지 이야기하는 동안, 나는 불을 응시하며 주황색 수첩을 생각했다. 아디티는 내가 명단에서 맨 처음 지운 이름이다. 다른 사람은 모두 신중하게 판단했지만, 아디티만큼은 혹시 그런 메시지를 보내지 않았는지, 보냈다면 왜 그랬을지 꿈에도 생각해 보지 않았다. 아예 그럴 필요도 없다고 생각했다.

어쩌면 내가 틀렸을지도 모른다. 어쩌면 아까 아디티가 플로라가 뭘 하는지 모른다고 한 게 거짓말이었을지도 모른다. 어쩌면 아디티가 언니를 도와주고 있었던 게 아니라 해치고 있었던 건 아닐까. 어쩌면 수레시는 그동안 자기 여동생을 감싸고 있었던 건지도 모른다.

정말 모르겠다. 하지만 내 가장 친한 친구에게 물어볼 말이 생각보다 많은 건 확실하다.

"게임하자." 내가 무릎을 꿇고 일어나 앉으며 말했다. "진실 혹은 도전 게임 어때?"

핀리가 모닥불 너머로 나를 보며 씩 웃었다.

"좋아. 나부터 할까? 난 도전을 택할래."

"하나 생각났어!" 아디티가 바다를 가리켰다. "물속에 들어가서 30초 동안 첨벙거리기."

그건 오스트레일리아나 발리 같은 곳에서라면 도전이랄 것도 없겠지만, 스코틀랜드에서 11월이라면 얼음으로 가득 찬 수영장에 뛰어드는 것과 마찬가지다. 끙하고 앓는 소리를 내며 핀리가 신발과 양말을 벗고 바다를 향해 뛰어갔다. 첫 번째 파도가 발을 휩쓸고 지나가자 핀리는 소리를 질렀고, 우리가 서른부터 거꾸로 숫자를 세는 동안 비명을 지르며 첨벙거리고 뛰어다녔다. 마침내 우리가 0을 외치자 핀리가 모닥불로 달려왔다.

"내가 동상에 걸려 발가락을 잃는다면 아디티 너를 원망할거야." 핀리는 몸을 덜덜 떨면서 뒤로 기대어 맨발을 불 쪽으로 들어 올렸다. "다음은 머도. 진실 혹은 도전?"

머도도 도전을 택했다. 핀리는 그에게 해초를 먹으라고 했지만, 해초가 혀에 닿기도 전에 머도는 구역질을 하며 도로 뱉어 냈다. 다음은 조지였고 조지는 진실을 택했다. 머도는 조지에게 역사상 가장 놀라운 바이올리니스트가 될 수 있지만 평생 곱창만 먹어야 한다면, 또는 먹고 싶은 건 뭐든지 먹을 수

진실 혹은 도전

있지만 다시는 음악을 할 수 없다면, 무엇을 선택할지 물었다. 조지는 바이올린과 곱창을 고르긴 했지만, 스스로 인정한 대로 토할 것 같은 얼굴이었다. 다음은 내 차례였다.

"도전."

조지가 내 인터넷 검색 기록을 1분 동안 모두가 볼 수 있게 핸드폰을 공개하라고 말했다. 난 움찔했지만, 다행히도 지난주에 손가락에 생긴 이상한 발진 때문에 몇 가지 검색한 것 말고는 그다지 당황스러운 건 없었다. 핀리가 '수박이 베리 종류인가'라는 검색어를 보더니 나를 비웃었지만, 내가 실제로 수박이 특정한 종류의 베리라는 걸 알려 주자 입을 다물었다.

다음은 내가 아디티에게 물을 차례다. 내가 짐작한 대로 아디티는 진실을 선택했다. 가슴이 두근거리고 속이 메슥거렸지만, 난 마음이 바뀌기 전에 가까스로 말을 꺼냈다.

"그 메시지를 플로라에게 보낸 사람이 너야?"

아디티는 서운한 표정이었다.

"뭐? 무슨 말이야? 내가 왜 그런 일을 해?"

"그야 모르지. 넌 플로라의 프로그램도 만졌잖아. 그 이후로 언니는 기술적인 문제를 겪고 있다고." 내 목소리가 떨렸다. "어쩌면 넌 언니를 도와주고 있었던 게 전혀 아닐 거야. 의도적으로 조작했을지도 모르지."

"조작했다고? 플로라가 부탁해서 방법을 찾을 수 있게 도와준 것뿐이야! 전부 플로라 생각이었어, 내가 아니라." 아디티가 양팔을 들어 올렸다. 그 애의 눈이 모닥불 불빛에 반짝거렸다. "난 절대 언니를 해치지 않아. 플로라는 내 친구야."

"자, 아일라." 핀리가 곱지 않은 시선을 보내며 말했다. "점점 우스꽝스러워지잖아. 분명히 아디티는 아니야."

"네가 모든 걸 너무 과장했어. 봉투 사건은 오해였을 거야." 조지가 말했다. 큰 소리를 내지는 않았지만, 평소의 부드러운 어조보다는 좀 더 날카로웠다. "그리고 바이러스는… 그건 아마 사고였을 거야. 그 무엇도 네가 생각하는 것만큼 심각하지는 않다고 확신해."

"조지 말이 옳아. 우린 아니라고 몇 번이나 말해야 하니?"

머도의 목소리가 너무 크고, 화가 나 있고, 머도답지 않아서 난 깜짝 놀랐다.

"알았어, 알았다고. 그 얘길 다시 꺼내서 미안해."

안경 뒤에서 눈이 화끈거렸다. 내가 나쁜 사람인 것 같은 기분이 들었지만, 문제를 일으킨 건 내가 아니다. 나는 그저 누가 플로라를 해치려고 하는지 알고 싶을 뿐이다. 내가 속상해하는 걸 보고 머도와 조지는 아디티에게 다른 진실 찾기 질문을 던졌다. 다른 애들이 아디티의 답변을 두고 논쟁을 벌이는 동안 내 뒷머리에 뭔가 꺼림칙한 느낌이 일기 시작했다. 그건 마치 여행을 떠났는데 뭔가를 두고 왔다는 걸 알게 되었을 때의 기분과 비슷했다. 뭔가 빠뜨린 게 있다. 아주 명백한 뭔가를.

"아일라!"

핀리는 두 손으로 핸드폰을 꽉 움켜쥐고 화면을 응시하고 있었다. 그러더니 내게로 달려와 털썩 무릎을 꿇고 핸드폰을 건네주었다. 핸드폰 화면을 보는 순간 심장이 훅 튀어 올랐다. 플로라가 자기 방에 앉아 있고, 밑에 '홈커밍 프로젝트'라는 글이 쓰여 있다.

"이게 뭐야?"

나는 중얼거렸지만 이미 무슨 일이 벌어지고 있는지 알아차렸다. 떨리는 손가락으로 화면을 두드려 영상을 재생했다. 플로라는 파란색과 흰색 줄무늬가 있는 상의를 입고 머리를 단정하게 땋은 채, 카메라를 향해 담담하게 웃고 있다.

"제 이름은 플로라 매콜리예요. 저는 스코틀랜드의 서쪽 바다에 있는 엘런 저라크라고 하는 섬에서 살고 있어요. 여러분 중에 몇몇은 저를 알아볼지도 모르겠군요. 몇 년 전 제가 아프기 전까지는 여기 세콘에 게시물을 많이 올렸거든요."

화면이 바뀌더니 언니의 예전 영상들이 이어졌다. 자기 방에서 춤추는 모습과 쉬이를 목도리처럼 목에 두르고 포즈를 취한 모습, 병을 진단받은 뒤 팔로워들에게 눈물겨운 근황을 전하던 영상이었다.

"불행히도 병은 낫지 않았어요. 저는 죽었어요. 그랬는데 세컨드 찬스라는 회사에서 저를 되살려 냈어요." 영상은 언니 방, 현재로 획 돌아온다. 플로라가 씁쓸한 미소를 지었다. "많은 분이 이걸 장난이나 속임수로 생각하리라는 건 알아요. 저라도 그럴 거예요. 하지만 맹세컨대, 이건 실제 이야기예요."

세컨드 찬스의 매뉴얼에 나오는 그림과 영상 자료를 이용해, 플로라는 세컨드 찬스가 어떻게 리터니를 재현해 내는지,

자신이 캘리포니아에서 깨어나서 3년 전에 자기가 죽었다는 이야기를 들은 과정이 어땠는지 설명했다. 그런 다음 지난여름 자신의 홈커밍 동영상을 보여 주었다. 배에서 내리는 장면과 학교에 간 첫날 그리고 교회 벽의 낙서까지.

"세컨드 찬스는 저와 같은 리터니를 여러 명 배출했어요. 회사는 그들의 관심사와 기억, 성격을 재구축하는 데에 필요한 수년간의 온라인 데이터가 있는 사람들만을 대상으로 해요." 전 세계 낯선 사람들의 사진 모음이 화면에 나타날 때 플로라가 말했다. "제가 아는 한 그 사람들은 전부 세콘 사용자였어요. 세컨드 찬스와 세콘은 모회사가 같거든요."

아디티가 핀리를 쳐다보았다.

"이거 알고 있었어?"

핀리가 고개를 저었다. 그 순간, 화면 위쪽의 사용자 아이디가 눈에 들어왔다. 'finleyggraham'. 숨이 턱 막혔다.

"핀리 그레이엄, 네가 올렸어?"

"아니야! 맹세해." 핀리가 더듬거렸다. "내 말은, 그래, 몇 개는 내가 찍은 영상이 맞아. 하지만 플로라의 인터뷰는 내가 찍지도 않았고, 난 아무것도 올리지 않았어. 맹세해, 아일라, 내가 안 했어."

하고 싶은 말이 너무 많은데 목에 걸려 아무 말도 나오지 않았다. 핀리 말은 믿을 수 없다. 아무도 못 믿겠다. 심지어 플로라까지도. 동영상은 다시 자기 방에 있는 플로라에게로 돌아갔다. 몇 시간 전에 내가 뭘 하는지 물어보고 있던 방. 바로 그

방에서 언니는 내게 거짓말을 하고 아무것도 아니라고 말했다.

"우리 가족이 왜 날 도로 데려오기로 했는지 알아요. 하지만 전 이런 삶을 기억하기 위해 만들어진 게 아니에요. 저는 이 섬을 떠날 수 없어요. 옛날 친구들과 연락할 수도 없고요. 또 기계로서의 능력도 쓰면 안 돼요. 제가 바로 그런 존재인데도 말이에요. 전 기계예요."

플로라는 의자에 앉은 채 몸을 틀더니, 머리카락을 들어 올려서 목덜미에 있는 충전 포트를 보여 주었다. 그게 단순히 기발한 특수 효과가 아니라 진짜라는 걸 확인시켜 주려는 듯 플로라는 몸을 이쪽저쪽으로 움직여 모든 각도에서 포트를 보여 주었다. 나는 플로라가 스스로 자신을 단순한 기계라고 말하는 걸 항상 듣기 싫어했지만, 화면에서 포트를 보자 그게 부정할 수 없는 현실이라는 생각이 들었다. 플로라는 칩과 나사, 전선으로 이루어져 있다. 그리고 이제 그 사실을 온라인으로 전 세계가 보고 있다. 플로라가 다시 카메라를 바라보는데, 차갑고 딱딱한 눈빛이다.

"이건 반쪽짜리 삶, 중간에 낀 삶이에요. 우리 리터니들이 인간이 아닐지는 모르지만, 우리도 사람과 똑같아요. 이보다는 더 나은 대우를 받을 자격이 있어요."

영상이 끝나자, 수십 개의 댓글이 올라왔다.

'기분이 너무 이상해, 나 이 여자애 기억나….'

'이게 장난이라면 너무 심했어.'

'우아! 가짜가 틀림없지만, 이 정도로 해낸 건 놀라운걸, 영

화 특수 효과팀에서 이 사람을 고용해야 해.'

핀리는 여전히 그 영상이 어떻게 자신의 계정에 올라왔는지 모르겠다며 주절거렸다. 아디티가 그에게 조용히 하라고 말하고는 내게 괜찮은지 물었다. 난 오로지 화면 아래쪽 구석에 나와 있는 조회 수만 보고 있었다. 수백에서 수천으로 조회 수는 걷잡을 수 없이 치솟았고 이 프로젝트 또한 그렇게 걷잡을 수 없는 상태로 빨려 들어갔다.

매뉴얼 18:미래

홈커밍 프로젝트는 현재 전 세계 여러 외딴 지역에서 시범 운영 중입니다. 이 시범 운영을 통해 세컨드 찬스에서는 일반 대중이나 언론의 간섭 없이 리터니가 가능한 한 최상의 조건에서 가족이나 지역사회에 어떻게 통합되는지 평가하고자 합니다. 그러므로 실험의 기밀성을 지키기 위해 리터니들 사이의 의사소통은 허용되지 않습니다.

이 때문에 리터니가 외로움을 느낄 수 있다는 것은 알지만, 항상 그렇지는 않을 것입니다. 우리 세컨드 찬스에서는 많은 리터니들이, 결국 자신들의 인간 친구나 이웃과 완전히 동등한 권리와 책임을 지니고 자유롭고 공개적으로 살 수 있는 세상을 만들기 위해 노력을 기울이고 있습니다.

우리는 현재의 리터니에게 그날을 고대하도록 장려하지만, 그 일은 아

진실 혹은 토신

주 오랫동안 실현되지 않을 수도 있습니다. 먼 미래나 다른 리터니를 만날 가능성에 집착하기보다는, 지금 이곳에서 자신의 가족이나 공동체와 더불어 행복한 삶을 꾸려 나가는 데 집중하는 것이 훨씬 중요합니다.

이러한 제약이 부당해 보일 수도 있지만, 세컨드 찬스는 오직 프로젝트 참여자들의 최선의 이익을 위해 일하고 있다는 점을 믿어 주십시오. 이것은 언제나 변함이 없습니다.

––––––––

모방 인간

1

자전거를 타고 섬을 가로질러 그렇게 빨리 달려간 건 처음이었다. 영상은 이미 공개되었고 언덕을 굴러 내려가는 눈덩이처럼 사태가 커지고 있는데, 난 마치 그 눈덩이를 붙잡아 이 프로젝트를 망치지 못하게 막을 방법이라도 있는 것처럼 집으로 달려갔다. 핀리의 말을 믿고 싶지 않았다. 난 이런 일을 저지른 사람은 핀리라고 생각하고 싶었다. 하지만 부엌으로 달려 들어가자마자, 알아차렸다.

이 모든 건 플로라의 짓이었다.

엄마는 전화기를 귀에 대고 부엌을 서성거렸고 우나는 정신없이 컴퓨터를 스크롤하고 있었는데, 싱크대 앞에 서 있는 플로라는 더할 나위 없이 침착해 보였다. 플로라가 나를 쳐다보았을 때 내 안에서 분노가 용암처럼 치솟았다.

"무슨 짓을 한 거야? 언니가 다 망쳤어!"

눈물이 핑 돌았다. 우리가 이 프로젝트를 성공시키기 위해 얼마나 노력을 기울였는데, 내가 조사하느라 얼마나 애썼는데… 플로라는 그 모든 걸 내팽개쳤다. 엄마가 나를 보고 눈을 크게 뜨고 손가락을 입술에 갖다 댔다. 여자 목소리가 전화기 저편에서 말하고 있었다.

"네, 물론이죠. 고맙습니다."

엄마는 전화를 끊고 나서 두 손으로 식탁을 짚고 고개를 기울인 채 몇 차례 심호흡을 했다. 내 옆에서 플로라가 발로 바닥을 가볍게 툭툭 찼다.

"마리사였어. 자기네 홍보팀과 이야기해야 한대. 그러고 나서 우리하고 영상통화로 앞으로 어떻게 할 건지 의논할 거야."

"화난 것 같아?"

우나가 물었다. 동생은 의자에 앉아 무릎을 가슴까지 끌어올린 채 손톱을 물어뜯고 있었다.

"화보다는 걱정이 더 커." 엄마가 자리에 앉아 두 손으로 얼굴을 가렸다. "이런 일이 일어나다니 믿을 수가 없어."

나는 손바닥으로 벽을 때리고 플로라에게로 돌아섰다.

"왜 그랬어? 또 왜 그걸 핀리 계정으로 올린 거야? 핀리는 팔로워가 수천 명이라고!"

"바로 그래서야. 빨리 퍼지기를 바랐거든. 핀리의 컴퓨터를 해킹해서 동영상을 가져온 게 미안하기도 했고. 다큐멘터리를 그렇게 오랫동안 준비했으니까 어느 정도 공로를 인정받을 만하다고 생각했어."

우나가 의자에서 벌떡 일어섰다.

"또 있어!"

우나가 컴퓨터를 플로라와 내 쪽으로 돌렸다. 화면에는 긴 갈색 머리에 흰색 야구 모자를 뒤로 돌려 쓴 마른 남자가 있었다. 남자는 내가 알아들을 수 없는 언어로 빠르게 말했는데, 그 동영상에는 '세컨드 찬스가 나를 죽음에서 되살렸다'라는 제목이 달려 있었다.

"나 이 남자 본 적 있어. 언니가 컴퓨터로 보던 사람이잖아!" 내가 플로라에게 말했다. "이 사람이 이럴 거라는 것도 알고 있었어?"

"그 남자 이름은 '팜 득 두이'야." 플로라가 고개를 끄덕였다. "베트남에 살아."

화면의 남자는 이제 완벽한 미국식 영어로 전환했다. 그의 이야기는 플로라와 비슷했다. 정확한 병명을 모른 채 자다가 세상을 떠났고, 4년 뒤 하장성에 있는 고향으로 돌아갔다. 하지만 남자는 가족과 친구들은 앞으로 나아가는데 자신만은 그럴 수 없다는 사실에 좌절감을 느끼게 되었다는 거다.

"지금까지 찾아낸 건 8명이야." 플로라는 팜 득 두이가 아랍어로 다시 이야기를 시작하자 이렇게 말했다. "내가 알기로는 북아메리카에 3명이 있어. 나머지는 나이지리아, 페루, 루마니아에 있고, 그리고 나랑 팜 득 두이가 있지."

플로라가 핸드폰을 열어 사진을 보여 주었다. 치어리더 유니폼을 입은 우리 또래 여자애, 어린 소년을 안고 복잡한 시장을 걷고 있는 아저씨, 내가 지난번에 플로라의 컴퓨터에서 본 적 있는 중년 여성이 도자기 수업에서 다른 여성과 웃고 있는 사진 등이었다.

홈커밍 프로젝트가 국제적인 프로젝트라는 건 알았지만, 어쩐지 오싹한 기분이 들었다. 뭐랄까 정말… 엄청난 시도인 것 같다. 세컨드 찬스는 전 세계에 씨를 뿌리고, 그것들이 자라나 숲을 이루기를 기대하고 있다.

"그러니까 그들과 이야기를 하고 있었던 거네?" 엄마가 아무 감정도 없는 목소리로 말했다. "다른 리터니들하고?"

"응, 그들 중 몇 사람이랑." 플로라가 다시 핸드폰을 열더니, 식당에서 한 손에 잔을 들고 활짝 웃고 있는 20대 여성의 사진을 찾아냈다. "아이젬마야. 나이지리아에 사는데, 나처럼 자기 시스템을 해킹했지. 그래서 내가 직접 메시지를 보냈어. 그다음에 이 사람이 잭슨을 찾아냈어. 잭슨은 캐나다 최북단에 있어."

엄마 노트북에서 벨 소리가 울렸다. 엄마가 황급히 키보드를 누르자 마리사가 화면에 나타났다.

"안녕, 플로라." 마리사가 힘없이 말했다. "네가 우리 모두를 상당히 곤란한 지경에 빠트렸구나. 게다가 내가 쉬는 날에 말이야."

"미안해요, 마리사. 괴롭힐 생각은 전혀 없었어요." 플로라가 엄마 옆자리에 앉으며 말했다. 어딘지 모르게 목소리가 더 이상 플로라답지 않았다. 너무 딱딱하고 너무 정중했다. "하지만 다른 방법이 없었어요."

"해결할 수 있죠?" 엄마가 식탁 가장자리를 붙잡으며 물었다. "어떻게든 덮어야 해요. 분명히 대다수 사람은 믿지 않겠죠?"

"홍보팀과 의논했는데… 세콘에서는 이미 그 영상을 내렸지만 다른 플랫폼에 다시 게시됐으니까, 없애는 데 시간이 아주 오래 걸릴 거예요." 마리사가 입술을 앙다물었다. "어쨌거나 우리 법무팀에서는 계약서의 기밀 유지 조항을 위반했다고 보고 있어요."

난 가슴이 철렁 내려앉았다.

"그러면 이게 끝이에요? 프로젝트가 끝나는 건가요?"

"아마 그렇지는 않을 거야. 몇 가지 선택지가 있어." 마리사가 손가락 하나를 폈다. "첫째는 플로라를 홈커밍 프로젝트에서 빼서 세컨드 찬스 본사로 복귀시키는 거야. 솔직히 말하면 회사에서는 그러길 원해. 엔지니어들에게 당장 플로라를 종료시키라고 지시하려는 걸 내가 동원할 수 있는 온갖 수단 방법을 다 써서 겨우 막았어."

우나가 헉하고 숨을 내쉬었다.

"안 돼요! 그럴 순 없어요!"

플로라를 리콜해 가면 어떻게 되는지 엄마가 걱정했던 말이 갑자기 떠올랐다. 엄마 얼굴이 하얗게 질렸다.

"두 번째 방법은 뭐예요?"

"처음부터 다시 시작하는 거죠. 하지만 새로운 장소, 새로운 신분이 필요해요. 아마도 멀리 떨어진 곳, 오스트레일리아나 뉴질랜드의 작은 마을 같은 곳이면 좋겠죠. 사라, 우리가 일자리를 마련해 주고 아이들이 다닐 학교도 알아봐 줄 거예요. 하지만 이건 완전히 새로운 삶을 살아야 한다는 뜻이에요. 모든 걸 다 버리고, 섬을 떠나서…."

"그럼 그렇게 할게요."

우나가 재빨리 말했다. 나도 고개를 끄덕였다.

"그러라고 하면 바로 떠날게요. 우린 뭐든지 할 수 있어요."

그 말을 하자마자 속이 울렁거리고 뒤틀렸다. 머도, 아디티, 아빠, 커스티 고모, 할머니, 홀리를 떠나서. 엘런 저라크를 떠나서. 한 번도 가 본 적 없는 나라에서 매일 아침 눈을 뜨고, 내 이름도 엠마나 헤일리, 아니면 그들이 정해 주는 것이면 그게 뭐든지 그런 척하면서. 그게 우리가 선택할 수 있는 유일한 방법이라면 그렇게 해야 한다, 플로라를 위해서. 그러나 내가 원하는 건 아니다.

마리사는 잠시 침묵을 지켰다. 걱정스러운 눈빛이다. 마리사는 신중하게 단어를 고르는 것처럼 천천히 말을 이어 나갔다.

"처음부터 시작해야 하는 건, 플로라도 마찬가지예요." 마리사의 시선이 플로라에게로 옮겨 갔다. "우린 네 시스템을 완전히 재부팅해야 해. 그러면 원래 설정으로 복구되니까, 지난 몇 달 동안의 일은 아무것도 기억하지 못할 거야. 그리고 앞으로는 이 같은 위반을 저지를 수 없도록 몇 가지 보안 조정을 해야 할 것 같아."

"어떤 종류의 조정이죠?"

엄마가 물었다.

"이 작업을 진행하면, 플로라의 기억을 편집해서 플로라가 새로운 환경에 좀 더 잘 적응했다고 느끼게 할 수 있어요. 그리고 운영체제의 보안도 더 강화할 거예요."

플로라는 잠자코 있었다. 평소에는 눈빛이나 입 모양만 봐도 무슨 생각을 하는지 알 수 있는데, 지금은 전혀 표정이 없다.

"빨리 움직일 필요는 있지만, 의논할 시간을 좀 드릴게요. 두어 시간쯤 뒤에 다시 접속해서 계획을 세우는 게 어떨까요?"

"네, 좋아요." 엄마가 미소를 지으며 불안하지만 일말의 안도가 담긴 한숨을 내쉬었다. "정말 미안해요, 마리사, 그리고 정말 고마워요. 얼마나 고마운지 말로 다 표현할 수가 없군요."

삐 소리가 나고 마리사가 영상통화에서 나갔다.

우나가 팔짱을 낀 채 탁자에 기대 몸을 앞으로 숙였다.

"뉴질랜드로 보내 달라고 해도 돼? 오스트레일리아는 좀 더울 것 같아서… 뱀이랑 거미도 너무 많잖아."

나는 손을 들어 우나의 말을 끊었다.

"잠깐만. 플로라의 기억을 편집한다니 그게 뭐야? 마리사 말이 무슨 뜻이야?"

"뭔가를 제거하거나 바꿀 거라는 말이지. 내가 친구들을 기억하지 못한다면 그리워할 수도 없겠지, 안 그래? 내가 줄곧 수영을 싫어했다면 수영하러 가고 싶지도 않겠지." 플로라의 목소리는 차분했지만, 팔짱 낀 팔을 가슴에 꼭 붙이고 있었다.

"그들이 그렇게 하도록 놔두지 않을 거야."

"너에겐 선택의 여지가 없는 것 같은데. 네가 온라인에 접속해 온 세상에 이 프로젝트를 알린 순간, 이미 분명해진 사실이야." 처음으로 엄마가 화를 내며 목소리를 높였다. "이제 네가 그 결과를 감당해야지."

"아니. 난 그들이 날 지금보다 더 못한 상태로 만들게 내버려 두지는 않을 거야." 플로라가 조금 전 마리사가 말하고 있던 화면을 가리켰다. "그리고 난 다시 세컨드 찬스로 돌아가서 토비처럼 되고 싶지도 않아."

"토비?" 나는 엄마와 우나를 쳐다보았지만 두 사람도 나만큼 혼란스러워 보였다. "토비가 왜?"

플로라는 핸드폰을 꺼내 사진을 열었다. 지난 7월 마리사와 함께 왔던 빨간 머리 토비의 사진이었다. 화창한 날 공원에서 여유를 즐기는 모습이다. 피부는 햇볕에 그을렸고 머리는 우리와 만났을 때보다 더 길어서 거의 어깨까지 닿아 있다. 토비는 눈가에 주름이 잡힌 채 카메라 밖의 무언가를 바라보며 웃고 있다. 얼굴은 똑같았지만, 몸짓과 표정은 몇 달 전 우리 집 부엌에 앉아 있던 사람과 완전히 달랐다.

"이 사람은 토비, 아니 토비가 이 사람을 바탕으로 해서 만들어졌지. 원래 이름은 토비아스 산스트룀이야." 플로라가 손가락으로 사진을 넘겨 숲속에서 모자를 쓰고 목도리를 두르고 있는 토비 사진을 보여 주었다. "스웨덴 북쪽에 있는, 주민이

30명 정도밖에 안 되는 아주 작은 마을 출신이었어. 스물아홉 살 때 오토바이 사고로 죽었지."

난 숨을 들이마셨다.

"저런. 정말 안됐다."

"세컨드 찬스에서 5년 전에 그를 재현했어. 내가 간신히 회사 기록에 접근해서 본 걸로는, 시작할 때는 우리랑 아주 비슷했던 것 같아. 처음엔 반대하는 사람이 많았지만, 세컨드 찬스는 여기서 했던 것처럼 현금과 여러 가지 약속으로 사람들을 설득했지." 플로라가 화면을 쓸어 넘기자 사진이 사라졌다. "그런데 사람들이 마음을 바꿨어. 그 프로젝트는 실패했고. 마을 사람들은 그를 다시 돌려보내기로 결정했어."

우나가 얼굴을 찡그리며 안경을 밀어 올렸다.

"그래서… 세컨드 찬스에서 대신 일자리를 준 거야?"

"그건 일자리가 아니야, 우나." 플로라가 말했다. "돈을 주는 게 아니니까. 그의 모든 기억, 그가 좋아했거나 싫어했던 모든 것, 그를 사람이 되게 해 준 모든 프로그램을 제거했고, 지금은 자동차 운전이나 물건 운반 같은 작업에 그의 몸을 이용하는 거야. 토비는 이제 그냥 기계일 뿐이야. 비행기를 조종하거나 차를 수리하고, 그들이 프로그래밍한 일은 뭐든지 할 수 있지만, 그래 봐야 근사하게 포장된 계산기에 지나지 않아."

그 사람들이 플로라에게 어떤 일을 할 수 있는지, 엄마가 말한 그대로였다. 나는 플로라가 세컨드 찬스의 유니폼을 입고 토비가 그랬던 것처럼 만들어진 상냥한 미소를 짓고 있는 모습을

모빙 인간

상상했다. 그 생각을 하니 다시 속이 울렁거렸다.

"하지만… 그건 잘못된 거야." 우나가 고개를 저으며 말했다. "그럴 수 없어!"

"그들은 그렇게 할 수 있어, 우나. 토비는 자기들 소유물이니까. 그리고 그들이 토비한테서 의식을 없애 버렸다고 해도 그게 정말 그렇게 비윤리적일까?" 플로라가 어깨를 으쓱했다. "토비는 더 이상 감정을 느끼지 못해. 그는 사람이 아니야."

그 선언이 공중에 무겁게 떠 있다. 만약 토비가 사람이 아니라면, 플로라 역시 사람이 아닐 수 있겠지. 하지만 그렇다고 해서 세컨드 찬스가 리터니들을 마음대로 이용해도 되는 건 아니다. 그들을 창조해 냈다면, 잘 대우해 주어야 한다.

"여기 있으면 난 미래가 없어. 난 나이 들지 않아. 너희 둘은 커서 언젠가는 떠나갈 테고, 그러면 나만 뒤에 남겨지겠지." 플로라는 엄마에게로 돌아서서 엄마 손을 잡았다. "회사에서 날 원격으로 차단할까 봐 걱정하지 않아도 돼. 내 시스템의 결함은 전부 다 고쳤고, 완전히 자율적이 되도록 만들었어. 이제 전력만 있으면 독립적으로 살아갈 수 있어."

"무슨 소리야?"

엄마는 이렇게 물었지만, 눈물이 그렁그렁한 눈을 보면 엄마도 플로라가 무슨 말을 하는지 짐작하고 있다.

"내 말은…" 플로라가 엄마 손을 꼭 쥐었다가 놓았다. "날 보내 주어야 한다는 뜻이야."

2

집 밖으로 나가야겠다. 신선한 공기와 생각할 장소가 필요하다. 나는 충격으로 어쩔 줄 몰라 하는 엄마와 우나를 플로라와 남겨 두고 조용한 저녁 속으로 서둘러 나갔다. 쉬이가 따라오며 내 발목에 몸을 비비고 주의를 끌려고 야옹거렸다. 난 멈춰 서서 눈물을 참으려고 애쓰며 쉬이를 쓰다듬었다. 그동안은 줄곧 플로라를 빼앗길까 봐 전전긍긍했다. 플로라가 떠나고 싶어 할 줄은 상상도 못 했다.

핸드폰이 울렸다. 화면에 홀리의 이름이 보였다. 문자 메시지를 열자마자 다시 메시지 2개가 연달아 나타난다.

'음… 이거 너희 언니 아냐?'

홀리의 메시지에 플로라의 영상 링크가 걸려 있다.

'장난이지?'

'아일라, 무슨 일이야?'

난 영상통화 버튼을 눌렀다. 문자 메시지로는 너무 길고, 음성 메시지로 남기기에는 너무 복잡했다. 벨이 딱 두 번 울렸는데 홀리가 받았다.

"사실이야." 홀리가 '여보세요'도 하기 전에 내가 불쑥 내뱉었다. "그들이 플로라를 되살렸어. 너한테 말할 수 없었어, 정말 정말 미안해. 나도 너무 말하고 싶었는데, 우린 비밀을 지키겠다고 약속하는 온갖 계약서에 이미 서명했거든. 세상에 알려지면 플로라를 다시 데려갈 수도 있다고 그랬거든. 그리고 또…."

"잠깐! 아일라, 천천히 말해!" 홀리가 자기 침대에 앉자, 뒤쪽 벽이 바뀌었다. "처음부터 말해 봐. 어떻게 된 거야?"

그래서 마침내, '마침내' 난 홀리에게 진실을 말할 수 있게 되었다. 내가 지난 몇 달 일을 쏟아 내는데 말이 너무 급하게 나와서 횡설수설하는 걸 홀리는 잠자코 들었다.

"그리고 이제 플로라는 떠나고 싶어 해." 목이 메었지만 난 침을 삼키고 계속 이야기했다. "우린 마리사가 제안한 대로 처음부터 다시 시작하면 된다고 했어. 그들이 플로라를 재부팅하면 우리는 오스트레일리아나 뉴질랜드, 아니면 그들이 보내 주는 곳이면 어디든 갈 거야. 우리 엄마는 선택지가 달나라밖에 없다면 거기라도 갈 거야. 하지만 플로라는 그걸 원하지 않아. 플로라는 또다시 우리를 떠나고 싶어 해."

긴 침묵이 흘렀다. 오클리가 홀리 방을 돌아다니며 쿵쿵거리고, 멀리서 홀리 오빠가 게임하는 소리가 들렸다. 내가 홀리 생일을 잊어버린 뒤로는 이야기를 나눈 적이 없었지만, 홀리와 너무 멀리 떨어진다면 마음이 아플 것 같다. 내 마음 한 조각이 지구 반대편에 내던져진 것처럼.

"넌 어떻게 하고 싶은데?" 홀리가 머리카락을 귀 뒤로 넘기며 물었다. "너도 정말로 그렇게 멀리 이사 가고 싶은 거야?"

"아니." 대답이 바로 나왔다. "난 떠나기 싫어. 섬도, 아빠랑 커스티 고모도, 친구들, 축구팀도 떠나고 싶지 않아. 어떤 것도. 하지만 언니를 두 번 잃는 것보다는 떠나는 게 나아."

홀리는 아무 말이 없다. 나 역시 무슨 말을 해야 할지 모르겠다. 쉬이가 마치 내 슬픔을 감지하는 것처럼 머리로 내 발목께를 쿡쿡 밀었다. 난 쭈그리고 앉아 쉬이의 귀 사이를 문질렀다. 쉬이는 가냘프게 야옹거리며 머리를 내 손바닥 안으로 밀어넣었다. 쉬이는 셰이무스 아저씨네 농장 고양이 한 마리가 예상치 못하게 새끼를 낳는 바람에 그중 한 마리를 부모님이 데려온 거였다. 쉬이는 한평생 엘런 저라크에서 살았다, 나처럼. 자기 의견을 말할 수 있다면 쉬이도 여기 남고 싶다고 할 거다.

"내 생각엔, 다시 플로라를 잃는 일은 없을 거야." 한참 만에 홀리가 입을 열었다. "플로라는 죽는 게 아니야. 멀리 떠나야 할지 모르지만, 너하고 계속 연락할 수는 있잖아. 지난번 같지는 않을 거야."

"플로라가 여기 있는 거랑은 달라. 만나러 올 수 있는 것도 아니고. 안전하지 않을 테니까. 세컨드 찬스에서 뒤를 쫓겠지. 그러다가 만약 플로라를 발견하면…."

난 말을 멈췄다. 그때 어떤 일이 일어날지는 생각하고 싶지 않다. 토비의 가족은 어땠을까? 오토바이 사고로 그를 잃고, 그런 다음에 리터니 버전의 그를 다시 잃었을 때 말이다. 새로운 토비가 마리사와 함께 전 세계를 여행하다가 그의 부모나 사촌이라도 마주친다면? 기억을 지워 버렸으니 토비는 자기 가족도 알아보지 못할 것이다. 할머니가 내 이름이나 내가 누구인지 잊어버렸을 땐 힘들었지만, 그 기억들은 땅속에 숨겨져 있는 금덩이처럼, 여전히 어딘가 할머니에게 남아 있다. 플로라가 다시 세컨드 찬스로 돌아가면 그들은 모든 걸 지워 버릴 거다.

플로라의 전 인격이 클릭 한 번으로 사라져 버리는 것이다.

생각의 매듭이 점점 커지더니, 지금 당장은 내가 풀 수 없을 정도로 복잡해져 버렸다. 그래서 화제를 바꿔 홀리에게 말했다.

"그날 너희 집에서 그렇게 뛰쳐나가서 정말 미안해. 또 네 생일을 잊어버린 것도 미안하고."

홀리의 얼굴에 미소가 번졌다.

"바보 같은 소리 하지 마! 네가 지난 몇 달간 공상과학영화 속에서 살았다는 걸 아니까 지금은 너무 이해돼."

홀리가 가볍게 웃었다. 비록 울음이 묻어 있었지만, 나도 따라서 웃었다.

"아무 일도 없는 듯이 행동하는 게 너무 힘들었어." 한숨을 내쉬는데, 플로라가 터뜨린 혼돈 중 아무것도 갈피를 잡을 수 있는 게 없는데도 어쩐지 그 무게의 일부가 덜어진 듯한 느낌이 들었다. "내가 얘기했어도 너희들 아무도 안 믿었을 거야."

"난 믿었을 거야! 엘리나 티와는 모르겠지만. 그 애들은 아마도 네가 정신이 나갔다고 생각했겠지." 홀리가 침대 머리에 있는 베개에 등을 기댔다. "솔직히, 난 마음이 놓여. 네가 가 버렸을 때 난 네가… 나를 싫어하거나 뭐 그래서라고 생각했거든."

"아니야, 물론 아니지." 이렇게 말하는데 전화기에서 나오는 빛 덕분에 내 뺨의 홍조가 가려져서 다행스러웠다. "절대 아니야."

"그래. 좋아." 홀리가 낄낄거렸다. 그 애의 얼굴도 약간 분홍 빛으로 변했다. "그리고 그 종이 오리기 선물, 다시 한번 고마워. 정말 굉장했어! 네가 만들었어?"

"그게, 디자인은 내가 했어. 하지만 실제로 오린 건 플로라야. 언니는 뭐든지 바로바로 배울 수 있거든."

난 홀리에게 플로라의 능력과 어떻게 그런 능력을 몇 주 동안이나 세컨드 찬스에 들키지 않고 숨길 수 있었는지 이야기해 주었다. 그 얘기를 하는데 자부심과 경외심이 묘하게 뒤섞인 기분을 느꼈다. 플로라가 세계 최고의 엔지니어들을 능가했다는 게 놀라우면서도, 조금 무서운 생각이 들었다. 플로라가 얼마나 강력해질 수 있는지 아무도 모른다.

"믿기 힘든 얘기야." 홀리가 잠시 말을 멈추었다. "그런데… 플로라가 그 모든 일을 할 수 있다면, 진짜 네 언니가 맞아? 나는 예전 플로라는 모르지만, 그런 천재 해커는 아니었을 것 같은데."

"절대 아니었지."

"그리고 플로라를 재부팅하면, 그 사람은 과연 플로라일까?" 홀리가 어깨를 움츠렸다. "아주 인간적이진 않네."

프로젝트의 성공을 위해 우리가 두 번째 시도를 한다면 그들이 플로라의 프로그램 일부를 어떻게 수정하게 될지, 마리사가 한 말을 다시 떠올려 보았다. 삶은 그렇게 작동하지 않는다. 누구도 다른 사람을 자기 생각에 맞게 바꾸거나, 자신이 생각하는 사람이 되도록 강요할 순 없다. 난 플로라에게 그런 걸 원하는 게 아니다. 내가 기억하는 언니의 낮은 버전이 되는 건 바라지 않는다.

"네 말이 맞아. 더 이상 플로라는 아니겠지." 난 우리 집을 돌아보았다. 창문은 황금빛으로 빛나고 굴뚝에서는 연기가 피어올랐다. 저 안에서 그토록 엄청난 위기 상황이 벌어지고 있다는 건 아무도 모를 거다. "들어가 봐야겠어. 어떻게 할지 답을 찾아야 하니까."

"그래, 가 봐." 홀리가 곧바로 고개를 끄덕였다. "하여튼 어떻게 돼 가는지 알려 줘, 응?"

내가 다시 부엌으로 들어가자마자, 우나가 자기 핸드폰을 들고 내게로 달려왔다. 화면에는 플로라보다 몇 살 많아 보이는 남자애가 자기 차에 앉아서 화면을 향해 빠르게 이야기하고 있었다.

"2개 더 올라왔어! 플로라가 말한 나이지리아의 그 여자랑, 지금은 루마니아의 이 사람이야."

엄마는 식탁에 앉아 두 손으로 머리를 받치고 있고, 플로라가 한 손을 엄마 어깨에 올린 채 옆에 앉아 있다. 그 광경이 어딘가 이상해 보였다. 그러다 갑자기 깨달았다. 플로라의 가슴이 움직이지 않는다. 플로라가 호흡을 모방하는 장치를 꺼 버린 거다.

"이 일은 다 함께 계획한 거지?"

내가 플로라에게 물었다.

"응, 맞아." 플로라는 자기를 번쩍이는 눈으로 쳐다보는 엄마를 바라보았다. "우린 캐나다 북쪽 지역에 있는 잭슨한테로 가서 합류할 생각이야. 캐나다에서 디지털 인격에 대한 새로운 법이 발의되었대. 그 법이 통과된다면 우리도 보호를 받을 수 있을 거야."

"무엇 때문에 보호가 필요한데?" 엄마가 힘없이 물었다. "항구에서 공격받은 일 때문에 무섭다는 거 알아. 나도 무서웠어. 하지만 새로 이사 가면 이 모든 것에서 벗어날 수 있어. 새로운 시작이 될 거야."

"그것 때문이 아니야." 플로라는 알맞은 단어를 고르려는 듯 잠시 말을 멈췄다. "난 내가 아닌 역할을 연기하는 일에 갇혀 있는 느낌이야. 더 이상 인간인 척하고 싶지 않아. 그건 내가 아니야. 앞으로도 그리되진 않을 거고. 난 자유로워지고 싶어. 나와 같은 사람들과 함께하고 싶어."

"하지만 우린 언니 가족이잖아. 우리가 바로 언니와 같은 사람들이야."

우나는 아랫입술을 삐죽거렸다. 플로라가 우나의 허리에 팔을 두르고 동생을 끌어안았다.

"우린 가족이고, 그건 변하지 않을 거야. 하지만 우린 달라. 세컨드 찬스는 리터니가 인간과 완전히 통합되는 세상을 이야기하지만, 그런 날이 곧 오지는 않을 거야." 플로라가 자기 목덜미를 만졌다. "그들이 왜 충전 포트를 여기 이렇게 눈에 잘 띄는 곳에다 만든 것 같아? 이렇게 하면 필요할 때 우리를 인간과 쉽게 구별할 수 있거든. 우린 결코 인간과 완전히 동등해질 수 없어."

난 플로라의 미래를 생각해 보았다. 플로라는 아프거나 죽

　　　　　　　　　　　　　모방 인간

지 않을 거다. 어쩌면 언젠가는 모든 사람이 죽으면 리터니로 다시 태어나는 시대가 올지도 모르겠다. 어쩌면 안 올지도 모르고. 안 온다면 아마 우리 가족은 한 명씩 떠날 테고 결국 플로라 혼자 남게 되겠지. 그런 식으로 생각하니, 플로라가 자기와 같은 사람들과 함께 있고 싶어 하는 걸 이해할 수 있을 것 같다.

"아니, 안 돼." 엄마가 말했다. "너 혼자서는 캐나다에 갈 수 없어. 고작 열다섯 살이잖아."

"사실은 아니지." 플로라가 미소를 지었다. "엄밀히 말하면 난 아직 한 살도 안 됐어. 그렇지만 지금은 나의 모든 능력에 접근할 수 있고, 플로라가 가졌던 지식보다 훨씬 더 많은 걸 알아. 난 괜찮을 거야. 믿어도 돼."

난 잠시 왜 자신이 플로라가 아닌 듯이 이야기할까 하는 생각이 들어 혼란스러웠다. 하지만 한 가지는 분명했다. 비록 인정하고 싶진 않았지만, 내 마음 깊은 곳에서 오랫동안 이미 알고 있던 사실.

"언닌 한 번도 플로라였던 적이 없었어. 그렇지?" 내가 조용히 물었다. "언니는 사실 플로라가 아니야."

그 말을 하는데 눈물이 뺨을 타고 흘러내렸다. 플로라가 고개를 가로저었다.

"맞아, 난 플로라가 아니야." 언니가 손을 뻗어 엄마 손을 잡았다. "미안. 엄마가 그 애를 얼마나 사랑하는지 알아. 하지만 아빠… 이네스 그분이 옳았어. 플로라를 다시 데려올 순 없어."

이제는 우나도 울고 있다. 동생은 안경을 벗고 손등으로 눈을 비볐다. "그래도 플로라 언니랑 아주 많이 닮았어." 이렇게 말하며 흐느껴 울었다. "언니랑 똑같이 생겼어."

"그 문제는 어떻게 할 수 있을 거 같은데." 플로라가 일어서서 냉장고 옆에 있는 서랍으로 갔다. "플로라가 절대 하지 않을 일이 뭘까?"

플로라는 맨 위 서랍에서 가위를 꺼냈다. 우리가 미처 말리기도 전에 플로라는 자기 말총머리를 싹둑 잘라 버렸다. 떨어진 머리채는 마룻바닥에 커다란 쉼표처럼 둥그렇게 말린 채 놓여 있다. 엄마와 우나가 겁에 질려 탄식을 내뱉었다. 쉬이가 다가와 긴 금발 머리채를 킁킁거렸다. 플로라는 손가락을 넣어서 남은 머리카락을 훑어 목 주변으로 펼쳤다. 잘린 끝이 고르지 못한 데다 뒤쪽이 너무 짧았다.

"좀 덜 플로라 같지, 어때? 걔는 긴 머리에 집착했잖아." 불안정한 미소를 지으며 플로라가 말했다. "그 애는 '머리카락을 빨리 자라게 하는 방법'을 거의 쉰 번이나 검색했던데."

슬픔이 내 몸속으로 스며들었다. 오늘이 평소 같은 금요일 저녁이면 얼마나 좋을까. 우리 모두 소파에서 빈둥거리며 드라마 시리즈를 보거나, 아니면 난 부엌에서 케이크를 만들고 언니는 핸드폰 화면을 넘기며 수영팀의 어떤 남학생 얘기를 들려주던 여느 주말 저녁이었으면. 갑자기 언니가 너무 보고 싶어서 숨이 막힐 것 같다.

우나가 소매로 눈물을 닦았다.

모방 인간

"캐나다에는 어떻게 갈 건데?"

"내일 저녁에 글래스고에서 출발하는 비행기가 있어. 아침 첫 페리로 엘런 코름으로 가서 본토로 가는 배를 타면, 그다음 엔 기차를 타고 갈 수 있어. 시간이 좀 빠듯하긴 하겠지만."

"내일이라고?" 내 목소리가 갈라져 나왔다. "그건 너무 이 르잖아."

"세컨드 찬스가 뒤쫓아 올 텐데, 위험을 앉아서 기다릴 순 없지." 플로라가 고갯짓으로 자기 핸드폰을 가리켰다. "마리사 가 정말로 우릴 도우려는 건 알지만, 회사의 다른 사람들은 어 떤지 몰라. 가능한 한 빨리 떠나야 해."

그건 말도 안 되게 촉박한 시간이었지만, 난 고개를 끄덕이 고 계획을 짜기 시작했다.

"내가 6시 반에 알람을 맞춰 놓을게. 우리가 첫 페리를 타 려면 그 시간엔 일어나야 하니까."

플로라가 눈썹을 치켜올렸다.

"우리?"

"혼자 가는 건 안 돼." 내가 말했다. "나도 같이 갈 거야."

"우리 다 같이 갈 거야." 우나가 소매로 코를 닦으며 말했다. "그렇지, 엄마?"

엄마를 보는데 가슴이 아팠다. 엄마 눈이 아주아주 슬퍼 보 였다. 나는 짐작조차 못 할 슬픔. 하지만 난 엄마가 플로라를 위해서라면 무슨 일이든 하리라는 것도 알았다. 그게 헤어짐을 의미하는 것이더라도.

"내가 마리사에게 먼저 전화를 해서 우리가 마리사의 새 출발 제안을 받아들이기로 했다고 말할게. 그러면 약간 시간을 벌 수 있겠지. 우린 내일 아침에 함께 떠날 거야. 차로 가면 좀 더 일찍 도착할 수 있어."

플로라가 일어나서 두 팔로 엄마를 껴안았다. 우나는 두 사람의 허리를 감싸 안았고, 나도 똑같이 했다. 지난 7월 플로라가 도착한 수요일에 우리가 항구에서 그랬던 꼭 그대로다. 내 손 아래에서, 엄마의 등이 소리 없는 흐느낌으로 들썩거렸다. 마침내 우리가 다시 떨어졌을 때, 엄마는 억지 미소를 지었다.

"좋아." 엄마가 길게 한숨을 내쉬고 플로라를 보는데, 눈이 반짝였다. "널 보내 줄 때가 왔구나."

3

그다음 날 아침, 우리가 집을 나설 때까지도 날은 어두웠다. 우리는 가방에 간식과 몇 가지 필수품, 혹시 글래스고에서 하룻밤 묵어야 할 경우를 대비해 갈아입을 옷가지를 챙기고, 엄마는 우리가 돌아올 때까지 쉬이가 먹을 만큼 충분한 사료를 꺼내 놓았다. 플로라는 팔에 있는 추적 장치를 빼냈고 우린 핸드폰을 모두 놔두고 가기로 했다. 세컨드 찬스가 핸드폰을 이용해 우릴 추적하지 못하도록.

"준비됐어?"

엄마의 눈에 한 줄기 희망의 빛이 스쳤다. 마치 플로라가 마음을 바꿔서 남겠다고 결정하기를 속으로 기도 드리는 것 같다. 그러나 플로라는 엄마를 꼭 안고 고개를 끄덕였다.

"준비됐어."

엄마의 낡은 차는 네다섯 번쯤 시도를 한 뒤에야 시동이 걸렸다. 우리는 마을로 내려가 항구에 차를 세웠다. 플로라는 차에서 내려 잠에 빠진 마을을 둘러보았다. 이른 아침 하늘에는 여전히 별이 가득했다. 다이아몬드처럼 반짝이는 무수히 많은 별. 내가 우리 섬에서 가장 좋아하는 것 중 하나다. 빛 공해가 없어서 믿기 힘들 정도로 멋진 하늘을 볼 수 있는 것. 때때로 북극광이 나타나기도 한다.

"내가 이곳을 좋아하도록 프로그래밍되어 있다는 건 알지만, 정말 아름다워. 이렇게 별을 볼 수 있는 곳은 많지 않아."

"캐나다 북부에서도 엄청나게 많이 보일 거야." 내가 뒤따라 차에서 내리면서 말했다. "여기랑 똑같아 보일걸."

"어쩌면, 하지만 느낌은 다를 거야." 플로라가 마치 모든 걸 흡수하듯 머리를 뒤로 젖힌 채 제자리에서 한 바퀴 돌았다. "나에게는 언제나 여기가 집일 거야."

배가 나타났다. 어두운 바다 위에 빛나는 점 같았다. 우리가 차로 발길을 돌리려는데, 누군가가 나를 지켜보는 듯한 이상한 느낌이 들었다. 주위를 둘러보는데 조지네 집 2층 창문 하나에서 움직임이 보였다. 끊임없는 그 의심이 다시 날 덮쳤다. 본파이어 때 내가 놓친 게 있다는 생각이 들었다. 그날, 혀

끝에서 단어가 사라지듯 내 손아귀를 빠져나간 뭔가가 있었다.

그러자 기억이 났다. 내가 아디티에게 플로라한테 메시지를 보냈느냐고 물어보았을 때 조지가 한 말.

'바이러스는 아마 사고였을 거야.'

생각을 끝내기도 전에 내 다리는 이미 길을 건너 달려갔고, 내 주먹은 조지네 문을 쾅쾅 두드리고 있었다. 왜냐하면 난 바이러스 애기는 아무에게도 하지 않았으니까. 머도나 아디티에게조차. 우리 가족 외에 그 사실을 아는 사람은 마리사뿐이다.

"나와!" 난 나무 문을 두드리며 조지의 이름을 외쳤다. "조지 캠벨, 당장 나와!"

남은 세 사람도 나를 쫓아 길을 건넜다. 우나와 엄마가 무슨 일이냐고 묻지만, 난 무시하고 계속 문을 두드렸다. 잠시 후, 문이 획 하고 갑자기 열리는 바람에 난 앞으로 쓰러질 듯 휘청거렸다. 애니 아줌마가 잠옷 바지에 헐렁한 스웨터를 걸치고 문간에 서 있었다. 조지는 자기 엄마 뒤에서 계단에 쭈그리고 앉아, 온 섬을 다 깨울 듯 짖어 대는 롤라를 제지하고 있었다.

"무슨 일이야?" 애니 아줌마가 내게 이렇게 묻고는 엄마를 쳐다봤다. "무슨 일 있어요, 사라?"

"그 메시지를 보낸 사람이 조지였어." 내가 소리쳤다. "조지가 플로라에게 바이러스를 심었다고!"

조지는 얼굴이 새하얗게 질렸다. 우나는 깜짝 놀라 약하게 "오." 하고 내뱉었지만, 플로라는 아무 반응도 하지 않았다.

"무슨 말을 하는 거니, 아일라?"

엄마가 물었다.

"난 바이러스 얘기는 아무한테도 안 했어. 조지가 그걸 알수 있는 유일한 방법은, 자기가 그걸 집어넣는 수밖에 없지."

내 목소리가 점점 커졌고, 그 바람에 주변 건물에서 사람들이 밖으로 나왔다. 머도는 자기 방 창문에서 지켜보았다. 우체국 문이 열리고 수레시가 이른 출근 탓에 게슴츠레해진 눈으로 내다보았다.

조지가 일어나서 비틀거리며 현관으로 걸어왔다.

"난 플로라가 떠났으면 했어."

조지가 작은 새처럼 떨리는 목소리로 말했다.

"왜?" 우나가 물었다. "조지 언니한테 무슨 짓을 했다고?"

조지가 울먹이는 표정으로 자기 엄마를 쳐다보았다.

"플로라가 누군가에게 말했을지도 몰라."

머도의 집 현관문이 열렸다. 여전히 잠옷 차림인 머도가 먼저 나왔고, 머도 부모님이 인상을 쓰며 뒤따랐다. 수레시도 우체국 문을 열어 둔 채 이쪽으로 달려왔다.

"누구한테 뭘 얘기해?" 엄마가 조지에게 물었다. "플로라가 무슨 얘기를 했을 거라는 거야?"

조지와 애니 아줌마 사이에 알 수 없는 무언가가 오고 갔다. 롤라가 복도를 지나 슬그머니 다가와 조지의 손바닥에 주둥이를 밀며 낑낑거렸다. 조지가 무릎을 꿇고 롤라를 쓰다듬는 사이 애니 아줌마가 모두를 향해 돌아섰다.

"불을 지른 건 나예요. 교회 화재 말이에요."

아줌마의 목소리는 거의 속삭임에 가까웠지만 섬 전체에 충격파를 보낸 거 같았다. 심지어 파도조차 다시 해안 쪽으로 굴러오기 전에 숨을 참았다.

"애니, 당신이 불을 질렀다고요?" 앤디 아저씨가 고개를 흔들며 물었다. "하지만 나한테 했던 말은…."

애니 아줌마가 두 손을 들었다.

"실수였어요, 앤디. 맹세해요. 그렇게까지 불이 번지도록 할 생각은 아니었어요."

"우리 집을 다 태워 버릴 수도 있었어요!" 케이티 아줌마가 한 손으로 교회를 가리켰다. "목사님이 저기서 죽을 수도 있었다고요!"

"알아요, 알아. 정말, 정말 미안해요." 애니 아줌마가 고갯짓으로 자기네 작은 집을 가리켰다. "이 집이 어떤 상태였는지 기억나요? 지붕은 곧 무너져 내릴 듯했고 온 사방에 물이 샜죠. 우리 조지는 외투를 입은 채 잠을 자야 했어요. 수리할 돈은 없고, 수리는 보험도 안 돼요. 하지만 화재 피해는 보상을 받을 수 있다는 걸 알게 되었어요. 한 번도 생각해 본 적이 없었는데…."

엄마가 애니 아줌마 말을 잘랐다.

"그게 도대체 플로라랑 무슨 상관이 있다는 거예요?"

애니 아줌마는 자신의 슬리퍼를 내려다보았다.

"내가 그날 밤 교회에 갔을 때, 플로라가 거기 있는 걸 봤어요. 굉장히 속상해하는 것 같았어요. 플로라는 자기가 왜 병에 걸렸는지 이해할 수 없었으니까요…. 플로라는 아마 답을 찾고 있었던 것 같아요. 우린 잠시 이야기를 나누었고, 그러고 나서 플로라를 집까지 태워다 줬어요. 혼날까 봐 그 애가 너무 겁을 내서, 식구들을 깨우지 않고 침대로 가서 누울 수 있게 제가 도와줬어요."

"그러고 나서 아줌마는 불을 질렀고, 잭 목사님에게 플로라가 그랬다고 말했죠." 내 목소리는 이제 분노로 떨렸다. "목사님은 지금까지도 플로라가 불을 지른 줄로만 알고 있었다고요."

애니 아줌마가 드디어 플로라를 바라보았다.

"미안해. 올여름에 이 프로젝트가 시작되자, 난 네가 그 일을 기억할 수도 있겠다는 의심이 생겼어. 겁이 나서 조지한테 내가 절망에 빠져 저지른 일을 털어놓았지. 그리고 교회 벽의 낙서를 봤을 때, 당연히 조지가 썼을 거라고 짐작했어. 애 아빠가 과학소설을 많이 읽어서 2층에 아시모프 책도 있었으니까. 하지만 조지는 그게 마지막이라고 나한테 약속했어. 지난주에 목사님이 찾아왔을 때도 난 똑같이 말했어. 솔직히 바이러스 같은 건 전혀 몰랐어."

조지는 롤라의 털에 얼굴을 파묻은 채, 어깨를 떨며 흐느껴 울었다.

"우리 엄마가 감옥에 가면 어떡해? 그럼 난 어떻게 되겠어?" 조지가 얼굴을 닦고 플로라를 바라보았다. "미안해. 진짜 해치려던 건 아니었어. 하지만 언니를 겁먹게 만들 수만 있다면 언니가 떠날 거라고 생각했어. 그때 교회에서 우리 엄마를 만낫다는 사실을 기억해 내서 경찰에 신고하면 안 되잖아?”

“하지만 플로라한테는 그 기억이 없어.” 내가 말했다. “그건 언니한테 프로그래밍되지 않았다고!”

그게 최악의 부분이었다. 조지가 일어날 가능성이 없는 일을 걱정했다는 것. 조지가 그런 협박 메시지를 보내지 않았다면 플로라는 그처럼 고립감을 느끼지 않았을 것이다. 그러면 자신의 프로그램을 함부로 건드리며 자기가 뭘 할 수 있고 없는지 알아내지도 못했을 거고, 다른 리터너들을 찾아내는 일도 없었을 것이다. 떠나겠다는 결심을 하지 않았을지도 모른다. 조지가 이 모든 일을 일으켰고, 그건 오로지 현실에서 일어날 가능성이 전혀 없는 일에 대한 공포 때문이었다.

“난 몰랐어.” 조지가 손바닥으로 눈물을 닦아 냈다. “미안해, 아일라. 난 그저 엄마가 붙잡혀 가지 않기만을 바랐을 뿐이야.”

“하지만 넌 플로라를 바다로 밀어 버리려고 했잖아!” 내가 소리쳤다. “언니를 완전히 망가뜨릴 뻔했다고!”

“뭐라고?” 조지가 훌쩍이며 코를 닦았다. “난 플로라를 밀지 않았어. 무슨 말을 하는 거야?”

“누군가가 언니를 바다에 빠트리려고 했어.” 조지는 무슨 말인지 모르겠다며 항변하기 시작했지만, 난 고개를 저었다. “난 널 믿지 않아. 네가 하는 말을 내가 왜 믿어야 하는데? 넌 나한테, 네가 플로라한테 어색하게 굴었던 건 세컨드 찬스가 너희 아빠를 데려올 수 없다는 게 슬퍼서 그런다고 했잖아. 넌

모빙 인산

그동안 줄곧 내게 거짓말을 했어!"

"그건 사실이야! 내가 다른 건 거짓말을 했지만, 그건 아니야." 조지가 자기 엄마를 보았고, 애니 아줌마도 공포에 질린 표정으로 조지를 마주 보았다. "난 플로라를 밀지 않았어, 맹세해! 이 프로젝트가 끝났으면 하고 바랐지만, 그런 식으로는 아니야. 그런 짓은 절대 안 해."

그때 배가 항구로 들어오고 있었다. 나는 너무 화가 나서 몇 시간이라도 소리를 지를 수 있었지만, 플로라가 내 팔을 잡고 항구 쪽으로 이끌었다. 머도가 뒤에서 소리쳐 불렀지만, 난 너무 화가 나서 대답할 수가 없었다. 수레시는 차가 있는 곳까지 우리를 쫓아와 플로라의 팔을 잡았다.

"정말 미안해, 플로라. 나는 정말로 네가 불을 지른 줄 알았어. 그동안 난 네가 누구인지, 실제로 그런 일을 저지를 수 있는 사람인지 알고 싶었어. 그리고⋯."

수레시의 목소리가 점점 작아졌다. 몇 달 만에 처음으로, 우리가 알던 수레시의 모습이 보였다. 언니나 자기 자신이 던진 우스갯소리에 웃다가 우리 집 소파에서 굴러떨어지고, 플로라한테서 병명을 듣고는 울면서 우리 집을 뛰쳐나갔던 그 수레시. 언니의 가장 친한 친구.

"괜찮아." 플로라가 수레시의 손을 잡고 꼭 쥐었다. "네가 그 애를 얼마나 사랑했는지 알겠어. 그 애도 이해할 거야."

수레시는 플로라가 왜 '나'라고 하지 않고 '그 애'라고 하는지 생각하느라 잠시 말이 없었다.

"너 플로라가 아니구나, 그렇지? 네가 정말로 플로라일 거라고 믿지는 않았지만, 그래도 진짜였으면…" 수레시가 침을 삼켰다. "네가 그 애이길 바랐어. 그 애한테 시간이 좀 더 있었으면 하고 바랐거든."

"나도 그래. 플로라는 훨씬 더 많은 시간을 누렸어야 했어. 하지만 그 애가 살았던 짧은 시간은 아주 행복했고, 사랑도 아주 많이 받았지." 플로라가 수레시의 얼굴에 손을 얹었다. "그리고 플로라는 네가 세상 밖으로 나가서 그 애를 위해 천 개의 모험을 하기를 원했을 거야."

수레시의 눈에 눈물이 맺혔다. 수레시는 플로라의 손 위에 자기 손을 얹고 미소를 지으려고 애썼다.

"알았어." 수레시는 목이 메는 거 같았다. "그 천 개에다가 추가로 하나를 더 할게."

플로라가 미소 지으며 수레시를 아주 오래, 꽉 껴안았다. 우나와 난 엄마를 따라 서둘러 차에 타서 두 사람에게 시간을 주었다. 잠시 뒤 수레시가 플로라를 놓아주었고, 플로라는 조수석에 올라탔다. 난 마을을 돌아보았다. 머도의 부모님은 조지네 집 문 앞에 서서 여전히 질문을 퍼붓고 있었다. 잭 목사님이 그쪽으로 걸어오고 있는데, 틀림없이 내가 소리치고 롤라가 짖어 대서 잠이 깼을 것이다. 배가 해안에서 멀어질 때, 난 우리가 떠나는 이 섬이 우리가 집으로 돌아올 때는 더 이상 예전과 같지 않으리라는 것을 알았다.

모빙 인간

헤더

———————

1

엘런 코름으로 가는 동안 비가 내리기 시작했다. 뱃길이 거칠었지만, 난 너무 화가 나서 가만히 앉아 있을 수가 없었다. 나는 우리에 갇힌 호랑이처럼 페리 안을 서성거리며, 조지가 나에게 거짓말을 했던 모든 순간을 머릿속으로 재생했다. 조지는 우리 가족이 겪는 일을 이해하는 척했고, 그러면서 다음 공격을 계획했다. 엄마가 날 진정시킬 요량으로 앉아서 심호흡하도록 했지만, 난 여전히 분이 풀리지 않아 거의 말도 할 수 없을 지경이었다.

우리가 엘런 코름에 도착했을 때 상황은 더 나빠졌다.

페리 경사로를 벗어난 지 1분 만에 엄마 차가 결국 일을 냈다. 엄마는 수백 번 계속해서 다시 시동을 걸어 보려 했지만 차는 출발하나 싶다가도 매번 엔진이 꺼져 버렸다. 엄마가 두 손바닥으로 운전대를 쾅쾅 내려쳤다. 우나가 절대 해서는 안 될 말을 입에 올렸지만 아무도 신경 쓰지 않았다.

"끝내주네." 내가 중얼거렸다. "이제 어떻게 해?"

"아빠한테 데려다 달라고 하면 되잖아."

우나가 말했다.

난 플로라를 보았다. 몇 주 전이었다면 아빠와 함께 몇 시간 동안 차 안에 갇혀 있어야 한다는 생각만으로도 몸서리를 쳤을 것이다. 하지만 플로라는 고개를 끄덕였다.

"가."

엄마가 한숨을 쉬었지만, 우리에게 다른 선택지는 없었다. 우리는 도로변에 차를 버려두고 번화가를 지나 커스티 고모네로 향했다. 비가 세차게 내리고 있어서 길모퉁이에 이르러서는 모두 달리기 시작했다. 우나가 분홍색 현관문을 쾅쾅 두드리며 빗방울을 피하려고 몸을 문 쪽으로 바짝 붙였다. 잠시 후 고모가 겁에 질린 얼굴로 문을 열었다.

"우나! 왜 그래? 무슨 일이야?"

고모 뒤로 아빠의 모습이 보였다. 조깅 바지 차림에 우리가 태어나기도 전에 입었던 낡은 '헤브리디스 켈트 축제' 티셔츠를 입고 있었다. 아빠는 플로라를 보고 얼굴이 하얗게 질렸다가, 엄마를 보고는 당혹스러운 표정을 지었다.

"사라… 당신이 여기 웬일이야?" 아빠가 물었다. 두 분이 다시 한 장소에 서 있는 걸 보니 너무 이상했다. 서로 다른 궤도를 돌고 있던 2개의 달이 마침내 서로 마주치는 것을 본 것 같

헤너

다. "그 동영상 때문이야?"

플로라가 자기 배낭을 고쳐 메고 앞으로 나섰다.

"나 떠나. 글래스고에서 토론토로 가는 비행기가 5시에 있는데, 엄마 차가 고장 났어. 공항까지 좀 태워다 줄 수 있어?"

아빠가 플로라를 보고 눈을 끔벅거렸다.

"글래스고에?"

"그게 플로라가 원하는 거야." 엄마가 힘없이 말했다. "난 애가 안전하기만 하면 돼."

아빠가 알겠다는 표정으로 엄마를 바라보았다. 이 프로젝트는 정확히 아빠가 경고한 대로 되었지만, 자기 말이 옳다고 판명되었을 때조차 절대로 으스대지 않는 게 아빠의 장점 중 하나다. 아빠는 엄마를 향해 겨우 이러자고 결혼 생활을 끝낸 거냐고, 우리 가족을 또다시 슬픔에 빠뜨렸다며 소리칠 수도 있었지만 그러지 않았다. 아빠는 앞으로도 그러지 않을 것이다. 그 대신 아빠는 차 쪽으로 고갯짓을 했다.

"알았어." 아빠는 복도 옆 탁자에서 열쇠를 집어서 내게로 던졌다. "옷 갈아입고 지갑만 좀 챙겨 올게."

아빠가 급히 2층으로 올라가자 커스티 고모가 문간으로 나섰다. 묶었다 풀어진 고모의 머리는 지저분한 새집 같았고 눈가에는 어제 한 화장이 번져 있었다.

"어젯밤에 전화하려고 했는데, 사라, 연결이 안 됐어." 고모가 플로라를 돌아보았다. 고모의 눈은, 아빠 생일날 플로라가 나타났을 때처럼 놀라움으로 가득 차 있다. "내가 한 번 안아 줘도 되겠니? 난 우리 플로라에게 아직 작별 인사를 못 했거든. 너한테 작별 인사를 해도 될까?"

플로라가 미소를 지었다.

"그럼요. 얼마든지요."

커스티 고모가 플로라를 끌어당겨 꼭 안아 주며, 플로라의 귀에다 대고 뭐라고 속삭였다. 나는 눈이 따끔거려서 서둘러 차로 가서 자동차 문을 열었다. 우리 셋은 뒷좌석에 타고, 엄마는 조수석에, 마지막으로 아빠가 달려 나와 엄마 옆 운전석에 올라탔다. 잠시 다시 옛날로 돌아간 것 같았다. 마치 두 분이 앨러니스 모리세트나 록밴드 노 다웃의 음악을 틀고 섬을 드라이브하며 큰 소리로 따라 부를 것만 같다. 아주 잠깐의 상상이었다.

"서두르면 다음 페리를 탈 수 있을 거야." 아빠가 엄마를 바라보았다. "그러니까, 그 늙은 피아트가 결국 죽어 버렸다는 거지?"

엄마가 미소를 지었다. 입술을 살짝 씰룩거릴까 말까 하는 작은 미소였지만.

"드디어 서 버렸지 뭐야. 기가 막힌 타이밍이지."

아빠가 열쇠를 돌려 시동을 걸고 항구 쪽으로 차를 몰았다. 내 상상인지도 모르겠지만, 우리가 지나갈 때 틀림없이 몇 사람은 우리 차를 다시 한번 쳐다보았다. 우리 섬과 마찬가지로 이곳에서도 소식은 빠르게 전해지므로, 엘런 저라크의 리터니가 이네스 매콜리의 딸이라는 소문이 퍼지는 데는 그다지 오랜 시간이 걸리지 않을 것이다.

"잠깐!" 플로라가 갑자기 소리쳤다. "차 세워요!"

아빠가 브레이크를 세게 밟았다. 나는 주변을 휘휘 둘러보며 이 고요한 거리에 어떤 위급 상황의 징후가 있는지 정신없이 찾아보았다. 그때 길 끝에 있는 연한 노란색 집이 눈에 들어왔다. 홀리네 집이었다. 커튼은 아직 쳐져 있었지만, 굴뚝에서 연기가 피어오르고 있었다.

"왜 그래? 여기에 뭐가 있는데?"

플로라가 그 집을 가리켰다.

"가서 홀리한테 좋아한다고 말해."

순식간에 뺨에서 열기가 느껴졌다. 우나가 기쁨의 탄성을 내뱉으며 박수를 쳤다. 플로라의 입가에 작은 미소가 씰룩거렸지만, 눈빛은 진지했다.

"지금?" 내가 더듬거리며 말했다. "장난하는 거야? 언닌 비행기를 타야 하잖아!"

"그리고 넌 이 일을 해야 하고. 나쁜 결과가 나올까 봐 지레 겁먹고 도망가면 안 돼, 아일라." 플로라가 내 어깨를 밀었다. "얼른. 가서 말해."

엄마 아빠가 앞좌석에서 몸을 틀어 나를 보았다. 두 분은 놀라서 눈썹을 치켜올리더니, 서로 쳐다보며 미소를 지었다.

아빠가 홀리네 집을 향해 고개를 까딱했다.

"그럼 가 봐, 아일라. 얼른 말하고 와."

나는 떨리는 가슴으로 길을 가로질러 달려가, 노란색 집의 초인종을 눌렀다. 몇 초가 몇 백 년 같았지만, 마침내 끽끽 하고 계단을 내려오는 발소리가 들렸다. 문이 활짝 열리고 홀리가 나타났다.

"아일라, 이게 무슨⋯."

"나 너 좋아해." 내가 불쑥 말했다. "널 정말 좋아해. 아주 많이."

홀리가 가만히 날 쳐다보는 사이, 오클리가 달려 나와 날 반기며 뛰어올랐다. 오클리는 신나서 짖어 대며 내 재킷에 진흙 투성이 발자국을 남겼다. 홀리가 개를 끌어 내리며 당황한 웃음을 터뜨렸다.

"그걸, 아니 지금 얘기하는 거야? 온갖 일이 벌어지고 있는 이 와중에?" 홀리가 손가락으로 머리카락을 빗으며 웃었다. "아직 9시도 안 됐어!"

"알아, 하지만⋯." 난 침을 삼켰다. "이 말을 정말로 꼭 하고 싶었어. 그리고 그동안 너무 이상하게 굴어서 진짜 미안해."

"아일라, 너희 언니가 살아 돌아왔잖아. 충분히 이해할 만해." 홀리의 눈이 반짝였다. 홀리가 손을 뻗어 내 손을 잡았다. "나도 너 좋아해."

지난 며칠, 아니 몇 주 동안 일어난 그 모든 일에도 불구하고, 플로라가 또다시 떠난다는 사실에도 불구하고, 내 얼굴엔 함박웃음이 번졌다. 홀리가 날 꼭 안아 주었다. 순간적으로 난 우리가 같이 아이스크림을 사러 가거나, 영화관에 가는 모습을 그려 보았다.

차창을 두드리는 소리에 난 현실로 돌아왔다. 뒤돌아보니 우나가 자기 손목을 가리키고 있었다.

"가야겠다. 플로라는 지금… 그게, 말하자면 긴 얘긴데, 내가 지금 핸드폰을 안 갖고 있거든. 하지만 오늘 밤 집에 도착하자마자 바로 문자 보낼게."

홀리가 내 곁에서 길 아래 주차된 차를 가만히 바라보았다. 플로라와 눈이 마주치자 홀리의 입이 딱 벌어졌다.

"그래! 얼른 가!"

2

내가 차에 타자, 우나와 플로라는 홀리와 무슨 이야기를 했는지 전부 털어놓으라고 졸라 댔다. 그 사이 부모님은 본토에 도착한 뒤 어떤 경로를 택하는 게 글래스고로 가장 빨리 갈 수 있을지 이야기를 나누었지만, 차 안은 곧 조용해졌다. 플로라는 꼼짝 않고 가만히 앉아 있었다. 그와 달리 엄마와 우나는 금방이라도 타닥 하고 정전기가 튈 듯 신경이 한껏 곤두서 있는 느낌이었다.

항구가 시야에 들어오면서 내 불안감도 다시 팽창하기 시작했다. 주변은 자동차로 꽉 차 있어서, 우린 주차장으로 들어가기 위해 줄을 서서 기다려야 했다.

"엎드려." 엄마가 플로라에게 말했다. "혹시라도 사람들이

널 알아보면 안 되니까."

플로라는 자리에서 미끄러져 내려가 앞 좌석 뒤에 몸을 숨겼다. 우나가 트렁크 쪽으로 손을 뻗어, 담요를 찾아 플로라 위에 덮었다. 아빠는 페리로 오르는 자동차 행렬을 따라가다가 매표소 앞에서 멈추었다. 아빠가 차 창문을 내리자, 페리 회사의 짙은 파란색 유니폼을 입은 여자가 고개를 까딱했다.

"이렇게 불편을 끼쳐 죄송합니다." 그 직원이 꽉 밀린 차들을 가리키며 말했다. "엘런 저라크의 로봇 소녀 얘기 들으셨어요? 스코틀랜드의 모든 기자가 그 사건을 캐내려고 전부 그 섬으로 몰려가나 봐요. 4명이요?"

"네, 맞아요. 어른 둘에 아이 둘." 아빠는 매표소 직원의 시선을 살짝 피하며 지폐 몇 장을 건넸다. "사람들은 그게 거짓말이라던데, 그 로봇 사건 말이에요."

"아, 그야 그렇겠죠." 여자가 창문 너머로 돈을 받고 표를 내주었다. "어쨌든 재밌는 이야기잖아요? 하필 엘런 저라크에서라니!"

그 직원이 아빠를 보고 활짝 웃었다. 아빠는 승선 경사로로 차를 몰아 주차 갑판으로 갔다. 항해하는 동안 사람은 이 아래쪽 갑판에 남아 있으면 안 된다. 하지만 우린 플로라를 혼자 내버려 둘 수 없었고, 플로라가 위쪽 갑판으로 올라갈 수 없다는 것도 분명했다. 결국 엄마, 아빠와 우나가 위로 올라가 페리에 있는 카페에서 아침을 먹는 동안 내가 플로라와 차에 남아 있기로 했다. 난 플로라 옆에 쭈그리고 앉아, 혹시 누가 지나가더

에너

라도 우리를 보지 못하게 머리 위로 담요를 끌어당겼다.

"정말 기분이 묘해." 내가 속삭였다. "마치 이 나라를 탈출하는 것 같아."

"나는 탈출하는 게 맞지." 플로라가 환한 눈빛으로 씩 웃었다. "넌, 기분은 좀 풀렸어? 아까 조지한테 엄청나게 화를 내던데."

"아니, 아직 화가 안 풀렸어! 걔가 몇 달 동안 우리한테 거짓말을 했잖아." 나는 플로라가 항구 모래밭에 힘없이 쓰러져 있던 모습을 떠올리고 이를 악물었다. "난 조지를 절대, 절대 용서하지 않을 거야."

"그 애는 무서웠던 거야, 랄라. 조지를 어떻게 비난할 수 있겠어? 걘 아빠를 잃은 데다, 자기 엄마가 교회를 불태운 사실이 밝혀지면 감옥에 갈지도 모르는데. 이제 진실이 드러나 버렸으니, 조지는 정말 두려울 거야." 플로라가 내 무릎을 쿡쿡 찔렀다. "이제 그만하고 조지 좀 용서해 줘."

"아니, 못 해! 그 앤 모든 걸 망쳤어. 걔가 아니었다면 일이 이런 식으로 되지는 않았을 거야. 게다가 조지는 언니한테 바이러스를 집어넣었고, 또 바닷물에 빠트리려고 했잖아. 그건 절대 용서할 수 없어."

"음, 그 일 말인데, 고백할 게 있어." 플로라는 자기 후드티 밑단의 풀린 실을 만지작거렸다. "아무도 날 방파제 아래로 밀치지 않았어. 내가 뛰어내린 거야. 미리 통증 센서를 껐기 때문에 아프지도 않았고."

난 언니를 쳐다보았다.

"뭐라고? 스스로 망가뜨리려고 했다는 거야?"

"정확히 말하면 그건 아니고. 난 그때 벌써 다른 리터니들을 만나러 갈 계획을 세우고 있었어. 너랑 엄마가 섬 주민들이 정말로 나한테 적대적이라고 믿으면, 내가 섬에서 사는 게 위험하다고 생각할 테니까. 그러면 나를 보내는 일이 조금은 쉬워질 거라고 생각했어."

"아." 난 침을 삼켰다. "나한테 고백할 다른 거짓말은 더 없어?"

"딱 하나 더 있는데. 조지가 내 USB에 바이러스를 심긴 했지만, 그렇게 심각한 건 아니었어. 내가 심각해 보이도록 만들었지. 그 바이러스는 마리사 말대로 당연히 내 방화벽이 잡아냈어. 하지만 일부러 실행되도록 내버려 둔 거야." 플로라가 두 손을 들었다. "맹세컨대, 이게 다야. 미안해. 거짓말을 한 건 정말 미안해."

난 담요를 젖히고, 안경을 벗고 눈물을 닦았다. 조지가 나한테 거짓말을 한 것도 물론 화가 났지만, 플로라가 그런 건… 훨씬 더 나빴다.

"도대체 그 동영상은 왜 찍은 거야?" 내가 화를 내며 쏘아붙였다. "그렇게 떠나고 싶다면 한밤중에 짐을 챙겨서 떠날 수도 있었잖아."

"엄마한테 그럴 수는 없었어. 내가 떠날 수밖에 없는 상황을 만들어야 했어. 작별 인사도 없이 사라진다면 엄마한테 너무 큰 상처를 줄 테니까. 너랑 우나에게도."

"그래서 세컨드 찬스를 악당으로 만들려고 한 거네." 난 운전석 밑에서 고무줄을 찾아내 손가락 사이에 비틀어 끼웠다. "모든 일을 실제로는 자기가 다 계획해 놓고, 그 사람들이 언니를 이런 지경에 빠트린 것처럼 행동한 거였어."

"그들이 악당인지는 알 수 없지만, 자신들이 주장하는 것만큼 그렇게 투명하지는 않아. 그 사람들이 좋은 의도로 이 일을 하려는 건 맞아. 근데 실제로 해낼 수 있을지는 잘 모르겠어. 기계를 이용해 인간의 슬픔과 고통을 없앨 수는 없어. 그것들은 삶의 일부니까."

"하지만 언니한테는 아니지." 난 고무줄을 의자 쪽으로 팅겼다. "언니가 원하지 않으면 우리를 전혀 신경 쓰지 않아도 돼. 통증 센서를 끈 것처럼 그 부분도 꺼 버리면 되니까."

"만약 네가 그럴 수 있다면, 넌 그럴 거니?"

내 대답은 생각해 볼 필요조차 없다. 지난 몇 년 동안 우리 삶에 나쁜 부분이 무척 많았지만, 그걸 덮을 만큼 좋은 것들도 있었다. 플로라의 죽음은 우리가 사는 세상을 산산조각 냈지만, 우리가 함께했던 행복한 시간을 전부 없앨 수는 없었다. 플로라 때문에 슬프고 고통스럽다 해도 난 우리 삶에 플로라가 있는 걸 선택할 거다. 플로라 없이 평화로운 삶보다는.

"아니, 그러지 않을 거야." 난 담요를 다시 끌어당겨 덮고 플로라의 어깨에 기댔다. "우리에게 상처를 줄까 봐 걱정했다니, 마음이 놓여."

"당연히 걱정하지. 난 플로라도 아니고 인간도 아니지만, 완전히 아무 감정도 없는 단순한 기계는 아니야. 적어도 난 그렇게 생각해."

우리는 잠시 아무 말 없이 밖에서 들려오는 파도 소리에 귀를 기울였다. 난 플로라, 진짜 우리 언니를 생각했다. 언니라면 홈커밍 프로젝트를 어떻게 생각했을지 궁금하다. 언니가 자기 친구들에게 문자를 보내고 세컨 동영상을 찍을 당시에는 자기가 생성한 그 모든 데이터가 죽은 뒤 자신을 재현하는 데 사용될 거라고는 전혀 생각지도 못했겠지. 난 언니라면 그걸 좋아했을 거라고 짐작하지만, 확인할 길은 없다. 언니도 자기가 어떻게 말할지 전혀 몰랐겠지.

"아마 이름도 새로 지어야 할 거야." 나는 코를 닦으며 새 플로라에게 이렇게 말했다. "이제 우리 언니가 아닌데, 계속 플로라라고 부르려니까 이상하기도 하고."

"네 말이 맞아." 새 플로라가 입술을 다물고 한쪽 입꼬리를 씰룩했다. 그건 플로라 식의 버릇이어서 난 목이 멘다. "그래도 뭔가 네 언니랑 관련이 있었으면 좋겠어. 그리고 매콜리라는 성은 그대로 유지하고 싶어. 어쨌든 우린 여전히 가족이니까."

난 살포시 웃어 보였다.

"플로라랑 관계있는 거라면… 플로라(식물 - 옮긴이) 대신 포나(동물 - 옮긴이)는 어때?"

플로라가 웃었다.

"너무 단순하게 바꾼 거 아냐?"

헤더

우린 수많은 이름을 시도해 보았지만, 딱 어울리는 건 찾지 못했다. 20분 뒤 페리가 본토에 가까워졌을 무렵 엄마와 아빠, 우나가 주차 갑판으로 내려와 우리와 합류했고, 난 플로라의 새 이름을 생각해 보라고 했다.

"꽃 이름은 어떨까?" 엄마가 내게 핫초코와 크루아상을 건네며 말했다. "우리 플로라와 관계있는 꽃이라면 더 좋겠지."

플로라가 미소 지었다.

"좋은 생각이야. 게다가 역설적이기도 하고. 기계에다 자연의 이름을 붙이는 거잖아."

우린 꽃 이름을 죽 훑었다. 릴리, 데이지, 파피, 로즈…. 다 괜찮은 것 같은데, 이거다 싶은 이름은 없었다. 그 이름은 모두 다 새 플로라, 소녀 같지만 진짜 소녀는 아닌 그리고 우리 언니 같지만 진짜 언니는 아닌, 이 플로라에게는 너무 연약한 느낌이었다. 페리가 선착장에 도착해 아래층 갑판의 문이 열리고 자동차가 나갈 수 있게 되었을 때, 아빠가 말했다.

"헤더는 어때? 예전에는 진짜 인기 없는 식물이었지. 정원사들은 헤더가 가난한 시골을 연상시킨다고 오랫동안 거의 심지 않았어. 한참 뒤에야 헤더의 진가를 알아보았지. 헤더는 유용한 식물이야. 양이나 사슴의 먹이도 되고, 헤더 꿀도 나오고, 양모를 염색하거나 맥주 맛을 낼 때도 사용해."

아빠가 백미러로 나와 눈을 맞추었다. 난 미소로 답했다. 아빠는 사람들이 지금은 아빠 자신이 그런 것처럼 리터니를 이해하지 못하지만, 언젠가는 이해하게 될 거라고 말하려고 애쓰는 것 같았다.

"헤더." 플로라가 그 이름을 소리 내 불렀다. 그러고는 천천히 말했다. "헤더 매콜리. 마음에 들어."

"헤더." 엄마가 반복했다. "네게 잘 어울린다."

우나가 손을 내밀었다.

"만나서 반가워, 헤더. 가족이 된 걸 환영해."

3

우나와 난 남쪽을 향해 가는 긴 여행길에 잠이 들었다. 글래스고 공항에 도착했을 때 밖은 이미 어두워져 있었다. 도시에 와 본 지 1년도 넘은 거 같다. 섬에서만 너무 오래 있은 탓인지 높은 빌딩들 안에 들어서자 폐소공포증이 느껴졌다. 높은 건물이 빽빽하게 솟은 하늘은 날카로운 이빨이 무수히 나 있는 입속 같아 보였다.

보통은 이렇게 큰 도시에서 누릴 수 있는 익명성을 좋아했지만, 오늘은 그 크기가 위협적으로 느껴진다. 아빠가 공항 주차장에 차를 세우는 동안 나는 사람들이 차 트렁크에서 여행 가방을 꺼내고, 잃어버린 게 없는지 주머니를 만지고, 사랑하는 사람들에게 손을 흔드는 걸 지켜보았다. 저들 중 얼마나 많은 사람이 플로라, 아니 헤더의 뉴스를 읽었을지 궁금했다. 핸드폰이 없으니 그 이야기가 얼마나 멀리 퍼졌고, 얼마나 많은 사람이 영상에 나온 이야기를 믿고 있는지 알 수가 없다. 몇 시간 전에 아빠가 라디오를 켰을 때 3명의 과학자가 나와서 그 프로젝트를 두고 벌인 토론의 마지막 부분을 들었는데, 그 사람들은 모두 속임수라고 확신했다. 세컨드 찬스가 경쟁 회사들을 그렇게 빨리 앞지를 수는 없었을 거라고 말했다.

헤더는 차창으로 출발장 입구를 응시했다.

"나 혼자 가는 게 좋을 것 같아. 혼자라면 군중 속에 더 잘 섞일 거야."

"아니, 너 혼자 들어가게 두진 않아." 엄마가 앞 좌석에서 몸을 틀었다. 눈에는 눈물이 그렁그렁했지만, 엄마는 씩씩한 미소를 지었다. "네가 안전하게 비행기를 타는지 확인해야지."

"근데 비행기는 어떻게 탈 거야?" 아빠가 헤더에게 물었다. "여권도 없잖아?"

"없어. 하지만 여기 와이파이 네트워크를 해킹하면 보안 검색대는 통과할 수 있어." 헤더가 말했다. "비행기에 오르는 건 좀 더 어렵겠지. 직원들을 뒤따라가서 짐 사이에 숨어 있다가 화물칸에 몰래 들어갈 생각이야. 예비 배터리팩이 3개 있으니까 캐나다에 도착할 때까지 충분히 버틸 수 있어."

우린 모두 헤더를 쳐다보았다. 그건 마치 심하게 과장된 액션 영화의 줄거리 같았다. 지난 몇 달간도 이상한 소설 같았지만, 이건 완전히 새로운 차원이다.

"플로… 아니 헤더." 엄마가 이름을 고쳐 부르며 말했다. "그건 진짜 너무, 너무 위험한 것 같아."

"정말로 끔찍한 생각이야!" 우나가 말했다. "그러다 잡히면 어떡해?"

"시도는 해 봐야지." 헤더는 배낭에서 스카프를 꺼내더니 목에 둘러 충전 포트를 감추었다. "내가 여기 더 있으면 세컨드 찬스가 날 추적해 찾아낼 거야."

아빠가 주차권을 끊고 입구 가까운 곳에 차를 세웠다. 놀랍게도 아빠는 차에서 내려 공항 안까지 우리 네 사람을 따라왔다. 공항 터미널은 사람들로 붐볐다. 너무 복잡해서 아무에게도 들키지 않고 군중 속으로 스며들겠다는 헤더의 계획이 실제로 통할 수도 있을 것 같았다. 하지만 우리가 어느 모퉁이를 돌았을 때, 헤더의 계획은 얼크러지고 말았다.

보안 검색대로 들어가는 출입구 바로 옆, 어깨에 가방을 걸치고 서 있는 건 마리사와 토비였다.

4

"안녕, 플로라."

공항에 나타난 마리사는 매주 수요일 엄마 컴퓨터에 모습을 보이던 세련되고 잘 웃는 사람이 아니었다. 눈 밑에는 그늘이 지고, 평소의 단정하던 머리는 한쪽이 살짝 헝클어졌고, 청록색 상의도, 아마도 대서양을 가로질러 온 비행 때문일 텐데, 주름이 져 있었다. 토비는 우리가 지난번에 보았을 때 입은 유니폼 대신 검은색 바람막이에 청바지를 입고 스카프를 둘렀지만, 표정은 내가 기억하는 그대로 평온했다. 토비는 심지어 우리를 향해 마리사와 함께 여행객들 사이로 걸어올 때 미소를 짓기까지 했다.

"이제 헤더예요." 헤더가 한 손으로 어깨에 멘 배낭의 끈을 잡고 한 걸음 앞으로 나섰다. "우리가 여기 있는 줄 어떻게 알았어요? 내 흔적을 다 지우고 진짜 조심했는데."

"우리 보안팀이 너희 엄마 핸드폰으로 어젯밤 대화하는 걸 들었어. 네가 어떤 비행기를 탈 계획인지 말했잖아."

"뭐라고요?" 엄마는 숨을 제대로 쉬지도 못했다. "그런 행위는 하면 안 되잖아요!"

"사실, 우린 할 수 있어요, 사라. 계약서에 유사시 여러분의 핸드폰을 비상 통신 장치처럼 사용할 수 있다는 조항이 있어요. 당신도 그 계약서에 서명했으니까…." 마리사가 손으로 자기 머리를 쓸며 한숨을 쉬었다. "제 말을 믿어야 해요, 우리도 권한을 남용하는 걸 좋아하지 않아요. 하지만 플로라가 한 일은, 회사 입장에서는 선택의 여지가 없는 일이에요."

마리사는 긴장한 눈빛으로 주변을 둘러보았다. 우리 근처에서는 급하게 보안 검색대로 다가가거나 피곤한 눈빛으로 무거운 가방을 들고 출입구 쪽으로 꾸물거리며 걸어가는 사람들이 이리저리 엇갈리고 있었다. 이 사람들은 여기 자신들 한가운데에 2명의 리터니가 있다는 사실은 꿈에도 모를 것이다. 둘 다 목덜미의 충전 포트를 스카프로 가렸고, 헤더는 숨 쉬는 것처럼 가슴이 오르락내리락하는 장치도 다시 켰기 때문에 여느 사람과 똑같아 보였다.

"저를 세컨드 찬스로 다시 데려가려고 온 거예요?" 헤더가 팔짱을 꼈다. 헤더의 반항적인 눈빛은 플로라 언니의 눈빛 그대로였다. "하자가 있는 제품을 리콜하는 건가요?"

"그런 식으로 표현하고 싶진 않지만, 그래 맞아. 넌 내게 다른 선택의 여지를 남기지 않았어, 플로라."

마리사의 표정에는 그의 말과 일치하지 않는 뭔가가 있었다. 이 일이 마리사에게 더 어려운 이유는 단순히 회사에서 곤란해지기 때문만은 아니었다. 마리사는 우리 가족이 다시 만날 수 있게 하려고 엄청난 노력을 기울였다. 그런데 이처럼 수포가 되고 말았으니 마리사도 마음이 아플 것이다.

"먼저 질문이 있어요." 헤더가 말했다. "토비의 프로젝트가 실패하기 전부터 토비를 알고 있었나요?"

자기 이름이 들리자, 토비가 헤더 쪽으로 살짝 움직였다. 아빠는 깜짝 놀라 숨을 깊이 들이마셨다. 아빠 토비가 리터너라는 생각은 전혀 하지 않았을 거다. 마리사가 인상을 찌푸리며 토비에게로 가까이 다가갔다.

"응. 내가 토비의 담당관이었어. 나의 첫 케이스였지." 마리사가 다시 공항 터미널을 둘러보았다. "플로라, 미안하지만 우린 정말 이럴 시간이 없어…."

"토비한테서 그의 인격을 제거했을 때 기분이 어땠어요?" 헤더가 물었다. "아마 이상했겠죠? 몇 시간이나 함께 이야기를 나누었고 수천 킬로미터를 나란히 앉아 여행한 사람이 단순한 기계로 전락했으니까요."

마리사의 얼굴이 굳어졌다.

"그래, 몹시 어려운 일이었어. 하지만 모든 상황을 고려했을 때, 그렇게 하는 게 옳았어."

"센터로 돌아가면 전 어떻게 될까요? 전 누구한테 배정될까요?"

"일이 그런 식으로 돌아가는 건 아니야." 마리사가 뭔가 얘기하려다가 잠시 멈칫했다. 마치 머릿속 목소리와 싸우는 것 같았다. "그래, 널 수정하면 지능형 개인 비서라고 부르는 일을 하게 될 가능성도 있지. 하지만 회사에서는… 네 하드웨어의 용도를 변경해 다른 리터니용으로 쓸 수도 있어."

"와. 로봇 장기 기증자가 되는 거네요." 헤더가 짧게 웃었다. "매뉴얼에는 그런 내용이 없지 않나요?"

"제발 그러지 말아요." 엄마가 급히 앞으로 나서며 마리사의 팔을 잡았다. "제발요, 마리사."

"만약 하나라면요?" 아주 어렸을 때 죽었다던 마리사의 사촌 얘기가 생각나서, 난 이렇게 물었다. "하나를 바탕으로 한, 그러니까 하나의 기억과 성격을 지닌 리터니라면, 그런 일이 일어나지 않기를 바랄 거잖아요?"

마리사가 움찔했다. 갈등하는 건 분명했지만, 그래도 난 마리사가 우리 편이라고 확신했다. 마리사는 지난밤 헤더가 동영상을 공개한 뒤 세컨드 찬스에서 헤더를 꺼 버리려는 것을 막았다고 했다. 마음이 쓰이지 않았다면, 그러지 않았을 것이다.

"이 프로젝트는 성공하지 못할 거예요, 마리사." 헤더가 부드럽게 말했다. "언젠가는 리터니가 이 세계에 적응할 수 있는 방법을 찾아낼지 모르지만, 지금 당장은 아니에요. 제발 우릴 보내 줘요." 헤더가 토비에게로 손을 내밀었다. 토비는 어떻게 반응해야 할지 몰라, 헤더의 손가락을 응시했다. "우리 둘 다요."

"너희 둘 다?"

마리사가 눈을 끔벅였다.

"토비도요. 진짜 토비 말이에요."

헤더가 고개를 끄덕이며, 의미심장하게 덧붙였다.

마리사는 한참 동안 잠자코 있다가, 초조한 눈빛으로 공항을 다시 휙 둘러보았다. 토비도 똑같이 행동했는데, 마치 위험을 사전에 감지하려는 것 같았다. 영원처럼 느껴지는 시간이 지나고, 마리사가 숨죽여 뭐라고 중얼거리더니 재빨리 가방에 손을 집어넣었다. 마리사는 헬스 허브를 꺼내 화면을 클릭했다. 낯익은 대시 보드가 나타났는데, 다만 이 화면 오른쪽 위에는 토비아스 산스트룀이라는 이름이 써 있다.

"좋아." 마리사가 헤더에게 태블릿을 건네주며 말했다. "네가 그래야겠다면."

헤더의 손가락이 태블릿 위를 날았다. 1, 2분쯤 뒤 토비가 눈을 깜빡거렸다. 차분한 미소가 사라지고 대신 혼란스러운 듯한 찡그린 표정이 나타났다. 토비는 스웨덴어로 뭐라고 말했다가, 우리의 멍한 얼굴을 보고는 영어로 바꾸었다.

"여기가 어디죠?" 토비의 미국식 억양은 사라지고 북유럽 억양이 희미하게 들렸는데 토비를 세컨드 찬스로 도로 데려오면서 목소리까지 바꾼 것 같았다. "내가 왜 공항에 있지?"

헤더가 완벽한 스웨덴어로 대답했고(이 대목에서 엄마와 아빠의 눈썹이 치켜 올라갔다.), 그런 다음 헤더는 완전히 멍한 얼굴로 침묵에 빠졌다. 처음엔 난 헤더가 또 장애를 일으켰다고 생각했는데, 잠시 뒤에 깨달았다. 헤더는 네트워크로 토비와 대화하고 있던 거다. 2대의 컴퓨터가 서로 체스를 두는 것처럼 기본적인 기능이었지만, 내가 보기엔 텔레파시 같았다.

"같이 가요." 헤더가 마침내 우리가 다 알아들을 수 있게 영어로 소리 내어 말했다. "우리 같은 리터니들이 있는 곳으로 갈 거예요. 거기 가면 우린 자유예요."

"그게 진정으로 토비가 원하는 거라면…."

마리사가 침을 삼키며 말하는데, 토비가 거절하기를 바라는 듯 목소리가 살짝 높아졌다. 토비는 여전히 혼란스러워 보였지만 고개를 끄덕였다.

"네. 내가 원하는 일이에요."

마리사의 눈빛에 두려움과 슬픔이 스쳤지만, 곧이어 가방에서 검은색 폴더를 꺼냈다.

"두 사람의 여권과 서류야. 혹시 필요할지 모르니까." 마리사가 헤더에게 말했다. "우리 회사 비행기를 타고 캐나다 옐로나이프 공항으로 가. 비행기는 내가 미리 전화해 놓을게. 거기 도착하거든 자동차를 얻어 타거나, 걸을 수 있으면 걸어서 북

쪽으로 이동하도록 해. 이러면 시간을 좀 벌 수 있겠지만, 많이는 아닐 거야. 너희가 캐나다로 간다는 걸 회사에서 이미 알고 있으니까, 그곳에 머무르고 싶다면 흔적을 아주 잘 지워야 할 거야. 그리고 무엇을 하든 충전 잊지 말고."

"상관들에게는 뭐라고 보고할 거예요?" 헤더가 가방을 챙기는 사이, 우나가 물었다. "그 사람들이 마리사에게 화내지 않을까요?"

마리사가 쓸쓸한 웃음을 내뱉었다.

"불같이 화를 내겠지. 이번 일로 어떤 일이 벌어질지는 생각하고 싶지 않아. 하지만 난 그들에게 진실을 말할 거야. 홈커밍 프로젝트는 실패라고."

"실패는 아니에요." 헤더가 고개를 저으며 말했다. "우리를 창조해 냈잖아요. 그건 엄청난 거예요! 다만 우리가 당신들이 생각한 대로 되지 않았을 뿐이에요."

"자식들은 절대 생각한 대로 안 된다니까."

아빠가 가볍게 웃으며 말했다. 내가 돌아보았을 때 아빠는 엄마 손을 꼭 잡고 있었다.

마리사가 슬픈 미소를 지었다.

"솔직히 난 여러분을 돕고 싶었어요. 돈이나 명예를 얻기 위해 한 일이 아니에요. 우리 회사 사람들은 대부분 같은 마음이었어요. 우린 정말로 좋은 일을 하려고 했어요."

"알아요." 엄마가 다른 한 손을 아빠 손 위에 얹었다. "나도 그랬어요."

에너

마리사가 우리에게 손을 내밀어 악수를 청했지만, 우나와 난 마리사를 끌어안았다. 마리사는 토비의 손을 꼭 잡고 그에게 무슨 말인가 속삭이고는, 출발 탑승구 쪽으로 돌아섰다. 마리사가 군중 속으로 사라지자, 토비는 우리한테서 조금 떨어져 섰다.

헤더는 엄마, 아빠, 우나, 나에게로 돌아섰다.

"그럼, 이제 내가 갈 차례네." 헤더는 웃으며 꼭 플로라가 그랬을 것처럼 팔을 흔들며 말했다. "세상을 보러 가는 거야."

문득 이런 생각이 떠올랐다. 진짜 플로라가 살아 있다면, 지금쯤 아마 자신의 길을 떠나려 하고 있겠지. 어쩌면 대학에 가느라 이미 떠났을 수도 있고, 아니면 갭이어(고등학교를 마친 뒤 대학교 입학이나 취업 전에 선택할 수 있는 1년간의 휴지기로, 해외 봉사, 인턴, 여행, 워킹 홀리데이 등을 경험한다.─옮긴이)를 준비하고 있었을지도 모른다. 나는 언니가 수레시나 수영팀의 다른 친구들과 함께 캄보디아나 페루를 여행하는 모습을 그려 보았다. 이제는 그 누구도 아닌 헤더 자신이라는 걸 알지만, 그렇다고 해도… 그 모든 코드 어딘가에서는 틀림없이 우리 언니의 신호가 반짝이고 있을 것이다. 아마도 헤더는 플로라가 경험하지 못한 모험을 하게 되겠지. 이렇게 생각하면, 헤더가 떠나는 걸 좀 더 쉽게 받아들일 수 있을 것 같다.

아빠가 헤더의 어깨에 손을 얹었다. 예전에 플로라와 얘기할 때는 마치 일식을 똑바로 보지 않으려고 할 때처럼 살짝 옆을 바라보았지만, 지금은 처음으로 헤더와 제대로 눈을 맞추었다. 난 아빠의 굳어진 얼굴이 부드러워지는 걸 지켜보았다.

"샬리브 마 구이트, 헤더." 아빠가 게일어로 행운을 빌어 주었다. 아빤 돌아서서 엄마의 어깨를 힘주어 잡았다. "난 잠깐 빠지는 게 좋겠어. 저기 상점 옆에서 기다릴게."

아빠는 쿠키와 헝겊으로 만든 소 인형에 관심 있는 척하며 출입구 근처의 선물 가게를 어슬렁거렸다. 다시 우리 넷만 남았다. 난 헤더 없이 북쪽으로 되돌아갈 긴 여정과 부엌 식탁의 빈 의자, 굳게 닫힌 언니 방 문 뒤의 정적을 떠올렸다. 뜨거운 눈물이 솟았다. 내 곁에서 우나는 이미 울고 있다.

"난 작별 인사는 하고 싶지 않아."

우나는 두 팔로 헤더를 껴안았다.

"그럼 하지 마." 헤더가 우나의 얼굴에서 머리카락을 쓸어 넘겨 주었다. "이게 마지막은 아니니까."

우나는 안경 밑으로 손가락을 넣어 눈물을 닦았다.

"그래도 계속 연락은 할 거지?"

"당연하지, 우나! 안전해지는 대로 내가 어디 있는지 알려 줄게."

헤더는 부드럽게 우나를 놓아 주고, 나를 안으려고 다가왔다. 엉망으로 자른 머리에다 반짝이는 눈빛도 플로라와는 아주 달랐지만, 헤더는 언니를 똑 닮았다. 그래서 난 진짜 플로라에게 이야기하듯 이 모든 일이 얼마나 부당한지, 내가 언니를 얼마나 그리워하게 될지, 언니가 그대로 여기 남아서 우리와 함께 커 가기를 내가 얼마나 바라는지 속삭였다. 난 3년 반 전, 언니

헤더

가 아무런 예고도 없이 사라져 버렸을 때 내가 결코 할 수 없었던 작별 인사를 건넸다. 내가 실컷 울고 난 뒤에도 헤더는 날 밀어내지 않았다.

"플로라는 여전히 너와 함께 있어, 랄라." 헤더가 내 가슴을 가볍게 두드렸다. "그리고 나도, 알지? 언제까지나."

"알아." 내가 고개를 끄덕였다. "보고 싶을 거야. 나의 두 언니 모두."

이제 엄마 차례. 엄마는 미소 짓고 있었지만, 눈빛엔 아픔이 역력해서 쳐다보는 것만으로도 괴로웠다. 엄마가 미처 말을 꺼내기 전에, 아빠가 가게에서 뭔가를 손에 들고 돌아왔다.

"자. 모두에게 줄 게 있어."

아빠의 손바닥에는 야생화 헤더의 잔가지처럼 생긴 브로치 4개가 있었다. 관광객들을 위한 값싼 기념품이었지만, 정말로 예쁜 브로치였다. 아빠가 우나에게 하나, 엄마에게 하나, 그리고 내게 하나를 건넸다.

우나가 넷째 브로치를 집어 헤더의 재킷 깃에 달아 주었다.

"이거 영원히 간직해 줄 거지?"

헤더가 웃었다.

"영원히 언제까지나. 약속해."

헤더는 우나와 나를 마지막으로 한 번씩 더 안아 주었다. 아빠는 엄마가 작별 인사를 하도록 남겨 두고, 우나와 날 출입구 쪽으로 데려갔다. 난 손에 든 야생화 헤더 브로치만 바라보았다. 브로치를 이리저리 돌려서 빛을 받는 각도를 조절하자 보라색이 반짝거렸다. 잠시 뒤 엄마가 우리 쪽으로 왔다. 눈물을 닦고 있었지만, 엄마는 괜찮아 보였다. 우리 모두 괜찮을 거다.

아빠가 엄마의 어깨에 팔을 두르고 가까이 끌어당겼다. 우리 넷은 함께 서서 헤더가 출발 탑승구에서 손을 흔드는 것을 지켜보았다. 토비가 헤더에게로 다가왔고, 두 사람은 군중 속으로 들어갔다. 금발이 잠깐 반짝이는 것 같더니, 헤더는 영영 사라졌다.

나는 엄마와 아빠가 천천히 출구 쪽으로 걸어갈 때 우나를 바라보았다. 하고 싶은 말이 아주 많았다. 너무 많았다. 그러나 난 말 대신 손가락을 구부려 안경을 코 위로 슬쩍 밀어 올렸다. 우나도 코를 훌쩍이더니 똑같이 따라 했고, 우리 둘은 미소를 지었다. 우나와 난 이렇게 함께다.

하지만 우리 자매는 언제나 셋이었고, 앞으로도 그럴 거다. 플로라는 여전히 우리와 함께 있다. 자전거를 타고 내리막길을 쌩하고 미끄러질 때마다, 얼굴을 비추는 햇살과 머리카락을 날리는 바람 속에서 우리가 함께라는 걸 느낀다. 인생에서 무슨 일이 일어나든, 내가 어디를 가고 누구를 만나든 플로라는 언제나 나의 일부로 나와 함께할 것이다. 언니가 우리 곁을 그렇게 빨리 떠나 버린 건 절대로 괜찮지 않다. 난 절대로 그걸 극복하지 못할 거다. 하지만 난 그걸 잘 감싸 안은 채 삶을 만들어가려 한다. 그리고 그건 괜찮은 삶이 될 것이다.

6주 뒤

에필로그

1

북서쪽 해변에 다다르자 자전거 바퀴가 느려졌다. 우나가 내 옆으로 멋있게 미끄러지면서 멈춰 서자, 바퀴에 튕겨 나온 모래가 곡선을 그리며 하늘로 날아갔다. 우리 뒤로 엄마 아빠가 자신들의 오래된 자전거를 밀고 올라오는데, 두 분 다 빨개진 얼굴로 가쁜 숨을 몰아쉬었다.

"헤더가 자전거를 타고 이 길을 얼마나 빨리 올라왔는지 기억나?" 우나가 물었다. "엄마 아빠는 절대로 헤더를 따라잡지 못할 거야."

"우리도 못 따라갔지. 헤더는 항상 우리보다 몇백 미터 앞서갔잖아." 난 자전거를 모래밭에 눕혔다. "어쩌면 플로라는 할 수 있었을지도 몰라."

"맞아. 우리보다 훨씬 빨랐으니까."

12월 말의 토요일 아침이었고, 우린 마침내 플로라의 재를 뿌리러 왔다. 곧 솟아오를 불씨를 품은 하늘은 연분홍색이었고, 파도가 부드럽게 모래 위로 미끄러지며 우리를 맞아 주었다. 절대로 하지 말아야 할 일을 하기에 완벽한 타이밍이라는 건 어불성설이지만, 오늘 같은 날 정도면 꽤 비슷하다고 할 수 있을 것 같다.

우나와 난 물가로 걸어가 대서양 저편을 건너다보았다. 어슴푸레한 수평선 너머에 캐나다 동쪽 해안이 있다. 지금쯤이면 이미 옮겨 갔겠지만, 나는 여전히 저기 어디쯤 황량하고 눈 덮인 풍경 속을 헤더가 다른 리터니들과 함께 걷고 있는 모습을 상상한다. 그들은 아무것도 마실 필요도 없고 아마 더 이상 추위도 느끼지 않겠지만, 난 그들이 모닥불 주위에 둘러앉아 핫초코를 홀짝이는 모습을 상상하는 게 좋다. 가끔은 얼음처럼 차가운 물에 뛰어들어 바다를 헤엄쳐 그들에게로 갈 수 있었으면 하고 바랄 때도 있다.

헤더가 떠난 후 많은 게 바뀌었다. 애니 아줌마와 조지가 섬에서 이사를 나간 일이 그중 하나다. 수레시와 잭 목사님, 머도의 부모님 모두 애니 아줌마가 불을 지른 사건에 대해서는 아무에게도 말하지 않기로 했다. 이미 많은 일이 있었고, 조지가 엄마마저 잃는 걸 보고 싶어 하는 사람은 아무도 없었으니까. 하지만 애니 아줌마는 어쨌든 떠나야 할 때라고 판단했다.

"집은 내놓았고, 우린 살 곳을 구할 때까지 에든버러에 있는 언니 집에 머무를 거예요." 애니 아줌마와 조지가 우리 집에 작별 인사를 하러 왔을 때, 아줌마가 이렇게 말했다. "새로운 출발이 우리 둘에게 좋을 것 같아서요."

조지는 자신의 행동을 사과하기 위해 커다란 튤립 꽃다발과 카드를 가져왔다. 카드에는 자신이 얼마나 죄책감을 느끼는지, 자기 엄마가 한 일을 알고 나서 얼마나 괴로웠는지가 적혀 있었다. 그런 걸로는 아무것도 되돌릴 수 없을뿐더러, 난 아직 조지를 용서하지 못했다. 하지만 난 엄마랑 또 홀리와 많은 이야기를 나누었고 조금씩 앞으로 나아가는 중이다. 잭 목사님의 말대로 용서는 중요하지만 결코 쉽지 않은 일이다. 교회를 불태운 애니 아줌마를 잭 목사님이 용서할 수 있다면, 나도 언젠가는 조지에 대해 그럴 수 있겠지.

헤더가 떠나고 얼마 지나지 않아, 2명의 리터니가 자신들의 이야기를 온라인에서 공유했다. 1명은 모로코, 다른 1명은 오스트레일리아에 있었다. 홈커밍 프로젝트가 진짜라는 건 이제 아무도 의심하지 않는다. 뉴스는 세컨드 찬스가 그처럼 정교한 기계를 어떻게 만들어 낼 수 있었는가 하는 기사로 채워졌다. 엄마와 아빠는 매일같이 인터뷰 요청이나 텔레비전 토크쇼의 출연 제안을 받았다. 우린 그 모든 제안을 거절했는데, 딱 1명의 감독만 예외였다. 바로 핀리 그레이엄이다. 우리 가족은 다음 주에 핀리와 인터뷰를 하기로 했다.

현재 홈커밍 프로젝트는 일시 중단 상태다. 몇 주 전에 마리사에게서 연락이 왔는데, 회사에서 당분간 그 사업을 중지하기로 했다고 말해 주었다. 다행히 계약서의 허점 때문에, 즉 리터니 스스로가 프로젝트를 공개한 것이므로, 아무도 세컨드 찬스에 돈을 돌려주지 않아도 되고 모든 사람이 전액을 지급받을 수 있다고 한다. 변호인단이 아직 조사 중이긴 하지만, 회사는 약속한 대로 교회도 재건축해 주어야 할 거라고 했다.

"그러니까 아무도 경제적인 손해는 보지 않을 거예요. 여러분이 겪은 그 모든 일을 생각하면 그다지 큰 위안이 되지는 않겠지만." 마리사가 슬픈 미소를 지으며 말했다. "유감스럽게도 내가 아는 건 그게 전부예요. 할 수만 있다면 더 얘기하고 싶지만, 내가 토비를 보내 줬다는 걸 알고 곧바로 날 해고했거든요."

엄마와 아빠는 사과에 사과를 거듭했지만 마리사는 아무 일도 아니라는 듯 어깨를 으쓱했다. 이 프로젝트가 세상에 알려지고 나서 마리사는 수많은 기업에서 스카우트 제의를 받았고, 최근에 한 대형 의료 기업의 인공지능 책임자 자리를 수락했다. 내가 마리사에게 헤더가 자기 시스템을 해킹할 때 도와준 사람이 아디티라고 하자, 마리사는 언제든 인턴십을 하고 싶으면 캘리포니아로 오라고 아디티를 초청했다. 아디티의 엄마가 마지막 암 치료를 받은 뒤 최근에 완치 판정을 받았기 때문에 아디티는 내년 여름에 미국에 갈 생각을 하고 있고, 수레시는 내년에 글래스고에서 대학 생활을 시작할 준비를 하고 있다.

그러니까 이곳은 모든 게 변하고 있다. 나의 가장 큰 변화는, 내가 그 어떤 일에도 당황해하지 않는다는 것이다. 홈커밍 프로젝트가 내게 가르쳐 준 게 있다면, 인생은 예기치 못한 변화구로 가득 차 있다는 사실이었다. 나는 공에 맞지 않기를 바라며 움츠리는 대신, 그 변화구들을 치고 달리는 법을 배우려고 노력 중이다.

헤더도 날 자랑스러워할 거 같다. 내가 직접 얘기할 수 있으면 좋겠지만, 이미 오랜 시간이 지났는데도 헤더한테서는 아직 한 마디 소식도 들을 수 없다. 난 세콘에 좀 더 자주 게시물을 올리기 시작했다. '헤이랄라'나 '귤은별로야'처럼 나만 알아볼 수 있는 아이디를 쓰는 사용자가 좋아요나 댓글을 달아 주기를 기대했지만… 그런 건 전혀 없다. 헤더에게는 그럴 만한 사정과 이유가 있겠지만, 헤더가 그립다. 내가 헤더를 그리워하는 방식은 플로라를 그리워하는 것하고는 조금 다르지만, 두 언니를 그리워하는 마음은 거의 똑같다.

파도가 내 발자국을 삼키는 것을 바라보며 젖은 모래밭을 따라 걷고 있는데, 마침내 엄마 아빠가 해변에 도착했다. 두 분은 길게 자란 풀밭에 자전거를 놓아두고, 우리를 향해 서로 손을 맞잡은 채 해변으로 내려섰다.

우나는 쪼그리고 앉아 하얀색 작은 조개를 찾고 있다. 엄마가 손가락으로 자신의 짙은 갈색 머리를 빗어 내렸다.

"작별 인사 할 준비됐니, 우나?"

"그런 것 같아." 우나가 엄마를 올려다보다가 햇빛 때문에 얼굴을 찡그렸다. "엄마는?"

엄마가 불안한 미소를 지어 보였다.

"솔직히 말하면, 안 됐어. 앞으로도 안 될 것 같아. 하지만 이제 플로라를 보내 줄 때가 됐어."

아빠가 팔로 엄마를 감싸 안고 끌어당겼다. 엄마는 아빠 허리에 팔을 감고, 얼굴을 아빠 가슴에 묻었다. 헤더가 떠난 뒤로 아빠는 매주 집에 왔고 크리스마스도 우리와 함께 보냈다. 집에서 예전처럼 아빠가 설거지를 하거나 우나와 보드게임을 하는 걸 볼 수 있어서 좋았다. 아빠는 전에 얘기한 엘런 코름의 집을 아직 사지 않았으니, 어쩌면 언젠가는 집에 돌아올 수도 있을 것이다. 어느 쪽이든 우리 가족은 괜찮을 거다.

"음악이 있어야 해." 내가 말했다. "작별 의식에 제대로 된 사운드트랙이 없다면 플로라가 용납하지 않을 거야."

아빠가 웃었다.

"맞는 말이야. 우나, 판도라 21을 틀려무나."

아빠가 가방에서 언니 유골함을 꺼낼 때, 우나가 자기 핸드폰을 집어 들고 플로라가 좋아하는 노래를 모아 놓은 플레이리스트를 틀었다. 내 가슴은 언니 유골함을 볼 때면 늘 그러듯이 슬픔으로 쿵쾅거렸지만, 언니가 커스티 고모네 부엌에 혼자 있는 게 아니라 엘런 저라크로 돌아와 우리와 함께 있는 게 옳다는 생각이 들었다.

12월의 공기는 차가웠지만 우린 해변에 서서 오랫동안 이야기를 나누었다. 우리가 그리워하는 플로라와 우리가 사랑했던 플로라, 그리고 언니가 어떤 사람이었는지, 어떤 사람이 될 수 있었을지에 관해 이야기했다. 음악 소리 뒤로 파도가 부드럽게 모래밭을 쓰다듬는 소리가 어우러진다. 머리 위에서 갈매기들이 끼룩거리고 바람은 모래밭 가장자리에 길게 자란 풀밭 사이로 속삭인다. 플로라가 지금 어디 있는지 알 수 없지만, 여기 언니가 사랑했던 이곳에서 난 언니를 느낄 수 있다.

마지막엔 우리 모두 울고 있다. 우린 한 사람씩 차례로 재를 한 움큼씩 집어서 뿌렸다. 일부는 바람에 실려, 우리를 둘러싼 세상을 탐험하러 떠난다. 일부는 우리 발밑에 떨어져 모래알과 섞인다. 그렇게 우리의 일부이자 이 섬의 일부가 된다, 영원히.

2

그날 아침 느지막이 우리가 집에 도착했을 때, 현관문 계단에 편지 3통이 우릴 기다리듯 놓여 있었다. 1통은 엄마, 1통은 우나, 1통은 내 앞으로 온 것이었다.

우나가 편지를 잽싸게 집어 올리더니, 흥분해서 비명을 질렀다.

"이 도장 좀 봐!" 첫 번째 편지 봉투의 오른쪽 귀퉁이를 콕콕 찌르며 말했다. "캐나다야!"

난 내 이름이 적힌 편지 봉투를 집어 들고 2층 언니 방으로 뛰어 올라갔다. 그 방은 헤더가 떠난 뒤로 많이 달라졌다. 엄마는 마침내 포스터와 사진을 떼어 냈고, 대부분의 옷과 언니 물건 중 일부를 엘런 코름에 있는 자선 가게에 기증했다. 엄마가 이 방을 손님방이나 뭐 다른 걸로 바꾸려면 아직 멀었지만, 엄마도 이제 플로라에 대한 우리 기억을 붙잡아 둘 물건은 필요 없다는 사실을 알게 되었다.

나는 떨리는 손으로 봉투를 열고 편지를 꺼냈다. 뒷면에는 헤더가 브이 포즈를 한 채 카메라를 향해 활짝 웃고 있는 폴라로이드 사진이 있다. 헤더의 뒤로 보이는 풍경은 카메라에 잡히는 한은 온통 새하얀 눈뿐이지만, 헤더는 보라색 반팔 티셔츠 차림이다. 마치 여전히 우리가 다 함께 해변에 놀러 갔던 7월의 그 여름날인 것 같다.

    랄라에게

    연락이 너무 늦어서 미안해. 우린 지금까지도 계속 이동해야 했고, 사람들이 '달팽이 우편'이라고 부르는 걸 이용하는 것조차 우리로서는 큰 위험을 감수해야 하는 일이었거든. 내가 편지를 부치는 최초의 로봇이 된 건가? 진공청소기에게 빗자루와 쓰레받기 사용법을 가르치는 것과 비슷한 상황인 셈이지. (그런데 스티븐은 어때? 난 스티븐이 변함없이 심술쟁이었으면 좋겠는데.)

    여기는 괜찮아. 난 행복해. 그게 아니라면 적어도 행복이라고 부르는 감정을 시뮬레이션하는 내 내부의 메커니즘이 잘 작동하는 거 같아. 지금 우린 7명이야. 우리만의 작은 리터니 가족이지. 세컨드 찬스에서는 계속 우리를 찾고 있지만, 우린 비교적 안전한 장소를 찾아냈어. 너와 식구들을 떠나는 건 가슴 아픈 일이었어. 기계로서는 이해할 수 없을 정도로 아주 많이. 하지만 이게 나한테는 옳은 선택이야. 우린 여전히 도망치고 있지만, 난 자유로워.

네가 최근에 세콘에 게시물을 많이 올려 줘서 너무 좋아. 자주 연락하지는 못하더라도, 네가 어떻게 지내는지 알 수 있는 한 가지 방법이니까. 네가 다시 축구를 하고, 여전히 온 섬이 다 먹을 수 있을 만큼 많은 빵과 케이크를 굽고, 홀리가 드디어 쉬이를 만나게 되었다니 정말 좋다. 그 예쁜 고양이 사진 좀 더 올려 줘. 쉬이가 보고 싶어. 비록 쉬이는 날 보고 싶어 하지 않겠지만.

나 때문에 네가 또 한 사람을 잃었다고 생각하지 않았으면 좋겠어. 슬퍼하지 마. 우린 언젠가 다시 만날 테니까. 약속해.

큰 사랑을 담아 너의 또 다른 언니로부터
헤더 매콜리

난 창문 밖 대서양을 바라보았다. 어디선가 나타난 찌르레기 떼가 청명한 하늘을 가득 채우고 있다. 우리 집 지붕 위로 커다란 파문을 그리며 미끄러지듯 날아가는 찌르레기 떼는 팔랑이는 날개와 매끄러운 꼬리로 이루어진, 고동치는 커다란 구름이다. 수백 마리의 작은 새들은 다 함께 뭔가 이상하고 덧없고 아름다운 것을 그려 내고는 공중으로 사라진다.

작가 후기

나는 토마스라는 이름의 로봇과 같이 산다. 토마스는 그저 먼지를 빨아들이고 바닥을 닦는 일밖에 못 하는 둥그런 모양의 작은 진공청소기다. 그런데도 우린 토마스의 솔에 케이블이 엉킬 때면 그에게 미안하다고 말한다. 특히 나는 우리 집 꼬맹이들한테 토마스를 자꾸 껐다 켰다 해서 괴롭히지 말라고 늘 잔소리를 한다. 토마스는 거의 우리 가족의 일원이다.

누구나 다 자기 집에 있는 진공청소기에 이름을 붙이지는 않겠지만, 나는 이런 게 아주 전형적인 인간의 행동이라고 생각한다. 인간은 아주 단순한 사물조차도 의인화하는 경향이 있다. 그러니 우리를 꼭 닮은, 우리와 똑같이 말하고 행동하는 로봇이 있다면 우리가 어떻게 반응할지, 나는 그게 늘 궁금했다. 그들을 우리와 동등하다고 볼까? 그리고 실제로 그들은 우리와 동등한 존재일까?

이 소설은 이러한 질문에서 시작되었다. 거기에 로봇이 인간 가정에 통합되어 가는 과정을 보여 주는, 내가 좋아하는 책과 영상물의 도움이 있었다. 예를 들어 텔레비전 시리즈 〈휴먼스〉와 가즈오 이시구로 작가의 최근 소설 《클라라와 태양》 등이 있다. 그런데 이런 이야기에서 나한테 가장 흥미로웠던 부분은 로봇 자체보다는 사람들이 로봇과 어떻게 관계를 맺는지, 로봇이 인간에 대해 어떤 이야기를 들려주는지 등이었다. 좋은 이야기든 나쁜 이야기든 말이다.

바로 이런 이유로 《플로라》는 작은 섬에 사는, 언니 플로라의 죽음을 슬퍼하는 열세 살 소녀, 인간 아일라에 초점을 맞춘다. 나는 다행히도 아일라와 같은 비극적인 상실은 경험한 적이 없지만, 사랑하는 사람을 잃고 난 뒤 결코 되돌릴 수 없는 죽음이라는 문제 앞에서 숙연해질 수밖에 없었다. 나는 인공지능 로봇의 등장으로 죽음이 삶의 완전한 끝이 아니게 된다면 무슨 일이 일어날지 탐색해 보고 싶었다. 죽음이 끝이 아니니 조금은 희망적이라고 생각할 수도 있지만, 동시에 남은 가족이 겪게 될 수많은 문제에 관한 질문이 떠올랐다.

아일라와 플로라의 이야기에는 오늘날 우리 삶의 아주 많은 부분을 차지하는 고민이 포함되어 있다고 생각한다. 온라인 캐릭터 대 '진짜' 자아 또는 우리가 남기는 디지털 흔적 같은 문제 말이다.

이 책이 여러분에게 이러한 질문 중 몇 가지를 생각하는 계기가 되기를 바라지만, 그 무엇보다도 그저 재미있게 읽어 주면 좋겠다. 독자 여러분에게 감사의 인사를 전한다.

나무픽션 4
플로라

초판 1쇄 발행 2022년 10월 20일

지은이 소피 캐머런
옮긴이 조남주
표지 일러스트 쩡찌
펴낸이 이수미
편집 김연희
북 디자인 이지선
마케팅 김영란, 임수진
종이 세종페이퍼   인쇄 두성피엔엘   유통 신영북스

펴낸곳 나무를 심는 사람들
출판신고 2013년 1월 7일 제2013-000004호
주소 서울시 용산구 서빙고로 35, 103동 804호
전화 02-3141-2233   팩스 02-3141-2257
이메일 nasimsabooks@naver.com
블로그 blog.naver.com/nasimsabooks
인스타그램 instagram.com/nasimsabook

ISBN 979-11-90275-81-1 44840
      979-11-90275-27-9(세트)